Conception graphique de la couverture :
Jean-Philippe Villeneuve

Photographie :
© Claude Dagenais / istockphoto
© denis tevekov / istockphoto
© Giorgio Fochesato / istockphoto

Le coeur de Rose

Dépôt légal :
Bibliothèque nationale du Canada
Bibliothèque nationale du Québec

ISBN 978-2-922512-46-5

André Mathieu

Le coeur de Rose

(série Rose tome 2)

roman

L'Editeur
9-5257, Frontenac
Lac-Mégantic
G6B 1H2

Notes de l'auteur...

1. Quoique fondée sur des personnages réels, la série des *Rose* –en 4 tomes– ne relève ni de la biographie ni du roman biographique. Beaucoup d'événements sont authentiques. Beaucoup d'autres furent inventés. D'autres encore furent importés d'ailleurs, comme les soi-disant apparitions de la Vierge qui auraient eu lieu à Saint-Sylvestre début des années '50.

Le lecteur d'un roman doit se laisser entraîner par l'imagination de l'auteur et non par une vaine recherche de la vérité historique. Par exemple, pour en revenir aux apparitions, je les ai utilisées pour symboliser une autre apparition tout aussi flamboyante : celle de la fée *télévision* qui abreuvera la soif de merveilleux des masses bien plus encore que la Sainte Vierge précédemment.

Donc on doit trouver dans le contenu de la série un mélange de réalité et de fiction concocté depuis les souvenirs d'enfance d'un romancier qui a fait ressurgir en lui le garçon de huit ans qu'il était en 1950. Par conséquent, les dialogues furent écrits par cet enfant d'alors et les textes par l'auteur de maintenant.

2. Cette réédition de la série des *Rose* comprend quelques modifications de noms de personnes en regard des éditions précédentes.

Gustave Martin devient Gustave Poulin.

Rose Poulin retrouve son nom de fille : Rose Martin.

Suzette Bureau devient Lorraine.

Juliette Grégoire devient Solange.

Pierrette Maheux devient Suzanne.

Paulette Bégin devient Pauline.

Note :

Les 5 dernières pages du premier tome de la série des Rose sont reproduites au début de celui-ci en guise d'aide-mémoire.

Le miracle est l'enfant chéri de la foi.

Goethe

Chapitre 1

Et tandis que la foule nocturne continuait à grouiller, qu'elle se dispersait et s'écoulait doucement, comme emportée par les courants d'une longue et brillante rivière de lumignons, Rose Martin se glissait, nue, sous un drap odorant qu'elle ne pouvait apercevoir dans la nuit profonde de sa chambre silencieuse.

Un souffle chaud rencontra le sien. Sa main gauche toucha involontairement à une hanche le corps de l'homme couché dans son lit. Elle qui possédait l'art de l'amour savait que ce sont les moindres effets de la spontanéité et de l'inattendu qui attisent le mieux les feux de la passion charnelle.

La femme eut un moment d'hésitation...

Elle se sentait observée par les gros yeux d'une société frileuse et scrupuleuse. Pas grand monde dans cette paroisse et bien d'autres jusqu'en l'an 2000 ne serait capable de comprendre sa conduite même si le partenaire choisi était venu chez elle de son plein gré.

Cet acte pour elle, c'était une victoire de la vie sur la

mort, question d'oublier qu'au bout du compte, c'est la mort qui aurait le triomphe final et complet.

La main de l'homme toucha la sienne, et toutes les réserves de la raison féminine disparurent avec un lumineux éclairage balayant son âme comme la lueur salvatrice d'un phare qui rassure tout à fait le capitaine d'un bateau. Cette dernière pensée en dehors de la passion mais qui lui donnait feu vert fut :

«Le Créateur ne peut demander à sa créature de maltraiter sa propre nature, et, pour survivre, il est tout aussi naturel d'aimer que de boire et de manger... Et que le diable emporte le curé et ses sermons contre nature ! »

Son amant et elle-même préféraient le noir total pour se laisser aller entièrement à leurs sens. Pour chacun, c'était l'embarras pudique. Mais cette façon de faire décuplait le désir en débridant l'imagination et ses mille fantaisies.

Peut-être qu'elle avait dépassé les bornes avec toutes ces odeurs dans les draps et sur elle-même, mais on n'était pas dans un salon, et cet excès ouvrait la porte sur un enfer érotique qu'elle avait belle envie de visiter, d'explorer.

–C'est qu'on fait ? souffla la voix masculine incertaine sur un ton pointu situé juste derrière le rire nerveux.

–Donne-moi ta main...

Leurs mains se cherchèrent un court instant qui permit à celle de Rose de croiser fortuitement le sexe masculin déjà terriblement érigé. L'amant réagit fortement comme si toute sa chair avait été saisie d'un coup. Mais il ne fallait pas brûler les étapes et elle guida la main vers sa poitrine.

Il se déchaîna aussitôt.

–Pas si fort, là !

Il se calma trop.

–Ben un peu plus tout de même !

Il s'ajusta.

–C'est ça, entre les deux...

Elle se laissa caresser un moment puis l'enlaça.

–Un bon gros bec, ça se prendrait...

Les bouches se rencontrèrent, mais l'homme montra bien trop de voracité.

–Attention, pas une mordée, un bec là...

Aussi malhabile que Gus l'avait toujours été sans doute, mais au moins il apprenait vite, lui et ne tardait pas à répondre à ses désirs particuliers à elle. Il se montra plus langoureux. Peu à peu, sans même en prendre conscience, elle écarta les jambes. Elle prit sa main obéissante et mit son doigt sur le point le plus sensible de sa chair.

–Frotte-moi, frotte-moi...

Il se montra docile comme un petit chien intelligent.

Elle continua de se retenir de le toucher. Sûr qu'il avait fait l'amour avec elle par avance avec son imagination, et il fallait éviter de lui donner un signal qui la rejette, elle et la cohorte de ses émotions et sensations, au fond du ravin, parce que l'homme irait trop rapidement... comme ce Gus énervé quand il était encore capable...

–Un peu plus fort, demanda-t-elle après quelques instants. Un peu plus fort.

–Un peu plus vite, dit-elle un peu plus tard alors que son sexe mouillait en abondance maintenant.

Quand elle fut inondée, noyée par le bonheur, brusquement, elle le saisit et il lui parut que la tige était plus solide qu'un grand érable... Mais elle saurait la prendre, elle voulait la prendre en elle.

C'était le signal que l'homme fébrile au corps frissonnant attendait. Comme s'il avait fait l'amour des milliers de fois déjà avec cette femme, il se hissa sur elle et trouva aussitôt la position parfaite pour que les corps se rencontrent à fond dans une fougue qui n'exclurait pas le confort et le plaisir total.

Elle ne pouvait plus désormais provoquer le désir sans l'exacerber; les rôles s'inversèrent et c'est le désir qui véhicula toute sa chair vers le sommet. Elle dirigea son amant en elle en répétant trois fois dans un souffle si puissant et chaud qu'à l'homme, il parut venir directement de son vagin volcan :

–Envoye, envoye, envoye...

Il plongea sans aucune retenue comme ils le voulaient tous les deux. La profonde cheminée mouillée l'avala tout entier. Et alors ils traversèrent le miroir de la réalité, comme peu de couples parviennent à le faire dans leur vie, encore que très rarement.

C'était comme si son corps de femme se transformait en énergie pure, brillante. Et quoi que fasse l'amant et quel que soit son rythme, elle n'était plus dépendante de lui pour voyager dans un univers immatériel où le temps n'existe plus.

Quand elle en émergea comme d'un songe ineffable, l'homme sur elle était encore agité toutes les deux ou trois secondes d'un soubresaut semblable aux secousses sismiques de plus faible intensité consécutives à un énorme tremblement de terre.

Elle s'imagina avoir été la mer, lui, un continent...

Pendant qu'ils se reposaient côte à côte, la femme repassait une fois de plus en sa tête la liste de ceux qu'elle aurait voulus dans son lit mais qu'elle avait fini par ne point choisir. En tout cas comme premier amant...

Le professeur Beaudoin était bel homme certes, mais qu'un seul gamin venimeux comme le Gilles Maheux le surprenne à entrer chez elle et il y aurait scandale au village.

Le vicaire ? Il aurait fallu qu'il s'habille en maçon et qu'elle le rencontre à Saint-Georges ou même à Québec, loin des dangereux regards indiscrets.

Roland Campeau : quel empâté !...

Laurent Bilodeau : quelle pièce de choix ! Un superbe chevreuil roux avec panache pour chasseresse à demi nue.. Mais, malheureusement, trop bien appâté celui-là... pour le moment du moins.

Ernest, elle le réservait pour alimenter ses fantasmes les plus sombres, les plus enchaînés dans les basses-fosses de son âme... Et puis non, jamais aucun homme déjà pris, marié, engagé, ne la toucherait. Sinon la gent féminine de toute la paroisse la honnirait... Mais quel plaisir que de les taquiner comme des truites affamées, tous ces grands parleurs !

Émilien Fortier, Raymond Rioux, ils sentaient le sexe à plein nez, mais...

Et Fernand Rouleau recherchait visiblement quelqu'un de plus faible que lui, de vulnérable... Inquiétant, ce personnage à la mine patibulaire !

Il manquait d'audace et un bras au taxi Roy. Que lui manquait-il d'autre ?...

Et comme il aurait fallu plus de courage et d'énergie à ce pauvre Gustave !

Dominique faisait déjà assez de peine aux siens par sa conduite dissolue. Et le Jean-Yves Grégoire, en raison de ses problèmes mentaux, n'exerçait sur elle aucune forme d'attrait. Pas plus que cet Eugène Champagne trop tourné vers lui-même et ses goussets. Encore qu'il donnait les signes de quelqu'un capable des plus heureuses surprises !

Martial Maheux et le Blanc Gaboury : ô horreur ! Quelle affreuse maladie les frappait tous les deux ! Pas même question de leur parler !

Non, le seul amant qu'elle avait pu prendre se trouvait là, entre les draps, à ses côtés, attendant qu'elle dise quelque chose. À prime abord, au premier examen sans profondeur, on l'aurait vue comme une criminelle ou presque. Ce garçon d'à peine seize ans, venu vers elle de son plein gré, avait pour mère une femme séparée tout comme elle-même. Qu'elle en vienne à apprendre cette liaison de son fils avec une femme plus âgée encore qu'elle, sans doute qu'elle n'aurait d'autre choix que celui de se taire... et de la comprendre !

On disait de Noëlla Ferland qu'elle vivait en concubinage à Montréal, et au surplus d'un commerce douteux qui la forçait à éloigner son fils. Tout était là...

Rose savait déjà, de la bouche même de Jean d'Arc qu'il avait dénoncé Rioux et Émilien au presbytère, mais qu'il n'avait pas participé à leur 'crime' contre nature, comme on le disait de l'homosexualité. Tandis que maintenant, il avait connu cette jouissance charnelle intense qui assomme bien des humains de culpabilité; jamais l'adolescent ne confesserait cet acte, sinon dans le moins pire des cas, à un père de retraite paroissiale. Il en avait fait le serment. Mieux, elle l'emmènerait à croire qu'ils n'avaient fait aucun mal, ce que du reste, elle croyait dur comme fer.

– Tu reviendras ?

– Ben... ouais...

– À quelle heure, le plus tard, que tu rentres à maison quand tu vas pas à l'école ?

– Ben... à dix heures.

– Bon... tu viendras jamais me voir avant la noirceur pis tu repartiras jamais plus tard que dix heures. Et tu vas toujours passer par en arrière des hangars à Freddy, ensuite, tu vas passer dans le clos de pacage derrière la grange, pis là, tu vas marcher le long de la ligne des cerisiers, tu vas traverser la décharge en faisant ben attention de pas te mouiller les pieds, parce que c'est de l'eau pas mal corrompue, hein. Pis tu vas te glisser le long de la corde de bois pour entrer par la porte de cave. T'as-tu compris tout ça, là ?

– Ben c'est ça que j'ai fait.

– Pis c'est ça que tu vas toujours faire.

– Même en hiver ?

– L'hiver, c'est encore loin.

– Pis quand est-ce que je vas revenir ?

– Quand tu vas voir de la lumière dans les trois châssis du haut en même temps.

– En avant de la maison ou ben en arrière ?

– En avant, en avant.

– O.K. d'abord !

– Asteur, tu vas t'en aller avant que les gens reviennent du cap à Foley. Ça doit achever pas mal, leur affaire d'apparitions.

– Croyez-vous à ça, vous ?

– Pantoute ! Pas une minute !

– Tout le monde, ça croit à ça.

–◻Le jour où c'est que le chat va sortir du sac, ils vont dire : "Voyons donc, on a jamais cru à ça, nous autres."

– Ah!

– Moi, j'vois pas c'est que la sainte Vierge pourrait venir nous dire à nous autres de par ici, qu'on sait pas déjà. Faut aimer le bon Dieu pis notre prochain : un point, c'est tout. Même pas besoin d'être catholique pour avoir ça dans le coeur. On appelle ça la loi naturelle. Les gens, ils deviennent meilleurs, ils se convertissent rien que le jour où c'est qu'ils mangent de la misère pis des claques en arrière de la tête. C'est comme ça, la nature humaine, pas autrement.

– Monsieur le curé pense que c'est vrai, lui.

– Il s'est jamais prononcé. Pis même s'il se prononce pour quand il va revenir de Rome, moi, je croirai pas plus.

Elle soupira puis ajouta, autoritaire :

– Bon, ben remets tes culottes, là, pis va-t'en. Passe par le chemin que je t'ai dit...

***

Chapitre 2

Le lundi suivant, un jeune homme étrange descendit du train. En plein été, tout vêtu de noir et portant un chapeau et une petite valise sombre, il attirait l'attention sans pourtant chercher à le faire.

Il entra dans la gare et se rendit au guichet.

– Pour me rendre à Saint-Honoré...

– L'homme là, c'est le gars de la malle qui va justement à St-Honoré.

L'arrivant se tourna; Blanc lui parut un spectre vivant. Il s'en approcha et le postillon confirma ce qu'avait dit le chef de gare.

– Dès que les sacs de malle seront sur le quai, on va partir. Vous allez au village ?

– C'est ça.

Le personnage avait un air si patibulaire que le Blanc lui-même ne lui adressa pas la parole et attendit que l'autre le fasse. Mais l'homme dont le regard brun possédait une profondeur insondable n'en posa qu'une concernant une chambre qu'il pourrait louer pour quelques jours au village. Blanc dit quelques mots sur l'hôtel Central puis se tut quand il vit que l'étranger tournait la tête vers ailleurs et ne s'intéressait plus du tout à lui.

*

Au même moment, l'avion dans lequel voyageait le curé Ennis se posait à Rome au coeur de la nuit. Le prêtre sortit de sa torpeur et chassa de sa tête la phrase belliqueuse et menaçante de Rioux : "J'enverrai à St-Honoré tous les démons de l'enfer réunis en une seule et même personne..."

***

Chapitre 3

Ce soir-là, il y avait exposition du corps d'Emmanuel à la salle paroissiale. Et ce n'était pas un événement commun. On meurt vieux d'habitude, si rarement à pareil âge. Et les soirées au corps ont toujours un côté sécurisant, relaxant. Mais s'il s'agit d'un accidenté ou d'un enfant, l'atmosphère est beaucoup plus grave.

Et voilà qu'il s'agissait non seulement d'un enfant, mais du fils de la misère, du seul garçon d'une veuve malheureuse et démunie, et qui s'était éteint tandis que toute la paroisse demandait au ciel des faveurs personnelles là-bas, sur le cap à Foley.

On ne se le disait pas trop entre gens de bonne réflexion, mais on avait un peu honte, et cela ajoutait à la lourdeur de la tragédie un malaise s'exprimant par le choix des chaises dans la salle mortuaire. Spontanément, on avait laissé les premiers rangs aux plus misérables de la paroisse. Il s'y trouvait, outre la pauvre veuve et ses trois enfants vêtus de noir, la veuve Lessard et ses enfants 'miraculés', Clodomir et la Toinette, Elmire et Jos Page de même que la muette Solange pour qui les différences de fortune n'existaient pas. Et il y avait aussi Lucienne et Victor Drouin, les plus proches parents qui résidaient dans la même paroisse. La petite femme avait tout le mal du monde à tenir sur sa chaise tant sa grossesse débordait. Puis plusieurs chaises demeuraient libres au deuxième rang tandis que le reste de la pièce était occupé à peu près au complet par les paroissiens qui se parlaient à voix basse de maladies mortelles et d'apparitions miraculeuses, passant aisément de l'un à l'autre.

Vinrent deux soeurs du couvent. L'une avait enseigné au gamin. Elles marchèrent d'un pas rapide jusqu'à l'agenouilloir près du petit défunt blanc, et le parfum de leur savon de Castille fut soufflé sur les assistants par la voilure de leurs habits noirs.

Puis Esther Létourneau vint à son tour questionner la mort en priant pour le pauvre garçon. Elle serra la main de Marie; leurs yeux se croisèrent et de vraies condoléances passèrent par les regards pathétiques.

Fernand Rouleau, qui attendait le moment propice dans le couloir, pénétra dans la pièce quand la veuve fut occupée à recevoir les sympathies de quelques paroissiens; il était suivi de François Bélanger que personne ne remarqua non plus tant on était habitué à son impossible faciès. L'homme suivait un plan bien pensé la veille après qu'il eut appris la mort de l'enfant. Il devait absolument faire oublier à Marie cette histoire de messe noire et surtout le rendez-vous manqué pour emmener le garçon mourant aux pieds de la Vierge sur le cap à Foley. Il agirait comme un bon paroissien et en voisin sensible et bienveillant. Il prierait longuement auprès du corps, hocherait la tête pour montrer à quel point il était désolé, et la veuve saurait, elle, que son geste comportait aussi du remords dans les apparences de la désolation.

Quand la dernière main du petit groupe fut serrée, avant que sa tête ne retombe en avant et que ses yeux ne fixent à nouveau le plancher, Marie aperçut les deux hommes qui se trouvaient à côté de la tombe. Pour un moment, toute sa douleur de mère en deuil se mua en colère noire, un sentiment confinant à la haine. L'attitude insincère de cet homme lui paraissait sacrilège. Son geste braillard s'apparentait aux larmes d'un crocodile, et cet individu valait moins qu'un serpent. Elle eût voulu crier, mugir, maudire, mais cela n'aurait pu qu'empirer le déchirement intérieur qui faisait d'elle deux êtres tordus, l'un par la souffrance, l'autre par la révolte.

Il devait s'en aller, disparaître de sa vue. Et sans qu'il n'y paraisse. C'était sa façon maternelle de protéger son fils dans la mort comme elle en avait pris bon soin de son vivant. Tout ce qu'il y avait en ce moment de détermination rageuse dans son âme, elle le fit passer par son regard et le lança comme un terrible projectile derrière la tête de cet homme cynique.

François était resté debout. Il jeta un petit coup d'oeil en biais et vit que la veuve s'était rassise. Cette prière lui paraissant durer trop déjà, il se tourna pour faire quelques pas vers la femme. Fernand attendait ce moment; il emboîta le pas à son ami afin de prendre Marie un peu par surprise ou du moins pour qu'elle soit distraite un instant puis que tout se fasse vite.

– Eee aaa daul... pptt rr... hen... de mmmaèmmm, marmotta François à la femme en lui serrant faiblement la main.

Il voulait dire : "C'est pas drôle partir jeune de même." Mais Marie comprit ce qu'elle désirait entendre : "Mes meilleurs sympathies, madame, pis Dieu vous aime..."

Sans que ni l'un ni l'autre ne le veuillent, l'infortuné François et ses mots inintelligibles servirent d'écran à Fernand tout comme il l'avait prévu et souhaité. Il s'empara vivement de la main douloureuse qu'il serra entre les siennes, disant, l'oeil faussement contrit :

– Vas-tu jamais me pardonner pour avant-hier soir ? J'ai pris un coup fort... c'était la fête des Canadiens français... Pis j'ai été ben malade, pis j'ai pas pu venir...

La femme pensait s'évanouir. Il lui passait par la tête l'idée que son fils aurait peut-être obtenu un miracle si on l'avait conduit à la Vierge du cap à Foley le samedi soir. Sa lèvre inférieure se mit à trembler, mais les mots s'éteignaient, se mouraient dans la bouche.

Depuis l'arrivée de Fernand, Dominique veillait discrètement depuis le couloir. Il ne fallait pas que le scandale éclate. Cela nuirait à tous, surtout à Marie elle-même et à ses enfants. La veuve s'était confiée à lui quant à sa détresse du samedi soir et l'homme avait souffert devant une prise de conscience aiguë : l'égocentrisme généralisé et l'indifférence de tous face à la misère humaine. Chacun s'était rendu sur le cap à la recherche de quelque chose pour soi-même et personne au monde ne s'était préoccupé du sort d'une mère laissée seule à défendre sa maison contre le terrible assaut de la grande faucheuse.

Il entra dans la pièce de son pas le plus long et se dirigea droit à la veuve en disant :

– Madame Marie, aurais-tu une minute que je te parle un peu de certaines choses... Tu pourrais venir à la salle des Chevaliers ? C'est pas des mauvaises nouvelles...

– Si j'peux faire quelque chose pour aider, lança Fernand de sa voix la plus sirupeuse.

Marie lui lança un regard meurtri et meurtrier à la fois mais elle ne dit mot, se leva et suivit Dominique qui la supporta en lui prenant un bras. Les trois fillettes se tortillèrent sur leur chaise mais se résignèrent à affronter seules les prochaines condoléances dont elles ne sauraient pas trop quoi faire.

Dominique avait à lui dire qu'il venait d'obtenir le meilleur tarif pour elle, le rabais d'exception consenti aux pauvres gens par la maison funéraire qu'il représentait. Il referma la porte de la salle sur eux et le lui annonça.

– En plus qu'ils vont attendre le retour de monsieur le curé. Pis j'suis persuadé que la Fabrique va payer pour l'enterrement.

– Moi, j'voudrais de toutes mes forces que j'serais pas capable, fit-elle honteuse, la tête basse.

– T'inquiète pas, Marie, d'une manière ou d'une autre, je vas tout arranger ça.

Elle soupira :

– C'est pas la reconnaissance qui va me manquer.

L'homme s'appuya à une table de billard et croisa les bras.

– J'aurais peut-être quelque chose à te suggérer pour t'aider... Ta plus vieille, elle est en masse capable de garder les deux autres à la maison. J'pourrais ben te faire travailler du côté de la manufacture. Tu pourrais peut-être travailler sur la cloueuse, l'étampeuse pis même des fois l'embouveteuse. On te donnerait un bon cinq piastres par jour.

– J'pensais que vous preniez rien que des hommes.

– Ouais... jusqu'à aujourd'hui, mais pourquoi pas une femme, hein ? Pis surtout une femme qui a besoin de gagner la vie de sa famille. Ça te sortirait de tes dettes un peu... J'dis ça comme ça... Peut-être que tu dois rien à personne. J'sais pas pourquoi c'est faire que j'parle de même...

– J'en ai, j'en ai, des dettes, craignez-pas.

– Pense à ça, là. Moi, j'vas en parler à mon frère Raoul. Il va être plus sensible vu que t'es en deuil...

– J'sais pas si j'serais capable de faire ça, moi.

– Comme disait le président des États : "Y'a pire que de pas réussir, c'est de pas essayer."

Malgré sa pâleur et les cernes autour de ses yeux, son visage s'éclaira. Mais aussi vite, son front se rembrunit.

– Le Fernand Rouleau, après ce qui s'est passé...

– Lui, il va juste prendre son trou. Autrement, il va se faire mettre dehors. C'est un bon employé, ben vaillant, mais il va pas te déranger si tu viens travailler chez nous. Remarque que c'est pas une job à l'année, là, c'est rien que pour jusqu'au mois d'octobre. On a cinquante mille boîtes à beurre à faire; ça prend de la main-d'oeuvre pis des bras qui ont pas peur de l'ouvrage.

– Ben je vas y aller le lendemain de l'enterrement.

– Ce qui veut dire mercredi. J'serai là pour te montrer ce qu'il faut faire. Peut-être que tu vas te faire une couple de cents piastres avant l'automne.

Profondément touchée en même temps qu'écrasée par la fatigue et la douleur, Marie éclata soudain en sanglots. Dominique la prit par les épaules; elle se jeta contre lui. L'homme prit conscience de la valeur du geste qu'il venait de poser pour elle et, bien que surpris de cette réaction puisque Marie était si peu démonstrative de nature, il lui frotta doucement le dos pour aider à la soulager. Fernand Rouleau ouvrit la porte sans frapper et dit aussitôt en tournant les talons :

– Excusez-moi, j'pensais pas que y'avait du monde icitte...

– Tu le savais, tu le savais, lança Dominique.

Mais la scène prit fin là, l'arrivant ayant déjà refermé la porte derrière lui.

Au fond de la salle mortuaire, quelques femmes assises en cercle se parlaient à voix retenue. On se passait des commentaires sur un jeune visiteur qui venait d'entrer dans la salle et qui, en ce moment même, priait auprès du défunt, le regard sincèrement désolé.

– C'est lui qui travaille pour la Shawinigan pis qui reste à l'hôtel, dit Ti-Noire.

– Y s'appelle Jean Béliveau, enchérit Bernadette. Paraît qu'il vient de Victoriaville.

– Le curé avait peur que ça soit un fifi vu qu'il fait courir ses balles de tennis par les petits gars du village, glissa Lorraine Bureau.

– Si un beau gars de même, c'est un fifi, moi j'suis la Sainte Vierge, souffla Ti-Noire avec un regard moqueur.

– C'est beau de sa part de venir au corps, après tout, il fait juste passer dans la paroisse.

– On voit ben que c'est un monsieur d'homme.

La veuve venait de retrouver sa place. Béliveau se présenta à elle et lui offrit ses condoléances.

– Heu... je vous espère... je... vous présente mes... sympathies...

Pendant ce temps, d'autres personnes se présentaient à la salle et parmi elles, Rose Martin. Après sa prière, elle se rendit à Marie et offrit ses condoléances puis occupa la place libre près d'elle pendant un moment.

– Ça se parlait, mais on pensait pas qu'il s'éteindrait aussi vite.

– Et il a beaucoup souffert jusqu'à la fin.

– Si on avait donc eu un docteur...

– C'est pas un docteur qu'il aurait fallu, c'est le bon Dieu. Si au moins j'avais pu l'emmener voir la Sainte Vierge...

Rose fronça les sourcils.

– Tout le monde meurt. Pis on meurt à notre heure. C'est pas ça qui aurait changé grand-chose.

– Vous avez pas la foi, vous, madame Rose ?

– La foi oui, mais pas la naïveté. Y a pas d'apparitions, y a pas de miracles. Si chacun qui demande sa petite ou grosse faveur personnelle était exaucé, y aurait plus de destin. La vie va comme c'est écrit. On prend les meilleures décisions pis c'est les circonstances qui se chargent du reste.

– À quoi ça sert de prier ?

– Ça libère, ça soulage, ça donne de l'espoir, ça donne une bouée pour nous accrocher, mais ça apporte rien d'autre. Qu'on dise tous les chapelets qu'on voudra, ton petit gars, il est là où c'est qu'il doit être. Pis c'est une belle place. Parce qu'il l'a gagnée par ses souffrances.

Marie sourit faiblement puis elle dut se lever afin de recevoir d'autres condoléances. Cela lui permit de se laisser pénétrer par la pensée de Rose et elle se rassit pour exprimer son réconfort.

– Même si j'suis pas d'accord avec tout ce que vous m'avez dit, ça m'aide de l'entendre. En tout cas, ça fait baisser un peu le remords.

Il ne leur fut pas possible de s'en dire plus. Les assistants se levaient au commandement de la voix de Bernadette qui lançait la récitation d'une autre dizaine de chapelet.

La fin de la prière constituait aussi le signal de départ des visiteurs, et la salle se vida en quelques minutes. Il ne resta plus bientôt devant la tombe que Marie et ses enfants.

Dominique demeura en retrait dans le couloir à parler à voix retenue avec Gustave et il donna tout le temps à la veuve de se recueillir auprès de son fils, et peut-être pour la dernière fois voir sa petite famille si cruellement amputée réunie sans autre présence aux alentours.

– On va aller le voir toutes les semaines au cimetière, dit la mère comme pour réduire l'importance de la rupture. On va faire pousser des fleurs sur sa fosse. Des pensées. Des mimosas. Des tulipes. On va lui parler pis il va nous entendre. Pis il va nous aider, nous protéger... On dit que le malheur unit les familles.

– Des fois, on pourra y aller en sortant de l'école, suggéra faiblement Yvonne.

– Pis si je travaille à la shop, je vas acheter un monument en pierre, ça, c'est certain.

Alors il se fit une longue pause. Depuis le couloir, on put clairement entendre les sanglots de Marie et les voix timides des filles qui se disaient n'importe quoi pour sortir leur mère de son chagrin tout en le respectant.

– C'est pas drôle pour d'aucuns, la vie, hein, Dominique ?

T'en penses quoi, toé ?

– Quant à moé, Gus, si j'avais été le manufacturier de la vie sur terre au lieu qu'un fabricant des boîtes à beurre, j'pense que c'est pas tout à fait de même que j'aurais arrangé ça. Mais... c'est rien qu'une idée de même : ça vaut ce que ça vaut...

– Moé itou, j'aurais arrangé ça pas tout à fait de même...

***

Chapitre 4

Le jeune homme se leva à la barre du jour. En fait, il s'était éveillé avant l'aube et avait attendu dans son lit moelleux, mains croisées sous la tête, que les premières lueurs entrent par sa fenêtre donnant vers l'est, un point cardinal qui se trouvait au fond du ciel entre l'église et le couvent.

Il se sentait d'équerre avec la vie. Prêt à se dépouiller du vieil homme en lui, à se glisser comme un serpent hors de sa peau usée pour vivre dans la neuve, et se fondre dans le décor pour mieux agir, pour mieux accomplir l'oeuvre pour laquelle il se trouvait dans ce petit village de la Beauce.

Son regard foncé commençait de briller. Pour la centième fois, il se répéta sa devise, cette phrase qui lui servirait de guide tout le temps qu'il vivrait dans cet endroit. "*Voir sans être vu.*" Rester à l'affût, aux aguets, en retrait, attendre et n'agir que le moment venu, lorsque son maître intérieur lui ferait signe.

Ce n'était pas un hasard s'il avait voulu s'établir pour quelque temps dans cette paroisse. Un article du journal *La Presse* avait guidé son choix. On y parlait de ces apparitions de la Vierge, des enfants miraculés... Le journaliste, dans sa collaboration spéciale, montrait les choses, les personnes, mais se gardait de tout commentaire personnel, et son choix de mots et les tournures de phrases empêchaient son opinion de suinter. Il signait R. Lévesque.

Alors le jeune homme avait consulté une carte routière pour y situer Saint-Honoré et il avait fait ses minces bagages. Nulle part au pays canadien, il ne pourrait moissonner autant que là où il se passait des choses extraordinaires, là où les âmes seraient à découvert à cause des événements hors du commun qui s'y déroulaient depuis quelques semaines. Il pourrait bien mieux se mesurer à la force de Dieu là qu'ailleurs au Canada français puisque la foi de ce peuple avait toutes les chances d'atteindre des sommets sur le cap des apparitions.

Cette pensée lui injecta un puissant stimulant et il se dressa sur son lit. Le drap coula devant lui et son torse apparut, velu comme celui d'une bête, et il tourna lentement la tête comme pour défier la pureté du matin blême. Puis il se mit en position assise sur le bord du lit et son regard alors tomba sur un crucifix qu'il n'avait pas vu la veille au soir, et qui se trouvait au-dessus d'une commode brune. Le sourire que l'homme esquissa était habité par une foule de nuances souvent opposées les unes aux autres, se heurtant et s'entremêlant, et qui allaient de l'incertitude à la détermination la plus farouche, de la crainte à la passion tout juste muselée, de l'hésitation débilitante à la fureur d'un loup affamé.

Il sentit le besoin d'un bain d'air matinal, d'un bain d'eau fraîche et d'un bain de réflexion; mais tout d'abord, il voulut examiner les environs pour bien reconnaître les lieux sans se laisser distraire par les humains, car à cette heure il ne verrait sans doute pas âme qui vive dehors.

Ce qu'il aperçut en premier quand il se mit à la fenêtre fut un dalmatien hésitant qui paraissait perdu là, trois étages plus bas, de l'autre côté de la petite rue en gravier, au coin de la rue principale au macadam usé et grisâtre. L'animal renifla le pied d'un poteau téléphonique avant d'y uriner vivement. Puis il courut en direction d'un garage bâti en travers plus loin, guidé, semblait-il par son errance et sans grand instinct cheminant à l'avant de son museau.

Encore sombre, la façade de l'église se dressait comme un rempart à l'impiété dans son revêtement de tôle bosselée gris noir. Et son perron en reconstruction parlait du labeur des paroissiens, de leur obéissance routinière et d'une cohésion peut-être trop belle. Un ciment neuf sans doute mais déjà fragile. Ce chien moucheté qui rebroussait chemin pourrait bien y imprimer sa marque. Sans même s'en rendre compte, les fidèles useraient le béton et les apparitions elles-mêmes, amenant là mille fois les pieds foulant de coutume ces sols dévotieux, auraient tôt fait de gruger le ciment de la bonne entente paroissiale. L'argent avait-il déjà commencé à chanter quelque De profundis sur le futur cercueil des vertus villageoises qu'était en train de fabriquer de ses propres mains la Vierge des apparitions ?

Et le couvent habillé d'amiante beige, cette fourmilière de jeunes esprits endormie pour l'été, cachait le lever du soleil tout en l'absorbant pour le rendre dans un halo sombre.

En cette époque de l'année et à cet étage de la bâtisse, il faisait une chaleur pesante que seule la fraîche de la nuit parvenait à réduire. Et le moment était plaisant. Il entrait de l'air doux par le treillis de la moustiquaire et le jeune homme s'en gorgea sans réserve pendant quelques minutes, ce qui figeait aux commissures de ses lèvres un sourire énigmatique.

Bel homme, ce n'était pas là que la récompense de son jeune âge, car les traits réguliers mélangeaient les airs bon enfant à ceux d'une puissante virilité. Au bord de sa trentième année ou du moins ayant toutes les apparences de cet âge, il portait une chevelure foncée et possédait un regard profond, insondable, comme si, tel un chat, il eut recouvert ses yeux d'une seconde paupière, intérieure et invisible.

Forte musculature, muscles des bras et des épaules qui saillaient et bandaient sporadiquement, peau bistrée, son corps tout entier dégageait la force du fauve se préparant à l'attaque.

Un bruit se fit entendre dans la chambre voisine. Quelqu'un d'aussi matinal que lui, on dirait. Ce qu'il savait de la clientèle de l'hôtel, c'est qu'elle occupait les douze chambres de l'établissement puisqu'il avait eu la toute dernière. On lui avait signalé la chance qu'il avait eue de se trouver une place. Le propriétaire et sa fille avaient parlé devant lui à son arrivée, certainement pour qu'il entende et ne discute pas sur les prix.

Il y avait une équipe travaillant sur les lignes électriques. Un journaliste. Des visiteurs venus des États. Une famille de Waterloo avec un enfant handicapé. Des frères des Écoles chrétiennes de Saint-Raymond. Deux Juifs de Montréal venus rencontrer des gens du village pour, semble-t-il, ouvrir une manufacture de chemises. Et les autres, il n'en savait rien encore. Et peut-être n'en saurait rien plus tard puisqu'il n'avait pas l'intention de moisir à l'hôtel. Dès huit heures, il se mettrait à la recherche d'un logis, d'une maison à louer si cela était seulement trouvable en un si petit endroit.

Il lui vint l'idée puis le goût de sortir sur le balcon avant afin d'y faire quelques exercices physiques au grand air. Ensuite, il se rendrait à la chambre de bains de l'étage avant que d'autres clients ne commencent à l'occuper.

Il enfila un pantalon, des bas et sortit de la chambre en se disant qu'il manquerait déjà à sa devise. Faire de l'exercice sur un balcon aussi exposé, ce ne serait pas trop '*Voir sans être vu*', ça... Encore qu'à pareille heure...

Il sortit en se faisant le plus discret qu'il put et regarda dans les trois directions qui s'offraient. Rien vers le bas du village. Rien non plus vers le haut. Et personne devant jusqu'à la salle paroissiale et le cimetière.

Alors il se lança dans une série d'exercices qu'il fut sur le point d'interrompre quand il entendit la porte s'ouvrir dans son dos. Une voix égale dit :

– Heu... c'est une bonne idée... heu... de s'emplir les poumons comme ça, le matin.

– Surtout quand on vieillit...

– Va faire beau aujourd'hui.

– Le soleil annonce ça, on dirait.

– Heu... la dernière semaine de juin, c'est rare qu'il... que...

– Qu'il mouille à siau.

– C'est ça, oui.

– Es-tu un gars de la Shawinigan ?

– C'est ce qu'ils disent, oui.

– Moi, je m'appelle Verville, Jean-Louis Verville, dit le jeune homme qui poursuivait ses flexions avant en expirant bruyamment.

– Moi, c'est Béliveau.

– D'où je viens, y'en a, des Béliveau.

– Pis moi, d'où je viens... heu... y'en a, des Verville.

– Je viens d'Arthabaska.

– Ça parle au démon, moi je viens d'à côté.

– D'à côté ?

– D'à côté d'Arthabaska.

– Victoriaville ?

– En plein ça.

– Le monde est petit.

Verville s'arrêta et se tourna. Il fut étonné de la taille imposante de son interlocuteur qu'il toisa de pied en cap. Béliveau demanda :

– Êtes-vous venu à cause des... heu des apparitions ?

– Pour ainsi dire, oui.

Béliveau montra du doigt.

– C'est là-bas que ça se passe... Là, sur le cap... vous voyez entre le magasin général pis la salle paroissiale, au fond...

– Ah! c'est donc ça, le cap à Foley. Ça pourrait devenir aussi connu que le Cap-de-la-Madeleine.

– En tout cas, j'suis allé... samedi... et tout ce que j'ai vu... ben c'est... heu... des sapins, des épinettes pis ben du monde.

Verville dirigea la conversation sur un autre sujet et il apprit que le grand échalas était sportif dans l'âme. Béliveau parla de sa ville natale, mais l'autre ne montra pas le moindre intérêt et conduisit l'échange à sa manière, comme s'il n'avait voulu écouter que certaines choses et pas d'autres. De plus, il mit fin à leurs propos et rentra. Quelques instants plus tard, il s'enfermait dans la salle de bains commune à tous ceux de l'étage.

Il fut le premier à la salle à manger pour y prendre le petit déjeuner. Jeannine servait. Il se montra poli et froid. Bientôt Fortunat vint le saluer en passant et le jeune homme l'interpella :

– Vous devez connaître toute la paroisse, monsieur Fortier, vous ?

– Tu parles, dit l'autre qui se tint debout, bras croisés, devant son interlocuteur. Maire, à vrai dire ex-maire, commerçant de terres, hôtelier. Un vrai Séraphin Poudrier mais pas ménager comme lui... j'espère.

– C'est pas que j'aime pas être chez vous, mais j'aimerais me trouver une maison à louer quelque part dans la paroisse.

– Dans le village ou la paroisse?

– Je vas prendre ce que je vas pouvoir trouver.

– C'est quoi ton nom déjà ?

– Beauchesne. Roger Beauchesne.

– Ben Roger, je vas y penser. À brûle-pourpoint, il me vient rien dans la tête.

– Vous m'en direz quelque chose à midi peut-être?

– Peut-être ben, oui.

Apprenant que le marchand était maire, Verville alias Beauchesne se rendit au magasin après déjeuner. Il y trouva Bernadette et Freddy, chacun occupé derrière son comptoir et ses lunettes. Le jeune homme choisit de s'adresser d'abord à la vieille fille à qui il parla à voix retenue :

– Moi, je m'appelle Germain Bilodeau...

Elle coupa :

– Je gage que vous êtes de la parenté à monsieur Jos Bilodeau. Laurent, c'est votre cousin pis la belle Claudia, ben c'est votre cousine.

– Disons que c'est des cousins éloignés.

– Je l'aurais juré. Vous ressemblez à Claudia, c'est frappant. Ah! une belle fille à plein ! Pis ça se dit qu'elle va se marier pas plus tard que dans un an. Ça fait un bout de temps qu'elle sort avec son grand Roger Bureau. Elle a jamais sorti avec personne d'autre.

– Y aurait-il des maisons vides dans la paroisse?

– Je vous pense, dit-elle la tête en avant et les yeux par-dessus ses lunettes. Y en a une dans la rue des cadenas voisin des Ferland. Une autre au bord de la Grande-Ligne voisin d'Arthur Quirion. Vous le connaissez pas, Arthur ? Un pauvre homme qui passe sa vie à réparer des vieux bazous. Clodomir Lapointe est toujours rendu là avec sa machine.

Elle tendit le cou et cria :

– Freddy, en connais-tu des maisons vides dans la paroisse ?

– Pas beaucoup à part de ceuses-là que tu viens de dire.

– Ben, ça doit être à peu près tout.

– Y en a une dans le rang 9. L'ancienne maison des Page, ajouta le gros marchand.

– Es-tu fou, on va pas envoyer monsieur là. Même les rats trouvent pas ça assez... assez... disons à leur goût.

– Saleté ?

– Plutôt oui.

– Y a rien qui se lave pas.

Freddy intervint :

– Mon petit monsieur, peut-être que vous pourriez en parler avec Lucien Boucher qui arrive justement à dos de cheval à la boutique de forge de l'autre côté du chemin. Il reste dans le neuf, lui. Il va en savoir plus que nous autres.

– C'est bien, je vous remercie, dit Bilodeau alias Beauchesne alias Verville qui tourna les talons.

Mais Bernadette était insatisfaite. Elle en avait appris trop peu à son sujet.

– C'est-il vous qui êtes arrivé avec le postillon hier soir pis qui s'est installé à l'hôtel ?

Il s'arrêta, se tourna à demi.

– C'est bien ça.

– Pis vous voulez vous installer par icitte ?

– C'est bien ça.

– Comme ça, si on reçoit de la malle pour vous, ben ça sera Germain Bilodeau, le nom dessus.

Le nom était faux mais l'homme répondit par l'affirmative. Il trouverait une solution plus tard. Dès qu'il aurait trouvé un gîte, il ferait venir d'autres bagages de son lieu d'origine et demanderait qu'on les adresse à ce nom inventé. "*Voir sans être vu*," cela supposait aussi une fausse identité. Mais pour éviter d'intriguer, il devrait s'en tenir à un seul nom et non plus jouer le jeu de multiplier les alias comme il l'avait fait ce matin-là.

– Allez-vous avoir votre famille avec vous ? lança-t-elle avant qu'il n'arrive à la porte.

– Seul, tout fin seul.

– Ah! bon !

– C'est peut-être vous le nouveau mesureur de bois qui va travailler au moulin à scie ?

L'homme se retourna, sourit à peine et dit d'une voix profonde et lourde :

– Madame, moi, je suis celui qui mesure les âmes, pas les arbres.

Bernadette en eut le frisson tant les mots tombaient comme le marteau d'Ernest sur un fer rougi au feu...

En traversant la rue, le jeune homme décida de changer son nom une dernière fois afin d'éviter d'être associé aux Bilodeau de la place. Il entra dans la boutique par la grande porte laissée ouverte à pleine grandeur, fit un vague signe de salutation à l'endroit de Lucien Boucher et s'approcha du feu de forge qu'il fixa un moment. Ernest ne lâcha pas la manivelle du soufflet et se contenta d'un mouvement de la tête pour montrer qu'il serait bientôt à son visiteur. Mais le jeune homme laissa dériver son regard hors des flammes dansantes et il parla par-dessus le feu jaune et bleu et le grondement de l'appareil :

– Mon nom, c'est Bédard. Je me cherche une maison dans la paroisse.

– Dans le village, je peux te renseigner; dans la paroisse, demande à Lucien Boucher qui est là.

Lucien s'avança et dit :

– Pourquoi pas la vôtre dans le bas de la Grande-Ligne d'abord que votre locataire vous paye mal ?

– Qui c'est qui t'a dit ça, toi, Lucien ?

– C'est vous l'hiver passé.

– Bah! le Clodomir, il va ben finir par me payer. J'peux toujours pas le sacrer dehors avec sa trâlée d'enfants.

– Je paye vingt piastres par mois.

– MoÉ, je loue cinq piastres à Clodomir pis il me paye même pas.

– Je vous la prends, vot' maison.

Mais le forgeron éluda la question et dit plutôt :

– Y en a pas une dans le neuf, Lucien ?

– Ouais, la vieille maison des Page.

– Tu vas avoir ça pour une bouchée de pain, mon ami.

– À qui dois-je m'adresser ?

– Ben aux Page. Ils restent dans la rue des cadenas, pas loin d'icitte. C'est pas la rue de l'hôtel, c'est la suivante. Mais à ben y penser, je te conseille pas d'aller vivre dans le neuf, c'est le rang des haïssables...

– Huhau, huhau, Ernest, poussez mais poussez égal ! protesta Lucien.

Le forgeron se mit à rire et posa sur l'enclume un fer à cheval rougi qu'il tenait entre les mâchoires de longues pinces. Et il commença à marteler le fer en parlant entre les coups :

– J'en connais une dans le rang 10.

Le coup fit voler des étincelles.

– C'est l'ancienne maison à Polyte Boutin.

Le coup suivant sonna amorti.

– Mais c'est à l'abandon.

Le marteau frappa l'enclume et non le fer.

– En plus que c'est à au moins sept, huit cents pieds du chemin, en plein bois. On la voit même pas du rang.

– C'est loin du village ?

– Ben à pied, je dirais quarante-cinq minutes.

Le forgeron tourna le fer et en frappa une extrémité sur

le côté de l'enclume pour rajuster l'angle droit.

– En bicycle ?

– Si je te dis quarante-cinq minutes à pied, mon gars, t'as rien qu'à compter ça selon ton pas pis ton coup de pédale. C'est toé qui sait ça le mieux, pas moé.

Germain aimait bien la façon brutale dont s'exprimait cet homme. Mieux peut-être que la gentillesse servile de cette femme à son comptoir pour dames au magasin général. Et puis ces étincelles, ce charbon, ces flammes, ce fer rougi : quel tableau fascinant ! S'il avait été grand peintre, il aurait parqué son chevalet pour un moment dans un coin de cette boutique à côté d'une toile d'araignée, les pieds dans le bran de scie, la moulée de vers et la paille sèche pour y créer un chef-d'oeuvre noir...

Lucien Boucher était venu avec sa pouliche morelle. Une fois de plus en arrivant, il avait critiqué le précédent ferrage et une fois de plus Ernest lui faisait une faveur, non sans grommeler intérieurement. "Il passe son temps à me faire ferrer la moitié de son ch'fal pour rien pantoute; un bon jour, si son ch'fal est pas mort, il va finir par marcher rien que sur une patte... pis lui avec..."

Et la dernière fois que ça s'était produit, un étranger était venu, ce quêteux de St-Éphrem qui lui avait jeté un sort par lequel l'infortuné Ernest avait perdu presque tous ses cheveux, ce qui le rendait terriblement honteux, surtout le dimanche à l'église quand il devait s'y présenter avec cette fausse crêpe de poils à l'origine douteuse qui ne méritait même pas le nom de perruque et qui avait coûté les yeux de la tête pour ne pas dire un bras du corps...

Quel était donc cet autre visiteur étrange qui venait juste au moment où Lucien apparaissait ? Mieux valait en tout cas le traiter avec politesse. Sauf que le respect d'Ernest pour les autres avait des dehors plutôt rugueux.

– J'pense à ça, si tu veux attendre, y a la maison du vieux France Jobin qui va se vider ça sera pas trop long. Le bonhomme, il se meurt d'un chancre de pipe. Il a déjà tout la face écharognée. Il pourrit vivant comme on pourrait dire.

Et le forgeron travailla l'autre branche du fer pour lui donner sa forme tandis que Lucien chassait le frisson que le terrible discours lui donnait.

Le visiteur demanda :

— Polyte Boutin, lui, il reste au village ou quoi ?

— C'est ça, oui, sur la côte là-bas, dit Ernest avec une lueur jaune au fond de l'oeil.

— Dans la rue de...

— Sa maison, elle a six pieds de long, six pieds de creux pis deux pieds de large... C'est plus petit que le vieux coqueron à Baptiste Nadeau.

Le visiteur sourit et insista :

— Sa maison appartient à qui ?

— Son garçon Georges qui reste au bord du chemin, lui. C'est la deuxième maison du rang, c'est pas compliqué...

Le forgeron plongea le fer dans une cuve d'eau, et la vapeur monta en même temps qu'un sifflement se faisait entendre.

Lucien intervint :

— Elle doit être ben maganée, la maison du vieux Polyte. Pis c'est loin du village. Monsieur Bédard va se trouver loin de l'église, du magasin pis même de son ouvrage... si il vient par chez nous pour travailler... ça serait sûrement au moulin ou à la manufacture de boîtes...

— Comment ça, Lucien, tu veux pas que les arrivants s'installent dans la paroisse ? Te v'là rendu à prêcher pour le village ? Ben ça parle au diable !

— Quand je dis que j'veux que le village se sépare de la paroisse, c'est pas à moi, c'est pas à mon bien que je pense, c'est au bien commun comme ils disent. Le bien de la paroisse... pis le bien du village. Pis la séparation... on mettra pas des barrières autour du village, il va rester des liens importants, le commerce, la religion pis même des services communs. Pas besoin d'un dictionnaire pour comprendre ça !

Le visiteur buvait le propos des deux hommes. Lucien reprit :

– En réalité, on va se séparer pis ensuite, on va se réunir pour les affaires qui vont faire notre affaire autant à la paroisse qu'au village...

Le forgeron ricana un peu en se dirigeant vers la pouliche pour essayer le fer sur le sabot.

– Le curé va finir par t'excommunier, mon Lucien, parce que c'est pas son idée pantoute, lui, la séparation.

– Que le curé s'occupe donc des âmes pis que nous autres, les citoyens, on s'occupe du reste, c'est tout !

Ernest s'arrêta devant son jeune visiteur étranger et le dévisagea.

– Mon gars, la maison à Polyte est pas si pire que ça. C'est une maison pièce su' pièce pis les arbres la protègent des gros frettes d'hiver. J'sus pas sûr mais j'pense qu'il reste des vieux meubles dedans. Ça fait que tu peux réparer ça avec le p'tit Georges Boutin. Au prix que tu veux payer ton loyer, y'a pas de soin.

L'étranger avait le regard qui brillait. Il sentait que cette maison l'attendait. Et les germes de discorde politique l'intéressaient au plus haut point. Il questionna Lucien.

– Allez-vous faire un référendum sur la séparation ?

– Quand on va avoir assez de monde de notre idée pis qu'on va espérer pouvoir le gagner.

– Même contre l'idée du curé ?

– Monsieur le curé, que je respecte beaucoup soit dit en passant, aura pas le choix de se rallier à l'opinion de la majorité.

– Ça, moé, j'sus pas sûr de ça, mon Lucien, dit Ernest qui

agrippa la patte du cheval par le poil et se la mit entre les jambes.

— Monsieur le curé est un homme de progrès capable de comprendre le bon sens...

— Pas sûr de ça non plus, là, moé ! C'est une tête d'Irlandais, oublie pas ça, mon Lucien.

— Il reste qu'au-dessus de lui, y a l'archevêque de Québec pis le pape à Rome...

— Il est justement là, à Rome, notre bon curé Ennis; j'sais pas si il va parler au pape... On sait jamais avec ce qu'il se passe par icitte... C'est que tu penses de ça, les apparitions, toi, mon Lucien ? Pis toé, mon gars, c'est-il pour ça que t'es venu par icitte? Peut-être ben que t'es envoyé par Monseigneur Roy pour faire une enquête ?

— Non, non, absolument pas !

— On peut-il savoir pourquoi c'est faire que tu veux t'installer dans notre paroisse ? Pas de la contrebande de cigarettes américaines comme le cousin de la voisine icitte à côté toujours? Pis ça serait une bonne place, la maison à Polyte pour se faire un alambic...

— Non plus, non plus, dit le visiteur qui releva un seul sourcil.

Lucien avait la même curiosité qu'Ernest, mais il semblait que l'étranger ne voulait pas parler de lui-même et de sa raison de vouloir se trouver un logis.

— C'est disons... pour me reposer. Une convalescence...

— Te serais-tu fait opérer pour les poumons ? Y aurait pas de honte à ça. Mon gars, Martial, le plus vieux, il s'est fait faire un trou gros comme le poing dans le thorax pis à l'automne, ils vont l'ouvrir une autre fois pour couper le poumon pis ôter le morceau pourri.

Le forgeron posa le fer sur le sabot puis le mit à terre avec la pince; il sortit un couteau à corne de sa poche et entailla le sabot pour l'égaliser.

– Non, non...

– T'es pas malade dans la tête, toujours ? Comme le gars d'en face qui devait se marier avec ma fille. Il a disparu pis personne sait où c'est qu'il est rendu.

– Non, non... j'sus juste un passant comme ça... Un 'survenant' comme ils disent dans le bout de Sorel...

Au-dessus de leur tête, en biais, par l'entrée du grenier laissée ouverte, des yeux les observaient tous les trois. Deux paires d'yeux silencieux roulant dans des orbites petites et rondes. Gilles Maheux et son ami Clément Fortin s'étaient cachés là-haut juste après le petit déjeuner pour jaser des filles, et à l'arrivée d'Ernest, ils avaient décidé de se tenir tranquilles et d'écouter en silence.

Lucien lança :

– Ça nous dit pas ce que tu viens faire par icitte.

– Me reposer. J'ai pas besoin d'un permis pour ça ?

– Ah! nous autres, c'est pas de nos affaires pas une miette, dit le forgeron qui taillait généreusement dans le sabot. D'abord que tu payes ton loyer... pis même si tu le payes pas, ça nous regarde pas pantoute.

– C'est vrai, c'est vrai, on est dans un pays libre, enchérit le cultivateur. Pis on dit bienvenue aux étrangers sans poser de questions... disons sans trop poser de questions.

– J'ai rien à cacher sauf que j'ai rien à dire : j'suis un personnage sans odeur et sans saveur comme ils disent. Et vous, monsieur Maheux, êtes-vous pour ça, la séparation ?

– Moyennement disons !

– Moyennement ?

– De la manière que Lucien voudrait faire ça, moé, j'sus pas contre. Chacun nos outils, c'est normal. Moé, j'ai une terre pis une maison dans les rangs, pis j'ai une maison pis un commerce au village sans compter le commerce de ma femme. Le plus important là-dedans, c'est que le monde, ils peuvent dire leur idée...

– Un esprit démocrate ! s'exclama le visiteur.

– Un quoi ?

– Vous croyez dans la voix du peuple. Que l'opinion de la majorité l'emporte, pas celle du curé de la paroisse...

– En plein ça, mon gars, en plein ça.

Lucien intervint :

– N'empêche que y'a des gens plus éclairés que d'autres.

Ernest s'opposa :

– Y'a pas une seule opinion qui vaut plus que celle de deux ou trois cents personnes. Tu les additionnes pis ça te donne la réponse que tu cherchais.

– C'est pour ça qu'il nous faudra un référendum.

– Sauf qu'une votation veut pas dire que celui qui est élu a raison pour tout le temps par après... On a assez de Duplessis qui se conduit en dictateur parce qu'il a l'appui du peuple.

L'échange se poursuivit et intéressa le visiteur au plus haut point, d'autant qu'il n'avait plus à y prendre part. "*Voir sans être vu,*" se disait-il en les écoutant.

Mais en ce moment, la devise s'appliquait aussi à son égard. Allongés dans le bran de scie et dans le noir, les gamins continuaient de surveiller ceux d'en bas, surtout ce mystérieux personnage venu d'on ne savait où.

Bédard consulta sa montre et, malgré l'immense plaisir qu'il retirait des propos entendus, il jugea qu'il avait trop à faire pour rester plus longtemps. Il voulait visiter le cimetière, le cap à Foley et surtout se rendre dans le dix pour voir et peut-être louer la maison abandonnée du vieux Polyte Boutin.

Le visiteur se déplaça pour les écouter et se mit presque sous l'échelle qui menait au grenier; une sorte de sixième sens lui fit lever la tête pour voir là-haut. Les yeux des enfants cessèrent de bouger tandis que les coeurs s'accéléraient.

Des reflets de la flamme du feu de forge passèrent par le regard du visiteur étranger et dévièrent vers le trou noir. Terrifié, Clément ferma les yeux mais Gilles ne se déroba point. N'avait-il pas plein droit de se trouver là ? N'était-il pas chez lui dans cette boutique de forge ? Néanmoins, il fut troublé par ces yeux froids. Il parut que l'homme ne vit pas les enfants. Quand il se produisit une accalmie dans le discours, il annonça son départ et montra sa reconnaissance.

– Merci pour les renseignements. Je dois partir : salut bien.

On lui répondit par des mots tronqués, mais au moment où le jeune homme traversait le chambranle de la porte, une voix puissante lui dit dans le dos :

– Coudon, t'es pas un fifi, toujours, là, toé ? Parce que le curé surveille ça de ben proche, là, lui.

Bédard se tourna à demi et lança, défiant :

– Ce n'est pas la chair qui m'intéresse, monsieur le forgeron, c'est l'esprit.

– Comme un prêtre, on pourrait dire.

– Comme un prêtre...

Quand il fut parti, Ernest dit à Lucien :

– Ça me paraît d'un bon homme... mais je me trompe pour juger un crapaud rien qu'à le voir sauter une fois devant moé...

Alors même qu'il parvenait à la hauteur de l'escalier menant dans la maison, une jeune fille énervée sauta les marches et fut sur le point de heurter l'étranger. Elle s'arrêta net et marmonna des excuses niaises :

– Je pensais que vous étiez quelqu'un d'autre...

Un chien brun frisé qui la suivait montra les crocs à Bédard et se mit à gronder. Elle le fit taire :

– Le Bum, tranquille, tranquille, assis, assis le Bum... assis-toé là...

L'animal obéit.

L'homme dit sur un ton morne :

– Celui que tu attends reviendra, mais ça ne sera plus jamais le même.

Elle en fut profondément troublée. Qui donc était ce prophète de malheur ? Quel nuage d'étrangeté baignait donc la paroisse de ce temps-là ? Des fiancés qui disparaissent, des apparitions de la Vierge, de noirs inconnus qui ont l'air de savoir autant le passé que l'avenir. Cet homme était-il un médium ? Elle se contenta d'un petit rire nerveux et sans signification, et poursuivit son chemin vers la boutique pour annoncer à son père que le Ti-Paul venait de téléphoner à sa mère et lui dire qu'il se trouvait à Sherbrooke où il avait trouvé du travail chez un marchand de pneus.

Ernest haussa les épaules.

– Sacrer son camp de la maison à quinze ans pis la veille des sucres comme il l'a fait, pis rappeler rien que trois mois plus tard pour dire qu'il vend des 'tires de chars' à Sherbrooke, y a pas grand-chose à son épreuve, celui-là...

L'étranger quitta les lieux. Il se rendit droit au cimetière où il marcha d'un pas assuré dans toutes les allées en lisant toutes les épitaphes sur les monuments. Il se familiarisait avec les noms de famille et il mémorisa les noms des personnes décédées à moins de quarante ans, supposant qu'il s'agissait de gens morts par accident ou maladie contagieuse mortelle comme la tuberculose. Il s'arrêta plus longuement devant l'enclos non béni réservé aux enfants morts sans baptême. Et à ceux qui étaient morts sans avoir fait leurs pâques. Enfin, il s'arrêta un moment devant un trou fraîchement creusé, moins long, moins large et moins profond qu'une fosse normale. C'était là que reposerait ce garçon mort de leucémie dont on avait parlé un peu devant lui la veille au soir et dont il avait pu lire le nom sur la marquise à la porte de la salle paroissiale : Emmanuel Jobin fils de feu Lucius Jobin et de dame Marie Sirois.

L'homme leva ensuite la tête et il regarda au loin en direction du cap à Foley. Et il se remit en marche pour s'y rendre tout droit, quitte à devoir enjamber une clôture séparant le cimetière du champ voisin lequel aboutissait au fameux tertre rocheux.

Rendu sur le point le plus haut, il examina les environs. Son regard fut accroché par ces marques dans le roc dont il saurait plus tard qu'on les appelait depuis longtemps 'pistes du diable'. Un sourire rempli de mystère anima son visage...

***

Chapitre 5

Accident heureux, coup de pouce du ciel ou bien importance de la nouvelle combinée à la rareté des communications en ce temps-là, ou bien tout cela à la fois, toujours est-il que le pape Pie XII prit à part le curé Ennis lors d'une audience papale et lui demanda de sa petite voix flûtée et roulée:

– Il nous a été donné d'apprendre qu'il se passe un phénomène particulier ayant toutes les apparences... d'apparitions à l'ombre de votre clocher paroissial. Voulez-vous nous en parler?

Jamais de toute sa vie le lent prêtre n'avait eu à prendre une décision d'une telle importance aussi rapidement. Il devait donner une opinion plutôt favorable ou plutôt défavorable à cette histoire encore si récente survenue à Saint-Honoré et toujours en cours.

Favorable et l'Église enverrait ses enquêteurs. Défavorable et on lui demanderait de casser et classer l'affaire.

S'il se montrait favorable à la possibilité réelle d'un phénomène surnaturel et que les enquêteurs eux la condamnent, il perdrait un peu la face aux yeux de sa paroisse; et sa paroisse qu'il aimait tant ferait rire d'elle dans tout le Canada français.

S'il se montrait défavorable et que les événements miraculeux en viennent à démontrer qu'il avait eu tort, il perdrait aussi la face, et la paroisse vivrait de la discorde entre les 'pour' et les 'contre'. Il y avait bien assez de ce vent de séparation du village et de la paroisse dans l'air. Ah! damné Lucien Boucher qui n'attendait que le vent favorable pour semer la zizanie !...

S'il se montrait défavorable et que l'on intervienne depuis Rome via l'évêché pour empêcher les événements de se produire, la Vierge Marie choisirait d'apparaître ailleurs, si tant est qu'elle se manifestait vraiment, et sa chère paroisse y perdrait grande gloire.

Enfin, ces apparitions, réelles ou imaginaires, pourraient protéger la paroisse dans des moments cruciaux pour son avenir. Certes, neutraliser Lucien Boucher et ses séparatistes. Mais aussi tenir le diable à distance...

Une seule seconde avait suffi pour réunir tous ces arguments qu'il avait déjà mijotés longuement tout le voyage durant dans cet avion instable et détestable.

Mais comment pareille nouvelle avait-elle donc voyagé si vite jusqu'à le précéder dans les officines du Vatican pour finir par atteindre le très saint Père en personne ? Et comment le pape avait-il donc pu l'identifier ? À son seul signalement : impossible ! Tout cela se produisait-il miraculeusement ou bien finirait-il par remonter le fil des événements et des explications raisonnables et raisonnées ?

Il saurait plus tard.

L'évêque du diocèse de Québec, monseigneur Maurice Roy, alerté par les médias, surtout les journaux, et mis au fait par une lettre du curé Ennis même à la mi-juin, avait fini par envoyer un long télégramme à Rome dans lequel il avait fortement conseillé aux responsables de ces questions d'interroger le curé qui serait bientôt de passage à Saint-Pierre-de-Rome. La puissance des découpures de journaux avait permis au dossier de remonter depuis les caves du Vatican jusqu'à Pie XII lui-même, que ce lointain Canada de neige et de glace, et de pieux autochtones et Canadiens français, intéressait au plus haut point.

Comment le pape pouvait-il s'empêcher de penser que ce dévotieux village perdu dans les terres près des frontières américaines pourrait constituer un autre important foyer de foi catholique en terre d'Amérique, une sorte de quatrième antenne céleste permettant de diffuser la seule bonne religion, après l'oratoire Saint-Joseph desservant Montréal, Cap-de-la-Madeleine rayonnant sur les Trois-Rivières et Sainte-Anne-de-Beaupré, fierté chrétienne de la vieille région de Québec ?

Devant la longue hésitation du curé, Pie XII finit par reprendre lui-même, ce qui n'entrait pas dans ses habitudes :

– Allons donc, ne soyez pas si réservé ! Dites-nous librement le fond de votre coeur. On nous a dit que vous êtes un curé hautement respecté de vos paroissiens. Nous vous écoutons...

Debout, devant le trône pontifical, en fait à côté, le prêtre raconta les faits comme il les connaissait. Froidement, sans montrer la moindre émotion.

– Ce n'est pas là le fond de votre coeur, c'est une simple chronique.

– Les enfants sont de bonne souche et honnêtes.

– Ne pourraient-ils avoir été abusés, bernés à leur insu même ?

– Par qui, je vous le demande ?

– Vous y croyez ?

– J'attendrai la décision de notre mère l'Église de Rome.

– Ne tournez pas autour du buisson et dites-nous sincèrement si vous y croyez.

– Je veux bien éplucher les mots du mieux que je pourrai, mais je ne peux pas vous livrer un OUI ou un NON.

– Nous vous écoutons.

– Le mieux est de laisser les choses évoluer à leur rythme; elles auront leurs propres limites et ne sauraient aller trop loin. J'y verrai en tout cas.

– Nous croyons que le ciel inspire ces propos remplis de sagesse. Laissez-nous maintenant vous bénir et vous permettre de baiser notre anneau papal...

– Et bénissez aussi ma paroisse...

– Cela va de soi, cela va de soi...

À cinq mille kilomètres de là, au même moment, celui qui disait maintenant s'appeler Germain Bédard et venir d'Arthabaska, arrivait à pied près de la maison de Georges Boutin dans le rang dix. Sûr des renseignements obtenus du forgeron, il ne voulut même pas se rendre vérifier l'identité du propriétaire à la lecture de son nom inscrit sur la grosse boîte aux lettres luisant sur son perchoir de cèdre sous le chaud soleil du midi, juste à côté de la table d'expédition des bidons de crème.

Le net tracé d'un chemin longeait une clôture de perches sans doute mitoyenne et une digue de pierres attestant du travail des vivants et des morts pour dérocher ces terres et il pénétrait le boisé un peu plus haut, d'abord se perdant dans des bosquets d'aulnes puis continuant son invisible progression vers la maison à Polyte tout aussi cachée à la vue encore.

L'homme voulut d'abord reconnaître les lieux avant de frapper à la porte de leur propriétaire et il s'engagea dans les traces que séparait un espace planté de foin à sa pleine hauteur, et qui comme celui des prairies n'attendait plus que la faucheuse.

Le chemin montait régulièrement en pente fort douce. Il serait aisé de le parcourir à bicyclette en dehors de l'hiver et du temps du dégel printanier. Le rang, lui, serait plus malaisé à cause de la poussière et des collines assez raides. Mais un simple quart d'heure l'emmènerait au village. La distance idéale. Le coin parfait. Fallait voir la demeure sans faute.

Il sentit qu'on le regardait depuis la maison des Boutin. On le prendrait pour un pêcheur. Un pêcheur transportant sa ligne et ses vers dans ses poches, et qui se fabriquerait une canne à même une aulne une fois rendu au ruisseau. Car il devait bien se trouver un ruisseau poissonneux quelque part dans cette forêt si verte.

Il portait une chemise à fond blanc et carreaux jaunes délimités par de fines lignes foncées. Et un pantalon beige sur des souliers de toile blanche. Le soleil resplendissant, aidé par la couleur foncée de sa peau basanée, faisait briller ses vêtements et ses yeux.

Il entra distraitement dans l'épais feuillage qui habillait les grands arbres, des érables, des hêtres et des bouleaux, mais aussi les petits qui tapissaient le sol de la forêt. De nouvelles odeurs le visitèrent. Il sentit la fraîche des bois l'environner. À part le bruissement léger du vent dans le feuillage, tout était silence et paix. Quoi de mieux pour voir sans être vu !

Le moment venu, il leva la tête et ce fut tout un choc. Qu'elle était magnifique, là, devant lui, cette maison, dans son revêtement de bardeaux gris noir usés par les années, ses trois yeux crevés portant des bandages de planches en travers, ses formes bizarres empruntant vaguement au style victorien par une tour à pignon, et à la rusticité des constructions du début du siècle par ses lignes carrées en hauteur. Même l'hiver, elle devait se perdre à la vue parmi les arbres dénudés et gris comme un ciel de pluie. Elle lui allait déjà comme un gant.

Comme l'avait affirmé le forgeron, elle était sans doute

bâtie pièce sur pièce car son corps était bien droit et semblait construit pour durer des siècles.

Plus il approchait, plus elle lui tendait ses bras inventés tandis qu'il espérait ne pas se heurter à un cadenas afin de pouvoir pénétrer à l'intérieur. Il ne trouva qu'une cheville de bois réunissant deux crampes d'acier noir et aussi les marques détestables de l'impact d'une balle de fusil, laquelle avait fait voler les éclats de bois et brisé porte et chambranle. Quelqu'un avait déjà fait sauter la barrure et le propriétaire, pour éviter d'autres bris, se contentait d'un verrou moins draconien. Tant mieux pour les visiteurs et tant mieux pour lui !

Il entra.

L'image d'ordures et de désordre lui sauta à la vue. Des gens négligents étaient venus, chasseurs ou squatters de quelques jours, et ils avaient laissé leurs laides épîtres sur le plancher que jonchaient leurs restes de papiers, boîtes et boîtes de conserve vides. Douilles de balles, vêtements troués, gossures de bois, bouts de branches et jusque des pierres étaient dispersés çà et là parmi des chaises empaillées et des bancs de bois renversés.

Des chasseurs s'y embusquaient l'automne. Et Georges, une fois par année ou par deux ans, venait y faire un ménage que les bêtes humaines ne respectaient guère. Miracle pourtant, au milieu de la pièce, près du mur extérieur, se trouvait un poêle intact si ce n'est les tuyaux de raccord à la cheminée qu'on voyait dispersés autour, certains écrasés comme par des coups de pieds. Curieux qu'il n'ait pas aperçu de cheminée quand il était dehors. Son extrémité pouvait être démolie.

Dans une chambre voisine, il trouva une haute armoire à la porte arrachée de ses pentures de cuir. Une vraie belle antiquité pas trop maganée et réparable. Un lit de bois à moitié démonté, à fonçure de ressorts rouillés, mais ni matelas ni paillasse. L'autre chambre du bas donnait sur la pleine forêt : elle était étroite et complètement vide.

Une trappe indiquait l'entrée de la cave. Une cave basse visiblement mais qui devait contenir une fournaise. Il repéra vite une grille le démontrant et une autre dans le plafond pour conduire l'air chaud au deuxième étage.

Cette maison avait plus d'un demi-siècle visiblement, mais il ne faisait aucun doute qu'on l'avait modernisée quelque part dans les années 30 ou 40. Hippolyte Boutin était mort en 1937, il l'avait lu sur son monument au cimetière ce matin-là, mais –il le saurait plus tard– des déserteurs de l'armée avaient trouvé refuge là entre 1942 et la fin de la guerre. À vrai dire donc, la maison était complètement abandonnée depuis seulement cinq ans.

Une voix plus collante que de la mélasse le fit sursauter :

– Ça serait-il que je pourrais vous aider, monsieur ?

L'étranger se tourna. Il se retrouva face à face avec un petit homme dans la jeune quarantaine, maigre comme un bicycle, menton en galoche.

– Vous êtes monsieur Georges Boutin, dit l'étranger sur le ton de l'affirmation.

– Vous parlez au diable ou ben... vous l'êtes, le diable.

Le visiteur regarda droit dans les yeux son interlocuteur qui restait debout dans l'embrasure de la porte et dit :

– Au village, le forgeron m'a dit que c'était la maison à Polyte Boutin, votre grand-père, et que vous restiez dans la maison d'en bas... et que votre nom, c'est Georges Boutin... Moi, c'est Germain Bédard; j'ai vingt-neuf ans; je me cherche un logis dans votre paroisse. Ça ferait mon affaire ici. C'est au moins pour estiver, peut-être pour hiverner. Je paye vingt piastres par mois. En espèces sonnantes et trébuchantes.

– Vous faites quoi, vous, dans la vie ?

– Comme c'est là, rien du tout. Mais j'suis ni un évadé de prison ni un déserteur de l'armée. Vous entendrez jamais parler de moi excepté quand je vas aller vous payer le loyer deux mois d'avance le premier de chaque deux mois. Quarante piastres en billets du roi comme ceux-là.

Le visiteur sortit une liasse. Les yeux du propriétaire s'agrandirent considérablement. Tirer un tel montant de cette cambuse et, en même temps, la protéger des vandales et des intempéries, et l'empêcher de pourrir par trop d'humidité, comment refuser cela quand on n'est pas riche et qu'on a une trâlée d'enfants à nourrir ?

– Pis si vous m'aidez à faire les réparations qu'il faut, je vas payer pour les vitres, le mastic, les tuyaux qui manquent, la brique... tout.

– Mais pourquoi c'est faire que vous voulez vous installer icitte pis pas au village, mettons ?

– Pas de contrebande, pas d'alambic si c'est ce que vous craignez. Je répondrai à votre question dans quelque temps et vous ne regretterez pas de m'avoir loué la maison, vous verrez... Faites-moi confiance !

En même temps, l'homme prenait deux billets de vingt dollars et les tendait à Georges qui sentit dans ses doigts une sorte de courant électrique en les prenant.

– Voudriez-vous signer un petit papier ?

– Je peux si vous voulez, mais je signe par un X... Dites-le à personne, mais j'sais pas écrire.

– Ça va-t-il vous prendre un reçu pour l'argent ? demanda le cultivateur en mâchonnant ses mots.

L'étranger répondit d'une voix très douce et calme :

– Moi, je vous fais entière confiance, monsieur, entière confiance.

Au magasin général, pendant ce temps, quatre femmes se parlaient de l'arrivant.

– J'ai su par Jean Béliveau qu'il s'appelle Jean-Louis Verville, affirma Ti-Noire.

– Ben moi, il m'a dit Germain Bilodeau... Hein Freddy,

qu'il m'a dit qu'ils s'appelait Bilodeau, le nouveau venu ?

Mais le marchand n'entendit pas et poursuivit son travail au bureau de poste au fond du magasin.

– Ben moi, y a Jeannine Fortier qui m'a parlé d'un Beauchesne, dit Rose Martin.

– Il dit n'importe quoi, enchérit Rachel Maheux. À mon père, il a donné le nom de Bédard, Germain Bédard.

– Autrement dit, il veut pas dire son nom, reprit Ti-Noire. Ou ben il veut se moquer de nous autres.

– Va ben falloir qui s'appelle 'quelque chose' pour recevoir sa malle, reprit Bernadette que ce jeu de l'étranger embêtait.

– Non, mais il est beau comme ça se peut pas, dit Ti-Noire. Encore mieux que Jean Béliveau. C'est que t'en penses, toi, Rachel ?

– J'ai pas trop remarqué, répondit l'autre, troublée.

– Moi, je l'ai pas vu, dit Rose, également troublée.

– En tout cas, mon père dit qu'il avait l'air ben intéressé par la maison du vieux Polyte Boutin.

– Il est pas vieux, il est mort, dit Bernadette.

– Mort vieux, il paraît.

– En 1937, reprit la vieille fille. Je m'en rappelle comme si c'était hier. Le bonhomme qui était pus rien qu'un vieux tout écarté, est mort tuseul dans sa maison, gelé comme un corton. Le jour du service, on voyait ni ciel ni terre. La pire tempête que j'ai jamais vue. On était trois personnes dans l'église. Y en a qui disent qu'ils ont vu son fantôme dans sa maison abandonnée. Les gars qui sont restés là le temps de la guerre ont souvent rabouidiné quelque chose comme ça. L'étranger, c'est peut-être lui, le fantôme du vieux Polyte...

– Un sapré beau fantôme en tout cas!

Les quatre femmes se regardèrent l'une l'autre avec des yeux complices et elles éclatèrent de rire. Bernadette les ramena sur le plancher des vaches :

– On rit ben, mais il avait l'air pas mal étrange, l'étranger, pas mal étrange... Un petit peu fantasque mais... étrange... Sûr de lui mais pas insultant... pis ben étrange...

Rose s'exclama :

– C'est mourant d'entendre ça. Voyons donc, c'est un homme comme un autre !

– Attends, attends de le voir pis de l'entendre parler...

– Nous autres qu'on allait toujours aux framboises dans ce boutte-là, on osera pas cette année, dit Bernadette en parlant d'elle et de sa nièce Solange.

Ti-Noire plissa les yeux :

– Ben, j'en connais qui vont peut-être oser, moi...

***

Chapitre 6

– Une fleur de lys sur une jalousie, y a rien de plus beau!

Ernest s'adressait à son ami Louis Grégoire qui se tenait en bas de la galerie, sur le trottoir, mains dans les poches, retenant vers l'arrière les revers de son veston brun, mâchouillant un brin de foin comme il le faisait toujours l'été, brindille qu'une allumette de bois remplaçait entre ses dents les autres périodes de l'année.

Le forgeron en avait taillé une à la scie à découper, une fleur de lys, d'après le modèle du drapeau du Québec, et malgré la certitude de sa façade d'homme fort et dur, il cherchait inconsciemment l'approbation de l'entourage pour orner toutes les jalousies de la maison de ce symbole de la patrie canadienne-française.

Il l'avait mise sous sa chaise berçante après l'avoir essayée à l'endroit où il la destinait. L'homme fumait sa pipe, se reposant du labeur du jour, pieds accrochés à la rampe et croisés.

– Je vas te montrer ça...

Il prit l'ornement et le tint un moment sur la jalousie blanche.

– Pis je vas la peinturer en bleu.

– Ah! toi, y a pas de soin, même avec une scie à découper, tu travailles toujours à l'équerre.

– Si jamais t'en veux pour ta maison, je t'en ferai pour rien pantoute...

Ernest ne voulait pas être seul à décorer sa maison ainsi. Mais son ami avait une autre opinion.

– Sais-tu, c'est ben beau, mais moi, vu que ma maison est sur une côte pis que quand on la regarde d'en bas, on voit le ciel itou dans le fond, j'pense que je mettrais un quartier de lune sur mes jalousies. C'est que t'en penses, toi ? Pis toi, Éva ?

La femme se trouvait plus loin, assise un moment sur le bout d'un banc, attendant le moment de servir le souper. Elle dit:

– Ça serait ben beau ça itou... N'empêche que moi, mon goût, c'est des fleurs de lys...

Content de l'idée de sa femme mais déçu de celle de son ami, Ernest remit l'ornement sous sa chaise et reprit la position qu'il avait avant l'arrivée de Louis devant lui.

Sans le savoir, le forgeron réagissait aux derniers événements qui lui avaient remué le nationalisme jusqu'aux tréfonds de l'âme. Les apparitions qui attiraient l'attention de tout le pays et amenaient des milliers d'étrangers dans la paroisse, et surtout la vantardise des visiteurs américains, les gars à son beau-frère Fred retourné aux États avec son cancer et ses espérances. Le neveu Philippe surtout qui faisait l'empereur en parlant tout le temps de son pays, 'the greatest nation in the world'. Ne leur en déplaise, il leur avait fait sentir que des miracles, ils avaient rien qu'à s'en faire chez eux, bons comme ils se pensaient... Et puis... capables de faire sauter des bombes atomiques, ils devaient pouvoir trouver moyen de guérir le cancer.

C'était l'heure du souper et il avait faim, mais le hachis n'était pas encore tout à fait cuit et son fumet s'échappait de la cuisine par le moustiquaire de la fausse porte. Suzanne sortit du magasin général avec une boîte de Corn Flakes et une bouteille de ketchup dans les mains et elle s'élança pour traverser la rue et revenir à la maison, mais elle s'enfargea dans son ombrage et tomba en pleine face sur le macadam. Un gros rire éraillé se fit entendre:

– Jhuwa, jhuwa, jhuwa, jhuwa, jhuwa...

C'était Jos Page qui retournait chez lui après une journée de travail à la beurrerie.

Ernest bondit de sa chaise en disant :

– Maudit torrieu, cours donc pas comme un ouragan, là, toi!

– Jhuwa, jhuwa, jhuwa, jhuwa, jhuwa...

C'était un rire nerveux de Jos Page, un rire fourre-tout par lequel il exprimait n'importe quoi, joie, peur, douleur... Il arrivait près de l'adolescente qui se relevait en hurlant de douleur, le visage en sang, du sang plein sa robe et ses mains.

– Tornon de Jos Page, ferme donc ta boîte, criait Éva en se précipitant en bas de la galerie par l'escalier, pour aller au devant de sa malheureuse fille.

Ernest s'adressa à Louis :

– Des plans pour se faire une détorse! C'est pus un enfant pis c'est pire qu'un enfant !

Et à Éva qui courait, il lança :

– À l'avenir, envoye donc le Gilles faire les commissions : il se tient debout, lui...

Louis se tenait coi. La jeune adolescente pouvait être gravement blessée par un éclat de verre. Revenue sur ses jambes, elle se regardait les mains et les bras et criait à l'épouvante. Dès qu'Éva fut auprès de sa fille, elle se rendit compte aussitôt que le sang ne coulait pas et qu'il ne s'agissait que d'éclaboussures de ketchup. À nouveau Jos se fit copieuse-ment tancer :

– Tornon de Jos Page, pourquoi c'est faire que tu ris de même? Elle aurait pu se tuer... On voit ben que t'en as pas d'enfants, toi, vieux snoreau !

– Jhuwa, jhuwa, jhuwa... non, c'est pas drôle pantoute, jhuwa, jhuwa, jhuwa...

Il ramassa la boîte, mais la femme la lui ôta des mains et menaça de lui en donner un coup par la tête :

– Touche pas à ça avec tes pattes sales...

– Jhuwa, jhuwa, jhuwa...

Ernest cria :

– Hey, Jos, vas-tu pouvoir venir faire les foins la semaine prochaine ?

Le vieil homme en guenilles traversa lentement la rue en disant :

– J'peux tchisiment pas... ça force trop à beurrerie de c'te temps-là...

– C'est ben ce que j'pensais... Je vas m'arranger avec les p'tits gars. Le Gilles est rendu aussi bon que Ti-Paul était... Avec Léo pis toute...

– En seulement, pour battre l'avoine pis récolter les pétaques, j'pourrais ben...

– Engage-toi pas ailleurs, j'vas te prendre pour l'avoine pis les pétaques au mois de septembre...

– Tu me le diras pis tu vas me voir arriver dret-là...

Éva avait déjà pris en mains l'incident du ketchup et les pleurs se transformaient en rechignage. Et pour émerger de son sentiment de culpabilité, Suzanne lança avant d'entrer dans la maison, sûre d'obtenir l'approbation de ses parents :

– Mange de la marde, torvice de Jos Page...

– Jhuwa, jhuwa, jhuwa, jhuwa...

Aussitôt à l'intérieur, Éva cria :

— Ernest, le souper est prêt, là...

Il finit sa conversation avec les deux hommes puis entra et se mit à table. Il ne s'y trouvait que Suzanne et l'homme demanda où se trouvaient les deux gamins.

— Sont partis charger un voyage de boîtes à beurre. Pis Léo s'est fait une couple de beurrées pis est allé rejoindre sa Francine.

— La fille à Léon Paradis ? Un peu jeune, lui, pour commencer à sortir avec les filles...

— S'en va sur ses quinze ans.

— Pis l'autre à Sherbrooke, là, j'sais pas si il court la galipote. Maudit torrieu, des fois j'ai envie de mettre la police après lui pour le ramener à maison...

Éva portait le chaudron de hachis sur la table.

— On envoye pas un chien à chasse malgré lui, tu sauras.

— Pas besoin de me l'dire, je l'sais... Pourvu que Léo pense pas à faire pareil avant les foins!

— Ben, la p'tite Paradis, ça le retient par icitte!

— Y a ça de bon!... Malgré que pour les foins, si j'ai pas Jos Page pour m'aider, j'pourrais toujours prendre Zoël Poulin...

— J'te dis que ces deux-là, Jos Page pis le Zoël Poulin, ça doit pas défoncer les murs dans une journée. Jos, c'est la mort pis Zoël, il branle dans le manche autant que mon frère Fred.

L'homme se vida une profonde assiettée de Corn Flakes qu'il arrosa de lait puis de sucre blanc.

— Pas de nouvelles de Fred?

— Vient juste de venir...

Éva prit place au bout de la table, dos au comptoir de l'évier.

— Pis la Rachel, elle mange pas, elle?

– Elle mange pas beaucoup de ce temps-là.

– Ça lui donne rien de se laisser mourir de faim.

– Elle mange un peu entre les repas.

– Elle veut pas venir à table avec nous autres ?

– Elle veut pas entendre parler de ce qui est arrivé.

– Elle est mieux d'en parler : ça nettoie le dedans. Autrement, ça reste là pis ça fait du pus comme un abcès.

Depuis sa chambre d'en haut, la jeune fille entendait ses parents par la grille de chaleur vu l'absence de tout autre bruit que celui de leurs voix. Étendue sur son lit, elle portait attention.

Ernest faisait exprès de parler fort pour que sa voix porte loin:

– C'est ben de valeur, mais le Jean-Yves, elle ferait mieux d'arrêter de penser à lui.

– Ces affaires-là, ça se commande pas au piton comme ta drille électrique, tu sauras.

– Y est peut-être ben allé se jeter dans le fond du lac St-Benoît comme le Jean-Robert Campeau pis le p'tit Louis Pelchat. Deux jeunesses de vingt ans morts nèyés... Des lacs, ça manque pas...

– Ben voyons donc, Jean-Yves s'est pas suicidé!

– C'est tout ce que tu peux dire... Y a quelqu'un qui l'aurait vu quelque part. Ou ben il est parti avec la Sainte Vierge du cap à Foley...

Éva soupira et se tut. Et elle se servit du hachis dans une assiette creuse.

– Pis moi, maman ? fit Suzanne.

Sa mère la servit et se mit à manger tandis que son mari parlait tout en mastiquant les flocons de maïs.

– Je repense des fois à la fête à tire de ce printemps, pis j'me dis que Rachel, elle serait ben mieux de sortir avec le Cook Champagne. C'est un petit gars pas feluette, travaillant, qui s'occupe de ses affaires, pas gaspilleux, pis on peut pas dire que... qu'il ressemble à François Bélanger... Ça y ferait quelqu'un de fiable, de fidèle pis qui sait faire la cookerie. Pour une fille qui travaille, c'est pas à dédaigner, ça...

En haut, Rachel roula les poings. Le dernier gars au monde qu'elle eût voulu voir en ce moment, c'était le Eugène Champagne. Sa jeune soeur parla pour elle sans le vouloir.

– Peuh! ricana Suzanne en regardant sa mère, Rachel, elle dit que le Cook, c'est un morpion... non, un morviat...

Ernest monta sur ses grands chevaux:

– Veux-tu ben fermer ta trappe, toi, mon écoeurante! On est après souper, là...

Pour détourner l'attention de son mari et prendre la défense de Rachel, Éva enchérit :

– Tu vois le collant à mouches que y a au plafond, là, ben Rachel, c'est comme ça qu'elle voit le Cook Champagne. Elle est pas une mouche pis elle aime pas les collants à mouches...

L'homme se tut. Il se versa du hachis en se disant en lui-même "Que le tonnerre les emporte avec leur braillage d'amour!" Il avait mis au monde cinq gars, cinq filles et cinq filles de trop...

Léo et Francine jouaient à la main chaude dans une cabine du restaurant sous le regard embêté de Ghislaine Fortier que la conduite de son amie déroutait depuis quelque temps. Car Francine riait pour rien, parlait constamment de Léo et fumait comme un soupirail de cabane à sucre.

Leur amitié ne tenait plus qu'à un fil.

Par l'entrée de la salle arriva Germain Bédard qui s'installa au comptoir et se commanda un Pepsi. Émilien le lui servit et tenta vainement de nouer la conversation. L'homme avait lissé ses cheveux à l'aide de brillantine, ce qui lui conférait un air encore plus particulier. Il finit par pivoter sur son siège et à regarder en direction de la seule cabine occupée. Seule Francine pouvait l'apercevoir. Et elle l'aperçut aussitôt. On lui avait parlé d'un nouveau venu qui pensionnait à l'hôtel mais elle le voyait pour la première fois. Et en fut galvanisée pendant un long moment.

Il possédait un regard si pénétrant qu'il se rendit fouiller dans les tréfonds de sa jeune âme. Par les paroles entendues et les réactions de Francine, Léo put en déduire qu'il se produisait dans son dos quelque chose de peu favorable à son amitié amoureuse avec la jeune fille.

L'étranger avait-il la faculté d'un simple coup d'oeil d'user d'un sortilège, d'hypnotiser, d'ensorceler et même de circonvenir sans rien avoir à dire?

Ghislaine se pencha sur Léo et lui souffla à l'oreille ce qu'il savait déjà :

– C'est l'étranger, c'est l'étranger.

– On devrait jouer aux cartes, dit Léo pour distraire son amie qui devenait de plus en plus agitée.

Francine se moqua :

– Voyons donc, on joue pas aux cartes dans les grosses chaleurs d'été!

Léo pensa qu'il devrait neutraliser l'étranger dont tout le monde parlait tant, parlait trop... Il demanda à Ghislaine de le laisser passer pour aller aux toilettes.

Et il se retrouva devant le personnage et encore un peu et ses cheveux se seraient dressés sur sa tête. Car l'image qu'il reçut lui était si familière! Comme s'il avait connu l'étranger depuis de nombreuses années. Mais il ne parvenait pas à comprendre. Aux toilettes, il pensa à tous les gens qu'il connaissait, chercha tous les airs de famille: ce fut peine perdue.

De retour à table, il fut estomaqué de voir l'indésirable debout dans l'allée parlant avec les deux jeunes filles.

– Tiens, le p'tit Léo qui sent la B.O., dit Bédard pour faire rire tout le monde.

Et tout le monde rit à part Léo.

Il n'y avait pas de bain chez les Maheux et la journée avait été chaude.

Bédard savait qu'il avait humilié l'adolescent; il finit vite son Pepsi et disparut.

Léo se montra d'une humeur de chien. Ghislaine s'en alla, sûre que la chicane éclaterait entre lui et son amie. Et pas mécontente de ça. Francine décida de s'en aller à la maison. Léo la reconduisit jusqu'au milieu de la rue des cadenas en maugréant, et alors la chicane éclata. Ils se laissèrent sur des gros mots...

Quand il se sentait mal, qu'il devait faire face à de grandes difficultés, qu'il était triste ou en colère, Léo se réfugiait dans la chambre qu'il occupait seul maintenant depuis le départ de Ti-Paul et il se plongeait dans l'univers fascinant des bandes dessinées qu'il fréquentait depuis nombre d'années grâce au Soleil, au Petit Journal et à Photo-Journal.

Mais cette fois-ci, alors même qu'il parvenait un peu à oublier les incidents récents, une main émergea d'une page et lui assena une mornifle en plein nez.

C'est que l'étranger qu'il avait eu l'impression de bien connaître depuis longtemps ressemblait à s'y méprendre, à l'exception de la moustache fendue, à l'un de ses héros du journal, Mandrake le Magicien.

La différence entre les deux dépassait la simple moustache pourtant puisque Mandrake était un héros justement, bon magicien au service des causes belles et nobles tandis que ce 'survenant' qui portait trois ou quatre noms n'avait qu'à ouvrir la bouche pour semer la bisbille.

Oh! il reverrait Francine et pas plus tard que samedi soir à la prochaine apparition de la Vierge sur le cap à Foley. Elle était si croyante et si fervente comme tous ceux de sa famille qu'elle ne manquerait pas de venir prier à deux mains là-bas...

Malgré tout, Léo demeura nerveux, inégal, vindicatif mais tout ce qu'il pouvait combattre pour l'heure, c'étaient des fantômes... Il fuma sept cigarettes l'une après l'autre. Et sa petite chambre devint plus enfumée que l'enfer...

***

Chapitre 7

Assis de côté dans une cabine du restaurant, les pieds allongés dans l'allée, le Cook était penché en avant et se roulait une cigarette sans prendre trop de soin. Il colla le papier. Un fil de tabac lui resta dans la bouche; il le cracha de travers du bout de la langue.

Après le départ de Francine et Léo, il n'était resté personne dans cette partie de l'hôtel, et même Émilien, qui avait la responsabilité du restaurant, se trouvait dans le bar à tuer à jaser avec Fernand Rouleau, se fiant à son ouïe pour savoir s'il entrait un client dans l'établissement. De toute façon, on ne connaissait pas le vol et encore moins les voleurs à Saint-Honoré; et personne n'aurait jamais osé aller derrière le comptoir et se servir sans payer. Il arrivait à d'aucuns comme le taxi Roy de se servir eux-mêmes d'un Coke, mais ils prenaient toujours soin de mettre la monnaie requise sur le comptoir avant de boire une seule goutte.

Le Cook se déplaçait sans bruit, avec la discrétion d'une souris. Comme un Indien, il feutrait ses pas. Mais dès qu'il se trouvait devant un interlocuteur, il avait tôt fait d'attirer l'attention par son rire pointu qui aidait à empourprer davantage son visage sanguin et rosé.

Il remit son paquet de tabac dans sa poche de chemise, se remit droit dans la cabine et s'alluma après avoir craqué une allumette avec son ongle du pouce.

Il espérait voir Rachel, mais il n'était pas venu pour cette raison-là. Pour le moment, la jeune femme était inconsolable de cette disparition de son fiancé à quelques semaines seulement de leur noce; et lui faire des avances eût été courir non seulement à l'échec mais au rejet de sa part. Sa grande peur à lui était qu'elle se tourne à nouveau vers sa vieille idée de prendre le voile. Tout le favorisait : chagrin d'amour, vacances et surtout cette présence sentie de la Vierge Marie dans la paroisse...

Ce sont les maîtres mots qui font les maîtres hommes, et les siens pour l'heure se disaient ATTENDRE et VEILLER. Et si la devise de l'étranger était *Voir sans être vu*', la sienne aurait pu se formuler ainsi : '*Voir sans être vu directement*.' Pour le moment, le bateau de Rachel s'en allait un peu à la dérive; mais à lui de ramer pour que le sien reste en travers du vent.

Il posa sa cigarette dans un cendrier puis sortit d'une poche de pantalon un petit sac brun plus froissé qu'un parchemin, contenant visiblement quelque chose de lourd. Il défit un lacet de cuir qui enserrait la gueule, ouvrit le sac dans lequel il se plongea la main en souriant. Et en sortit de la monnaie qu'il mit sur la table. Il répéta le geste puis tourna le sac à l'envers et le vida finalement de tout son contenu. Le bruit alerta Émilien qui s'amena tandis qu'Eugène commençait à classer les pièces par piles de cinq pour les mieux compter ensuite.

– Ah! c'est toi, le Cook ! vint dire Émilien qui regardait l'argent d'un air souriant un peu dubitatif.

– Crains pas, j'ai pas pris ça dans tes tiroirs, là !

– Un Coke pour le Cook ?

– Non, j'ai pas d'argent sur moé...

– C'est de la fausse monnaie, ça ?

– Ah, ça ? C'est la paye du petit Maheux. Le Gilles, il travaille pour moé pis j'y donne des bonnes gages... En réalité, une commission... c'est mieux qu'un salaire. Il va venir, ça sera pas long, chercher son argent. C'est un bon petit travaillant pis en plus un bon vendeur...

– Un bon petit gars d'une bonne famille ! approuva Émilien.

– Si tu veux boire un Coke, un Pepsi ou n'importe en quoi, je peux te le marquer pis tu paieras quand tu reviendras. Ton crédit est bon...

– Sais-tu, j'ai pas soif pantoute, là. J'suis venu en bicycle, mais une fois la côte des Talbot montée, ça descend tout le long.

– Comme tu voudras. Y a de l'eau, si t'aimes mieux. Je te laisse avec ton argent. Là, je retourne dans le bar à tuer; si quelqu'un arrive, voudrais-tu frapper sur la table avec un vingt-cinq cents ?

Eugène faisait partie de la moitié des gens qui n'avaient pas appris le petit scandale homosexuel auquel avaient été mêlés Rioux de Rimouski et Émilien, et que Jean d'Arc avait dénoncé dans le bureau du curé, ce qui avait valu au mesureur de bois de se faire chasser impitoyablement de la paroisse par un pasteur de toutes les vigilances.

Mais Émilien s'imaginait que tout le monde savait et ça le rendait presque servile envers la clientèle. Il revint avec un Coke et le posa sur la table en disant :

– Aux frais de la maison.

Eugène examina un instant le visage osseux de l'adolescent puis la bouteille à couleur délicieusement brune et s'exclama :

– Dans ce cas-là, moé j'dis : "À la santé de la maison !"

Il prit la bouteille et cala une copieuse gorgée. Émilien s'en alla.

Absorbé par son prenant travail, Eugène ne porta guère attention à des pas qui conduisaient quelqu'un dans le restaurant depuis la grande salle de l'hôtel. Mais il entendit des mots échangés qui le ramenèrent à la réalité :

– Euh!... dites donc, votre nom, là... euh!... c'est Verville ou Beauchesne ou ben... euh!... Bilodeau ?

Un rire malin éclata.

– En réalité, je m'appelle Bédard, Germain Bédard. Les autres noms sont pas les bons.

Eugène étira le cou et vit venir ce personnage singulier à la peau si brune, aux cheveux lisses et foncés et dont le regard perçant rencontra le sien.

L'étranger prit place à la cabine voisine. Son interlocuteur, que le Cook connaissait déjà, demeura debout dans l'allée. Bédard reprit :

– Disons que c'est une expérience que j'ai faite comme ça. J'ai voulu voir combien de temps ça prendrait à une nouvelle pour faire le tour du village... et je dois dire que c'est pas mal vite.

– J'ai su par euh!... Émilien que vous jouez au tennis. Je me cherche justement... un bon adversaire.

– Et toi, Jean Béliveau, t'es un joueur de hockey l'hiver, je le jurerais.

– C'est le diable qui... vous a dit ça : j'en ai parlé à personne pourtant.

– Je sais déjà que t'es un sportif dans l'âme et... un sportif dans l'âme qui possède ta grandeur peut pas faire autrement que de jouer du hockey l'hiver... à moins qu'il reste dans un désert d'Afrique.

– Euh!...

– Quant à jouer au tennis, ça se pourrait quand je vais

recevoir mes bagages. Là, j'ai pas grand-chose avec moi. En plus qu'il va me falloir une bicyclette pour voyager parce que je vais vivre dans un rang à quinze minutes de distance... en bicycle...

Le Cook écoutait le moindre détail. Qui était ce personnage mystérieux ? Que venait-il faire dans la paroisse vu qu'il n'avait pas l'air de travailler sur les lignes électriques comme Béliveau ? Dans quel rang vivrait-il? Peut-être pourrait-il lui vendre sa bicyclette ? Pourrait-il s'avérer un rival? Il avait une tête à séduire les jeunes filles...

– Euh!... quand vous serez prêt pour le tennis, je le serai itou.

– Je te le ferai savoir...

Béliveau tourna les talons, hésita, se retourna.

– Pas parent avec Robert Bédard, toujours ?

– Le champion de tennis de Sherbrooke ? Non, pantoute. Je peux tenir une raquette mais j'suis pas un gros joueur...

– À plus tard !

– C'est ça...

Et Béliveau quitta les lieux en courbant la tête pour ne pas s'assommer dans les embrasures de porte.

Le Cook s'enhardit, étira le cou une autre fois et encore plus pour apercevoir l'homme à qui il s'adressa :

– Monsieur Bédard, j'voudrais pas vous déranger, là, mais ça adonne que j'ai un bicycle à vendre... on sait jamais, ça pourrait faire votre affaire. Je l'ai justement avec moé, là, dehors...

– Oui, je l'ai vu. Les pneus sont pas mal usés.

– Je vas aller voir Roland Campeau qui pourrait en mettre des flambant neufs...

– Viens t'asseoir ici...

– J'peux pas, j'ai de l'argent à finir de compter. Venez donc, vous...

Bédard accepta l'invitation. Il bougea lentement, examinant le moindre détail, du regard mielleux de son interlocuteur jusqu'à ses piles de cennes noires en passant par ses vêtements et sa rouleuse.

– Qui c'est, Roland Campeau ?

– Un gars à l'autre bout du village. L'hiver, il fait des bâtons de hockey pis l'été, pour passer son temps, il loue des bicycles, il en arrange quand ils sont brisés pis même, il en vend. Mais un neuf, ça vous...

– Dis-moi donc tu, O.K. C'est quoi ton nom ?

– Moé, c'est Eugène Champagne. Y en a qui m'appellent le Cook parce que je sais faire à manger.

– Es-tu banquier ou quoi ?

– Non, non, c'est la paye d'un engagé que je compte. Y s'en vient... Comme je disais, un neu', c'est pas moins de quarante piastres tandis que le mien en parfait ordre, ça serait la moitié moins cher.

– Gageons que tu l'as payé rien que dix piastres pis que tu me le vends vingt.

Comme l'avait dit Béliveau, cet homme parlait sûrement au diable. Car c'était la vérité vraie. Le Cook s'emberlificota en cherchant à badigeonner les faits :

– Je l'ai eu, il était quasiment neu'. J'ai eu ça du gars à Freddy Grégoire, le Jean-Yves qui a disparu dernièrement. Disons que lui, il l'a vendu à Campeau qui me l'a refilé... Ça revient au même. Jean-Yves, il a dû donner un bon montant de rechange.

– Écoute, fais poser deux 'tires' neufs et je te le donne, ton vingt piastres.

– Sûr ?

– Garanti.

– On pourrait-il... signer un petit papier là-dessus ?

– Pas besoin, j'sais pas signer mon nom.

Et l'étranger sortit de sa poche un billet de vingt qu'il jeta sur la table.

– Tiens, je te fais confiance. Quand t'auras fait poser les pneus, tu m'apporteras la bicyclette. Soit devant la porte de l'hôtel si j'y suis encore, soit dans le rang 10 à la maison à Polyte Boutin...

– Hein ! s'écria Eugène. Moé, je reste sur la Grande-Ligne, quasiment au coin du dix.

– Comme ça, ben tu vas pouvoir retourner chez toi à pied sans misère.

– J'en reviens pas... C'est que... tu vas faire dans la maison à Polyte ?

– Rester.

– Rester ?

– C'est ça : habiter.

– Ah! bon!

Il se fit une pause au cours de laquelle Bédard empila des pièces pour Eugène. Et il dit :

– Comme ça, le gars à Freddy a disparu. Freddy, c'est le marchand de l'autre côté de la rue ?

– Oui. Le Jean-Yves devait se marier avec Rachel Maheux pis il s'est envolé comme un oiseau sans avertir personne. Une affaire curieuse. J'pense qu'il a un problème entre les deux oreilles... comme sa mère un peu...

– Rachel Maheux, c'est la fille du forgeron ?

– Comment tu le sais, toi ? La connais-tu ?

– J'ai fait un tour à la boutique et je l'ai rencontrée.

Eugène fronça les sourcils. Il sentait une menace.

– C'est pas beaucoup le temps d'y parler, elle est en grosse peine d'amour.

– Elle m'a parue normale.

– Elle le fera pas voir, c'est sûr !

L'étranger, qui lisait dans les regards et les gestes, comprit aussitôt que le Cook était épris de cette Rachel. Il se pencha et dit sur le ton de la confidence :

– Le grand innocent de tantôt, là, le Jean Béliveau, j'pense qu'il a un oeil sur cette fille-là.

Dans un sens, cette phrase rassurait Eugène. Le rival en puissance n'était pas celui qu'il craignait. Et l'étranger avait l'air de tout comprendre et de prendre parti pour lui...

– Non... Il est plus jeune pas mal... Pis gêné qu'il a de la misère à parler.

– Une belle fille, la Rachel Maheux ! Jeannine Fortier est pas mal non plus, hein ?

– C'est pas les belles qui manquent dans la paroisse.

– On s'ennuiera pas à vivre par ici, hein !

Eugène redevint soucieux. Au point de se demander s'il devait lui vendre sa bicyclette. Et puis, il en achèterait une autre...

Ils ne purent se parler davantage. Un gamin entra et courut à la table d'Eugène où il demeura interdit un moment à la vue de l'étranger.

– Tiens mon petit Maheux, si tu veux compter, tout ça, c'est pour toé.

– T'as une soeur qui s'appelle Rachel, hein, toi ? s'enquit Bédard en appuyant son regard dans celui de l'enfant.

– Il s'appelle Gilles pis c'est mon employé, dit fièrement le Cook.

– Pis ? insista l'étranger auprès de l'enfant.

– Ouais... c'est que ça fait ?

Bédard sourit. Il avait du caractère, ce jeune garçon au nez retroussé. L'argent l'intéressait et il semblait ne pas avoir froid aux yeux.

– Ça fait rien !

L'enfant se glissa sur le banc en regardant la monnaie

empilée. Eugène fit glisser les piles dans le sac, et quand elles y furent toutes, il le tendit au garçon qui le prit sans que son plaisir ne transparaisse dans son visage.

– Tu seras là samedi ?

– Sûr et certain !

Et Gilles repartit aussi vite qu'il était venu. Bédard le détailla des cheveux aux chevilles...

– Veux-tu une rouleuse ? dit le Cook au nouveau venu.

– Je ne fume pas... Un cigare par année, pas plus.

– Un Coke pour te rincer la luette ?

– C'est pas de refus.

Eugène se mit à frapper sur la table avec une pièce de monnaie pour héler le serveur qui s'amena.

– Un Coke pour mon bon ami Germain Bédard... un monsieur d'homme comme on dit.

Surpris par une telle largesse, Émilien repartit en hochant la tête. L'étranger lui parla de loin.

– Tant qu'à faire, apporte-moi donc une Caravan. J'ai ravaudé pas mal aujourd'hui et j'ai presque rien mangé.

Il se tourna vers Eugène en disant :

– En veux-tu une ? Je te la paye...

– Ben...

– Deux Caravans, lança Bédard.

Émilien resta debout. Il se mêla à la conversation en attendant un signal de s'en aller qui ne vint pas dans les gestes ou les mots.

Et l'étranger put en apprendre beaucoup sur diverses personnes de la paroisse ainsi que sur la dernière journée des apparitions de la Vierge, telle que perçue par deux jeunes gens pas très convaincus.

À un moment donné, il fut question de Rose Martin.

– Une femme de cinquante ans, séparée de son mari cet

hiver, dit Émilien. Elle nous a donné tout un show un soir juste icitte dans l'allée. Elle jouait à la Mae West. Si vous l'aviez vue se déhancher...

Le Cook apprenait ce fait en même temps que l'autre homme et ses yeux se mirent à loucher...

L'étranger manoeuvra de manière à savoir, sans qu'on ne remarque sa curiosité trop intéressée peut-être, où vivait cette Rose Martin rebelle, sexy et mature...

***

Chapitre 8

Rose s'était assise devant son miroir avec l'intention de se pomponner, mais voilà qu'elle arrivait tout au plus à se maquiller sans grande conviction. Son esprit n'était pas dans l'image qu'elle avait dans le regard.

Une sorte de remords maturait en son âme. Elle ne craignait nullement que le jeune homme la dénonce. L'eût-il fait qu'elle aurait nié jusqu'au bout. L'eût-il fait que sa mère, à l'adolescent, la Noëlla Ferland, aurait cherché à tout enterrer, croyant enfouir ainsi sa propre conduite sous six pieds de tolérance.

De plus, elle ne se sentait pas en faute. Le péché de la chair, s'il existait, c'était bien plus d'enchaîner sa passion en l'emboîtant que de lui emboîter prudemment le pas.

C'est un péché de culture qui la tenaillait dans ses suggestions coupables. Aux yeux remplis de malice des coutumes et de la tradition, ce ne pouvait être que luxure et vice pour une femme de cinquante ans que de se laisser aimer par un adolescent. Dix années de différence d'âge entre deux personnes, c'était déjà suspect. Vingt, c'était répréhensible. Trente, c'était honteux et inavouable. Qu'on y ajoute le fait que l'adolescent n'ait pas ses dix-huit ans et que le femme soit mariée, on ne saurait parler que de fornication quasiment criminelle.

"Et dans un demi-siècle, ce sera pareil !" lui disait une voix intérieure à côté de sa nature fiévreuse et passionnée.

Insensiblement, d'une heure à l'autre, depuis sa grande folie du samedi précédent, depuis qu'elle avait laissé la bride sur le cou à cette autre elle-même, éprise de liberté celle-là, en rébellion contre les tabous, séduite par les plaisirs que sa propre nature pouvait lui prodiguer sans qu'il ne soit fait de mal à quiconque, le doute s'était réinstallé dans son coeur. Et ce lit de roses où elle s'était étendue avec tant de certitude et de bonheur n'arrivait plus à camoufler dans son édredon floral les épines que toute beauté cache.

On ne se sent jamais tout à fait bien avec soi-même plus de quelques heures d'affilée. En prenant un amant, elle avait pénétré dans un autre monde, celui de l'autre elle-même et cela s'avérait encore plus difficile que prévu.

Elle ne craignait pas pour le jeune homme. Il ne serait pas marqué laidement par tout ça. Au contraire, il en sortirait meilleur. La nature humaine étant irrésistible, les jeunes gens doivent se répandre d'une façon ou d'une autre. Et l'occasion que présente une femme d'âge mûr ne peut que les prédisposer à une plus grande tendresse et compréhension envers celle qui plus tard partagera leur vie, au contraire du plaisir solitaire égocentrique et le plus souvent imprégné par la peur de l'autre, surtout de la femme.

C'était bel et bien un péché de culture qu'elle avait commis. Et rien d'autre...

Si quelqu'un voyait l'adolescent aller chez elle en se cachant, et surtout si la chose se répétait, la médisance et peut-être même la calomnie auraient tôt fait de la crucifier. Les proches voisins ne parleraient pas. Bernadette ne colportait que les belles choses. Les Poirier se montraient toujours d'une discrétion à toute épreuve. Et de l'autre côté du chemin, l'aveugle et sa femme se tairaient par charité. Mais il y avait les petits Maheux un peu plus loin, avec leurs énormes yeux qui fouinaient tout partout; et leur père qui avait grande gueule et une voix qui résonnait loin entre ses coups de marteau sur son enclume. Une histoire entre une femme mariée de son âge et un si jeune homme, ça mettrait du piquant sur bien des langues. Et par chance que la paroisse ne comptait pas un romancier peu miséricordieux, car il aurait vite fait par paresse créatrice d'en nourrir l'imagination de sa plume.

Elle était en brassière et corset, douloureusement penchée vers ses rides un peu déprimées en se demandant comment elle s'y prendrait pour encager l'ensorcellement que lui valait sa liberté neuve sans pour cela devoir maquiller le doute en le chloroformant.

Subitement, elle se leva et se rendit à la salle de bains où elle imbiba une débarbouillette d'eau tiède, et revint vite s'asseoir devant la glace où elle se dépoudra sans compromis. Quand toutes les substances furent effacées et qu'il ne resta plus que ses cinquante ans pour lui dire quoi faire, elle prononça des mots clairs et bien mordus :

"À chaque journée sa vérité ! Amen."

Et elle recommença à enduire sa peau mate d'une nouvelle couche de bien-être et de lumière. Ce prochain samedi, elle aussi se rendrait sur le cap à Foley.

Tôt le matin, le Cook était venu livrer la bicyclette qu'il avait pris soin de dépouiller de tous ses accessoires. Et aussitôt après, il s'était rendu chez Roland Campeau pour s'en procurer une autre, si possible usagée et pas chère.

Après déjeuner, Bédard se rendit à sa maison et prit les mesures de tous les carreaux à vitrer, les mémorisa puis il revint au village et se rendit au magasin général. Il faudrait une heure au moins pour tailler tout ça, et, pour le moment, Freddy tenait seul l'établissement.

– Je vas me faire remplacer par ma fille Ti-Noire qui est pas encore levée. Parce que la Bernadette, aujourd'hui, elle s'occupe de j'sais pas trop quoi qui a rapport aux apparitions. Pis mon gars, ben lui...

– Croyez-vous à ça, vous, les apparitions de la Vierge Marie ? demanda l'étranger en s'asseyant sur un siège pivotant près du comptoir.

– Ben dur à dire, hein !

– C'est dur à dire si c'est vrai ou pas, mais c'est pas dur à dire si vous y croyez, vous ou non.

Le marchand, qui était à peser et ensacher du sucre, plongea sa petite pelle dans une cuve de fer-blanc contenant le sucre et la remplit. Il la tint immobile un moment, les cristaux s'écoulant de chaque côté du récipient. L'homme donnait l'air de réfléchir profondément.

– Pas le diable, si tu veux le fin fond de mon idée.

– Paraît que y'aurait eu un miracle.

– Paraît...

Et le marchand jeta le contenu dans un sac brun qu'il mit dans le plateau de la balance.

– On dit que la foi peut soulever des montagnes...

– Faut des poids pour que le plateau relève pis c'est pas rien qu'à y croire que ça va se faire.

– Comme ça, vous êtes pas croyant ?

– J'ai pas dit ça.

– Ça ressemble à ça.

– Mais c'est pas ça.

Et Freddy se mit à rire par à-coups qui soulevèrent sa bedaine et rougirent encore plus son visage. Il planta sa pelle dans le sucre en disant :

– J'suis un catholique pratiquant pour la vie, ce qui veut pas dire que je vas me garrocher à genoux sur le cap à Foley parce que deux enfants pieux s'imaginent que la Sainte Vierge leur apparaît. Y a rien qu'eux autres qui la voient. Personne d'autre, pas même le petit Gilles Maheux qui se trouvait là la première fois que c'est arrivé. Pourquoi eux autres pis pas lui, c'est curieux, ça, tu trouves pas, toé ?

– Le petit Maheux était là, lui ?

– C'est ce qu'il s'est dit... Bon, je vas aller voir qu'est-ce qui se passe avec la Ti-Noire, autrement t'auras pas tes vitres avant midi.

Pendant son absence, Bédard promena son regard sur les étalages de boîtes de conserve et il répéta mentalement à plusieurs reprises pour chaque sorte le nom et le prix. Jus de tomates : dix cents. Pois verts : quinze cents. Macédoine : quinze cents. Tomates en boîte : douze cents. Soupe aux légumes : dix-huit cents. Soupe aux pois : vingt cents.

Il allait passer au secteur sucre en poudre, corn starch, poudre à pâte, soda à pâte quand Freddy revint, marchant de son pas légèrement inégal, suivi de la jeune femme qui, elle, avançait la nuque un peu raide comme toujours. Elle avait aperçu l'étranger à travers les vitrines du magasin et les vitres de la porte mais pas face à face. De plus, il avait alors une chevelure à la Tyrone Power, lissée sur la tête et voilà que maintenant, ses cheveux se présentaient par vagues épaisses. Elle dit franchement :

– Bonjour, monsieur.

– C'est vous, Ti-Noire.

– Les nouvelles volent...

– Comme les filles qui les portent...

– Ça, c'est vous qui le dites.

– C'est quoi déjà votre nom ? demanda Freddy. On entend dire ben des choses.

– Bédard, Germain Bédard. Fiez-vous là-dessus !

– On va en tenir compte au bureau de poste. Comme ça, vous allez rester dans la maison à Polyte Boutin.

– C'est une bonne maison solide. Réparable. Je vas la radouber.

– Allez-vous travailler pour les Blais ?

– Les Blais ?

– Moulin à scie, shop de boîtes à beurre...

– Ah oui ! Non, c'est pas mon intention.

Ti-Noire écoutait, mains sur les hanches, attendant le bon vouloir de son père. Elle coupa dans leur échange :

– Je vas la faire, la pesée.

– Pis nous autres, on va aller tailler de la vitre.

Bédard se leva. Il détailla la jeune fille sans se gêner en la balayant du regard, de ses cheveux noirs à sa poitrine généreuse, puis en descendant le plus qu'il pouvait derrière le comptoir. Déjà, le marchand se dirigeait vers la porte qui menait dans les hangars. Ti-Noire ne se laissa pas impressionner.

– Avez-vous l'intention d'acheter chez nous pour vos besoins ? Y a-t-il des choses que je pourrais vous préparer le temps que mon père taillera vos vitres ?

– Je vas lui donner mes chiffres : mesures, quantité, et je reviens pour une commande...

Elle ne l'avait pas laissé paraître, mais Ti-Noire se sentait pas mal remuée par cette forte présence. Veut veut pas, son coeur battait plus vite. Elle regrettait de l'avoir provoqué mais en même temps, sentait depuis le tout premier moment où elle avait su quelque chose de cet homme qu'il exercerait sur son esprit une fascination singulière. Et pas forcément souhaitable.

Il revint en sifflotant. Et se comporta comme s'il la connaissait depuis toujours. Revêtu d'un jeans en denim et d'une chemise blanche à manches courtes, ouverte sur deux boutonnières de la poitrine, ce qui laissait voir sa toison noire et brillante, il arborait un sourire un brin mystérieux. Elle ne put s'empêcher de jeter un coup d'oeil sur son estomac et il le remarqua. Et pourtant, il ne s'imagina aucunement que la sensualité soit le talon d'Achille de cette jeune femme. Précisément à cause de son regard qui trahissait sa curiosité bon enfant et un côté défiant.

Il mit son pied sur un banc en disant :

– Ça sera pas compliqué : je vais prendre une boîte de chaque chose... mais pas plus que douze boîtes en tout, étant donné que je suis à bicyclette et que j'ai pas de panier... Ben justement, c'est le vélo de votre frère que m'a vendu Eugène Champagne.

Ti-Noire planta la pelle dans le sucre et se tourna vers les tablettes, devinant qu'il l'examinerait sans se priver. Brusquement, elle se retourna, prit le crayon sur son oreille et le mit devant lui en poussant un cahier sur le comptoir.

– C'est pour faire votre liste de ce que vous prenez pis de ce qui vous manquera.

Il prit le crayon puis le posa aussitôt. Elle se tourna à nouveau vers les tablettes, disant :

– Y avait un gros panier noir sur le bicycle...

– Jusqu'à hier soir, oui. Mais le Cook, il l'a déshabillé net, le vélo...

– Il changera pas, celui-là.

– Proche de ses poches, ça se voit au premier coup d'oeil.

– Je vous donne quoi ?

– Les boîtes que tu voudras.

– Va-t-il falloir que vous retourniez dans le rang dix avec vos vitres sur le bicycle ? Des plans pour les casser avant d'arriver. Et de vous couper ben comme il faut...

– Ah! on va les attacher, les emballer pis si faut que je revienne, ben je reviendrai.

Il se fit une pause au cours de laquelle Ti-Noire mit une après l'autre une douzaine de boîtes sur le comptoir. Chaque fois qu'elle se retournait, il semblait regarder ailleurs, mais elle sentait ses yeux sur son corps et faisait exprès pour se déhancher.

– Avez-vous un ouvre-boîtes toujours ?

– Non, mais tu vas m'en vendre un si c'est possible.

– C'est bien possible qu'on trouve ça dans... ce tiroir.

– Tu me demandes pas comme tous les autres ce que je viens faire par chez vous ?

– J'essaie de pas me mêler des affaires des autres.

– Par curiosité.

– J'essaie de rester en contrôle de ma curiosité.

– C'est beau.

– C'est ça.

– Je vais te le dire, mais faudra que tu le répètes à personne.

– J'aime autant pas le savoir, comme ça, je pourrai pas le dire à personne.

– Je te le dis quand même. Suis venu me reposer. Je serai ici jusqu'à l'hiver, pas plus. Ensuite, je vais retourner là d'où je viens...

– C'est-à-dire Victoriaville comme Jean Béliveau.

– À côté... Arthabaska.

– Dites donc, vous n'avez pas fait votre liste ?

– Je le voudrais que je ne le pourrais pas.

– Ah ?

– Malheureusement, je n'sais pas écrire. Je peux lire les prix, mais j'peux pas écrire. À mon âge, c'est une honte, mais c'est comme ça...

Elle en fut fort étonnée. Un tel handicap ne correspondait pas à sa personne. Il possédait le vocabulaire et les tournures de phrases de quelqu'un d'instruit, de même que la certitude d'une âme bien trempée. Décidément, ce désavantage ne l'habillait aucunement. Mais qui aurait pu savoir qu'elle-même était affligée d'un handicap important, qu'elle pouvait comme son frère, à tout moment, sombrer dans le gouffre infernal de la psychose ?

– Pis du savon, ça va vous en prendre ? dit-elle pour détourner le propos. Du savon du pays pour la planche à laver pis du savon de toilette peut-être ?

– Savon de toilette. Un pain ou deux, là...

Elle regarda dans une armoire vitrée sur le comptoir.

– Le savon de toilette, j'ai du Camay et du American Beauty... Tiens, non, j'ai pas de American Beauty, j'ai vendu le dernier au petit Léo Maheux à matin...

– Le petit Léo ?

– Le gars du forgeron de l'autre bord de la rue... Il commence à sortir avec une petite jeune fille pis ça le rapproche un peu du savon de toilette...

L'étranger souleva un seul sourcil :

– Deux barres de Camay, ça va faire pour moi... pour quelques jours en tout cas...

***

Chapitre 9

Le bureau de la compagnie occupait le premier étage au complet d'une étroite maison à deux étages, recouverte de papier brique rouge. Il y avait une pièce servant de vestibule à l'entrée et dans laquelle se trouvaient des bancs où les employés du moulin et de la manufacture pouvaient s'asseoir durant leur pause de dix minutes de la mi-journée les jours pluvieux. Ils venaient s'y acheter du Coke et des Jos Louis ou autres petits gâteaux Vachon d'une sorte moins populaire. Jouxtait cette pièce une autre servant de bureau où se tenaient les réunions des quatre frères propriétaires et directeurs de la compagnie. Et enfin, il y avait le bureau du commis comptable au milieu duquel se trouvait une truie qui, par saison froide, réchauffait les trois pièces.

Les murs intérieurs étaient tous vitrés et les châssis donnant sur l'extérieur se faisaient nombreux sur trois faces de sorte qu'on pouvait assister aux chicanes fréquentes qui s'y déroulaient sans pour autant les entendre mais par la simple observation d'une gestuelle éloquente et des expressions des visages de ceux qui parlaient ou bien écoutaient en se renfrognant.

Après le départ de Rioux, on avait engagé un petit jeune homme du village voisin pour agir comme mesureur de bois et commis. C'est lui qui avait pour tâche de conduire les assemblées ordinaires et extraordinaires.

Un constant état de guerre existait entre Dominique et Raoul, entre Ovide et Raoul, entre Dominique et Marcel. Dominique et Ovide ne se grafignaient pas trop et parfois faisaient front commun. Raoul et Marcel ne s'entendaient guère mais ils votaient toujours de la même manière pour faire contrepoids aux deux autres qui votaient le plus souvent de la même façon. En politique, Raoul était bleu, Dominique rouge. Ovide penchait rouge et Marcel penchait bleu. Quatre as réunis et ça bardait chaque fois.

Ce midi-là, on se réunit pour l'assemblée du mois. Quelques questions mineures furent expédiées puis Raoul jeta sur le tapis un sujet qui le chicotait depuis le matin, l'engagement par Dominique de Marie Sirois pour travailler à la manufacture.

Maigre, le geste lent, arborant l'image du parfait contrôle de soi, l'homme lança :

– La shop, j'pense que c'est pas trop la place pour une femme, ça...

Dominique s'insurgea aussitôt et lui coupa la parole :

– À la shop, c'est moé qui engage, pas toé. Occupe-toé du moulin si tu veux, pis le reste, laisse faire.

– Engager un homme ou un autre, tu peux le faire même si ça laisse à désirer des fois, là, quand t'es sur la brosse... on en dira pas plus... mais se mettre à engager des femmes, ça, c'est une toute autre histoire.

– Une femme, un homme, c'est la même boîte à beurre qu'on fait....

– Sauf qu'avec rien que des femmes en haut, c'est pas mille boîtes qu'on sortirait dans la journée mais sept cents.

– C'est que t'en sais ? demanda Ovide qui n'était pourtant pas très favorable lui non plus à cette nouvelle façon de faire inventée par Dominique.

Raoul hocha la tête en disant, le ton à l'évidence :

– Parce qu'une femme, ça vaut pas un homme pour la grosse ouvrage, c'est tout.

– Arrive en ville, tabergère, dans les usines de guerre, qui c'est qui travaillait ? À quatre-vingt pour cent, c'étaient des femmes. Pareil en Europe pis aux États durant la Première Guerre.

– Justement, dit Raoul triomphant, parce que y avait pas d'hommes disponibles. Après la guerre, c'est les hommes qui ont pris les places parce que la production est d'un tiers de plus avec des mains d'hommes dans le secteur manufacturier. C'est connu, ça...

Dominique ricana :

– La Marie Sirois, elle peut pas aller moins ou plus vite que le violon. L'étampeuse, un enfant est capable de suivre. Elle pourra travailler sur la botteuse, une des cloueuses, au sablage autant que sur la paraffine.

– Vas-tu l'envoyer déligner dans le trou ?

– On a Pit St-Pierre qui fait l'affaire, pourquoi l'envoyer elle déligner dans le trou ?

Marcel intervint doucement, sur le bout de la langue :

– Un homme dans la shop devrait savoir tout faire. Déligner, botter, embouveter, masser, faire des tenons, sabler, clouer, étamper, paraffiner.

– C'est pas vrai, Marcel, s'écria Dominique. On est rien que trois pour amancher les boîtes : moé, toé pis Ti-Paul Larochelle. Même Pit Roy, que ça fait des années pis des années qu'il travaille dans la shop, il sait pas amancher. Pas capab' de le faire.

– Pit Roy, il est gauche des deux mitaines, rétorqua aussitôt Marcel.

– C'est toujours ben lui le meilleur sur la cloueuse des fonds. Il se fait pas souvent passer des clous de travers pis il est vite en crime sur ses patins.

Raoul devint sarcastique. Il n'appelait jamais Dominique par son prénom et son frère faisait pareil. Et souvent, il lui parlait à la troisième personne en s'adressant même alors aux deux autres en ricanant :

– L'engagement de la veuve, ça serait-il pas que ça ferait personnellement l'affaire de certains ? Vu qu'elle vient d'enterrer un enfant, ça fait un beau prétexte. Pis un enterrement, ben, ça rapporte à d'aucuns...

Piqué au vif, Dominique jura :

– Tabarnac de tabarnac ! Tu sauras mon gars que l'enterrement du petit gars à Marie Sirois, moé, j'ai pas fait une maudite cenne avec ça...

– Justement, ça prouve que y a des raisons plus personnelles encore...

Dominique bondit et jeta son doigt menaçant à deux pouces du nez de son frère en hurlant :

– Toé, le jour que tu vas tomber sur ta grand-scie pis que tu vas te faire couper en deux, demande-toé pas pourquoi.

Ovide se révolta à cette idée :

– Jamais personne icitte doit souhaiter un accident à un autre, jamais, jamais...

Ovide avait été gravement blessé par une éclisse de bois lancée par une scie et qui l'avait piqué dans le cou; il en était demeuré infirme pour la vie par un bras paralysé. De plus, il avait eu un oeil crevé par une autre éclisse et, comble de malheur, une scie lui avait écharogné la main gauche. Éclopé de trois manières, moins que la moitié d'un homme, il ne pouvait tolérer, même venant de son frère allié, toute velléité du moindre contentement devant la moindre blessure faite à qui que ce soit dans son travail pour la compagnie.

– J'y souhaite pas de mal, c'est lui qui s'en prépare pis

qui s'en souhaite, se défendit Dominique en se rasseyant.

Raoul se montra faussement conciliant :

– Ce qu'on voudrait savoir, c'est pourquoi qu'on voit une femme dans la shop à matin tandis que des bons hommes attendent qu'on les engage ?

– Qui ça ?

– Y a Gérard Campeau...

Marcel intervint :

– Voyons donc, Raoul, Gérard Campeau, c'est un infirme qui est pas capable de rien faire.

Il se dépêcha d'ajouter pour ménager la susceptibilité d'Ovide :

– Pas comme toi Ovide... tu fais une journée d'homme tandis que le Gérard, il a de la misère à mettre son chapeau.

Raoul ironisa :

– Voyons donc, il se promène tous les jours en Weezer.

– Mener un Weezer, c'est pas travailler, ça.

– Pis qui c'est que y a d'autre de disponible pour travailler dans la shop, hein ?

– Rosaire Nadeau.

– Il embarque dans ses foins dans trois, quatre jours. Pareil pour le petit Léo Maheux. Marie Sirois, elle pourra être là tant qu'on en aura de besoin...

– Pourvu qu'elle se fasse pas écraser dans les coins...

Dominique bondit une fois encore :

– T'es rien qu'un maudit sans coeur : une veuve sur le secours direct...

– C'est pas avec du coeur qu'on fait des boîtes à beurre.

De guerre lasse, Dominique lança lourdement :

– Passons ça au vote, ça vaut pas la peine de discuter avec les imbéciles.

– Je propose : "Pas de femmes à la shop !" dit vivement

Raoul qui y tenait mordicus surtout pour faire obstacle à son frère aîné.

– On vote sur le cas à Marie Sirois, s'objecta Dominique, pas sur le cas de l'engagement des femmes à la shop.

– Ça revient au même, fit Raoul sans trop se rendre compte qu'il risquait davantage de perdre si le vote portait sur le cas de Marie.

Car Marcel était peu enclin à voir des femmes travailler à la manufacture tout en étant sensible aux malheurs de la veuve. Il l'avait vue à l'ouvrage depuis le matin et la femme s'était montrée d'un bon vouloir exceptionnel; et puis elle avait appris sans problème à exécuter correctement les tâches qu'on lui avait assignées et enseignées.

– Ovide, pense donc que la veuve est pauvre raide pis que ses enfants ont pas toujours à manger plein leur ventre.

– J'en ai itou, des enfants, dit Raoul. Pis les veuves dans le besoin, c'est pas ça qui manque dans la paroisse, à commencer par la veuve Lessard...

– Eux autres, les Lessard, ils vont faire de l'argent avec les apparitions de la Sainte Vierge, ironisa Marcel.

Excédé de tout ça, Raoul, se sachant déjà battu, lança :

– Ceux qui sont pour garder Marie Sirois, levez la main.

Les trois autres s'exécutèrent.

– Pis ceux qui sont contre, levez la main, blagua Marcel.

Raoul haussa les épaules et s'en alla, suivi des rires de ses trois frères. Il était midi et cinquante. Dans dix minutes, le sifflet de la manufacture se ferait entendre.

Marie Sirois arrivait à bicyclette. Elle aperçut Raoul et ramassa toutes ses forces pour ne pas baisser la tête et surtout pour le saluer d'un signe de tête. L'homme allait traverser la rue pour se rendre au moulin, mais il se dirigea plutôt vers elle qui appuyait son vélo contre le mur du bureau.

– Une nouvelle travaillante à matin !

– Han han...

– As-tu trouvé ça dur avant-midi ?

– Pantoute, j'ai ben aimé ça.

– Tant mieux pour toi...

Il hésita puis rajouta :

– Pis c'est ben tant mieux pour nous autres itou.

– En tout cas, c'est pas moi qui vas retarder les autres dans la shop.

– Ah! j'ai pas peur pour ça pantoute. Comme tu sais, on a un magasin de meubles et de cadeaux, pis ma femme travaille dedans en plus qu'elle joue de l'orgue à l'église.

– Une femme, quand ça veut, ça peut.

– C'est ça que j'disais à mes frères tantôt...

À l'intérieur, de sa voix chevrotante, Ovide confia aux deux autres et au commis :

– C'était rien que pour se chicaner tantôt; regardez-le faire de la façon à la veuve Sirois, là, lui... Fin finaud qu'il est !...

Pit Roy était un vieux garçon qui portait toujours son chapeau sur le derrière de la tête ou bien une calotte légèrement de travers avec la palette cassée vers le haut. Il n'avait apparemment qu'une seule passion : la grande politique, c'est-à-dire provinciale ou fédérale. Les deux députés du comté, les frères Poulin de Saint-Martin, étaient ses hommes à vie. Le docteur Poulin surtout, député indépendant à Ottawa. Mais son idole entre tous les politiciens, c'était Maurice Duplessis. On disait qu'il lui ressemblait, ce qui le rendait particulièrement fier. Et quand il s'endimanchait, il faisait tout pour qu'on l'appelle monsieur le premier ministre. Et s'il portait ce maudit chapeau derrière la tête, c'était pour une raison fort simple : la pointure ne lui allait pas et c'était la seule façon de le faire tenir comme ci comme ça.

Il vint prendre place sur un banc en avant du bureau, à

deux sièges de Marie Sirois.

– On dit que y a un nouvel homme qui vient s'installer dans la paroisse. Dans le dix, dans la maison à Polyte Boutin. Je l'ai vu passer en bicycle avant-midi... Il a acheté le bicycle à Jean-Yves Grégoire qui l'avait lui-même revendu au Cook Champagne...

L'homme s'arrêta. Il attendait un commentaire qui ne vint pas. Alors il se forgea un rire fêlé pour dire ensuite :

– Il vient peut-être pour travailler avec nous autres à la shop. On est assez de monde comme c'est là... Un de plus, ça voudrait dire un de moins... Ah! moé, j'ai pas peur pour ma job. Ça fait des années...

Marie ne broncha pas. Dominique l'avait engagée et Raoul venait de l'encourager. Dans l'avant-midi, Marcel l'avait mise à l'aise par toutes sortes de simagrées et grimaces destinées à la faire rire. Et elle avait bien fait ce qu'elle avait eu à faire. Non, elle ne serait pas immolée de sitôt.

– Peut-être qu'ils vont renvoyer Fernand Rouleau, marmonna Pit en retenant les mots par sa main collée sur la bouche.

C'est que Fernand arrivait à bicyclette et aurait pu entendre ce dire désagréable.

Marie ne tourna pas la tête. Elle ne le regardait pas, ne le saluait pas et s'arrangeait pour l'éviter. Il vint s'appuyer contre un gros poteau de lignes électriques s'élevant à quelques pieds du coin de la bâtisse et déclara sans gêne :

– Ben Marie, j'suis ben content de voir que tu travailles avec nous autres; comme ça, on va moins s'inquiéter pour toé pis tes enfants.

– Y a assez d'occasions asteur, pontifia Pit, que quand une personne veut, elle finit toujours par nourrir sa famille sans le gouvernement pis le secours direct. Même si monsieur Duplessis est ben généreux pour le pauvre monde...

Marie se sentit humiliée par les deux personnages. Et elle

n'avait pas envie de parler.

– À Valleyfield, les moulins de coton, ça vire au coton, dit Pit. C'est pas l'ouvrage qui manque depuis qu'on a un bon gouvernement à Québec.

– J'pourrais m'en aller à Montréal, pis j'aurais des jobs de même, enchérit Fernand. Mais c'est la guerre qui a mis le monde à l'ouvrage, pas le gouvernement.

– C'est justement : les libéraux ont eu de la chance que ça soit la guerre tandis que monsieur Duplessis a repris le pouvoir quasiment à la fin de la guerre en 1944. Depuis six ans... ben disons cinq ans, c'est fini, la guerre en Europe...

Marie frappa son pantalon pour en chasser un résidu de poussière de l'avant-midi. Puis elle rajusta sur sa tête un petit casque de marin qui enfouissait trop peu de chevelure. Qu'importe, chaque soir, elle se la brosserait et chaque samedi, elle se laverait la tête deux fois plutôt qu'une.

Fernand avait le regard perdu. Sa pensée voguait au loin dans la réserve indienne du nord de l'Ontario où il avait vécu et qu'il avait quittée précipitamment pour revenir au Québec après y avoir commis un crime de viol et de voies de fait sur une femme de la tribu, et de plus, avoir battu sa propre femme, une Indienne elle aussi. Il n'entendit pas dans son dos une automobile qui arriva très lentement et tourna dans la cour de la manufacture où elle s'immobilisa.

Servile et curieux, Pit Roy se leva et accourut. C'était une voiture de la Police Provinciale et l'on connaissait bien l'agent qui la conduisait, un personnage du village voisin du nom de Pit Poulin.

– Salut Pit, dit Pit.

– Salut Pit, répondit Pit.

C'est tout ce que Marie put entendre. Et Fernand paraissait toujours dans les limbes. Le grand policier blond descendit de son véhicule et Pit Roy le précéda. Quand Fernand l'aperçut soudain, il devint extrêmement agité, et Marie le remarqua.

Les deux hommes entrèrent dans la bâtisse puis dans le bureau dont on referma la porte. Ovide, Marcel et le commis changèrent de pièce et il n'y resta que Dominique de ceux de l'assemblée du midi.

Visiblement, Pit Poulin faisait une enquête.

– Je me demande ben quoi c'est qu'il vient faire icitte, là, lui, dit Fernand à voix inquiète.

Deux autres travailleurs étaient assis de l'autre côté de l'escalier. Ils attendaient le signal de rentrer au travail tandis que le reste du groupe arrivait des deux directions, les uns après les autres.

Marie resta muette. Elle aurait pu le rassurer en parlant d'une enquête possible sur le nouvel arrivant qui s'installait dans la maison à Polyte Boutin ou encore sur les apparitions du cap à Foley, mais elle le laissa se torturer les méninges.

– J'me demande pourquoi c'est faire que Pit Roy est enfermé avec eux autres.

Un homme immensément maigre, au visage parcheminé et à la pipe fumante venait d'arriver de son pas à ressorts. Penché en avant, il dit :

– C'est peut-être un de nous autres qui a fait un mauvais coup.

– Voyons donc, Pit St-Pierre, dit Fernand. Y a rien que du bon monde qui travaille à la shop.

Pit Roy aperçut Pit St-Pierre et lui fit signe d'entrer.

Et alors même que la discussion s'amorçait entre les trois Pit, le sifflet de la manufacture retentit. Fernand fut le premier à obéir au signal. Marie le suivit en souriant intérieurement. Elle savait, elle sentait que cet homme était coupable de quelque chose d'important...

Comme agent de la Police Provinciale, Pit Poulin devait couvrir trois paroisses. Il avait reçu pour mandat des plus hautes autorités politiques d'enquêter sans trop de profondeur et de faire un rapport sur l'affaire des apparitions. En entrant dans le village et en apercevant les employés de la manufacture, le policier s'était dit qu'il pourrait obtenir là pas mal de renseignements et d'opinions intéressantes. Pit Roy et Dominique Blais seraient d'excellentes sources. Pit Roy avait jugé bon de faire entrer Pit St-Pierre qui demeurait voisin de la veuve Lessard. En fait, ce n'était pas une enquête méthodique mais menée à la bonne franquette avec la certitude de résultats plus proches de la réalité.

Quand il eut terminé, Pit Poulin demanda à tous la plus grande discrétion qui lui fut promise. Et dans les jours suivants, Fernand Rouleau vivrait sur des ronces et des épines. Et Marie Sirois le regarderait souffrir sans grande pitié à son égard...

***

Chapitre 10

Le soleil arrivait à son zénith. Et Germain Bédard, du moins l'homme qui affirmait s'appeler ainsi, atteignait le sommet de la première et plus haute colline qu'avait à franchir le rang dix avant de le conduire sur un plateau où se trouvait la maison basse des Boutin et la montée menant à celle, haute, du vieux Polyte, ce personnage disparu sans l'être tout à fait.

Il s'arrêta, ôta sa calotte blanche à longue palette verte qu'il s'était procuré le matin même au magasin, la remit sur sa tête, et demeura un moment debout à califourchon sur son bicycle dépourvu de barre transversale puisqu'il s'agissait d'une bicyclette dite de fille avec pneus ballons. Très dur de monter les côtes avec ça ! soupira-t-il en chemin. Comment donc n'y avait-il pas mieux réfléchi avant d'acheter cette bécane ? Par contre, cette transaction lui avait permis de connaître mieux les chemins menant à l'âme du Cook, et cela comptait bien davantage que cette sueur perlant à son front et même que la chaleur brûlante courant dans ses veines comme de la lave.

Et pour l'instant, ce n'était pas le point focal de sa préoccupation. Il s'intéressait à une planche de labour dont la terre était gercée, poussiéreuse, fendillée. Certains se plaignaient de plus en plus souvent du manque de pluie. Il avait entendu dire que d'aucuns même pensaient se rendre sur le cap à Foley ce prochain samedi pour offrir à la Vierge des apparitions une dizaine de chapelet de groupe assortie d'un grand appel à la pluie...

Il jeta un coup d'oeil sur le contenu du gros panier noir devant lui. Tout parut normal. Au fond, il y avait ses vitres soigneusement emballées dans un veston. Par-dessus, il avait mis une planchette pour supporter la boîte d'épicerie.

Il sourit. Et haussa les épaules à la pensée qu'il avait dû se rendre chez Roland Campeau avant de charger la bicyclette des effets achetés au magasin et dont le transport ne pouvait se passer d'un contenant, pour s'y voir installer le même panier dont Jean-Yves Grégoire avait doté le vélo mais que le Cook avait dévissé et ôté le matin même pour s'en faire rabattre la valeur sur son nouvel achat. Ça s'était monté à trois piastres, installation comprise. À n'en pas douter, cet Eugène Champagne marchait, en fait pédalait, sur le chemin de la richesse. Mais il lui semblait évident aussi que ce garçon aimait sans l'avouer cette Rachel éplorée. Comment donc arriverait-il à marier son amour de la jeune fille à celui de l'argent ? Quelle âme intéressante à surveiller, à scruter !...

L'homme regarda la route gravoiteuse devant lui et se remit en selle. Le bruit caractéristique du gravier qui se fait écraser, compacter sous les pneus servit alors d'accompagnement à un fredonnement étrange et saccadé qui émana de sa gorge profonde, quelque chose qui ressemblait à un chant indien incantatoire...

Au-dessus de la troisième et dernière colline, il vit la maison des Boutin. Et pas très loin, il tourna dans la montée conduisant au bois. Il ferait le reste à pied à côté de la bicyclette pour ne pas risquer de frapper une pierre perdue et de verser. Au bout de vingt, trente pas, il tourna brusquement la tête vers la maison. Aux fenêtres, des regards reculèrent. Un chien malin jappa au loin. L'homme s'arrêta, rajusta sa calotte, promena son regard sur les environs, surtout sur le foin immature recouvrant les prairies immobiles du cultivateur. La récolte s'annonçait bonne... et le serait sans doute à moins que la bienveillance du soleil ne se transforme, comme le craignaient déjà d'aucuns, en un petit feu vicieux sans flammes, qui gèlerait les racines des plantes dans un sol trop sec et en brûlerait les tiges jusqu'à leur extrémité, suçant le meilleur pour le transformer en poussière.

L'homme se remit en marche en se félicitant d'être venu s'installer en un lieu aussi fertile où les coeurs se livreraient sans méfiance pourvu que lui *puisse voir comme il faut sans être trop vu*'...

De chez lui, Georges le surveillait, attendant qu'il disparaisse derrière le feuillage des aulnes pour le suivre et lui vendre ses services comme il avait été quasiment convenu la veille.

Rendu à la maison, l'étranger appuya son vélo contre le mur et entra. Sa première tâche fut de jeter par une fenêtre tout ce qui traînait à l'intérieur. Il achevait lorsque Georges se présenta dans la porte en s'exprimant avec son éternelle patate chaude en bouche :

– J'sus venu pour vous aider comme on l'avait dit. J'ai mon sac d'outils pour poser les vitres. Pis des fournitures, tout' c'est qu'il faut...

– Entrez, entrez, entrez, chantonna Bédard. Le père Polyte va mieux m'accepter dans sa maison si c'est de sa parenté qui m'aide à m'introduire pis qui met la main à la pâte pour la réparer.

– Ah! vous serez pas le premier après lui à vivre icitte. Comme je vous le disais, y a eu des mobilisés le temps de la guerre qui se sont cachés là-dedans. J'ai couru les avertir une couple de fois que la police militaire rôdait dans les environs.

Le travail alla bon train et chaque fois que Georges voulait faire parler l'autre sur lui-même, l'étranger détournait le propos vers son interlocuteur, sa famille, les gens de sa paroisse.

Du Cook Champagne, il apprit ce qu'il savait déjà. De Rachel Maheux qu'elle pourrait entrer au couvent si son fiancé ne reparaissait pas. De Jean-Yves Grégoire qu'il souffrait d'un problème mental hérité de son côté maternel. Du curé qu'il était un personnage solide comme le roc et paternaliste comme le bon Dieu... Des Bureau qu'ils faisaient partie de la haute gomme du village. Des Bilodeau qu'ils fréquentaient aussi bien les plus riches que les plus pauvres. De Marie Sirois qu'il ne connaissait pas, qu'elle était une misérable meurt-defaim marquée par un destin tragique.

— Et madame Rose Martin, vous la connaissez bien ? demanda-t-il tandis que chacun posait du mastic dans des fenêtres voisines.

— Ouais... comme n'importe qui du village ou ben de la paroisse.

— Une belle personne ?

— Ah! ça, oui, mon ami ! Ben potelée à part de ça.

— Vous aimez ça rond, vous ?

— Ah! oui! Ah! oui! Ben rond comme du pain de ménage.

— Mais c'est juste pour parler, là, vous. D'abord que vous êtes marié et père de famille.

— Ça va tuseul ! Mais on a des yeux pour voir...

Et Georges éclata de son rire endormant.

Puis on parla des foins qu'il faudrait bientôt faire.

— Si vous voulez, j'aimerais y travailler deux ou trois jours.

— J'ai du monde en masse pour ça... avec ma trâlée de grandes filles, là...

— Je ne vous chargerai rien, pas une vieille cenne noire. Et ça m'empêchera pas de vous payer votre temps quand j'aurai besoin de vos services, si jamais ça arrive. Non, c'est que j'ai jamais travaillé aux foins de ma vie parce que je restais dans une ville. Mais j'aurais ben aimé ça juste pour... sentir les odeurs...

– Vous allez trouver ça pas mal poussiéreux... Pis on travaille toujours au gros soleil écrasant...

– Le soleil, moi, j'ai pas de misère à endurer ça...

L'étranger leva la tête, son attention attirée par une présence humaine dehors. Il vit s'approcher deux jeunes filles, l'une brune de pas beaucoup plus que vingt ans et l'autre blonde de pas beaucoup moins. Rondes. Portant chacune un chapeau de paille dont s'échappaient leurs cheveux longs. Des robes en coton fleuri, imprimé de jacinthes miellées.

– Tiens, dit Georges, les filles qui viennent me porter mon marteau. C'est rare que j'oublie pas quelque chose...

En effet, la plus vieille avait l'outil en main. Tout ça faisait partie d'une entente tacite comme il s'en concluait souvent entre gens de cette famille. L'homme avait oublié exprès son marteau qu'il avait laissé à la vue à la maison, sachant que ses curieuses de filles viendraient le lui porter. Comme sa femme, elles étaient fort intriguées par ce bizarre personnage désireux de vivre dans le bois dans une maison grise abandonnée et peut-être hantée.

Et puis leur père en avait pas mal à distribuer, des filles, et le dix était un petit rang à seulement cinq maisons dont pas une encore ne possédait de jeune gens à marier. Il devait donc leur aider, à ses filles, à regarder ailleurs...

– Papa, c'est nous autres, dit une voix chaude par la porte. On vient vous porter votre marteau.

– Rentrez... venez connaître notre locataire...

– On est venu pour porter le marteau.

L'étranger se rendit à la porte. Il les invita lui-même à entrer. Elles obéirent, confuses, intimidées. D'emblée, il les trouva plutôt jolies toutes deux et grava les visages dans sa mémoire pour étude ultérieure plus approfondie.

– Ça, c'est deux de mes filles, mes plus vieilles, Solange pis Simone. C'est monsieur Bédard qui vient de...

– Arthabaska...

– Pis qui travaille de son métier...

– Sans emploi pour jusqu'aux neiges...

– Bonjour ! firent les jeunes filles en choeur.

Et leurs regards nerveux se mirent à se promener sur la pièce qui paraissait déjà plus vivante avec son plancher débarrassé de son désordre...

– On aurait dû emporter un balai avec nous autres.

– Ben... retournez en chercher un, dit leur père.

Elles se regardèrent. Bédard pensa qu'il vaudrait mieux les diviser en dépêchant l'une à la maison et en gardant l'autre pour aider.

– Je vous engage toutes les deux pour tout l'après-midi. Toi, Simone, tu vas retourner à la maison. Ou toi, Solange... Tiens, on va tirer ça à pile ou face.

Il sortit une pièce. Le sort désigna Solange pour servir de commissionnaire. On lui demanda d'apporter des guenilles et un plat pour mettre de l'eau.

Au moment de la location, les deux hommes avaient discuté du problème de l'eau courante et de l'électricité. L'électrification rurale ne datait que de deux ans et il aurait fallu planter trois ou quatre poteaux le long de la digue de roches de la montée pour amener des fils électriques. Trop coûteux pour le temps qu'il serait là, avait dit l'étranger. Quant à l'eau, il ne manquait qu'une pompe à bras raccordée à un tuyau d'amenée déjà là et qui jadis acheminait dans la cave l'eau d'un puits situé derrière la maison. Georges avait toujours dans son hangar la vieille pompe ôtée au départ du dernier occupant, mais Bédard préférait en acheter une neuve à la ferronnerie du village voisin où il se rendrait avec le Blanc Gaboury un de ces jours prochains.

En attendant de l'avoir et de l'installer, on pourrait toujours puiser de l'eau dans le puits en y plongeant un seau retenu par une broche à clôture. Mais on n'avait même pas de seau et Simone cria à Solange, qui s'en allait déjà, d'en rapporter un avec elle.

– Ramène une chaudière à graisse de vingt livres.

– Et on lui fait faire quoi en attendant sa soeur ? dit Bédard à Georges, mais aussi à la jeune fille indirectement.

Simone le regarda. Elle fit une moue, mais ne brava pas son regard insistant.

– Pas de chaudière, pas de plat, pas de guenilles, pas de balai, on peut pas faire grand-chose, nous autres, les femmes.

– Tu peux nous aider à poser des vitres, dit son père. T'as les doigts fins pis habiles quand tu veux.

– Certain, je l'ai déjà fait !

Et sans attendre, elle se pencha et se prit un gros morceau de mastic à même le paquet posé à terre. Et commença à le manipuler avec fermeté et délicatesse sous le regard intéressé mais insondable de l'étranger...

***

Chapitre 11

Le temps se graissait. De chez le Cook, par la fenêtre, on pouvait apercevoir au fond de l'horizon l'église de Saint-Évariste et au-dessus, mais à des dizaines de milles, des nuages noirs que zébraient parfois des éclairs silencieux.

Le jeune homme regarda sa montre. Il avait le temps de se rendre au village grâce à sa nouvelle bicyclette, bien plus rapide que l'autre, la précédente, dont il aimait penser qu'il s'en était débarrassé non seulement à bon compte mais avec un profit intéressant.

Il avait fricoté du manger pour son père et ses frères. Qu'on se serve au besoin, lui, il reviendrait dans une heure ou deux. Il allait se plaindre à Roland Campeau de ce que les poignées du vélo neuf auraient dû être parfaitement alignées avec la fourche et les tubes du châssis tandis qu'elles déviaient du plan. Peut-être que cela lui vaudrait une sur-remise, qui sait. Mais surtout, il avait affaire à Freddy Grégoire et se rendrait au magasin ensuite...

Une puissante voix le suivit par la porte menant à l'extérieur :

– Va mouiller à siau que ça sera pas trop long, là, toé...

– J'aurai moins besoin de me laver...

Il mit des serres autour de ses pattes de pantalon et enfourcha son vélo blanc et rouge qui brillait malgré l'absence de soleil. Et avant de se mettre en route, il regarda une fois encore l'horizon menaçant. La côte des Talbot fut aisée grâce aux pneus fins et aux trois vitesses du pédalier. Ensuite, il donna quelques coups de pédale et se laissa emporter dans la longue descente vers le village, coeur joyeux sous son paquet de tabac à rouler...

Et il se sentit fier de lui-même quand il aperçut Fernand Rouleau à une fenêtre puis les enfants à Marie Sirois. On admirait son vélo nouveau donc lui aussi forcément, qui en était l'heureux propriétaire...

Personnage timide à la voix faible et peu sûre, il était facile de lui parler, à Roland Campeau, de négocier avec lui, d'en tirer le maximum. Au fond de lui-même, le Cook se croyait meilleur barguineux que lui, et les deux récentes transactions de bicyclettes le démontraient bien. Il tourna dans la cour et appuya son vélo contre le mur du garage où travaillait le jeune commerçant. Et il entra par la porte grande ouverte.

Roland l'entendit marcher sur le ciment et se détourna d'un établi pour dire avant même que son visiteur n'ait eu l'occasion d'ouvrir la bouche :

– L'homme que je voulais voir aujourd'hui... Viens donc voir quelque chose...

Et Campeau rajusta ses lunettes puis marcha vers la porte donnant sur l'arrière de la boutique. Une fois le seuil franchi, il resta un moment devant son client puis fit un pas de côté et lui offrit l'image d'une vieille automobile grise.

– La connais-tu ?

– Certain, c'est le bazou au père Thodore Gosselin.

– Bazou ! Bazou ? Quasiment pas d'usure, tu sais ça.

Le Cook haussa les épaules et il émit un bref rire nerveux. Il lui fallait lever le nez sur la chose :

– Un vieux modèle en maudit. Une quoi, 1930, guère plus...

– Chevrolet '29. Je l'ai achetée après-midi; je peux te la vendre à soir...

Eugène fit claquer un long rire faux.

– J'ai un bicycle neuf, je ferais quoi avec un vieux char de même, moé ?

– C'est la chance de ta vie. Le char est en ordre comme un neu' pis je te le vends le prix d'un bazou.

– Va donc voir Arthur Quirion ou ben Clodomir Lapointe avec ça.

– Sont déjà greyés, eux autres.

– Pis moé, tu voudrais m'atteler avec ça.

– Tu commerces de la râche, tu commerces des objets de piété, t'as besoin d'un char. Tout ce que tu peux mettre là-dedans. Tu pourrais monter à Québec, pas besoin du taxi Roy. Tu pourrais aller à Saint-Évariste, pas besoin du Blanc Gaboury...

– C'est un char qui dépense, ça... Du gaz, c'est pas donné de nos jours, c'est rendu à vingt-huit cents le gallon. Pis à ce prix-là, c'est du jaune parce que le rouge est encore plus cher, hein !

– Assis-toi dedans...

Roland ouvrit la portière...

– C'est dangereux, ces portes-là qui ouvrent par en avant. Si ça ouvre sur le chemin, le vent poigne là-dedans pis ça vire à l'envers pis peut-être ben toé avec.

– Embarque, embarque...

– Pouah! c'est pas ça qui va me le faire acheter.

Et Eugène s'assit gauchement derrière le volant.

– Le père Thodore, on lui voyait quasiment juste la tête quand il passait.

Et c'était pareil pour le Cook lui-même qui toutefois ne s'en rendait pas compte.

Roland sentait que l'autre mordait sans même s'en apercevoir. Pas encore du moins. Il fit le misérable.

– Je parle de te le vendre comme ça, mais dans le fond, j'en ai pas trop envie. Je l'ai eu pour une chanson. Cent cinquante piastres. Le père Thodore, il s'est acheté une Pontiac flambant neuve de quasiment deux mille piastres.

– Il va la promener, sa bonne femme avec ça... Ah! y a pas de soin, le bonhomme, il a de l'argent, ça y sort par les oreilles. C'est un vieux bonhomme proche de ses cennes en maudit, hein !...

Roland sourit d'entendre ces mots dans la bouche du Cook.

– Ah, si j'avais pas déjà ma Mercury 47, moi, je la garderais. Y a aucune pourriture après. Le père Thodore, il traitait ça comme un enfant. Ça a quasiment valeur d'antiquité. Dans dix ans, ça va pouvoir se vendre aux Américains le prix d'une neuve. Non, mais te vois-tu en 1960, changer ça pour une Pontiac flambant neuve avec pas une cenne de retour...

– Parlant de retour, serais-tu prêt à racheter mon bicycle au même prix qu'à matin ?

– Certain, mon ami, certain...

– J'suppose que tu vas me demander deux cents piastres au-dessus...

– Je l'ai payée cent cinquante; je te la vends cent soixante-quinze pour dire que je me prends un petit profit; pis ton bicycle, je le reprends au même prix.

Le Cook émit un rire de doute. Il se tourna sur le côté sans sortir de l'auto et sortit son paquet de tabac en disant :

– Ça vaut ben une rouleuse, hein !

Roland sortit vivement son paquet de Player's et en offrit

une toute faite en disant :

– Aujourd'hui, faut se moderniser pis aller vite ! Avec un char de même, tu vas sauver du temps à plein. Pis le temps, ben c'est de l'argent en maudit.

Eugène se laissa allumer.

– Y a une odeur de vieux là-dedans...

– Ça, tu mettras du parfum... Va voir madame Rose, elle en a du bon...

Eugène rit nerveusement et laissa échapper :

– Je te donne cent soixante piastres pis tu me donnes les clés.

– Je savais que ça t'intéresserait pas. Tu me fais une offre que je peux pas accepter. Ça voudrait dire que je commerce sans faire de profit. Ferais-tu ça, toi ?

– Ben non, ben non... Je l'achète à cent soixante-quinze si tu reprends mon bicycle au prix d'à matin. C'est ça ma condition.

– Fais comme tu voudras, mais tu devrais le garder, le bicycle. Ça pourrait te servir quand même. Des fois tu pourrais sauver du gaz au lieu que de toujours prendre ton char. Pis tu pourrais le louer.

– Quant à ça..

Eugène expulsa une longue poffe et jeta :

– Mais j'ai pas d'argent sur moé pour te payer ça à soir.

– On va signer un papier, ça va être assez pour à soir, pis tu viendras me payer ces jours-citte...

– J'sais ben pas c'est que le père va dire de me voir partir en bicycle pis arriver en bazou.

– C'est un char honorable pis vénérable, mon ami, pas un bazou pantoute, ça.

– On pourrait signer ça demain, le papier.

Roland força la vérité :

– Si tu changes d'idée pis si je perds la vente... Si tu veux signer demain, faudra que tu le prennes demain. Pis à soir, j'aime autant te le dire, j'attends le nouveau venu à qui c'est que t'as vendu ton vieux bicycle. Il est venu se faire poser un panier, mais le char, ça le tentait pas mal... Pour lui, venir au village quand il va mouiller comme ça s'annonce...

– Je pensais que tu l'avais eu rien qu'après-midi, le char à Thodore.

– Ben... sur le coup du midi, vois-tu... Coudon, t'as déjà mené ça, un char, toi ?

– Ben sûr !

– Il te reste à signer le contrat...

– O.K. d'abord, je vas te signer ça.... L'étranger, il est même pas capable de signer son nom, lui...

– Ouais, il m'a dit ça, mais ça me surprendrait pas mal : il a la tête assez meublée, on dirait...

– Pourquoi c'est faire qu'il se vanterait d'être cruche ?

– C'est justement ce que je me suis dit, moi. Mais... y a toutes sortes de monde dans le monde.

Le Cook devint songeur. Il cracha du bout de la langue un fil de tabac que lui avait laissé sa Player's sans filtre.

Une demi-heure plus tard, il se mettait au volant de la Chevrolet 29, bicyclette entre les deux sièges, sourire entre les lèvres, chaleur entre les fesses, rouge entre les oreilles, flammèches de bonheur entre les yeux...

Souventes fois, durant le processus de vente, il avait pensé à Rachel qu'il pourrait reconduire au village ou bien inviter au théâtre le moment venu... Et c'est le coeur chaviré qu'il prit la route, les deux mains sur le volant et le regard rivé sur le macadam.

Il s'arrêta devant le magasin général, sur la gauche du chemin, comme le faisait toujours Blanc Gaboury. Et il entra en se dandinant après avoir jeté un coup d'oeil rapide sur la maison des Maheux sans y voir Rachel qui, comme souvent, restait enfermée dans sa chambre.

C'est avec surprise que Freddy, à travers ses lunettes et la vitrine, l'avait vu émerger de l'auto à Thodore.

— Tu t'es greyé d'un char, constata le marchand, l'oeil rieur.

— Bah! quand on fait de l'argent, faut ben le dépenser.

— J'ai su que Thodore en avait acheté un flambant neuf.

— Le bonhomme est riche comme...

— Le roi Midas...

— C'est ça.

— C'est que j'peux faire pour toé à part de ça?

— Me louer un espace.

— T'as pas besoin d'une place pour un cheval d'abord que t'as un véhicule automobile. Pis si tu veux le parquer, ton char, dans la cour du hangar, c'est gratis.

— Je veux un espace sur le cap à Foley pour vendre des petits articles religieux... Le vicaire est d'accord.

— Tu l'as déjà fait pis je t'ai pas chargé une maudite cenne.

— Seulement, je voudrais payer pour une place.

— Ben là, laisse-moé te dire que tu me fais tomber en bas de ma chaise. Tu veux me payer ce que je t'offre pour rien en toute. Tu t'achètes un char. J'pensais pas que t'avais une nature de gaspilleux. T'es-tu fait piquer par une guêpe, le Cook Champagne ?

— J'voudrais un espace assorti d'un droit d'exclusivité de vente. Pis je vous donne dix piastres par semaine. En espèces sonnantes.

Il posa un papier sur le comptoir.

— Regardez ça, tout est écrit là-dedans.

— Je peux te donner l'exclusivité si ça te fait plaisir, pis l'espace que tu veux, mais j'te chargerai pas une maudite cenne plus pour ça.

– J'aimerais autant payer. Les bons comptes font les bons amis. Vous me signez ça pis je vous donne dix piastres chaque semaine que y aura des apparitions pis que je ferai des ventes sur le cap.

Freddy prit son crayon sur son oreille et signa sans voir en disant à travers un rire étouffé :

– Tout un Cook, toé... J'voudrais voir ceux-là qui disent que t'es rien qu'un torrieu de fesse-mathieu...

Quand ce fut signé, ils se dirent quelques mots encore puis le marchand annonça qu'il allait prendre son repas du soir. Ti-Noire le remplacerait un bout de temps, ce qui plaisait fort à Eugène.

Il se rendit à la porte d'entrée du magasin et regarda tout d'abord son auto puis la maison des Maheux où il aperçut dans une véranda du deuxième étage une silhouette qu'il reconnut : c'était Rachel qui s'y berçait en regardant passer les automobiles et les camions sur la rue principale. Son coeur ne fit qu'un bond, mais il se comporta comme s'il n'avait rien vu, se demandant si c'était pareil pour elle.

Elle ne le vit pas. Surtout ne s'imaginait pas que l'auto appartenait à ce fatigant de Cook Champagne qui avait heureusement fini par comprendre de la laisser tranquille.

Une voix douce le fit sursauter :

– T'es un petit qui, toi ? blagua Ti-Noire qui arrivait derrière lui, bras croisés et regard espiègle.

– Salut toé, comment ça va ? Viens voir ma nouvelle minoune. Le char du père Thodore Gosselin, je viens de l'acheter de Roland Campeau. Il m'a vendu ça pour des peanuts...

– J'espère ben parce que le père Thodore lui a vendu cinquante piastres. Il avait de la misère avec, elle voulait plus partir la moitié du temps.

Ti-Noire regretta aussitôt ce qu'elle avait dit et que Freddy savait aussi mais s'était abstenu de révéler au jeune homme.

Et elle reprit :

– Non, non, c'est des farces.

Le Cook éclata de rire.

– Fais-moi pas des peurs de même !

– Pis comment ça va, toi ?

– Sur des roulettes.

– C'est tant mieux.

– Pis toé ?

– On s'inquiète pour Jean-Yves, mais quoi veux-tu ?

– Pis toé personnellement, là ? Sors-tu encore avec ton petit Américain ?

– Jamais sorti avec un Américain. Celui que t'as vu à la cabane des Maheux, c'était un visiteur pas plus.

– Connais-tu le nouveau qui est arrivé dans la paroisse ?

– Jean Béliveau ?

– Non, non, l'autre...

– Bédard... ben oui, il est venu avant-midi se faire tailler des vitres pis acheter des effets.

– Comment tu le trouves ?

– Ben... assez curieux, hein !

– Sait ni lire ni écrire pis il a pas l'air de ça, hein !

– C'est vrai qu'il a pas l'air de ça. Comme dirait papa, faut pas se fier aux apparences...

Ils se parlaient face à face et Rachel, de son perchoir, pouvait les apercevoir de profil. Son premier mouvement à voir qu'il s'agissait du Cook avait été de s'en aller puis elle s'était ravisée. Elle n'avait pas à changer sa vie, pas à changer un iota de son existence à cause de ce monsieur...

Elle regarda un moment dans une autre direction en tâchant de chasser aussi bien l'image du Cook que celle de son fiancé disparu tout autant que celle de son cavalier du temps des Fêtes, Laurent Bilodeau. Et elle songea à ce très mystérieux personnage venu habiter Saint-Honoré pour une raison tout aussi obscure que sa personne et ses agissements.

De la véranda, elle l'avait vu venir à la boutique de forge ce matin-là, pour se prendre un bout de planche et de la broche afin d'installer ses effets dans son panier. Il l'avait saluée de la main en passant près de la maison, mais par un geste si exceptionnel, une sorte de salut à la mousquetaire ou... à la Casanova, qu'elle l'avait imaginé en personnage de théâtre, en Scaramouche ou en bourgeois gentilhomme. Encore qu'il lui soit apparu plutôt gentillâtre que bourgeois...

Tout en jasant, le Cook se roula une cigarette qu'il alluma. On se parla des apparitions, des rumeurs d'enquête sur la question, d'une possible déclaration par l'archevêque.

– Moi, je crois que ça se peut, dit Ti-Noire. Toi ?

– Moé, je dis tout le temps 'pourquoi pas ?' Nos enfants valent ben ceux de Fatima...

– C'est justement...

Et la jeune fille se mit à rire en même temps qu'elle touchait le jeune homme au bras. Il en fut remué. D'un côté, il ne voulait pas que Rachel pense qu'il faisait la cour à Ti-Noire, mais d'autre part, il espérait que cette attitude la dérange et la fasse réagir en sa faveur.

Le temps était venu, croyait-il, de s'en aller. Il salua et sortit. Sur le perron, il regarda à gauche et à droite puis fit semblant de voir Rachel pour la première fois. Et il lui adressa un signe gauche avant de monter dans sa voiture qu'il fit aussitôt démarrer.

La jeune fille se dit qu'il s'était acheté une 'machine' et qu'il cherchait à se faire voir...

Il embraya, tourna le volant pour faire demi-tour par la cour des Maheux mais, relâchant trop sèchement la pédale, le moteur étouffa et la voiture s'arrêta en travers, au beau milieu de la rue. Le jeune homme tenta à maintes reprises de remettre en marche mais sans succès; et les passants n'avaient d'autre choix que de le contourner.

La pluie approchait à grands pas et le temps s'assombrissait à chaque seconde. Il lui fallut descendre, s'arc-bouter et pousser le véhicule par le côté tout en le dirigeant par le volant. Une tâche rude qui le faisait rougir. Ti-Noire sortit et vint pousser en riant. L'auto dut être laissée dans la cour des Maheux. À nouveau, il essaya de faire tourner le moteur mais en vain. Alors il sortit sa bicyclette et partit vers chez lui.

Rachel riait. Retournée sur le perron, Ti-Noire lui fit des signes de la main et l'autre ouvrit une fenêtre.

– Le Cook, il s'est fait avoir avec le bazou du père Thodore Gosselin.

– Il doit ben avoir le feu au cul.

– En plus qu'il va se faire mouiller en s'en allant.

De gros grains de pluie, lourds comme des clous, commençaient à tomber.

En pédalant comme un fou, Eugène pestait contre l'étranger venu s'installer dans la paroisse. Sans ce Bédard de ses deux fesses, il n'aurait pas vendu son bicycle. Et il n'en aurait pas acheté un neuf. Et il ne serait pas allé chez Campeau. Et il ne se serait pas fait fourrer avec un bazou moribond...

***

Chapitre 12

"Pourquoi c'est faire que t'as donc loué la maison à un parfait inconnu ?" avait dit et répété à son mari la femme de Georges, une grasse personne qui posait toujours ses poings roulés sur ses hanches pour parler et exprimer mieux son autorité fière.

"Ben arrange-toé pour l'emmener souper pis je vas l'avertir moé-même que si quoi que ce soit arrive de pas chrétien, il va se faire sacrer dehors, pis par Pit Poulin si faut..."

Georges n'avait pas eu besoin d'insister. Après que le soleil se soit caché derrière une couverture nuageuse épaisse, que l'éclairage du jour se soit considérablement amenuisé sous les arbres, que l'on ait entendu les premiers grondements de l'orage fort lointain, Simone et Solange furent dépêchées auprès de leur mère pour lui annoncer qu'il y aurait un invité à table pour souper.

La femme s'y était déjà préparée en doublant la quantité de gibelotte au mouton concoctée à partir des restes d'un gigot copieux qui avait fait les délices de sa tablée le dimanche précédent, et qu'elle avait conservé dans la glacière, une pièce jouxtant la maison dans laquelle de la glace en gros cubes enfouis dans du bran de scie durait jusqu'au mois d'août.

– Ton bicycle, tu peux le mettre là, à côté de la glacière. Y a personne qui va y toucher, dit Georges à Bédard qui fit comme proposé.

Il ressentit de la fraîche venir du mur. L'ayant exprimé, son hôte lui parla de la glacière et de sa grande utilité. Elle allait parfois, mais pas très souvent tout de même, jusqu'à servir de salle à manger certains midis de chaleur excessive.

– Les plus jeunes aiment ben ça, quand on mange là-de-dans.

– Y a toujours un côté excitant à briser des accoutumances, c'est bien certain.

– Tu parles donc comme un livre ouvert.

– J'ai pas pris ça dans les livres étant donné que je sais pas lire.

– Arthabaska, c'est pas le pays de sir Wilfrid Laurier, l'ancien Premier ministre du Canada ? Il doit y avoir des grandes écoles par là...

– Moi, j'ai fini en troisième année, pis j'étais pas capable d'écouter les maîtresses comme il faut, ça fait que...

– Y a ma fille Solange qui va à l'école Normale pour faire une maîtresse d'école; elle pourrait peut-être t'aider...

– Elle se ferait la main, comme on pourrait dire.

– C'est justement !

L'étranger regarda les collines boisées qui bouchaient l'horizon de l'autre côté du rang. Elles avaient le dos rond et sombre, donnant l'air de bêtes accroupies et résignées devant la venue de l'orage. Le tonnerre gronda. Les yeux de l'homme brillèrent.

– Rentrons donc tusuite d'abord que y a envie de commencer à mouillasser.

– J'aurais mieux fait de monter au village avant l'orage.

– Tu monteras plus tard.

– J'ai pas de dynamo après mon bicycle. Le Cook a tout ôté, l'animal, lui. Monter de noirceur, va falloir que je marche à côté...

– Je te prêterai un fanal... Mais le mieux de tout', tu resteras à coucher chez nous...

Georges gravit les trois marches de l'escalier et souleva son chapeau brun cabossé pour lisser sa chevelure sur sa tête humide.

– Vingt-huit juin 1950, une journée que j'sus pas prêt d'oublier.

– Bon, et comment ça ? demanda Bédard qui s'était arrêté au pied de l'escalier.

– J'sais pas, il m'semble que c'est une journée pas comme une autre...

– Sont toutes différentes.

– Quant à ça...

La porte s'ouvrit brusquement et une voix autoritaire jeta dehors :

– Rentrez vous autres là, avant que le tonnerre vous tombe sur la tête !

Bédard ne vit pas la femme restée en retrait mais il l'imagina en montant l'escalier. Et quand il fut dans la cuisine à se faire présenter par Georges, il se rendit compte qu'il ne s'était pas trompé. Il avait devant lui la grosseur et la taille de personne que la voix annonçait, l'épaisseur de sourcils que le ton disait, l'accoutrement que les mots laissaient deviner.

Debout, au milieu de la place, dans sa robe fleurie et des bas roulés sur ses chevilles, la femme dont l'âge pouvait être évalué quelque part entre trente-cinq et cinquante ans regarda l'étranger droit dans les yeux et attendit tant que Georges ne l'eut pas présenté.

– C'est lui, monsieur Bédard, notre nouveau locataire.

– Madame Marie-Ange, la mère de huit filles, dit Bédard en saluant d'un geste de la main.

– Il vous a déjà tout dit ça, lui, le placoteux. Il vous aura dit itou que j'sus disputeuse. Ben c'est vré pis c'est comme ça que ça va rester...

L'homme promena son regard sur la pièce. Il aperçut un gros poêle luisant avec une grande chaudronne dessus. Une table mise et quatre fillettes assise autour. Une chaise haute avec un bébé qui devait certes marcher. Et beaucoup d'objets de piété sur les murs et sur des tablettes : du rameau tressé, une croix noire de tempérance, une statue de la Sainte Vierge, une image sainte encadrée, un grand chapelet brun qui devait avoir appartenu à quelque religieuse morte ou défroquée, et deux petits vases jaunes contenant des chandelles, posés devant une horloge à balancier à chiffres romains.

– Pis ça, c'est nos enfants à part de ceuses que vous connaissez déjà pis qui sont en haut... Pis il manque la Yvette... elle est toujours tuseule dans son coin, celle-là... Là, vous pouvez vous assire au bout de la table; c'est la place à Georges... Pis toé, Georges, tu vas t'assire là, à côté d'Huguette... Tasse-toé, Jeannette, tasse-toé d'une place vers Denise. Louisette, bouge pas...

Bédard tâchait de mémoriser les prénoms et les visages, de les caractériser, de les imprimer afin de pouvoir les fouiller plus tard, de pénétrer au-delà de la carapace charnelle...

Marie-Ange fit deux pas et poussa la chaise haute en disant :

– C'est notre bébé. Suzanne, qu'elle s'appelle. Toutes des filles comme vous pouvez voir. Huit enfants, huit filles : ça arrive une fois sur dix mille familles, il paraît. En tout cas, c'est ça que le curé Ennis nous a dit quand on a fait baptiser la dernière v'là deux ans, hein Georges ?

L'homme était à suspendre son chapeau à un crochet d'acier près de la porte. Il approuva :

– C'est ça, ouais...

– Ben retardez pas, assisez-vous.

Et pendant que tout le monde s'attablait, la femme se rendit au poêle où elle mit son nez dans son chaudron.

– On a de la fricassée de mouton, mangez-vous de ça ?

– As-tu des pétaques à l'éplure, sa mère ?

– Voyons donc, on mangera toujours pas du chiard de mouton pas de pétaque pour aller avec.

Les fillettes se regardaient sagement les unes les autres, intimidées par leur mère comme toujours, mais surtout par cet homme dont on ne faisait que parler depuis la veille.

Marie-Ange revint à la table et se pencha derrière le visiteur. Elle prit son assiette en disant :

– Vous aimez ça, toujours, du mouton, là, vous ?

– Pourquoi pas du mouton ?

– Parce qu'il est frais de samedi passé. On a acheté ça de Boutin-la-viande qui passe par les portes toutes les semaines. Je l'ai fait cuire la même journée. Ensuite, on l'a gardé dans la glacière...

Avant de retourner au chaudron, elle cria en regardant le plafond :

– Les filles, descendez souper, vous autres...

Puis à l'étranger :

– Paraît qu'elles ont fait de la belle ouvrage chez vous après-midi. Elles m'ont dit ça en revenant...

– Envoye, sers-nous, dit Georges.

– Dans deux ou trois jours, avec de l'aide comme ça, je vas être prêt à m'installer pour de bon dans la maison, dit Bédard en regardant l'une après l'autre Jeannette, Huguette et Denise alignées de l'autre côté de la table longue.

– C'est ben tant mieux ! chanta Marie-Ange.

Quelques instants plus tard, la plupart étaient servis de

fricassée et les mains pigeaient dans un plat de pommes de terre en robe de chambre. Et les grandes filles, suivies d'une fillette de cinq ans, descendaient dans l'escalier, redevenues timides et réservées, car elles avaient beaucoup ri ensemble au cours de l'après-midi dans leur entreprise de ménage. Bédard se montra discret et ne leur jeta qu'un simple coup d'oeil et un sourire fugitif.

Le tonnerre se rapprochait. Il faisait de plus en plus sombre. Marie-Ange demanda à Simone 'd'allumer la lumière' et la jeune femme se rendit à la porte près de laquelle se trouvait le commutateur qu'elle tourna. Une ampoule jaune brilla au-dessus de la table, colorant la pièce d'une sorte de mezzo-tinto qui eut pour effet de modifier aussitôt les ondes circulant.

– Il s'en prépare toute une, dit Bédard à voix forte et peu rassurante.

– Ça va faire pousser le foin pis tout c'est qu'on a semé, opina Marie-Ange qui mangeait tout en s'inquiétant moins du temps qu'il allait faire que de ce que l'étranger venait faire dans leur bois et leur maison.

– Allez-vous rester longtemps par icitte ?

– Jusqu'aux neiges, jusqu'à Noël, ça va dépendre.

– De votre ouvrage ?

– De l'imprévu...

Elle reprit :

– C'est pas qu'on veut se mêler de vos affaires, mais on voudrait savoir à qui c'est qu'on a affaire. Vous avez droit à vos secrets, mais le métier d'un homme, c'est ça qui nous en donne la meilleure idée, qui nous dit un peu quelle sorte de confiance qu'on doit lui donner... Ça nous rassurerait de savoir...

La mère ne put finir sa phrase. Un éclair blanc fut perçu et le terrible claquement d'un coup de tonnerre suivit une fraction de seconde après. Et la lumière s'éteignit, revint puis s'éteignit à nouveau. On ne se voyait quasiment plus qu'en ombres chinoises autour de la table. Suzanne se mit à rechigner dans sa chaise. Simone se leva en disant qu'elle allumait les cierges de la tablette de l'horloge. Bédard la regarda faire qui s'étirait, une flamme au bout des doigts, la ligne de la poitrine bien accusée, la chevelure fraîchement brossée flottant sur ses épaules.

Chacun se remit à son alimentation malgré le malaise général. Quand elle se retourna pour revenir à sa place, Simone hésita un moment. C'est que son regard croisait celui de l'étranger et qu'il lui semblait y déceler les ondes d'un être déréel, autistique, et les ombres du deuil. Des yeux d'absence, des yeux d'un autre monde.

La pluie drue s'abattait par rages sur la maison, cognant dans les vitres, tambourinant sur les murs de bardeaux, et les éclairs se succédaient, amenant avec eux des éclatements secs et cinglants comme des coups de fouet géants qui n'avaient plus grand-chose à voir avec le tonnerre qu'une certaine distance assourdit.

Solange put apercevoir comme des lueurs traverser la pièce depuis les yeux de sa soeur et de l'étranger, se croisant comme des épées de feu, miroitant jusque dans la vitre de l'horloge, figeant l'un et l'autre dans l'incertitude ou peut-être dans la certitude; avaient-ils donc tous les deux été mordus par le diable ?

– Ouais, ça tonne en pas ordinaire ! dit Georges qui achevait son repas.

– C'est un bel orage, dit Bédard en détachant ses yeux de la jeune fille qui regagna sa place.

– Moi, j'aime pas ça quand il tonne, dit la fillette de huit ans.

– Ben voyons, c'est pas épeurant, rétorqua Huguette, celle de treize ans.

Un coup encore pire que tous les précédents claqua et

l'on put apercevoir par la fenêtre comme une gerbe de feu qui courait dans un arbre ou plus probablement sur la ligne électrique.

– Je crois que le transformateur vient d'être frappé par le tonnerre, supposa Bédard.

Georges se leva en marmonnant :

– Je vas aller voir sur la galerie, c'est qu'il se passe.

– Reste en dedans ! ordonna Marie-Ange. C'est pas le temps pantoute d'aller dehors.

Mais l'étranger, lui, se leva. Il avait la belle occasion de cesser de manger de ce ragoût pas tout à fait ragoûtant et il ne voulut pas la manquer.

– Ça serait mieux de savoir ce qui se passe, dit-il en se rendant à la fenêtre.

Et il s'y tint pendant un long moment, silhouetté par les éclairs, regardé par toute la tablée silencieuse et tenue en haleine par le spectacle fantasmagorique et le fracas incessant de la foudre.

Solange se sentait très émue, impressionnée et attirée par ce personnage que le décor et les circonstances lui rendaient presque satanique. Mais Satan lui-même n'est-il pas le dieu des ténèbres ?

Cet enfer, qui semblait fait pour durer l'éternité, n'avait-il pour fondement que les seules forces de la nature ou bien Saint-Honoré, touché par la grâce de la Vierge immaculée, subissait-il en ce moment les assauts de l'empire du Grand chaudron ?

– Ça va faire des dégâts dans la paroisse, une tempête de même, pontifia Marie-Ange.

– En plus que monsieur le curé est pas là, enchérit Georges.

Comme si le prêtre à lui tout seul eût pu faire un rempart de sa volonté aux fâcheux desseins du Malin pour les transformer dès leur manifestation en projets morts-nés aussi ridicules qu'éphémères.

L'étranger tourna la tête et, cette fois, en pénétrant le regard de Solange, il demanda entre deux coups de tonnerre :

– Le curé Ennis a-t-il des pouvoirs spéciaux ?

– Y en a qui l'ont vu arrêter un feu, affirma Marie-Ange. Pis moi, je dis que c'est pas pour rien si la Sainte Vierge a choisi notre paroisse pour apparaître. Des bons enfants comme ceux-là à Maria Lessard, y'en a partout, mais des curés comme le nôtre, y'en a quasiment rien que chez nous...

– Un homme instruit qui sait lire et écrire... écrire des sermons...

Emportée par son élan de fierté paroissiale, Marie-Ange entra dans un élan de fierté familiale et lança avec persuasion dans la pénombre déchirée par les éclats brutaux de la foudre :

– Ben y a ma fille Solange qui va à l'école Normale pis qui pourrait vous montrer à écrire, ça c'est certain, hein Solange ?

– Ben... oui...

L'étranger pénétra encore plus profondément le regard de la jeune fille et, fort maintenant du consentement voire de la suggestion des deux parents, il déclara :

– Si elle peut me montrer à écrire, je lui en serai reconnaissant... à elle et à cette maison... pour l'éternité...

Alors un bizarre phénomène se produisit dans tous les esprits y compris l'âme des plus jeunes : il sembla que l'orage soudain s'effondrait sur lui-même sans toutefois perdre de sa puissance, qu'il s'assourdissait et cessait de tout éclabousser de ses sèches lumières, qu'il devenait une sorte de trou noir capable d'aspirer les corps, les âmes et les choses, mais mis sous verre, en fait il passait sous le contrôle de cet homme dont il définissait avec tant de précision tous les contours et les grandes lignes du visage, révélant le moindre stigmate de sa vie.

La petite Yvette s'imagina que l'homme était Jésus réincarné.

On n'avait plus peur de la force de l'étranger et la force de l'étranger subjuguait la peur en chacun...

***

Chapitre 13

– Si tu me crés pas, Freddy, demande-lé à Rosée !

C'était, depuis bon nombre d'années, l'homme de confiance du marchand, un personnage au visage parcheminé, osseux de partout, maigre plus qu'un jour de mi-carême, le dos déprimé aux airs de génuflexion, malbâti des pieds qui restaient toujours ouverts, le rendant incapable de courir, et d'humeur généralement hâbleuse.

Pit Veilleux parlait du grand orage de 1917 qui l'avait surpris lui et Rosée, sa nouvelle épousée, dans les collines de Saint-Benoît aux quatre vents sous le pire déchaînement de la nature de mémoire de Beauceron.

Quand quelqu'un de la place racontait quelque chose, le plus souvent, il finissait par la phrase célèbre de Pit Veilleux. Mais ce jour-là, c'était lui-même qui l'avait dite devant Freddy Grégoire, le marchand ventru.

– Ah! j'en ai entendu parler en masse, moé itou. En '17, j'avais une trentaine d'années si je me trompe pas. Ben oué, j'sus v'nu au monde en 1887... Pis cette fois-là, en 1917, ben j'étais icitte dans le magasin, je regardais ça tomber par les vitres... Des clous qui tombaient comme tu dis.

– C'est pas pareil, r'garder ça d'en dedans. Nous autres, on était en voiture fine pis quand on montait une côte, l'eau qui s'était ramassée dans le carré de la fonçure se répandait comme un ruisseau par en arrière. Des bouts, on pensait qu'on était pour se nèyer rien qu'à cause de la grosse 'plie' serrée. On avait de la misère à respirer... Ah! on avait chacun une toile cirée sur le dos mais on avait la couenne mouillée jusqu'aux os. Le ch'fal, je m'en rappelle comme si c'était à soir, il avançait la tête entre les deux pattes d'en avant, sans pus trop savoir où c'est qu'il s'en allait... Y marchait d'instinct comme la nuitte noire...

– Justement, où c'est que t'allais donc de ce train-là en voiture dans l'orage ? T'aurais été ben mieux dans une chambre à coucher avec ta Rosée.

– Nous autres, on s'était mariés le matin dans l'église de Saint-Benoît. Pis on a mangé sur les beaux-parents qui restaient dans le bord du rang six, eux autres. Quand j'ai vu que le temps annonçait pas trop beau, j'ai dit à Rosée : "Embarque, on s'en va tusuite à Saint-Georges..." Su' notre voyage de noce, tu comprends...

Pit était assis à côté de la balance sur le comptoir et il avait joint ses mains autour de son genou tandis que Freddy fumait sa pipe, engoncé dans sa chaise droite à dos en U qu'il laissait, même l'été, près de la grille noire de la fournaise dont il se servait comme d'un crachoir.

Dehors, on était au pire de l'orage. Ti-Noire était retournée dans sa chambre après le départ du Cook, et Freddy avait repris sa tâche au magasin puis Pit était arrivé par la voie des entrepôts hangars comme le plus souvent, venant de la grange où il avait fait le train.

Car l'homme voyait à tout ce qui concernait la culture des terres à Freddy. Traite des vaches, saillies, vêlages, tonte des moutons, soin des porcs; il faisait les foins et les récoltes. Et le printemps, sur une autre terre que possédait le marchand loin dans le rang Petit-Shenley, il faisait les sucres. L'homme préférait travailler ainsi à salaire plutôt que d'être lui-même cultivateur, d'autant que Freddy ne lésinait jamais pour lui payer des aides soit, le plus souvent, les frères de Pit, Omer et Aurèle. Et parfois même Adjutor, un homme à chevaux qui n'allait pas dans les chantiers l'été.

– Ça va faire pousser le foin pourvu que ça le nèye pas, dit Freddy songeur.

– En 17, les foins étaient finis, une chance, mais les jardins, ça a fait de la marde de chien en verrat. Y avait pas eu une maudite pétaque cet automne-là. On sortait ça de la terre molle : c'était pus rien que de la foire morveuse...

– Pis la rivière à Saint-Georges, avais-tu vu ça, toé ?

– J'te cré, Freddy. C'était pus une rivière, c'était le fleuve Saint-Laurent dans le p'tit moins. Un mille de large à des places. Les ponts, les granges, des maisons : la pire 'inondâtion' jamais vue...

Freddy bâilla. Il savait déjà tout ça et l'avait entendu des milliers de fois. Pour l'heure, la disparition de son fils le préoccupait tous les instants de sa vie malgré ses efforts pour n'y pas trop songer. Et Pit devinait son véritable état d'âme. Et il aurait voulu faire quelque chose, autant parce qu'il aimait bien son patron bienveillant que parce qu'il aurait voulu se valoriser à ses yeux et à ceux de sa famille voire même de sa belle éplorée.

Il avait sa petite idée sur l'endroit où devait se trouver Jean-Yves mais n'avait pas osé la dire à son père jusque là afin de ne pas tourner le fer dans la plaie. C'est Freddy lui-même qui, entre deux coups de tonnerre, mit le sujet sur le tapis.

– Veux-tu me dire, Pit, où c'est que mon gars peut ben être allé ?

– Oui, je m'en vas te le dire; je pense qu'il a trouvé refuge à ta cabane à sucre dans le Petit-Shenley. Il sait que personne va aller là avant le printemps prochain pis il aura pensé que c'est une ben bonne place pour réfléchir, pour se parler à lui-même comme on pourrait dire. C'est pas une bonne idée ?

Freddy cracha dans son 'spitoune' de fortune et agrandit les yeux, ce qui les montra encore plus rouges.

– Il mangerait quoi ?

– Si je me mets à sa place, c'est ben simple. Je viendrais de nuitte dans tes hangars qui sont jamais barrés, pis je me prendrais du cannage, des biscuits, du Corn Flakes, des oeufs... Qui dit qu'il se prend pas du lait des vache directement dans le clos de pacage, hein ? As-tu remarqué si y'a rien de dérangé en quelque part ?

– Bah! ça fait des années que les enfants du village, les petits Maheux surtout, viennent éventrer des boîtes de biscuits aux fraises pis au chocolat pour fouiller dedans.

– Oui, mais ils vont pas partir avec des boîtes de pois verts pis des oeufs. Les enfants, ça court les biscuits pis pour le reste, ça mange chez eux.

– C'est vrai qu'avec de la farine, des oeufs pis de la graisse, on peut vivre aux crêpes durant des mois.

– Malgré que je l'vois pas non plus monter au Petit-Shenley avec un cent livres de farine sur le dos. Faire trois milles avec ça... Pis si y en prend un peu à la fois, tu verrais un sac ouvert quelque part dans les hangars. En as-tu vu un ?

– Non. À moins que...

– Que quoi ?

– Il pourrait l'avoir emporté dans le haut du hangar à moulée pis là, s'en prendre une petite quantité chaque fois... si ben entendu on n'est pas en train de se conter des peurs. C'est la manière pour pas que ça paraisse en tout cas.

– Laisse-moi m'occuper de ça pas plus tard que demain. Je vas commencer par fouiller dans tous les hangars pis même si je trouve rien, je vas monter au Petit-Shenley.

– Tu monteras pas là-bas avant de m'en parler.

– Quoi, y a-t-il quelque chose qui te chicote ?

– J'sais pas jusqu'où que ça serait bon de le prendre par surprise si jamais il se trouvait là.

– On pourrait le ramener pis le faire soigner.

– Le faire soigner où ? À Saint-Michel-Archange où c'est que sa mère a passé dix ans de sa vie ? Sans trop savoir si ils nous les ramènent ou ben si y nous les rempirent...

– Freddy, j'veux pas te faire peur, maudit verrat, mais on sait pas ce qui peut arriver si on le laisse vivre pis agir tuseul. Il peut aussi ben se pendre après une branche d'arbre comme le bonhomme Omer Veilleux de Saint-Benoît... pas de parenté avec nous autres, ça, tu le sais. J'dis pas ça pour passer un jugement, là... celui qui se pend, ça le regarde pis ça regarde le bon Dieu qui nous éclaire.

– Il nous éclaire pas mal à soir dehors.

– Imagine ton gars dans le bois à soir avec un orage de même su' la cabane.

– Même quand il fait beau, il a de l'orage dans la tête. Ça fait longtemps que j'ai vu ça qu'il se préparait quelque chose avec lui. Quand il a décidé de se marier, j'ai pensé qu'il était sauvé pour le reste de sa vie, mais c'est justement ça qui l'a fait troubler...

Un coup de foudre claqua. Il fut suivi d'un énorme bruit de dégringolade. Tout un empilage de boîtes de pois verts s'effondra sur la tablette du haut derrière Pit et il en grêla sur la portion de comptoir mural du bas, et jusque sur le plancher.

Pit sursauta et se tourna pour voir.

– Christmas, le tonnerre nous tombe sur la tête, on dirait ben... En tout cas, il vient de tomber pas loin d'icitte...

Et à trois milles et demi de là, en plein bois, à la fenêtre de la cabane à sucre de Freddy, Jean-Yves regardait la nuit déchirée en cherchant dans son esprit des réponses à une foule de questions disparates. Et parmi elles, la quête d'un sens à la vie... Mais le plus souvent des questions concrètes sans suite...

"Que faisait-il en ce lieu ?"

"La farine à vache, c'est quel prix qu'il faut vendre ça ?"

"Pourquoi qu'ils ont donc déménagé le cimetière sur le cap à Foley ?"

"Pourquoi qu'ils m'aident pas à pousser la rondelle sur la glace de la patinoire ?"

"Où c'est qu'il est donc, mon bicycle ?"

"Ti-Noire, où c'est, la maison rouge ?"

"Rachel ?... Qui, ça ?... Rachel... "

Il se voit sur le cap à Foley en train d'ensacher du sucre avec un ostensoir en guise de pelle, et les grains qui coulent entre les rayons d'or, et le sac qui ne se remplit jamais, et lui qui commence à pleurer et à gémir, et madame Rose qui promène son gros buste sur le trottoir, et le vicaire prêchant sur le coq de l'église, et le petit Gilles Maheux qui boit de l'Opéra, et le père Lambert qui sonne les cloches de l'hôtel à Fortunat...

Chaque éclair mettait une nouvelle image devant son regard fixe. Le tonnerre ne l'intimidait nullement : il ne l'entendait même pas. À côté de lui se trouvait une table sur laquelle diverses choses avaient été mises, alignées soigneusement. Même avec un cerveau aussi perdu et désordonné, il gardait son vieux sens de l'ordre quant aux choses matérielles l'entourant. Seule sa barbe de plusieurs jours ne disait pas le Jean-Yves de toujours. Il voyait même à son hygiène corporelle puisqu'il avait trouvé moyen de se laver chaque matin et chaque soir depuis qu'il avait pris refuge en cet endroit en y entrant d'abord par le soupirail pour ne pas devoir arracher le cadenas de la porte principale puis en le fréquentant par la porte arrière qu'il avait déverrouillée de l'intérieur.

Dans son délire traversaient cent visages et cent noms mais dans deux cas, le nom et le visage ne correspondaient pas à la réalité : celui de sa mère et celui de sa fiancée. Quand le visage était là devant lui, le nom était absent et quand le nom se trouvait là, il n'y avait pas de visage. Comme dans un rêve. Tout comme dans un rêve échevelé...

***

Chapitre 14

Rose se rendit au restaurant lorsque l'orage fut passé. Quelque chose l'y conduisait. La curiosité. L'espoir de le voir enfin, cet étranger tout juste arrivé dans la paroisse et que tout le monde avait rencontré, semblait-il, à part elle-même.

De sa chambre, Ti-Noire l'aperçut entrer à l'hôtel et le goût de sortir lui vint. Elle se mit du rouge aux lèvres et partit.

Il faisait une lourde humidité dans l'espace étroit du restaurant. Jeannine était de service et, après avoir servi un Pepsi à l'arrivante qui se plaignait de chaleur, elle fit le tour des fenêtres afin d'ouvrir les carreaux qu'elle avait fermés au début de l'orage. Un léger courant d'air naquit, réduisant la sensation d'étouffement.

– La vieille madame Jolicoeur, malade au lit comme elle est, ça doit être dur pour elle, un temps de même, dit Jeannine en retournant derrière son comptoir contre lequel sa cliente était installée.

– Sais-tu, il fait une belle fraîche dans la maison.

– Entouré d'arbres comme vous êtes, c'est sûr.

On ne put poursuivre sur le sujet puisque Ti-Noire arrivait à son tour, et marchait entre les cabines de son pas lent, les bras croisés, sourire épanoui.

– Ah ! la génération présente, fit Rose en soupirant. Aucun souci. De l'argent à pelletée dans leurs poches. La tête remplie de projets d'avenir.

– L'argent : modérément. Les projets : faut le dire vite. Les soucis : encore curieux, ça !

Ti-Noire prit place à deux bancs de Rose qui lui dit :

– Voyons donc, t'es pas une jeune fille heureuse, toi ?

– Dire qu'on est pas heureux, c'est quasiment dire qu'on est coupable de quelque chose, pis moi, je me sens coupable de rien. Jeannine, donne-moi un Pepsi avec une paille dedans.

Jeannine blagua en servant la bouteille :

– La vie est belle quand on boit du Pepsi avec une paille.

– Toi, Jeannine, nous fais-tu des fiançailles aux Fêtes ?

– On vient de se connaître, Laurent pis moi.

– Voyons donc, vous vous connaissez depuis que vous êtes au monde quasiment, dit Rose.

– Se voir de loin, c'est pas connaître quelqu'un, ça.

Rose rit en tirant sur sa paille :

– Voilà pas quinze ans, ça se voyait deux, trois fois, pis ça se mariait. C'est à peu près ça qui m'est arrivé... mais on peut pas dire que le violon pis la musique à bouche étaient faits pour s'accorder, par exemple.

La femme portait une blouse de soie blanche et une jupe noire serrée. Son maquillage léger et ses gestes de jeune fille lui conféraient dix ans de moins, et Jeannine, à l'idée qu'elle-même avait les cheveux ébouriffés, l'oeil fatigué et la peau terne, se félicita de ce que l'on soit mercredi soir et que par conséquent son ami de coeur ne vienne pas. Sitôt née, cette idée fut refoulée, jetée aux vidanges. Madame Rose n'aurait jamais fait de l'oeil à un jeune de vingt ans qui fréquentait une jeune fille pour le bon motif... comme on disait.

– Avez-vous su qu'il se fait une enquête sur les apparitions ? demanda Jeannine.

– Pas entendu parler, se surprit Rose.

– Ni moi non plus.

– C'est ça qu'ils disent. Pit Poulin aurait questionné ben du monde pour faire une sorte de rapport aux hommes de monsieur Duplessis à Québec.

– Que ça soit vrai ou pas, y a rien de criminel là-dedans.

– D'aucuns parlent de fraude. Ça serait forgé tout ça.

– Fraude, fraude, qui c'est qui fait de l'argent avec ça excepté le Cook Champagne ? dit Ti-Noire. Ben moi, je les ai vus, les enfants Lessard, quand ils tombent en transe, pis laissez-moi vous dire qu'ils ont pas l'air pantoute de petits vendeurs de poudre de perlimpinpin. S'ils leurrent tout le monde, ils se leurrent eux autres mêmes les premiers, ça, c'est sûr.

– Ben moi, j'pense que tout ça pourra devenir infamant pour la paroisse, opina Rose.

– Si la Sainte Vierge a dit aux enfants de Fatima "Pauvre Canada", qui pourrait prétendre qu'elle pourrait pas venir essayer de sauver le Canada en parlant du Canada au monde du Canada au Canada pis pas à Fatima ? dit Ti-Noire.

Il y eut un éclat de rire général.

– Ça prend Ti-Noire pour nous sortir des affaires de même, s'écria Jeannine.

– N'empêche que y a pas mal de vérité au fond de ça, dit Ti-Noire le plus sérieusement du monde.

Rose fit un coq-à-l'âne :

– Sais-tu que t'es rendue avec une belle peau bronzée ?

Ti-Noire sourit.

– Je me fais griller tous les jours en arrière de la maison

rouge depuis qu'il fait beau. Pis vous savez pas c'est que le petit Gilles Maheux m'a fait, hein, vous autres. Ah ! le petit venimeux, pas surprenant que la Sainte Vierge lui apparaisse pas, à celui-là. Il a pris une feuille de rhubarbe pis il m'a mis ça sur le ventre le temps que j'étais à moitié endormie au gros soleil la semaine passée. Quand je me suis réveillée, j'ai crié, je pensais que c'était une bibitte, pis là, je l'ai entendu rire comme un fou... Il s'était caché avec le petit Clément Fortin en arrière du remblai de la terrasse, mais j'ai reconnu sa petite voix de souris.

– Ah ! mais il est assez beau, ce petit gars-là qu'on peut lui en passer pas mal, dit Rose. Le dernier de la famille, lui, est moins attirant avec ses grandes oreilles décollées pis ses yeux de Chinois. Ben moi, je vas t'en conter une bonne par rapport au petit Gilles. L'hiver passé, j'étais au magasin de sa mère pis lui, il s'était caché derrière un divan dans la chambre d'essayage; je l'ai vu... mais trop tard, moi j'avais essayé une brassière cinq minutes avant. Si Elmire Page, qui elle se trouvait au magasin, avait su ça, elle serait morte sur place, étouffée par le scandale. Bah ! moi, je m'en fais pas trop avec ça : un petit gars de même, c'est curieux comme une belette, ça veut tout savoir pis c'est normal...

Jeannine fit une moue. Elle songeait à ce qui était arrivé à son frère avec Rioux et il lui semblait que la pudeur et la modestie demandaient de discipliner davantage les gamins.

– Ben moi, j'trouve ça un peu exagéré.

– Éva, elle en a plein les bras. Une grosse famille avec pas mal de jeunes gars. Un tuberculeux qui va peut-être mourir sur la table d'opération avant la fin de l'année. Son magasin avec une grosse clientèle. Pis quand son mari est pas là, faut qu'elle fasse un train. Ils ont des vaches, des chevaux, des poules, des moutons... Elle chôme pas pis elle doit se fier que le monde, dans un village, sont tous un peu les parents des enfants des voisins, pis qu'ils vont intervenir si les enfants vont trop loin... Dans une ville, un enfant qui traîne est au risque de se faire pourrir par quelqu'un mais dans un village, c'est le contraire.

Ti-Noire aima la sagesse qu'elle trouvait dans ces arguments de Rose. Mais Jeannine y percevait du laisser-aller qu'elle verrait à éviter si elle devenait mère de famille un jour.

Arrivèrent deux fillettes de onze ans qui venaient s'acheter un 'revel'. L'une, Paula Nadeau, délurée, le coton raide, la poitrine qui commençait à pointer, salua par des bonjours répétés à l'intention de chacune des trois adultes. Quand elle fut partie, on se passa des commentaires.

– Elle a pas trop froid aux yeux, la Paula, suggéra Rose.

– Elle va aller loin dans la vie, dit Jeannine.

– C'est vrai qu'elle a du toupet, enchérit Ti-Noire.

Les trois femmes ignoraient que les jeunes adolescentes s'étaient arrêtées et installées dans la dernière cabine près de la sortie pour manger leur crème glacée. Et Paula entendit tout ce qu'on disait d'elle tout en signalant par gestes à son amie de se taire afin qu'elle puisse tout capter, tout savoir...

Peu après l'arrivée de Rose à l'hôtel, Émilien descendit du troisième étage jusqu'à la sortie du premier et se rendit sur la galerie d'en avant avec deux chaises pliantes, l'une pour lui-même et l'autre pour qui viendrait...

Des pensionnaires ou clients de passage de l'établissement voudraient certes quitter leur chambre à l'atmosphère trop lourde pour mieux respirer l'air quelque peu tiédi du soir en déclin.

Il s'attendait à voir Bédard, pensant que l'étranger avait remisé sa bicyclette dans un hangar derrière l'hôtel comme cela avait été convenu avec Fortunat. Mais peut-être qu'il n'était pas encore de retour de sa future maison...

Ce fut Jean Béliveau qui apparut bientôt, annonçant qu'on venait de recevoir un appel téléphonique de gens du rang

dix, signalant que la foudre avait endommagé un transformateur.

– Euh!... on va aller réparer ça demain, dit le jeune homme
en s'asseyant à son tour.

– Je pensais que votre ouvrage, c'était rien que de poser
des nouvelles lignes dans les rangs qui sont pas encore élec-
trifiés comme le quatre du sud pis le six du sud?

– Euh!... on nous paye pour jouer dans les fils... les vieux
comme les autres...

– Notre électricien de coutume, c'est Léonard Beaulieu...

– Je le connais : il a travaillé quasiment une journée avec
nous autres la semaine passée.

– Un poteau, il grimpe ça, c'est pas long, lui. Un vrai
singe.

Après un sujet, ce fut un autre. Et celui des sports ne
tarda pas à être mis sur le tapis. Le jeune homme de Victoriaville apprit à son interlocuteur qu'il était sur le point de
signer un contrat avec l'équipe des As de Québec et que par
conséquent, il jouerait dans le nouvel amphithéâtre la saison
prochaine. Modeste, il n'en avait pas dit un seul mot jusque
là et l'autre en fut agréablement étonné. Et celui à qui il voulait le dire d'abord arrivait justement devant l'hôtel dans sa
Chevrolet noire lui servant à colporter les vêtements tout faits
qu'en compagnie de son père, il vendait par les rangs et villages des paroisses avoisinantes.

– Tiens, le chum à Jeannine qui s'ennuyait de sa blonde.

– Paraît que... c'est un bon joueur de hockey, suggéra Béliveau.

– Le meilleur de la région, mais pas de calibre à jouer
avec les As de Québec.

Le jeune homme blond descendit de voiture. Émilien lui
dit aussitôt :

– Laurent, viens jaser avec nous autres, j'ai une grosse
nouvelle à t'apprendre.

L'arrivant gravit les marches de l'escalier :

– Tu me dis pas que tu remplaces Bernadette pour colporter les nouvelles comme moi mes guenilles...

– Je te présente Jean Béliveau...

– On se connaît déjà...

– Pas au complet, reprit Émilien avec un large sourire. Jean Béliveau, un as au hockey...

Laurent montra de la surprise, de la joie et une certaine hauteur :

– Joues-tu dans une ligue à Victoriaville ?

– Tu parles, s'écria Émilien, il va jouer pour les As.

– Ça peut être les As de Thetford, les As de Saint-Samuel... Des As du hockey, y en a pas mal dans la province de Québec.

Laurent redoutait qu'on lui dise les As de Québec et pourtant, il s'y attendait maintenant à cause des manières d'Émilien et du gabarit bardé d'humilité de ce Béliveau. Il reprit aussitôt en sautant littéralement sur la parole :

– Les As de Québec, pas moins, avec une musculature et une taille comme la tienne. Disons que j'ai le nez pour sentir les bons joueurs... Comme Dick Irvin des Canadiens...

– J'ai su que t'étais... euh! pas mal bon...

– Lui, c'est le champion compteur de la ligue Beauce-Frontenac.

Laurent pencha la tête puis la releva en souriant :

– Mais pas de taille pour les As de Québec.

– On sait pas, dit Béliveau, as-tu été évalué... par un expert déjà ?

– De toute façon, dit Laurent en montrant son auto, mon avenir, c'est dans la guenille, pas dans le hockey.

– C'est plus payant... dans le vêtement... euh!... à moins de jouer pour les Canadiens de Montréal ou les Red Wings de Détroit... pis encore...

Pour reprendre de l'ascendant et du vernis, Laurent fit bifurquer la conversation :

– La guenille, c'est encore plus payant, la faire. Au bout de la rue, là, à côté du restaurant, y a une bâtisse qui a servi comme manufacture de peanuts... des peanuts, c'est des manches à balais qu'ils fabriquaient là. Mais c'est tombé en faillite, pis nous autres, on veut en faire une manufacture de chemises. On part ça avec des Juifs de Montréal...

Béliveau commenta sans hésiter :

– L'argent est à un Juif c'est qu'une rondelle de hockey est au rocket Richard. Tous les deux, ils savent mettre ça dans le but.

Laurent s'adressa à Émilien :

– Ta grande soeur est au restaurant ?

– C'est elle qui sert à soir.

En fait, le jeune homme aurait voulu voir Fortunat, non pour lui parler de quoi que ce soit en particulier mais pour préparer le terrain pour le faire investir dans son projet.

– Y a du monde ?

– J'pense, oui. Des petites jeunes filles...

Le jeune homme salua du geste et entra. Il croisa Paula et son amie. Il se croyait maintenant seul avec Jeannine mais dut vite se détromper quand il vit Ti-Noire et Rose au comptoir.

Jeannine ne savait plus où mettre la tête. Son rire était celui du malaise et d'une certaine joie retenue. Il bredouilla des salutations et resta debout entre les deux buveuses de Pepsi.

Rose se sentit la responsabilité de faire progresser les choses à l'avantage des amoureux.

– Jeannine te le dira pas, mais elle se plaignait justement de ce qu'on soit pas jeudi soir au lieu de mercredi.

– C'est vrai, c'est vrai, approuva Ti-Noire.

– Écoute-les pas trop, elles disent n'importe quoi.

Il entra dans le jeu des deux autres :

– T'aimerais mieux pas me voir à soir ?

– Ben non, c'est pas ça, mais.... Ah ! j'suis toute mêlée...

Et elle remit en place nerveusement une couette molle qui lui tombait sur le front, mais sans succès.

– J'ai travaillé dans le bout de Courcelles, mais avec l'orage, j'ai fini ça avant mon temps.

– As-tu soupé au moins ?

– Non.

– Je te fais préparer un sandwich.

– Bonne idée... Ton père est-il à l'hôtel ?

– Parti à Saint-Georges. Tu voulais le voir ? Il va revenir dans le courant de la veillée.

– J'ai pas affaire à lui spécialement, là.

– J'pense que y'a une bonne nouvelle qui s'en vient pour toi de sa part...

Et elle quitta le restaurant pour aller à la cuisine.

Laurent craignait cette nouvelle qu'il devinait. Fortunat achèterait un hôtel pour Jeannine et lui, mais ce n'était pas le genre de commerce qui l'intéressait, maintenant que s'ouvrait devant lui la perspective de se lancer dans l'industrie du vêtement. Il chercherait à canaliser les élans de son futur beau-père dans une autre direction. Mais les occasions de lui parler se faisaient clairsemées.

– Dis donc, mon noir, demanda Ti-Noire, le nouveau venu qui s'installe dans la paroisse, le connais-tu, toi ?

– Tout le monde en parle: j'ai jamais vu quelqu'un se faire connaître aussi vite.

– Ben moi, je le connais pas, dit Rose.

– Vous devez être la seule.

– Il est pas comme tout le monde, hein ?

– Ça vient de Victoriaville, ce gars-là, comme le grand Béliveau, là, dehors. Du monde bizarre un peu, on dirait, dans ce bout-là, vous trouvez pas ?...

Rose et Ti-Noire devinrent songeuses.

***

Chapitre 15

Ils étaient prêts à y croire. Ils se préparaient aussi à n'y pas croire. Tout dépendrait du vent. Voilà où se situait l'élite paroissiale en l'absence du guide.

Une élite en mutation. D'aucuns y entraient, d'autres la quittaient. Cette portion du coeur du village était distincte. D'un côté de la rue, il y avait les Bilodeau, des commerçants de prêt-à-porter, obligés de jouer sur les deux tableaux. Le père et Laurent faisaient peuple tandis que la mère et les filles préféraient se distinguer des gens ordinaires, entre autres par leur culture et leur allure. Puis il y avait la maison du docteur, maintenant vide, et qui attendait son prochain occupant, lequel après le départ des Savoie au début du mois, tracassait par son absence bien du monde et jusque le curé à l'autre bout de ses distances géographiques de sa chère paroisse.

Puis un garagiste vendait ses compétences à tout ce beau monde et au grand public. L'homme, un veuf prénommé Philias, affichait deux visages, et pourtant, il n'était pas hypocrite pour deux sous. Il se considérait lui-même simplement comme un magasin à deux façades, l'une pour les bourgeois et l'autre pour le commun. Bien qu'il lui arrivât souvent de bêtiser, de jurer comme un charretier, de se conduire en ostrogot, il possédait un don pour rendre heureux sa clientèle bien nantie, particulièrement le curé avec qui il partageait une passion sans frein pour l'automobile. Et dont, bien sûr, il entretenait la voiture.

Et pour finir, du côté sud, Joseph Boutin dit Boutin-la-viande. Le père ne serait jamais un homme d'élite à cause de ses racines trop agricoles et de son alcoolisme trop évident, mais le bonhomme servait de souche à son fils et surtout sa belle-fille qui, dès son arrivée dans la paroisse, s'intégra aux meilleurs...

Du côté nord, quatre voisins s'aimaient bien dans un même esprit. D'abord le notaire, personnage bienveillant et aussi discret que sa femme. Puis les Boulanger qui opéraient l'autre magasin général de la paroisse. Là, on rêvait en secret de détrôner Freddy en tête. C'était une famille nombreuse où on s'adonnait en piochant fort pour obtenir des résultats, à l'apprentissage du piano et de la comptabilité. Puis les Bureau, gens d'argent avant l'heure. À la fois nationalistes et fédéralistes en politique en une époque où le Québec était le Canada et les Québécois des Canadiens, les seuls Canadiens puisque les Ontariens n'étaient somme toute que des Anglais. À qui d'autre la fédération des Caisses populaires aurait-elle pu confier l'opération de sa succursale de Saint-Honoré ? Qui, mieux qu'eux, pourrait canaliser l'épargne publique vers les causes les plus sûres et les plus nobles ? Avant-garde, ambition, progrès, consommation : tout ça avait comme premier nom les Bureau. Mais là comme dans les autres familles de bourgeois, c'était la femme de la maison la plus grande source du snobisme, une façon pour elle d'échapper à l'incontournable autorité et toute-puissance masculine.

Le clan finissait chez les Beaudoin qui s'y trouvaient associés malgré eux et bien plus par la proximité que par l'esprit. Et pas un à part l'aîné ne quitta jamais la paroisse pour aller au collège classique ou commercial et tous, après un stage de formation dans la fabrication des boîtes à beurre – en fait du travail de journalier–, se dirigèrent vers des métiers dits ordinaires comme la plomberie, le travail du bois, le construction. Mais des bons vivants, grands amis des brasseries, et hockeyeurs émérites. Une maison sans jeunes filles. Des parents très croyants.

Jean-Louis Bureau et sa nouvelle blonde Pauline originaire du village voisin, se trouvaient au presbytère dans le bureau du curé en compagnie du vicaire, à discuter de la prochaine apparition 'cédulée' par le ciel pour dans trois jours.

Le vicaire ne tarda pas à se plaindre.

– J'ai une douleur lombaire lancinante; pelleter du gravier, soulever des sacs de ciment, transporter des brouettées lourdes, c'est plutôt éreintant, tout ça.

– Mais, monsieur le vicaire, comment vous, un prêtre...

Jean-Louis ne put finir. L'abbé posa sa cigarette dans un cendrier et lança en expulsant la fumée :

– Tout est là, justement ! Les gens quand ils me voient en salopettes pensent et disent : "Il est comme nous autres." Les barrières entre le peuple et ses dirigeants doivent être abaissées. Et cela d'ailleurs est obligé avec l'arrivée de la télévision.

– La télévision n'est pas là tout de même, dit Pauline.

– Elle frappe à nos portes, intervint Jean-Louis. Les Américains l'ont, donc nous l'aurons d'ici à deux ans au plus tard. Tout ça se prépare à Radio-Canada.

– Des événements comme ceux qui se produisent ici, je parle des enfants Lessard, eh bien, le temps n'est pas loin où ça pourra se voir aux quatre coins du pays. Ce ne sont pas les gens d'autorité qui vont passer la rampe, mais les gens d'image.

Le vicaire fut interrompu par Jean-Louis qui, grand sourire dehors derrière sa fine moustache, mit un papier sur le bureau et reprit vivement sa place en jetant un coup d'oeil à son amie. Le prêtre rajusta ses lunettes rondes et lut.

Le papier portait deux chiffres 3 donc 33.

– Bon quoi ?

– 33 ans, c'est ça que ça veut dire. Les apparitions de Lourdes ont eu lieu en 1850, celles de Fatima en 1917 et les nôtres en 1950. De 1850 à 1917, ça fait deux fois 33 ans. De 1917 à 1950, ça fait une fois 33 ans. C'est-à-dire l'âge de Jésus-Christ. C'est-à-dire le temps qu'il a fallu à Jésus sur la terre pour assurer la rédemption du monde. La Vierge choisit d'apparaître de 33 ans en 33 ans. Bon, de 1850 à 1917, ça fait 67 ans mais Jésus est mort à 33 ans et quelques mois donc le compte est bon à 67 ans pour deux fois 33...

– C'est vrai ! s'exclama Pauline avec un grand ton et de grands yeux. Puis, c'est-il assez curieux ?

Jean-Louis se racla la gorge pour y laisser de l'espace à sa fierté. Un sentiment teinté d'un peu d'ironie puisque le prêtre aurait dû songer à cela.

– Y a un problème avec les chiffres, soupira le vicaire. Les apparitions de Lourdes, ça s'est plutôt passé en 1858, pas en 1850.

– Mais non, mais non, mais non ! protesta Jean-Louis. Vous errez...

– Je pense bien que c'est toi, Jean-Louis, qui se trompe. On va chercher dans l'encyclopédie, tiens.

L'abbé se rendit à une armoire vitrée qu'il ouvrit pour y prendre un livre relatant les événements de la décennie 1850-1860. Il trouva vite ce qu'il cherchait et vint le montrer au jeune homme qui en douta tout de même en regardant le nom de l'éditeur sur la couverture.

– C'est Grolier, ça, on serait pas mal plus certain avec Larousse.

Le prêtre regagna sa place en souriant légèrement. Il écrasa sa cigarette et ajouta :

– En plus que Jésus serait mort sur la croix plutôt à 36 ans qu'à 33, qu'il ne serait pas né le 25 décembre selon trois évangélistes, et selon plusieurs historiens, y compris Flavius Josèphe, et qu'il ne serait pas mort au printemps.

– Mon Dieu, mon Dieu, la religion, ça change, ça change, dit le jeune homme sur un ton détaché qui trahissait son désir d'enterrer ses erreurs et sa méconnaissance, quand même un peu grossières pour quelqu'un qui se targue d'avoir fait une grande découverte pour se retrouver l'instant d'après gros Jean comme devant.

L'abbé Gilbert reprit :

– Les faits, qu'importe, si la foi nous emporte ! C'est un peu comme ce '*Pauvre Canada*' qui aurait été dit par la Vierge de Fatima. Les papes n'ont jamais confirmé cela, mais si on y croit, on prie plus fort pour notre pays et au fond, c'est le résultat qui compte.

À ce moment, on entendit le tonnerre recommencer à gronder dans le lointain.

– Quel désastre pourrait donc s'abattre sur le Canada ? réfléchit tout haut la jeune femme.

– La bombe atomique, la bombe atomique, répliqua Jean-Louis. Le pays est situé entre les deux puissances atomiques, les États-Unis et la Russie. Si la guerre éclate, c'est sur nos têtes que les bombes vont tomber.

– C'est exact, confirma le vicaire.

Et les deux hommes se sentaient fiers de pouvoir en monter à cette jeune fille brillante et de bonne culture mais sans grandes notions de la politique internationale.

– Pour faire écho à ce '*Pauvre Canada*', peut-être bien que nous devrions souligner de manière spéciale la fête du Canada, samedi. Parler de sa beauté, de ses richesses, de la chance incroyable qu'ont les Canadiens de vivre dans un si beau pays et exhorter les fidèles à célébrer dans l'allégresse la fête de leur patrie et celle de la reine du ciel et de toute la terre.

Jean-Louis approuva avec conviction :

– Excellente idée, monsieur le vicaire ! Et moi, de mon côté, j'en ai une aussi à vous proposer : une quête spéciale sur le cap à Foley pour le perron de l'église. On organise une équipe, Ti-Paul Lapointe, Laval Beaudoin, Lucien Boucher, Léonard Beaulieu, des bons hommes fiables comme ceux-là qui vont circuler parmi la foule avec un panier, une boîte, tiens, pourquoi pas une boîte à beurre vu que c'est un produit local et bien de chez nous, pis qui vont ramasser... On pourrait écrire sur les boîtes quelque chose qui sonne bien comme "Vos dons pour le nouveau béton de notre perron"... Qu'est-ce que vous en dites ?

– Il y a Eugène Champagne qui nous verse dix pour cent sur ses ventes d'objets religieux...

– Ça prend pas mal de temps avant de chiffrer, dix pour cent. Je me demande, moi, si le profit de ces ventes-là ne devrait pas appartenir en entier à la Fabrique ? Je le trouve un peu fantasque, le Cook, de s'être approprié le commerce des objets de piété. Après tout, la Vierge, c'est pour tout le monde, pas rien que pour d'aucuns.

– Mais non, Jean-Louis, lui dit son amie, la Sainte Vierge en favorise certains et pas les autres : les miracles, ça arrive pas à tout le monde.

– Elle a raison, dit le vicaire, elle a raison. Mais cet arrangement avec Eugène est le meilleur que nous puissions avoir. On ne saurait nous accuser de profiter de l'occasion pour empocher puisque c'est quelqu'un de l'entreprise privée qui ramasse les sous. Quant à recevoir un don de l'entreprise privée, rien ne pourrait s'y opposer. Je crois bien que cette politique est la bonne.

Une fois encore, Jean-Louis était mis dans son tort. Il revint à son idée de collecte spéciale.

– Qu'est-ce que vous en dites, monsieur le vicaire, d'une équipe pour ramasser des fonds ?

– J'ai la même réserve que dans le cas de la vente d'objets de piété par le presbytère ou la Fabrique...

Le front de Jean-Louis se rembrunit.

– Mais une fois n'est pas coutume, reprit le vicaire. Mais pour en pas être trop ostentatoires, nous ferions bien de prendre des... paniers moins voyants que des boîtes à beurre...

– Ou des boîtes à fromage : c'est plus petit, c'est plus plat pis c'est rond. C'est pas mal moins voyant...

– Allons-y donc pour des boîtes à fromage : monsieur Dominique Blais en a sûrement en réserve dans le bas de son moulin à scie. C'est une fort bonne suggestion.

Jean-Louis enfin trouvait de la satisfaction dans l'échange de propos. Et ça lui redonna un nouvel élan.

– Pauline, tu pourrais a cappella chanter le *Ô Canada* samedi soir comme samedi passé.

Le tonnerre se rapprochait.

– Un nouvel orage s'en vient, dit le vicaire.

Même si le bureau était éclairé par des lampes et si les tentures recouvraient les fenêtres, il parut que le temps dehors s'assombrissait. On était au milieu du soir et par temps clair, il aurait continué de faire clair.

Le prêtre se rapprocha soudain du bureau en revenant vers l'avant sur sa chaise à bascule. Les boutons de sa soutane cliquetèrent en frôlant le bois. Il dit, sourire rouge et dents blanches :

– Ah ! que c'était beau ! Ah ! que c'était beau ! Ce serait extraordinaire de t'entendre nous chanter le *Ô Canada* ici et maintenant, rien que pour nous deux, Jean-Louis et moi...

– Envoye donc, fit le jeune homme.

Mais la jeune fille protesta :

– Voyons donc, qu'est-ce que mademoiselle Esther va dire à m'entendre faire la cantatrice au presbytère par un grand soir d'orage ? Elle va se demander si on a pas pris un coup...

Un coup de tonnerre éclata bien plus près. Il y eut une courte pause et le prêtre reprit :

– Mais non, je lui expliquerai de même qu'à sa mère, madame Létourneau. Chante-nous ça, mademoiselle Pauline, et je vais trouver une prière pour toi dans mon bréviaire qui te vaudra une indulgence d'au moins trois cents jours...

– Pour trois cents jours, ça vaut la peine, dit Jean-Louis.

La jeune femme se leva et regarda tout autour. Le vicaire lui dit :

– Tiens, va te placer devant l'horloge grand-père, là.

Ce qu'elle fit.

– Il me semble que pour chanter le *Ô Canada*, il faut quelqu'un debout qui écoute. Sais pas, ça fait plus patriotique, vous trouvez pas ? C'est comme de chanter *J'irai la voir un jour* et de rester assis, ça se fait pas...

Jean-Louis se leva aussitôt et invita le vicaire à en faire autant mais le prêtre était dans un état d'érection solide et il craignait que ça ne paraisse à travers sa soutane.

Sans poser son regard directement sur la poitrine de Pauline, l'abbé s'y était abreuvé tant qu'il avait pu par sa vision périphérique, celle qui permet de voir sans regarder. Et surtout d'imaginer... Et maintenant, c'est tout le corps de la jeune femme qui rebondissait dans sa jupe rouge et sa blouse blanche en fin tissu luisant...

Un hymne national demande qu'on se tienne bien droit pour l'écouter et voilà donc qui peut trahir un état d'âme et de chair bien mieux que toute chose...

Le tonnerre éclata fort près. Le prêtre le prit pour un avertissement du ciel et pour moins réagir sexuellement, il banda tous ses muscles en se mettant sur ses jambes.

Le regard humble de la cantatrice était bas, mais la jeune femme était trop émue pour le poser sur quoi que ce soit. Et après le coup de tonnerre suivant, elle entonna avec toute la force et la chaleur de sa voix le chant patriotique. Son visage si beau, déjà lumineux, parut devenir céleste.

Les éclats de voix et ceux du tonnerre se répondirent.

Jean-Louis se campa dans sa fierté, le vicaire dans sa rigidité.

À la fin du chant, l'horloge sonna les huit heures.

***

Chapitre 16

Ils étaient agenouillés, les bras en croix, les yeux fermés, devant la statue de la Vierge Marie que Maria avait reçue en cadeau l'avant-veille de la part de Bernadette Grégoire.

Leur mère priait fervemment avec ses deux enfants miraculés dans la cuisine qu'embaumaient encore des odeurs d'oignons frits et d'oeufs à la coque, mélangées à celle de la cire qui brûle.

On était au plus fort de l'orage et tandis que Pauline Garneau entamait le deuxième couplet de l'*Ô Canada* devant l'horloge grand-père du presbytère pour le plus grand plaisir du vicaire Gilbert, une vraie prière, s'élevait, légère, de la chaumière surchauffée.

Le nez long, les lunettes lourdes, le sourire à peine esquissé, figé dans l'extase, Maria se laissait distraire parfois par les souvenirs du temps passé, de sa jeunesse joyeuse que malgré sa trentaine tout juste entamée, elle voyait de loin déjà, de si loin.

Tout cela n'était-il qu'un rêve ou bien le présent se trouvait-il en dehors du réel et s'éveillerait-elle bientôt pour se plonger dans le quotidien de leur terre, à elle et Clément, son mari ?... Les images passaient derrière ses yeux clos, se bousculaient et basculaient, tombaient pêle-mêle les unes sur les autres.

La jeune femme avait connu la pauvreté dans son enfance et son adolescence, mais pas la misère. Et sa famille d'origine n'avait pas plus souffert que les voisins ou d'autres du même milieu. En fait, des millions de par le monde avaient dû vivre dans l'indigence la plus sordide durant les années de la dépression, mais pas elle ni les siens. Un jeune homme, bon pour elle, l'avait mariée et deux enfants étaient venus au monde, puis Clément avait été emporté par un mal foudroyant que le docteur n'avait jamais pu identifier autrement qu'en parlant de pneumonie double.

Maintenant, la pauvreté était plus grande qu'au temps jadis, et pourtant, elle ne parvenait jamais à décrocher du visage de la femme son sourire incertain à la Mona Lisa.

C'est à sa foi en Dieu et surtout en la Vierge qu'elle attribuait son bonheur de vivre malgré les vicissitudes des jours coulés dans cette maison basse et verte, accroupie, en train de se caler dans la terre, de se noyer dans la végétation.

Que faire seule sur une terre quand on est femme et mère en une époque où les muscles sont de première importance? Elle avait dû vendre le bien et régler l'hypothèque. La somme restante lui avait servi à l'achat de cette cambuse aux murs isolés au papier mâché, si chaude l'été et si froide l'hiver.

Mais voilà que les événements s'emparaient de sa vie, ce qui n'était pas sans l'inquiéter. Et c'est à la Vierge maintenant qu'elle confiait son incertitude nouvelle après des années de dévotion à saint Joseph. Pourtant, les joies se faisaient abondantes. Il y avait cette formidable aventure passant par les enfants et la transportant tout entière dans un monde différent. Sa spiritualité croissait de jour en jour.

Les gens qui passaient saluaient, même quand ils ne pouvaient voir quelqu'un à la fenêtre ou dehors; et quand elle sortait seule pour aller au magasin ou chez Boutin-la-viande, on l'entourait et plusieurs trouvaient un prétexte pour la toucher faute de pouvoir toucher aux enfants.

Chez Pit St-Pierre, le téléphone sonnait souvent pour elle et quelqu'un se rendait lui faire la commission ou la chercher. Elle en conçut un certain malaise de déranger ainsi son voisin à toute heure du jour jusqu'à la fermeture du central téléphonique, le soir.

"Si j'étais plus riche, je me ferais poser le téléphone", répétait-elle chaque fois qu'elle raccrochait.

"Quand on voudra plus vous voir, on dira à ceux qui appellent de téléphoner ailleurs," lui répondait chaque fois la femme à Pit St-Pierre.

Et le courrier abondait. La femme arrivait tout juste du bureau de poste avant le déclenchement de l'orage, et une vingtaine de lettres qu'elle était anxieuse d'ouvrir jonchaient la table. Mais rien ne saurait faire attendre le chapelet, ni la curiosité, ni l'espérance d'autres petits dons comme elle en trouvait dans une lettre au moins sur dix.

Elle espérait seulement que le courant électrique ne vienne pas à manquer totalement, car il baissait souvent et parfois se mourait tout à fait pour revenir quelques secondes plus tard comme si le village était victime d'une panne intermittente.

Déjà un couteau l'attendait sur la table pour lui servir d'ouvre-lettres. Et il ne restait maintenant plus qu'une dizaine d'Avé à franchir pour atteindre le *Gloire soit au Père* qui mettrait un terme à leur exercice de piété.

Pour clore les prières, elle récita à même un livre un acte de repentir en appuyant fortement sur certains mots déjà soulignés pour ajouter au poids du texte.

*"Me voilà, Seigneur, tout couvert de confusion et pénétré de **douleur** à la vue de mes fautes. Je viens les **détester** de-*

*vant vous, avec un vrai déplaisir d'avoir offensé un Dieu si bon, si aimable et si digne d'être aimé. Était-ce donc là, ô mon Dieu, ce que vous deviez attendre de ma reconnaissance, après m'avoir aimé jusqu'à répandre votre **sang** pour moi? Oui, Seigneur, j'ai poussé trop loin ma malice et mon ingratitude. Je vous en demande très humblement **pardon,** et je vous conjure, ô mon Dieu, par cette même bonté dont j'ai ressenti tant de fois les effets, de m'accorder la grâce, d'en faire dès aujourd'hui, et jusqu'à la mort, une sincère **pénitence.** Bénissez, ô mon Dieu, le repos que je vais prendre pour réparer mes forces, afin de mieux vous servir. Vierge Sainte, Mère de mon Dieu, et, après lui, mon unique espérance, mon bon Ange, mon saint Patron, intercédez pour moi, **protégez-moi** pendant cette nuit, tout le temps de ma vie, et à l'heure de ma mort. Ainsi soit-il."*

"Ainsi soit-il." dirent en choeur les enfants qui baissèrent les bras avec des soupirs de soulagement et de contentement.

– On ouvre-t-il les lettres ? demanda aussitôt Nicole.

– C'est maman qui les ouvre, dit le garçon.

– On va les ouvrir ensemble, déclara la mère pour la plus grande joie de tous.

Et ils s'attablèrent.

– Celle-là nous vient de Québec, dit Nicole. On commence par elle.

– La mienne itou, dit Yvon en la tendant à sa mère.

Elle se les mit toutes les deux dans une main et les ouvrit avec son coupe-papier improvisé puis en sortit le contenu qu'elle tendit respectivement à l'un et l'autre.

– Tiens, vous allez lire chacun votre tour; comme ça, pas de chicane.

– On veut pas se chicaner, affirma Nicole.

– Ben non, maman, on se chicane jamais nous autres, dit son frère qui lut le premier.

"Madame Lessard,

J'ai un enfant ben malade. J'ai lu dans l'Action catholique que vos enfants à vous voient la Sainte Vierge... Pouvez-vous leur demander de demander pour moi qu'elle ramène à la santé mon petit Jean qui pourrait ben se mourir cette année si ça continue de même. Le docteur dit qu'il a le cancer du sang..."

– Comme Emmanuel Jobin, s'écria Nicole.

"... Moi, j'ai pas grand argent pour vous en envoyer, mais je mets un timbre de deux cennes dans ma lettre pour avoir une réponse. Faites juste me retourner ma lettre dans une enveloppe... Mais pour l'amour de la Vierge Marie, que vos petits enfants touchent ma lettre de leurs mains pour que je mette la lettre dessour l'oreiller de mon petit gars. Avec ça, il va revenir sur ses pieds, moi, je le sais... Je suis une veuve comme vous pis je vas prier pour vous tous les jours de ma vie si vous me faites la faveur que je vous demande... Merci ben gros là."

– C'est quoi son nom?

– Madame Jos Garon, rue Desjardins, Lévis... C'est pas fini, c'est écrit itou : *"P.S.- Mon petit Jean, il est ben intelligent pis je voudrais faire un député avec lui."*

– Vous allez écrire tous les deux votre nom dans le dos de la lettre pis on va lui maller comme elle veut...

Les enfants s'appliquèrent. Ils achevaient sous le regard tendre de leur mère quand on cogna à la porte. C'était Pit St-Pierre, une poche de jute sur la tête mais qui n'en était pas moins trempé jusqu'aux os et essoufflé comme une baleine.

– Rentrez vite! lança Maria qui courut ouvrir une porte qui s'ouvrait déjà.

– C'est quelqu'un qui veut vous parler au téléphone. Aimez-vous mieux pas vu qu'il fait tout un orage dehors ?

– Ah ! je vas y aller... J'ai un bon capot ciré...

Elle ouvrit une porte sous l'escalier qui menait en haut et

y prit un manteau noir en toile.

– Mais le central du téléphone est-il pas fermé à cette heure ?

– On dirait pas. Ah ! quand c'est pour vous, madame Jacques, elle plogue la ligne chez nous pareil. Faut crère qu'elle se tient pas loin du tableau.

Resté un pied dehors et l'autre dedans, Pit semblait souffrir. Les rides de sa peau, surtout celles du front, exprimaient une douleur intense. Il appuya sa tête contre le chambranle.

– Y a-t-il quelque chose qui marche pas ?

– On dirait, ouais...

Et l'homme ne put en dire plus. Il glissa doucement, tomba à genoux puis s'effondra sur le plancher.

– Mon doux Seigneur, c'est qui vous arrive? dit Maria qui se pencha sur lui, l'observa, lui prit le poignet et trouva un pouls déprimé.

L'homme avait perdu connaissance. Les bras le long du corps et un genou un peu replié, il gémissait.

Maria se releva et courut à l'évier où elle imbiba d'eau froide une serviette pendant que Nicole s'agenouillait près de l'homme et lui touchait le front, et que le garçon joignait ses mains pour prier. La fillette sentit comme un fluide partir de sa tête, descendre dans son bras, sa main et enluminer un point du front du malade. La femme revint et frotta le visage avec son linge : l'homme reprit conscience. Il promena son regard dans le vague. Aperçut les deux visages dans le brouillard, murmura :

– C'est qu'il se passe donc ?

– Vous avez perdu connaissance, monsieur St-Pierre.

– On dirait ben, hein ! Pourtant... de coutume, j'sus pas trop gesteux... J'sais pas c'est qui m'a pris de m'éjarrer de même.

Et il se rassit tant bien que mal.

– Ça vous arrive-t-il souvent ?

– Une faiblesse. Ça va revenir...

Alors il regarda Nicole droit dans les yeux et lui dit sur un ton étrange :

– J'étais dans un tunnel ben brillant, quasiment autant que le soleil, pis toé, tu m'as touché pis tu m'as fait revenir...

Maria s'émerveilla :

– Ça veut dire qu'elle a un don de guérisseuse.

– Ça doit être ça, dit l'homme en se relevant.

Il rajusta sa poche sur sa tête et reprit :

– Parle pas de ça à ma femme Marie-Jeanne, pour pas la rendre nerveuse pour rien... D'abord que j'sus guéri déjà...

– Comme vous voudrez !

– La pluie diminue, on ferait mieux d'y aller...

*

Une chambre fut libérée pour l'étranger.

Il y monta tôt pour, dit-il, réfléchir à son vieux passé.

On lui donna la meilleure lampe qu'il posa sur un petit meuble étroit à quatre tiroirs. Un coup d'oeil sur la pièce lui révéla que la religiosité s'y exprimait en abondance par des rameaux, un crucifix, des images saintes et même, au bord de la porte, un bénitier avec une éponge humide dedans.

Les rages du ciel se poursuivaient.

En bas, un chapelet fut dit. Puis Marie-Ange fit des recommandations aux plus vieilles :

"Si jamais il veut vous parler, rouvrez-y pas votre porte. Demandez-lui c'est qu'il veut à travers la porte."

"Ben voyons, maman, on va pas le laisser venir dans notre chambre, vous savez ben."

"Ben voyons donc, maman!"

Bédard abaissa la mèche de la lampe de sorte que la ligne de feu soit le plus fin possible au milieu du globe. Et il s'assit sur le bord du lit, le regard dehors, plongé dans la profondeur de la nuit orageuse. D'immenses paquets de lumière tassés les uns sur les autres s'écrasaient sur les choses battues, sans cesse frappées par la pluie. Il en ramassa toutes sortes d'images fantastiques dans sa tête et souvent leur donna d'autres dimensions que celles de la réalité par les forces de son imagination puissante.

Des ornières et des rigoles creusaient la route de plus en plus et parfois l'eau charriait de gros cailloux qu'à force de laver, elle avait délogés de leur prison de terre compacte. De chaque côté, les clôtures brillaient comme des fils d'araignée et, à l'occasion des éclairs, les courbes mouillées des fils téléphoniques se laissaient parcourir par de longues dégouttières que dispersait aussitôt la mitraille du vent.

Quand la nuit noire reprenait ses droits, l'homme déplaçait son regard et un nouvel éclair lui prodiguait de nouvelles visions insolites. Celle qui le fascina le plus lui montra un bocage de sapins et d'épinettes dans lequel on pouvait apercevoir des taches blanches chaque fois que le ciel s'allumait. Des vaches immobiles et résignées subissaient le temps avec la consolation de n'avoir pas à se battre les flancs de leur queue lourde pour en chasser les moustiques détestables. Ce qu'il y avait d'intéressant pour lui dans cette scène aux airs de nature presque morte, c'était la proximité d'une force agissante énorme, celle de la foudre, et de cette passivité de l'animal le plus docile de la création, l'opposition entre une puissance débridée et une existence inerte, l'incomparable beauté de la violence qui tue juxtaposée à la minable fadeur de la servitude non moins mortelle.

Parfois, des petits danseurs de feu couraient sur la ligne électrique: on eût dit que le transformateur n'était pas tout à fait mort comme on l'avait fait savoir aux gars de la Shawinigan à l'heure du souper.

L'étranger se perdit dans son passé, son futur, son monde, et il en émergea longtemps après, alors que l'orage n'était plus qu'un souvenir s'éloignant et qu'il ne restait plus d'adversaire aux ténèbres autre que cette flamme fine et tranquille de la lampe des Boutin. Et pourtant, il vit une autre lueur quand il tourna la tête; elle était bien mince et accroupie sous sa porte. Des demi-voix et des chuchotements lui parvinrent. Il se leva et marcha sur la pointe des pieds jusqu'au mur intérieur et s'y colla l'oreille, mais rien de clair ne lui parvint. Pendant ce temps, forte d'une lampe de poche aux piles faibles, et de son droit de propriété, Marie-Ange se rendait à l'étage pour se rendre compte par elle-même de l'ordre nécessaire dont elle avait la responsabilité. Le plancher craqua sous son poids. De chambre en chambre, elle éclaira les sommeils, les somnolences, les paupières qui faisaient semblant d'emprisonner les consciences pour la nuit. Rendue à la porte de l'étranger, elle s'arrêta pour écouter. Lui croyait qu'il s'agissait d'une des grandes filles, Simone ou Solange. Elle regarda la poignée de la porte un long moment tandis que de son côté, Bédard faisait de même comme si leurs ondes s'étaient entendues sans se rencontrer ni se connaître...

***

Chapitre 17

L'homme s'éveilla, sachant bien avant d'ouvrir les yeux qu'il faisait jour. Mais depuis combien de temps ? La lampe sur le bureau avait disparu. Pourtant, sa porte était fermée. On était venu la prendre. Sans doute pour économiser l'huile. Ou bien on en avait eu besoin. Quel besoin ?

Il se rendit écouter à la porte, cherchant à entendre des ronflements, les craquements d'un sommier ou d'une paillasse de paille. Silence. Silence de mort. Silence de matin. Silence de dimanche.

On n'était encore que le jeudi. Il hocha la tête pour mieux brasser ses idées et donner pleine maîtrise à son esprit sur cette carapace de chair et de sang qu'il lui fallait bien faire dormir, alimenter, vider de ses trop-plein et apaiser parfois de ses pulsions charnelles...

Il retourna enfiler ses pantalons et revint à la porte qu'il entrouvrit doucement. Personne dans la chambre du fond. Personne dans la chambre d'à côté. Pas âme qui vive dans la troisième par laquelle il devrait passer pour descendre à la cuisine. Mais alors, il aurait dû entendre quelque chose par une petite grille qui donnait sur la table en bas...

Le train ! lui dit soudain le souvenir des vaches blanches du bocage noir. Il avait oublié qu'il se trouvait dans une maison de cultivateur et que c'était l'heure de la traite des vaches, lesquelles en arrivaient maintenant au sommet de leur production laitière annuelle.

Il mit sa chemise, ses chaussures et quitta la chambre.

Mais il ne trouva pas que silence et absence dans la cuisine qu'il apercevait mieux à chaque marche descendue : la fillette de cinq ans s'y trouvait assise à côté d'un ber sur cerceaux contenant sa soeurette encore endormie, et il put entendre le léger roulis provoqué par le mouvement qu'elle imprimait au lit pour garder la petite le plus longtemps possible dans les vapeurs de son inconscience enfantine.

– Bonjour Yvette...

Elle sursauta bien qu'elle l'ait entendu marcher puis descendre.

– onjou...

– Sont tous à l'étable?

Elle fit signe que oui. Puis regarda sa petite soeur, puis l'homme comme pour lui dire de se montrer plus discret.

Il se mit un doigt en travers de la bouche comme pour lui montrer qu'il avait compris son désir et passa son chemin pour se rendre aux toilettes où il trouva un lavabo qui lui permit de se laver un peu et de se peigner.

Il retourna dans la cuisine, décrocha sa calotte, la mit et sortit. Le matin était bas, humide et inquiet. Une odeur de ce qui pouvait ressembler à de l'ozone circulait dans l'air lourd. Ça sentait l'orage encore. Mais l'homme vibrait à tout ça. Il renifla en tournant la tête à droite et à gauche, vit apparaître une fourgonnette grise sur la côte du rang et se dirigea vers l'étable sans plus attendre, espérant qu'il pourrait peut-être essayer de tirer d'une vache ce qu'elle abandonnait au premier venu sans considération pour sa propre progéniture...

Alors que l'homme s'apprêtait à pénétrer dans l'étable par la porte ouverte, le véhicule tourna dans l'entrée et l'on fit entendre un léger coup de klaxon qui attira son attention et le retint dehors un moment encore. Le conducteur descendit, salua de la main puis disparut devant la maison. À n'en pas douter par son accoutrement d'électricien, il s'agissait d'un réparateur de lignes venu constater les dégâts de la nuit.

L'odeur de l'étable était constituée d'un mélange de senteurs fortes : celle du fumier de vache, du vieux foin sec de l'année d'avant, du purin de porc et de la crotte de poule. L'étranger répondit à cet appel puissant et entra. Son premier regard tomba sur Simone qui, tête appuyée dans le ventre d'une vache, en manoeuvrait les pis d'habile façon, dans des mouvements fermes, cadencés et drus qui faisaient jaillir le jet chaud et blanc s'écrasant dans un bruit riche en pleine épaisseur de lait dans le seau de métal.

Elle s'arrêta un moment. Leurs yeux se rencontrèrent. Elle sourit et il salua de la main puis marcha derrière les vaches. Jeannette, qui trayait la suivante, ne s'arrêta pas pour lui, d'autant qu'elle traversait l'âge des grandes réserves et timidités. Huguette commençait à traire la suivante puis Denise s'affairait à une plus loin, la plus brune du troupeau de douze bêtes. Au fond, une porte ouverte donnait sur la laiterie où Marie-Ange actionnait la manivelle d'un séparateur duquel les jets de lait et de crème coulaient, l'un lent et lourd et l'autre léger mais puissant, dans deux seaux voisins.

– Vous auriez pas une vache de trop ? demanda-t-il en passant sa tête dans l'entrebâillement de la porte.

– Ah ! c'est vous, ça ! Savez-vous tirer une vache, vous ?

– Non.

Cette réponse plut à la femme qui rajusta sa casquette.

– Ben on va vous le montrer. Entrez pis prenez la chaudière qui se trouve là sur l'établi. Pis allez l'autre bout, là-bas, au fond, pis demandez à Georges de vous donner une vache. Celle à Solange, tiens, la Barrette qu'on l'appelle. Elle donne une bonne traite pis elle a les trayons tendres...

– Oui mais Solange...

– Elle, elle s'occupe de faire boire les veaux dans le clos de pacage. Vous comprenez, on leur donne du lait écrémé pas du lait naturel. Pis ça fait pareil pis on vend la crème à beurrerie... Vous avez pas l'air connaissant beaucoup sur une terre, vous...

– Oui pis non...

– En tout cas, faites comme je vous dis pis dans une demi-heure, vous saurez tirer une vache. C'est quasiment aussi important que de savoir écrire étant donné qu'avec du lait, tu peux t'arracher la vie tandis qu'avec des écrits, tu te nourris pas fort... Une page de livre, ça fait pas un steak trop trop épais...

– Pourquoi faites-vous instruire vos enfants ? Solange va à l'école Normale et les autres à la petite école...

– Parce que savoir tirer une vache pis savoir écrire en plus, c'est pas méchant pantoute, ça, monsieur. Soit dit sans vous offenser... Tiens, à partir d'asteur, je vas te dire tu; après tout, t'es plus jeune que moé de quelques bonnes années. Ce qui t'empêchera pas, toé, de continuer à me dire vous... comme mes enfants...

Bédard sourit légèrement, prit le seau désigné et partit sans dire un mot. Au moment où il tournait les talons, Solange entrait dans la laiterie par la porte extérieure, venue chercher la prochaine chaudiérée de lait écrémé.

– Il s'en va tirer une vache, lui dit sa mère en riant. Ça doit être un petit monsieur de la ville.

– Il va-t-il prendre la Barrette ?

– Oui.

– Tant mieux, ça va me faire moins d'ouvrage... Mais il

sera peut-être pas capable.

– Moé, j'pense que oui. Il est plus débrouillard qu'il le fait voir, ça c'est certain. C'est loin d'être un sans-génie... mais il nous cache des affaires, ce monsieur-là, ça, c'est sûr itou...

– Dans le châssis hier soir, durant l'orage, il me faisait penser à Lucifer...

– Dis pas des affaires de même, là !

Bédard se présenta à Georges qui comprit aussitôt et délaissa sa vache pour montrer à l'autre quoi faire et comment s'y prendre.

– Prends le banc à Solange, tiens, pis assis-toé à côté de la Barrette, icitte, là...

Quand ce fut fait, l'homme prit un linge mouillé posé sur un rebord de fenêtre et vint nettoyer les pis. Et dit:

– C'est le pouce qui fait foi de tout. D'abord, mets la chaudière entre tes genoux pis serre pour pas qu'elle tombe...

Bédard obéit.

– Mets ta main comme ça, tu vas sentir l'enflure... ben c'est pas de l'enfle, c'est du lait, pis pour le faire sortir, tu pèses comme ça su' le trayon.

Georges fit faillir le jet qui s'écrasa en chantant au fond de la 'chaudière'. L'étranger l'imita, mais en vain et en vain. Georges tendit son linge.

– Tiens, mouille-toé les mains mais rien qu'un peu.

Et l'homme réussit enfin à faire sortir du lait. La vache à ce moment donna un coup de queue qui le frappa au visage mais ne le pinça pas. Georges protesta mollement :

– Voyons, toé, la Barrette, de coutume, tu te tiens tranquille. Asteur, faut que tu fasses marcher tes deux mains une après l'autre. Si t'es capable avec une, tu vas pouvoir avec l'autre. Moé, je te laisse, faut que je finisse ma vache pis que je donne de la drague aux cochons... Pis tu vas apprendre mieux tuseul...

La meilleure manière de pénétrer ces gens-là jusqu'au fond de l'âme sans trop rencontrer de résistance, c'était de partager leurs tâches, se disait l'étranger en poursuivant son travail. Il le fit si bien qu'il ne tarda pas à emprunter toutes leurs attitudes. Il s'arrêta un court moment, mit la palette de sa casquette vers l'arrière et appuya sa tête contre le flanc dur de la Barrette qui se montra nerveuse tout le temps de la traite mais pas trop...

Quand les pis parurent taris, il se releva, se composa un regard de fierté et se rendit à la laiterie où Marie-Ange, qui l'avait observé de loin, l'accueillit avec emphase :

– Je le savais que tu te débrouillerais, je l'ai dit à Solange. Apporte-moi ta chaudière que je passe le lait au centrifuge !...

Depuis un moment, Bédard était chicoté par une idée, celle de voir l'électricien travailler. Cet homme lui apporterait quelque chose, il le savait. Tout nouveau personnage ne pouvait signifier que de la nouveauté.

– Là, je vas aller voir l'électricien qui est...

– C'est-il Léonard Beaulieu ?

– Moi, j'connais pas trop le monde. J'sais que c'est un électricien; il porte une ceinture à outils avec des éperons pour grimper dans les poteaux.

– Je pensais que c'est les gars de la Shawinigan qui viendraient arranger ça.

– Faut croire que non...

– C'est quelqu'un d'autre que nous autres qui aura appelé le petit Beaulieu. Ah! pourvu que la ligne électrique soit arrangée, c'est tout ce qui compte !...

Et l'homme quitta en se disant que la seule personne de la famille Boutin qu'il n'avait pas encore vue depuis son lever, c'était la Solange qui devait toujours être à nourrir les veaux du printemps derrière la grange...

Il sortit, suivi par l'odeur de l'étable, et marcha jusque

devant la maison où une surprise l'attendait. Beaulieu ne travaillait pas sur la ligne électrique mais de l'autre côté de la route, sur la ligne téléphonique qu'il avait aussi la responsabilité d'entretenir. Alors il se rendit jusqu'à lui. Beaulieu, un jeune homme très sociable, sourit et lança au pied du poteau en haut duquel il se trouvait :

– Salut ben, mon cher monsieur ! J'vous connais pas mais si vous me dites votre nom, j'vas vous connaître...

– Germain Bédard.

– Moé, c'est Léonard Beaulieu, électricien pis réparateur des lignes du téléphone.

– On pensait que t'étais venu pour travailler sur la ligne électrique. On a manqué de courant avant sept heures hier soir...

– Je finis ça pis ensuite je traverse...

Beaulieu, personnage un peu grassouillet, possédait une voix très douce, un ton enjoué. Bien ancré sur ses éperons, large ceinture de cuir attachée autour du poteau, il était à dégager le cuivre d'un fil pour le mieux enter avec une autre extrémité.

– Madame Boutin, elle a averti la Shawinigan hier soir...

– Pourtant, me v'là le premier ! C'est ça la différence entre une grosse compagnie pis un particulier. Un nain, ça a les pattes courtes, mais ça finit par se déplacer plus vite qu'un géant.

– On a eu tout un orage hier soir.

– Pis un autre aux petites heures de la nuitte.

– Ça, j'ai pas eu connaissance.

– Es-tu de la parenté de la famille Boutin ?

– Non, moi, j'ai loué la maison du vieux Polyte...

Léonard leva les yeux.

– J'en vois le pignon là-bas... non, à ben y penser, ça sera plutôt quand y'a pas de feuilles que je le vois. L'électricité se rend pas là, ça changeait pas grand-chose pour toé que le transformateur soit sauté.

– Ah ! mais j'ai couché icitte...

Maintenant marié, Beaulieu avait déjà fait les yeux doux à Simone et il esquissa un sourire.

– T'as dû trouver qu'y a de la belle popeye dans la maison à Georges Boutin.

– De la quoi ?

– De la popeye... des filles...

– Huit... mais y en a qui sont pas hautes sur pattes encore. Ça va venir un jour, mais...

– Tu viens d'où, toi ?

– Dans le bout de Victoriaville.

– Pas loin de Drummondville.

– C'est ça.

– Quand on va à Montréal, on se trouve pas à passer par là, hein ?

– Plessisville, Princeville, Drummondville mais pas Victoriaville.

– Vas-tu travailler quelque part ?

– Pour tout de suite, je vas plutôt me refaire des forces.

– Tu t'es fait opérer ?

– C'est ça... oui, c'est ça...

– Une grosse opération ?

Les questions étaient si drues et directes que l'étranger avait du mal à les esquiver. Et il devait mentir pour y arriver.

– Y en a-t-il des petites ?

– Ben... ouais... se faire opérer pour les amygdales, pour l'appendicite, pour un ongle incarné...

Bédard sourit :

– C'est comme les opérations sur les lignes de téléphone...

– J'dirais plutôt les lignes électriques. Quand t'as un gros transformeur qui brise au coin du rang six, c'est pire que si c'est un fil endommagé... Bon, ben, c'est fait...

La réparation achevait. Bédard avait une fois de plus échappé à un interrogatoire en règle et il sourit intérieurement. De plus, il lui semblait que l'autre aurait tôt fait de montrer ses faiblesses si à son tour, il était questionné.

– Es-tu du village ?

– De la paroisse, mais je travaille aussi souvent au village que dans les rangs.

– Il faut quoi pour être bon dans ce que tu fais ?

– Bon pied, bon oeil comme dans n'importe quoi.

– Pour grimper...

On disait souvent de lui qu'il était meilleur qu'un écureuil pour monter dans un poteau et en descendre; et Beaulieu voulut le démontrer. Il prit sa ceinture à deux mains pour la contrôler à sa guise, se redressa un peu pour la dégager de la pression en l'exact instant où il dégageait les éperons de leur emprise dans le cèdre mou, et il descendit d'un coup sec de trois pieds, et il répéta la manoeuvre de sorte qu'en deux temps trois mouvements, il fut à terre à côté de son interlocuteur, ceinture détachée qui pendait à son côté...

– J'en reviens pas, s'étonna Bédard, t'es meilleur qu'un gars de la B.C.

– Ah ! maudit non, eux autres en Colombie Britannique, ils descendent ça par coups de six pieds. En tout cas selon Alzyre Poulin, un gars de par icitte qui travaille par là.

Beaulieu aimait le défi et son humilité était trop apparente pour ne pas être qu'apparente.

– Moi, j'aime autant marcher sur le plancher des vaches...

Une coïncidence voulut que les vaches commencent à passer et à traverser la route pour retourner à leur pacage. Elles étaient reconduites par Simone et Huguette, toutes deux armées d'un petit fouet inoffensif qui leur servait non à frapper les animaux mais à les diriger.

– Salut Simone, ça va ben ? lança Beaulieu par-dessus le troupeau.

– Ah, oui, pis toé ?

– Comme tu vois, c'est pas l'ouvrage qui manque: après la ligne du téléphone, c'est la ligne électrique.

La jeune fille avait été en amour avec lui, mais leurs fréquentations avaient tourné au vinaigre, la mère du jeune homme préférant pour lui une fille du rang neuf dont elle aimait le caractère semblable au sien. Simone avait risqué la rupture en s'imaginant qu'il lui reviendrait, mais la vie en avait décidé autrement.

Bédard put lire quelque chose de particulier dans leurs regards. Il saurait bien par les parents de Simone ce qui les réunissait. Ou les avait réunis.

– Bon, asteur, allons voir les dommages...

Les deux hommes traversèrent la route. Beaulieu s'élança à l'assaut du poteau supportant deux fils électriques et le transformateur. Ses pieds éperonnaient le bois créosoté à une vitesse étonnante que Bédard observait avec insistance comme pour s'en pénétrer à jamais. Un écureuil n'aurait pas fait mieux.

Rendu à la hauteur du transformateur, le grimpeur entoura le poteau de sa ceinture de sûreté qu'il attacha à sa pleine longueur afin de travailler plus aisément.

– T'as l'air ben outillé pour travailler, dit l'étranger.

– Comme tu vois, ça prend pas grand-chose: une petite hache, des pinces, un vilebrequin...

– Vas-tu ouvrir le transformateur ?

– Ben non. Quand ça brise, on le change au complet. C'est de l'huile qu'il y a là-dedans.

– Y a-t-il du courant dans les fils ?

– Certain.

– Pourquoi c'est faire qu'on n'en a pas dans la maison?

– Parce que y'a une fuse de sautée dans le cut-out.

– Je pensais que c'était le transformateur qui était brisé.

Léonard dit sur le ton de l'évidence :

– Il est protégé par les fuses du cut-out.

Il y avait une boîte fermée par une petite trappe, et qui contenait une cartouche dans laquelle se trouvait un fusible. La tâche du jeune homme consistait à ouvrir la trappe à l'aide d'un bâton isolé et à remplacer le fusible afin que le courant de 6,600 volts puisse se rendre au transformateur via le fil d'alimentation pour que là, le voltage soit réduit à 240 volts.

– L'électricité, c'est pas compliqué, pense à un tuyau qui conduit de l'eau, tout simplement. L'eau peut circuler plus vite, moins vite, avec plus ou moins de pression, le tuyau peut être à moitié rempli mais là, y aura aucune pression. Ou encore, comme asteur, y aura pas d'eau du tout dans le tuyau... ou si tu veux le fil...

Et il toucha le fil menant le courant à la maison.

Alors sa main se mit à secouer et sa tête à bouger violemment. Simone qui revenait dans la cour s'arrêta et se mit la main devant la bouche pour ne pas crier. Beaulieu, lui, paraissait crier mais aucun son ne sortait d'entre ses lèvres qu'il mordait alternativement.

L'étranger ne bougeait pas d'une ligne et il semblait avoir les yeux rivés sur Beaulieu qui soudain cessa de bouger, devint rigide le temps d'une pause puis éclata d'un long rire :

– Ce fil-là est aussi mort que moé, j'sus vivant.

– Fais pas le fou de même, lança Simone qui le menaça de sa hart tenue à bout de bras.

Bédard restait muet et droit comme une statue. Beaulieu reprit en s'adressant à lui tout en regardant la jeune femme :

– Si tu penses comme je te l'ai expliqué, tu vas tout comprendre sur le transport du courant électrique.

– Intéressant.

– Simple comme bonjour !

– Dangereux ? s'enquit Bédard qui haussa un seul sourcil.

– Surtout pour les vieux de la vieille qui ont trop d'expérience dans leur métier. Ça devient une routine pis ben c'est là qu'ils se font prendre. Mais la plupart travaillent toute leur vie dans l'électricité sans jamais avoir d'accident.

L'étranger se tut et regarda fixement son interlocuteur juché à quinze pieds du sol. Simone héla sa petite soeur et commença à lui marmotter des insignifiances, car elle voulait flâner un moment sur place et se faire voir et parler par Bédard. Beaulieu, pendant ce temps, allongea le bras avec le bâton qu'il tenait et ouvrit la trappe, mais il se trouva un peu trop loin de son objectif pour avoir dû attacher sa ceinture sous le transformateur.

Il raccrocha son bâton sur lui, décrocha la ceinture et monta de deux pieds. La distance le séparant des fils à haute tension ne présentait aucun problème. Il se rattacha au poteau.

– Les gars de la Shawinigan, ils font quoi sur les lignes, eux autres ? demanda Bédard.

– De l'entretien.

– Sont pas venus ?

– Se lèvent plus tard que moé...

L'électricien fut sur le point de reprendre son bâton isolé quand la voix de Simone se fit entendre :

– Ma mère demande si vous voulez déjeuner avec nous autres.

– Qui, moé ? s'étonna Beaulieu.

– Non, monsieur Bédard.

Léonard rit de sa méprise et allongea le bras pour prendre la cartouche, oubliant de reprendre d'abord son bâton isolé.

L'étranger fronça les sourcils. La chance aurait pu fort bien se trouver là et empêcher la distraction de l'électricien de tourner à la tragédie, mais elle brilla par sa totale absence. Et au lieu de cela, c'est une boule de feu qui enveloppa la tête du jeune homme.

Simone en fut témoin. Cette fois, un cri bref sortit de sa bouche qui resta ouverte. Bédard hocha tout légèrement la tête et juste deux fois.

Aucune commotion apparente, aucun tremblement, aucun son, pas de frémissements, rien de spectaculaire à part ce feu éphémère, ne se produisit. Beaulieu resta les jambes droites bien fixées sur les éperons. Son bras conducteur avait été projeté sur lui-même, mais on ne l'avait pas vu d'en bas. Sa tête tomba sur le côté dans un mouvement très lent. Bédard l'aperçut : le visage était noirci.

– Cet homme vient de se faire tuer, dit-il calmement.

Simone accourut, suivie de sa jeune soeur. Son visage questionnait et pourtant, elle savait déjà que la mort venait de parler en haut du poteau.

– Il vient de se faire tuer, répéta froidement Bédard.

Simone poussa sa soeur en parlant nerveusement :

– Va chercher maman, va chercher maman...

– Et ton père, ajouta l'étranger.

Huguette détala.

– Mais c'est sans bon sens, mais c'est sans bon sens, ne cessait de répéter la jeune fille.

Puis elle fit son signe de la croix et commença à prier tout haut à train d'enfer sans penser à ce qu'elle disait :

– Je vous salue Marie, pleine de grâces, le Seigneur est avec vous. Vous êtes bénie entre toutes les femmes et Jésus...

Bédard demeura figé, sans cesse regardant ces yeux à demi clos qui avaient l'air de le narguer et de lui dire : "Eh ben, mon ami, je sais tout' su' toé, asteur."

Arrivèrent des filles en courant puis Marie-Ange qui ja-cassait comme une pie :

– De quoi c'est qu'il se passe ? C'est qu'elle nous chante, celle-là encore ?

Et Georges accourait avec une échelle.

Solange fut la dernière à venir mais pas de la même di-rection que les autres. Elle se glissa le long de l'autre extré-mité de la maison et resta muette sur le coin à la seule vue de l'étranger, fixant la funeste image que lui donnait le mort.

– C'est qu'on va donc faire, mon Dieu, mon Dieu, gémis-sait la mère ?

– Allez téléphoner aux gars de la Shawinigan qui sont peut-être encore à l'hôtel Central.

Se rendant compte qu'elle pouvait y faire quelque chose, la femme s'empressa d'entrer dans la maison.

Georges vint appuyer son échelle contre le poteau. Bé-dard lui prit un bras.

– Montez pas là ! Toucher un homme électrocuté, c'est comme toucher des fils à haute tension.

– On est pas pour le laisser là. Si il est pas mort, hein ?...

– Regardez sa face, monsieur. Plus mort que ça, ça s'est jamais vu. Faut attendre les gens de la Shawinigan.

Le père crut bon renvoyer les enfants dans la maison et il le leur ordonna. Elles obéirent mais se rivèrent aux fenêtres de la cuisine et des chambres du haut tandis que Marie-Ange téléphonait au village, à l'hôtel et au presbytère. Leur mère sortit bientôt. Elle annonça que l'équipe de la Shawinigan n'était plus à l'hôtel mais qu'on avait entendu le contremaître Parenteau dire au déjeuner qu'ils se rendaient justement dans le dix pour réparer le transformateur endommagé.

On entendit le bruit d'un véhicule. Marie-Ange mit ses mains sur ses hanches pour dire :

– Ça me surprendrait pas pantoute que ça serait eux autres

qui s'en viennent.

– Ils auraient donc pu arriver un quart d'heure avant, gémit le père qui tournait en rond.

Le camion bleu foncé parut enfin sur le dessus de la côte et poursuivit son lent chemin malgré les signes déjà que Marie-Ange et son mari lui adressaient.

Toujours impassible, Bédard demeurait sans bouger. Il perçut la présence de Solange et la surveilla dans sa vision périphérique sans poser sur elle son regard et en évitant qu'elle se rende compte qu'il la savait là.

Médusée, mais capable de raisonner, elle soliloquait :

"N'était-ce là qu'un accident ou bien cet homme étrange avait-il un maléfique pouvoir de provoquer les choses et d'agir sur les événements de manière à les rendre néfastes et monstrueux ?"

Et Simone aussi s'interrogeait, là, fixant le corps inerte accroché à son destin et à sa rigidité.

"Je lui ai parlé quelques secondes avant l'accident, c'est donc ma faute. Si je n'avais pas été là, il serait vivant. Il est vrai que l'étranger aussi est coupable... coupable de présence quand passa le spectacle horrible de la mort s'emparant d'une âme et d'un homme pour l'emporter dans son royaume insondable."

Le camion arriva enfin. Ils étaient trois dans la cabine. L'un vit aussitôt ce que l'on sut aussi vite être un cadavre. Ils descendirent et Béliveau prit une longue gaffe tandis que l'autre s'approchait avec une échelle à rallonge en aluminium. On aurait pu grimper sur éperons mais il y avait risque et surtout, on ne pourrait pas descendre le cadavre à moins de le jeter en bas, sans une échelle et au moins deux paires de bras.

Marie-Ange vint se lamenter :

– Mon mari a voulu monter pour l'aider mais monsieur, icitte, nous a dit qu'il était mort, que ça servirait à rien...

Solange entendit cette phrase qui mit un peu d'huile sur le feu constant de son doute quant à l'infernal angélisme de ce personnage fumeux qui avait l'air de si bien s'entendre avec la foudre et avec la mort.

Puis une phrase de Simone l'inquiéta davantage :

– J'ai vu une boule de feu autour de sa tête pis c'était fini.

Alors Solange quitta furtivement son poste d'observation... Elle ne vit pas l'étranger la suivre du regard jusqu'à ce qu'elle disparaisse derrière la maison.

Il aida aux opérations de récupération du cadavre que l'on ne tenta pas de ranimer vu la raideur installée et après la prise de son pouls –inexistant– par le contremaître.

Une Pontiac noire parut sur la côte tandis que des voisins ayant écouté sur la ligne téléphonique venaient satisfaire leur curiosité morbide.

– Quen, c'est monsieur le vicaire qui arrive, annonça Marie-Ange qui marcha vers la montée de la maison afin d'être la première à lui raconter ce qui s'était passé, ce qu'il savait déjà par les grandes lignes du drame qu'elle avait déjà racontées par téléphone à Esther Létourneau.

Bédard s'esquiva doucement. Il s'éloigna sans qu'il n'y paraisse tandis que le prêtre arrêtait sa voiture et que l'attention de tous était prise par lui et par le mort. Et il partit le long de la maison où quelques minutes auparavant Solange marchait pour s'en aller il ne savait où.

Néanmoins, il savait qu'en observant avec vigilance, il la trouverait quelque part dans les environs de la maison, sans doute pas à l'intérieur, car il l'aurait aperçue à une fenêtre, mais plus probablement avec les veaux derrière la grange. Nul doute qu'elle serait traumatisée, bouleversée, vulnérable...

Il vit les veaux. Personne là. Il entra dans l'étable. Que des poules rares sur des paniers à pondre, les autres sorties dehors. Tout de même, elle ne devait pas se trouver avec les porcs qu'il entendait sans les voir. Contourner la grange à moins de le faire par l'enclos des veaux, c'était à coup sûr être vu par les gens autour de l'accident; alors il gravit une échelle intérieure qui menait dans la grande grange où étaient les tasseries de foin et la batterie.

En y débouchant, il entendit une voix qui chantonnait. Silencieux, précautionneux, il ne fut pas ressenti par la jeune fille qui s'occupait tout entière à flatter un chiot. Il la regarda faire.

Solange avait le dos appuyé à une poutre basse servant à retenir le foin d'une des tasseries. Mais puisque les réserves de l'année précédente étaient épuisées et que les animaux brouteurs s'alimentaient tous à même les pacages, on se trouvait dans une grange qui semblait vide. L'éclairage provenait de deux losanges vitrés dans les pignons et d'un portillon ouvert percé dans une des deux grandes portes.

C'est en noir et blanc que l'étranger pouvait voir et ce sont les couleurs qu'il préférait. Quant aux odeurs, c'étaient celles de la poussière de balle et de paille humide qui prévalaient.

"Dodo, l'enfant do, l'enfant dormira bientôt. Dodo, l'enfant do, l'enfant dormira bientôt..."

Bédard put apercevoir une cage aux pieds de la jeune fille; et pour la première fois depuis la veille, il pensa que la ferme de la famille Boutin ne comportait pas de chien. Chose rare. Ou bien la chienne, mère de ce chiot, se trouvait-elle quelque part là, le long du mur bas, en un lieu qu'il ne pouvait apercevoir. Non, elle l'aurait flairé, l'aurait entendu, l'aurait signalé...

– Solange, dit-il à mi voix.

Elle sursauta et marmonna en se retournant vers lui :

– Hein !

– C'est Bédard, l'étranger.

– C'est que vous voulez ? dit-elle vivement.

– Parler.

– De quoi ?

– De ce qui est arrivé...

– Pourquoi ?

– Parce que ça te fait peur.

– Ça me fait pas peur.

Il se rapprocha. Elle demeura sans bouger, gardant le chiot dans ses bras comme s'il s'agissait d'un bouclier.

– Et moi aussi, je te fais peur.

– Pas vrai !

Il la détailla de la tête aux pieds. Une robe pâle qui lui moulait la poitrine. Des yeux brillants capables d'exprimer l'amour ou bien la haine, et sans doute les deux à la fois, capables aussi de dire la peur et le désir de s'abandonner à une force protectrice ou bien les deux à la fois.

– Explique-moi donc pourquoi t'es pas restée là-bas.

– Et vous ?

– J'ai eu le premier l'idée de te poser la question. Réponds pis ensuite, je vas répondre à mon tour.

– Parce que j'avais tout vu ce que y avait à voir là, c'est tout.

– Ça, c'est ma réponse, pas la tienne. La tienne, c'est que t'avais peur même si y avait plein de monde pis aucun danger pour toi. Peur. Peur. Peur.

– J'suis pas une peureuse...

– J'ai pas dit ça. J'ai dit que t'as eu peur.

– Quelqu'un qui a peur, c'est une peureuse.

– Tout le monde a peur pis ça veut pas dire que c'est des peureux.

Il se fit une pause. Elle baissa les yeux et flatta son animal. Il soupira, reprit :

– T'es venue icitte en pensant que ton chien chasserait ta peur. Ça commençait à marcher, mais j'suis arrivé. Pis là, t'as peur encore plus que tantôt quand tu regardais le mort à côté de la maison.

– Qui c'est qui vous a dit ça ? Vous m'avez même pas regardé.

– Ah ! j'ai des yeux pour voir.

– Vous avez pas des yeux dans le dos.

– Oui, j'en ai...

– Allez-vous en ! Laissez-moi tranquille.

Il lui prit un bras dans sa main et serra.

– Moi, j'sais pas lire dans un livre, mais j'ai appris à lire dans les faces. Pis ça, ça en dit pas mal plus long.

Elle faillit se mettre à pleurer mais se ressaisit. Il lui fallait dissimuler sa peur, le tromper comme il trompait les autres. Elle lança, l'oeil défiant :

– Ben montrez-moi à lire dans les faces pis moi, ben j'vas vous montrer à lire dans les livres.

Il relâcha son étreinte et passa son doigt recourbé sur la tête blanche du petit chien en disant sur un ton doucereux :

– C'est un contrat signé sur la tête de cette petite bête.

Elle chercha à comprendre le sens profond de cette parole tandis que l'homme faisait demi-tour et s'en allait vers le portillon arrière sans dire un mot de plus.

***

Chapitre 18

Fernand prit par sa poignée de bois un long crochet de broche. Il en introduisit l'extrémité recourbée à l'intérieur de la boîte la plus basse sur laquelle se superposaient cinq autres boîtes, sans couvercle elles non plus. Il devait faire glisser la pile sur le plancher depuis l'arrière de la cloueuse des fonds jusque devant la grande roulette de bois couverte d'un papier sablé de huit pieds de diamètre. Il refit le trajet une vingtaine de fois jusqu'à être entouré d'une centaine de boîtes prêtes pour le sablage avant de passer à la prochaine étape, le paraffinage de l'intérieur, suivi de la phase finale de fabrication : le clouage des couvercles.

Alors, il enfila un tablier d'un cuir épais et très rigide qui permettait de pousser sur la boîte avec le ventre, sans douleur, échardes ou risques d'accident. Quand il fut prêt à commencer l'opération, il leva un bras et fit un signal à Dominique en désignant Marie Sirois qui travaillait sur la botteuse.

L'industriel, qui oeuvrait près d'elle derrière une machine à embouveter, lui donna un ordre par signes et sourires. Car pour s'entendre parler, deux personnes devaient se trouver à quelques pas seulement et crier tant le bruit était intense dans la manufacture.

Il y avait en effet un mélange de bruits ponctué et haché par les sons stridents des déligneuses et la recipeuse sur laquelle Marie travaillait depuis le matin puisqu'elle avait pris une grande avance la veille derrière l'étampeuse. Le vacarme général, semblable à un vrombissement d'avion, était constitué du bruit des courroies sur les différentes poulies, de la monteuse, des cloueuses, des embouveteuses.

Et de temps en temps, environ une fois toutes les deux heures, la machine à tenons se mettait en marche, opérée soit par Dominique soit par Pit Roy en l'absence de son patron mais à l'occasion aussi par Marcel quand il manquait de morceaux à la monteuse. Et le drôle de chant de cette puissante machine à bois surpassait la rumeur générale. Et pourtant, son bruit ne possédait aucune onde perçante ou criarde, c'était le résultat de multiples couteaux superposés qui entamaient le bois sans frottement comme des scies ordinaires et donc sans notes aiguës.

Dans tous les coins, mais bien plus en d'aucuns qu'en d'autres, c'était le règne de la poussière de bois. La plus vicieuse parce que la plus fine, celle qui s'infiltrait dans les nez, les bronches, les poumons et jusque dans les cheveux sous les casquettes, c'était celle que produisaient les sableuses, la botteuse et les deux déligneuses. Les embouveteuses et la machine à tenons généraient plutôt des petits copeaux que l'air ne transportait pas.

Marie fit signe que oui. Elle prit un dernier lot de quatre morceaux délignés sur un banc et les mit en ordre sur sa table coulissante puis les enserra d'une main contre le rebord de la table et poussa de l'autre entre les deux scies dont la fonction consistait à égaliser les morceaux dans le sens de la largeur. Puis elle classa chacun sur une pile différente, les uns destinés à servir de couvercles et de fonds, et les autres qui deviendraient des côtés de boîte.

On avait besoin d'elle au paraffinage. Un travail moins dur. Qui ne générait pas de poussière. Mais chaud et humide. Et surtout aux côtés de Fernand Rouleau qui lui tendrait les boîtes tout juste sablées pour en faire disparaître toutes les aspérités.

Elle s'y rendit. Déjà une pile de cinq boîtes l'attendait. Sans regarder Fernand, elle se mit à l'oeuvre après avoir enfilé des gants. Et plutôt d'accepter une boîte qu'il lui tendait, elle prit la plus haute de la pile et la mit sur la table de paraffinage devant une fenêtre. À côté, un bac rempli de paraffine liquide dégageait une vapeur odorante mais pas déplaisante ni dangereuse pour la santé. Du moins, disait-on.

Elle y plongea un pinceau large tenu de manière lâche entre le pouce et le reste de la main pour qu'il frotte aisément toute la surface du fond d'abord puis un côté intérieur. Un autre trempage du pinceau dans le bac l'enduisait de la substance pour couvrir les trois autres côtés. Là, elle plaçait la boîte dans une coulisse glissante et descendante, et lui donnait une poussée à l'aide du manche du pinceau pour qu'elle se rende près de la cloueuse des couvercles opérée par un travailleur manchot.

Chaque fois qu'il posait une boîte sur le plancher ou sur une autre, Fernand souriait à la femme, mais elle ne le regardait jamais. Et lui ne se décourageait pas. Elle rattrapa l'avance qu'il avait et alors dut prendre les boîtes de ses mains. Pas plus qu'avant, elle ne lui adressa le moindre coup d'oeil au visage. Et lui y trouvait un avantage, interprétant son attitude comme de la peur. Une peur qui la rendait vulnérable. Mais c'était du ressentiment et un certain mépris...

Elle pouvait apercevoir tout véhicule passant sur la grande rue en bas, mais pas lui. L'arrivée de Pit Poulin dans sa voiture officielle de policier provincial l'intrigua, d'autant que l'auto fut garée dans la cour du moulin de l'autre côté de la rue. Deux hommes s'y trouvaient, mais le second ne portait pas d'uniforme. Pit seul descendit et il attendit un moment

Pit St-Pierre qui conduisait une grosse charrette attelée d'un cheval noir transportant un lot de planches sèches. Il les emportait à la manufacture pour l'alimenter en bois nécessaire à la fabrication des boîtes.

Et les deux hommes se parlèrent.

Le policier retourna à sa voiture. Il resta debout à côté, les deux pieds dans la molle terre noire, mains appuyées au véhicule, légèrement penché en avant, s'entretenant avec l'autre homme par la vitre abaissée. Marie crut qu'il tuait le temps en attendant quelque chose à se produire via Pit St-Pierre qui déjà traversait la rue avec son attelage.

Quand la boîte suivante fut paraffinée, elle obtint une partie de la réponse qui n'était encore qu'une question. Pit St-Pierre se présentait dans la porte et faisait des signes à Dominique qui se fit remplacer derrière l'embouveteuse et se rendit auprès de celui qui l'appelait et qui lui cria quelque chose à l'oreille. Une grande surprise apparut dans le visage de l'industriel qui suivit aussitôt son vieil employé.

Marie resta à l'affût. Elle vit Dominique traverser la rue sur un pas décidé et s'entretenir avec le policier. L'incident prit fin par le départ de la voiture de police. Quant à Dominique, elle ne le revit pas dans la manufacture. Alors pour la première fois depuis le matin, elle parla à Fernand :

– As-tu vu Pit Poulin qui vient de parler à Dominique ?

Il lui lança une moue incrédule, menton projeté en avant.

– Est venu hier, il vient aujourd'hui: pour moi, il fait une enquête sur un employé de la manufacture, tu penses pas ?

– Moi, ça me dérange pas une miette, crâna-t-il.

Une fois encore, elle put se rendre compte qu'il était fort troublé par la présence policière dans les parages. Qu'avait-il donc à se reprocher? Qu'est-ce qui lui travaillait la conscience au point de le faire ainsi blêmir? Quelque chose s'était passé en Ontario, ça ne faisait pas de doute.

Le papier sablé commençait à se trouer. Fernand lui présenta un coin de boîte pour qu'il se déchire: la manoeuvre réussit. Des morceaux volèrent et l'un d'entre eux resté accroché se mit à claquer sur la tablette. Marcel délaissa la monteuse et s'amena. A l'aide d'une longue manette, il délogea la courroie de la poulie de sorte que la roulette cesse de tourner. C'est lui qui avait l'habitude de remplacer le papier. Il envoya Fernand travailler à l'embouveteuse à la place de son frère parti, une fois encore, il ne savait où.

Avant de commencer à dévisser les écrous retenant un cercle de fer qui fixait le papier sur la roue, Marcel tourna sa casquette à l'envers et se mit à danser devant Marie pour la faire rire. Elle sourit. Il ajouta les grimaces comiques de son visage très maigre. Elle éclata de rire. C'est à ce moment seulement que l'homme rit à son tour. Connaissant la misère morale de la veuve, il ne craignait pas, tout patron qu'il soit, de faire le pitre pour la dérider un peu.

En terminant le paraffinage de quelques boîtes, elle put à trois reprises jeter un oeil vers Fernand. L'homme ne cessait de lever la tête pour regarder avec inquiétude à travers les machines et les courroies vers la porte menant sur un dehors de grisaille...

Peu de temps après, le bruit décrut. Chacun délaissa aussitôt son travail pour la pause du milieu de l'avant-midi. Fernand ne prit pas la direction de la porte comme les autres employés mais celle de l'escalier intérieur. Marie pensa qu'il s'en allait passer son temps de repos dans une pièce voisine de la chambre de la bouilloire afin d'éviter une rencontre indésirable aux alentours du bureau où tous les autres allaient boire un Coke.

Dès qu'elle eut mis les pieds dans la cour, Marie fut interpellée par Pit St-Pierre qui lui parla de ce qu'il considérait de plus en plus comme une guérison miraculeuse.

– Dis ça à personne, ma petite fille, mais il s'est passé quelque chose d'extraordinaire hier soir... Tu me croiras pas, mais j'ai perdu la carte tandis que j'étais rendu su' ma voisine, madame Lessard. J'ai tombé à terre comme une poche. Sans connaissance. La broue à bouche. J'ai vu toute ma vie passer devant moi. Ben la petite fille, elle a mis sa main sur moi, sur mon front, pis j'ai retrouvé mes esprits... Si c'est pas une guérison ça, j'sais pas c'est quoi une guérison miraculeuse. Ça fait que, si t'as un enfant malade ou quelque chose... ou toi-même, va les voir.

– C'est dur à croire.

– Pourquoi c'est faire que je te dirais ça, hein ?

– Vous en parlez à personne?

– J'veux pas que ma femme s'inquiète avec ça. Pis j'ai encore besoin de travailler icitte...

– Pourquoi c'est faire que vous m'en parlez à moi ?

– Parce que ton petit gars, si t'avais pu le faire toucher par les enfants... Ça, c'est trop tard, mais si t'as d'autres malades chez vous. T'as eu assez de misère dans ta vie, c'est le moins que je te dise que c'est qui se passe sur le cap à Foley, ça vient direct d'en-haut, direct d'en-haut...

Marie vint les yeux ras d'eau. Bouchés par l'amertume laissée par les événements récents. Mais elle oublia vite ses propres malheurs lorsque l'homme fit un coq-à-l'âne :

– Tout un accident dans le dix, ma petite fille. Le Léonard Beaulieu, il s'est fait électrocuter dans un poteau... Cuit comme du boudin, il paraît. Mort raide.

– Comment ça se fait que vous savez ça, vous ?

– Pit Poulin tantôt. Il est venu avertir Dominique d'aller chercher le corps en ambulance pour le faire embaumer.

– Une autre veuve dans la paroisse, fit Marie comme si elle se parlait à elle-même.

– Elle est enceinte, sa femme, sur le bord d'accoucher.

Pit résuma en quelques mots ce qu'il avait appris du drame.

Au bureau, Marie s'acheta un Pepsi. Tous parlaient avec horreur de l'accident mais elle avait mieux à faire que d'entendre le récit morbide des détails concernant le décès tragique. Et elle s'empressa de s'en aller là où elle croyait pouvoir trouver Fernand Rouleau. Il était dans la pièce, seul, la tête basse devant lui, l'esprit rendu loin de là.

– Ouais ben c'est ben vrai qu'ils font une enquête...

Il coupa:

– Ben qu'ils la fassent pis ça vient de s'éteindre.

Restée debout, elle but une gorgée.

– Toi, t'as quelque chose sur la conscience, hein?

– Pourquoi c'est faire que tu dis ça?

– La police a l'air de t'énerver pas mal.

Il feignit la surprise.

– Es-tu folle?

– En tout cas, on dirait.

– Il t'en passe, des idées par la tête, toi.

– Pourquoi c'est faire que tu vas pas boire un Coke comme tout le monde?

– Mais parce que j'ai pas soif de boire un Coke. Toi, tu bois ben du Pepsi...

Elle esquissa un sourire énigmatique en disant:

– Ouais, moi, je bois un Pepsi...

Et elle se dirigea vers l'escalier.

Il lui lança en la comparant à l'engin à côté duquel elle se trouvait:

– Marie, ouvre la soupape que t'as en dedans pis la pression va pouvoir sortir...

Elle poursuivit en se disant : "Toi, tu m'auras pas, mais tu vas peut-être te faire avoir par exemple..."

***

Chapitre 19

Depuis des mois, Gilles Maheux évitait de se trouver là où pouvait être Paula Nadeau. Depuis l'hiver précédent, depuis ce qu'il avait perçu comme étant un refus de sa part d'être sa blonde, il restait gêné, embarrassé, mal à l'aise à l'idée de devoir la croiser sur la rue, et il faisait tout pour éviter cela. Mais un village où tout le monde doit passer tous les jours sur la rue principale, c'est petit...

Quant à elle, la jeune adolescente avait du mal à comprendre une pareille attitude. Pourtant, elle l'avait bien soigné quand il avait failli se casser le cou contre leur maison et elle aurait aimé qu'ils se parlent comme des amis. Mais pour le garçon, il n'y avait pas de juste milieu : ou bien elle était sa blonde à lui ou bien elle était une étrangère.

Ce jour-là, il vendait des objets de piété de porte en porte et avait l'intention de faire tout le village dans la semaine sans toutefois se rendre chez les Nadeau dont la maison était la première d'un rang et non la dernière du village. Le Cook lui avait préparé une valise à compartiments et l'enfant en connaissait par coeur le contenu et les prix. Et il était capable de dire une phrase ou deux sur chaque objet, sa valeur, sa capacité de ramasser de solides indulgences pour ceux qui le portaient ou s'en servaient, selon qu'il s'agisse d'une médaille, d'un scapulaire de tissu ou d'une statue en plastique représentant la Vierge ou saint Christophe, patron des voyageurs.

Personne ne lui fermait la porte au nez. On l'aimait. On aimait sa marchandise. On aimait l'esprit religieux attaché à l'opération. Et surtout, on aimait l'entendre dire que les enfants Lessard avaient touché à chaque chose, chaque médaille, la moindre image à trois pour cinq cennes. Souvent, on faisait semblant de ne pas croire mais on voulait croire en ce qui se passait sur le cap à Foley.

Les ventes allaient bon train et la tournée progressait malgré l'humeur indécise du ciel qui dispensait parfois quelques gouttes de pluie, mais guère plus que pour picoter un peu sur les bras nus du jeune représentant en 'pieuseries' de pacotille vendues bon marché.

Beaucoup avaient déjà acheté quelque chose sur le cap à Foley le samedi précédent, stimulés par la foule de croyants et la situation sacrée de ce soir-là, par les appels du ciel et ceux de la race, mais on l'encourageait tout de même et c'est avec assurance tranquille et un fier enthousiasme qu'il se présenta chez les Lachance, une famille semblable à la sienne quoique plus âgée, vivant à mi-chemin entre chez lui et la manufacture de boîtes.

Ces gens habitaient une longue maison à quatre logements qui avait servi de sacristie naguère et qui était enveloppée des mêmes carreaux d'amiante gris que le couvent. Une femme potelée, joufflue et portant des lunettes à corne noire lui ouvrit.

– Ah ! mais si c'est pas le petit Maheux, lui dit-elle avec bienveillance.

– Si le bon Dieu vous intéresse, vous serez contente de

voir mon stock que j'ai là, dans ma valise...

– Veux-tu dire ça encore une fois ?

– Si le bon Dieu vous intéresse, vous serez contente...

– Ben sûr que le bon Dieu m'intéresse, pis ton stock itou. Viens, rentre dans la maison.

 – Fait chaud aujourd'hui, hein, madame Lachance ?

– Si y'en a une qui le sait, c'est ben moi. C'est pas moi qui vas mettre le mois de septembre à porte quand il va venir nous visiter en tout cas...

Le garçon la suivit en jaugeant de son regard connaisseur l'ampleur du derrière de la dame. Elle le conduisit à la table de cuisine où il put poser sa valise qu'il ouvrit aussitôt. Il y avait des personnes dans une pièce contiguë à demi fermée par une arche. Sans avoir vu, il devinait qu'il s'agissait du salon. Quant à ses occupants, ce devaient être les grandes filles de la maison. Ou bien Carmelle qui avait un peu plus que son âge à lui.

– Montre-nous ce que t'as de beau, mon garçon.

C'est à ce moment même que se produisait le drame du rang dix. Un destin funeste qui endeuillerait cette maison puisque Léonard, marié à Lucille Lachance était donc un gendre dans la famille.

Gilles fit grêler sur la table le contenu d'un sac brun froissé rempli de médailles d'aluminium léger.

– Des médailles de Fatima... c'est marqué dessus. Pis de Lourdes, c'est marqué ça itou...

– C'est combien chaque ?

– Deux cennes.

– Mais... c'est donné, mon garçon.

– À Sainte-Anne pis à l'Oratoire, ils les vendent dix cennes.

– C'est certain.

– Pis y'a une commission qui va pour le perron de l'église.

– Ça, c'est louable de ta part. Hé, le beau chapelet que t'as là !

– En pierres du Rhin, madame.

– Tu le vends quoi ?

L'enfant se racla la gorge. Il était un peu embarrassé à cause du prix. Mais il fonça.

– Trois piastres et demie. C'est cher mais vous pouvez en dire, des chapelets avec ça, madame. Pis comme je vous disais, là-dessus, y a trente-cinq cennes qui vont direct au perron d'église.

Elle douta :

– Trente-cinq cennes ?

– On donne dix pour cent.

– Pis tu sais compter ça, toi le pour cent...

– Ça fait longtemps.

La femme cria aux occupants du salon et ils vinrent. Un jeune homme portant à l'oreille un appareil pour suppléer à sa surdité parut avec une jeune femme enceinte. Gilles les connaissait depuis ses premiers pas dans la vie. C'étaient le frère et la soeur. Lui travaillait dans un moulin de laine du village voisin et elle était une jeune mariée.

Le garçon jeta un oeil sur son ventre et elle lui dit:

– C'est un petit bébé qu'il y a là-dedans. Pis dans une semaine ou deux, il va sortir, pis on va aller le faire baptiser.

La mère objecta :

– Parle donc pas de ça aux enfants. Il est un peu jeune...

– Maman, les enfants, faut leur dire les choses comme elles sont. Même si vous vous appelez Régina, on n'est plus au temps de la reine Victoria...

Femme dans la haute cinquantaine qui avait eu son dernier enfant, Carmelle, à l'âge de quarante-cinq ans, Régina était de la vieille école. Elle hocha la tête comme pour mieux se débarrasser du sujet.

– Sa mère va s'en occuper. Bon, regarde le beau chapelet.

Gilles l'avait pris dans ses deux mains et le montrait dans toute sa splendeur.

– Avec ça, la Sainte Vierge va exaucer toutes vos prières, dit-il avec dans le regard la brillance de la pierre du Rhin.

Les deux femmes se mirent à rire, émerveillées par tant de candeur, mais le jeune homme demanda ce qui s'était dit. Sa mère lui parla distinctement devant le visage. Elle ne put finir sa phrase que le téléphone sonnait. Elle se rendit à l'appareil mural situé près de la porte et répondit tandis que les deux autres poursuivaient avec le vendeur en herbe.

Une voix de femme dit gravement à l'oreille de Régina :

– C'est madame Boutin du dix. Faut que je vous dise quelque chose de pas drôle, à matin. Y a un accident qui est arrivé icitte... pis c'est assez important. C'est votre gendre, le petit Beaulieu...

– Dites c'est que vous avez à dire parce que... j'peux pas trop parler comme c'est là, moé...

– Votre fille Lucille serait-il chez vous ?

– Justement...

– Vous devriez venir... Y a monsieur le Vicaire qui s'en vient pis la police. On prie le bon Dieu pour Léonard... pour qu'il se réveille, mais...

– C'est quoi qui s'est passé ?

Régina poussa sur le récepteur afin que la voix forte de son interlocutrice ne se rende pas jusqu'à sa fille et elle recueillit le récit de la mort de son gendre, cherchant en elle-même quoi faire, quoi dire à Lucille.

– Vous pourrez lui dire rien qu'une fois icitte. Venez avec Lucille pis avec votre mari. Monsieur le Vicaire va être là... Comme ça, ça va mieux se passer...

La meilleure méthode pour annoncer à quelqu'un la mort d'un être très cher, c'était de passer par des étapes et non de jeter la personne frappée par le destin en plein dans l'eau glaciale de la tragédie. Et le prêtre arrivait à point nommé au bout du processus, y agissant comme ultime consolateur et parlant au nom de Dieu lui-même.

– Jean-Marie, dit Régina à son fils, tu vas nous monter chez monsieur Georges Boutin dans le dix.

– C'est qu'il se passe donc ? demanda Lucille qui flairait un malheur.

– Un accident... à Léonard, mais il est pas mort, là...

Le garçon commença de ramasser ses objets. La femme pensa que la présence de l'enfant dans l'auto rassurerait un peu Lucille.

– Voudrais-tu venir faire un tour de machine avec nous autres ? Laisse tes affaires là ! Y a personne qui va venir.

Gilles n'était pas préparé pour faire face à une telle situation et son choix fut d'obéir et de suivre. De plus, quelque chose lui disait qu'il assisterait à un événement de mémorable importance.

– Maman, s'il y a quelque chose de grave, vous feriez ben mieux de me le dire tusuite.

– Non que je te dis, mais on est mieux d'y aller.

Elle poussa tout le monde dehors en disant à son fils :

– Par chance que t'es dans ta semaine de vacances !...

Elle barra un gros cadenas noir et courut derrière les autres.

Ils montèrent tous dans l'auto, une Ford blanche flambant neuve et qui sentait la colle et le cuir. En même temps que le moteur se faisait entendre, Lucille insista encore :

– Y'a quoi au juste ? On va-t-il chercher papa ?

– Albert, il est parti à Saint-Georges voir le dentiste Thibodeau. Tu le sais, je te l'ai dit à matin.

– Ouais, ben on va salir la machine sur la grande ligne pis dans le dix; ça doit être plein de trous d'eau pis de vase, dit le conducteur pour qui cette voiture était aussi précieuse que son âme et qui la frottait au point de se mirer dans son ouvrage des demi-journées de temps.

– On va te la laver comme il faut, dit Régina.

Mais le jeune homme n'entendit pas et continua d'afficher sa contrariété.

Assis à l'arrière avec la femme enceinte, le garçon jubilait. Il montait pour la première fois dans une auto de l'année. En fait, c'était une 49, et les modèles 50 n'arriveraient sur le marché que dans plus d'un mois. Pour ce plaisir et pour la tension qui régnait autour de lui, Gilles s'attendait à vivre un des grands moments de sa jeune vie.

Sur la côte des Talbot, on vit une auto entrer dans le rang dix. Puis une autre qui la suivait de près. Il n'y avait pas de poussière sur la route à cause de l'humidité, ni beaucoup d'ornières, la Grande-Ligne ayant été recouverte d'une nouvelle couche de gravier plusieurs années de suite. Mais le dix était affreux et Jean-Marie s'y engagea à très basse vitesse. Sa mère le toucha au bras et lui ordonna d'aller plus vite.

Quant à Lucille, elle ne cessait de gémir et de répéter ses questions bourrées d'angoisse à sa mère qui continuait de se faire évasive.

On parvint enfin sur le dessus de la dernière côte avant la maison des Boutin. Lucille s'avança du mieux qu'elle put sur le siège afin de voir entre les deux têtes en avant. Il semblait y avoir tout un tohu-bohu là-bas. Trente, quarante, personnes peut-être se trouvaient là, et une douzaine de voitures au moins, sans compter le camion de la Shawinigan.

– Il est mort, il est mort, je le sais, se mit à répéter la jeune femme.

Et elle pleurnichait un court moment pour reprendre :

– Vous m'avez conté une menterie, maman, il est mort, je le sais, je le sais...

Le cadavre gisait toujours au pied du poteau en attendant le fourgon ambulancier qui viendrait le prendre. Georges reconnut la voiture de Lachance et la signala au vicaire qui se rendit près de la montée et attendit qu'elle se stationne.

L'image du prêtre acheva de mettre Lucille dans tous ses états. Gilles commençait à regretter d'être venu. Il se sentait un intrus dans un drame dont il ne saisissait encore que les grandes lignes.

Régina se tourna et dit :

– Mon petit Maheux, tu vas débarquer pour laisser ta place à monsieur le vicaire. Pis toi, bouge pas de là, monsieur le vicaire a quelque chose à te dire.

Déjà Jean-Marie s'éloignait. Au bout de quelques pas, ayant dépassé le camion garé, il aperçut le corps maintenant recouvert d'un drap gris et il pressa le pas. Gilles courut pour le rattraper tandis que la mère quittait la voiture à son tour.

Le vicaire monta. Lucille releva ses genoux et prit une sorte de position de foetus contre le dos de la banquette. Elle croisa les bras, ferma les yeux et continua de gémir. À quoi bon écouter ce que le prêtre avait à dire puisqu'elle le savait déjà ? Cent fois depuis qu'elle avait commencé de sortir avec Léonard, il lui avait dit que l'électricité ne pardonnait pas et que si un jour, il devait être victime d'un accident, ce serait le seul. La plus belle mort qu'on peut faire, disait-il aussi. Instantanée. Bang. Pouf. Out.

– Voudrais-tu qu'on fasse une prière ensemble, Lucille ?

– Pourquoi c'est faire ? marmonna-t-elle.

– Pour avoir de l'aide du bon Dieu, de la Vierge Marie...

– Peuh!...

Gilles arriva près du corps un court instant après Jean-Marie qui lui, sans rien demander à personne, souleva le drap. La face noircie apparut, la bouche un peu entrouverte, les dents visibles, un réside d'écume à la bouche...

L'enfant, qui avait ouvert le couvercle du cercueil du père Jolicoeur et qui avait dû se cacher au salon funéraire pour camoufler un larcin, n'avait jamais contemplé la mort à nu, sans le décorum et le maquillage de l'embaumement et de l'exposition du corps dans une tombe. Le mort qui arrive au bout d'une longue maladie comme celle d'Emmanuel Jobin épargnait de son horreur les proches du défunt en leur montrant son visage hideux à petites doses, mais celle d'un homme de pleine force et de pleine vie imprime toujours une marque indélébile dans l'âme de ses témoins, ceux-là qui la regardent dans son insolente absence, dans son effrayant néant.

Le garçon se retourna et promena un regard de reconnaissance sur les curieux nombreux. Le Cook Champagne lui parut encore plus bas sur pattes, qui parlait avec Jean Béliveau. Gilles se sentit un peu mal à l'aise à la pensée qu'il ne faisait pas de porte en porte et surtout qu'il avait laissé sa précieuse valise chez les Lachance. Puis il aperçut l'étranger qu'entouraient plusieurs personnes, Georges Boutin, des hommes du rang; on lui parlait non seulement comme premier témoin de l'accident mais pour essayer d'entrer dans son mystère et pour s'en faire un allié.

Au coin de la galerie, deux adolescentes se parlaient. Le coeur du garçon bondit. L'une était Paula Nadeau qu'il n'avait pas vue d'aussi près depuis plusieurs mois. Il aperçut plus loin la voiture de son père. S'il avait seulement su qu'elle serait là, jamais il n'y aurait montré son nez. Par chance, il la voyait de profil et la jeune personne ne l'avait sans doute pas vu. Il fut sur le point de prendre une autre direction, mais quelque chose le retenait sur place.

Qu'avait-elle de différent ? Et tous ces gens qu'il connaissait mais qui lui apparaissaient soudain sous un autre jour, comme s'ils avaient fait partie d'un nouvel univers ? Il resta là à regarder les uns et les autres, et il revenait à l'image de l'adolescente qui parlait et parlait sans jamais s'arrêter...

Galbant sa personne, sa robe pâle sur le fond gris du mur de la maison révélait une poitrine pointue sur laquelle il riva ses yeux. Paula se sentit observée et tourna la tête en sa direction. Elle cessa de parler, sourit puis se rendit compte qu'il regardait dans le vague et aussitôt, sut qu'il était fasciné par ses seins auxquels ces quelques mois trop courts depuis leur apparition ne l'avaient pas encore habituée.

– Salut Gilles ! dit-elle sans se gêner.

– Salut !

– Ben... viens nous parler !

Il s'approcha, cherchant désespérément quoi dire.

Il fut sauvé de l'embarras par Marie-Ange qui, montrant un chapelet noir au bout de son bras, lança à tous le plus haut qu'elle put pour être entendue, sans toutefois que la voix ne dépasse les limites du respect qui s'imposait dans les circonstances :

– Attention tout le monde, attention tout le monde... Je voudrais vous dire que ça serait, je pense, une bonne idée si on dirait une dizaine de chapelet pour le repos de l'âme de notre pauvre Léonard...

Personne ne se trouvait plus loin que Gilles, Paula et son amie dans cette direction qui était celle de la grange; et un mouvement de foule rapprocha même les gens du cadavre.

Le garçon se pencha la tête en avant mais ce ne fut pas la prière qui capta son attention et plutôt l'image de la poitrine de la jeune fille qui trottait en lui. Et surtout l'odeur exquise qu'elle dégageait, une senteur fine et fraîche de fleurs dont il ne connaissait pas le nom.

Au *Gloire soit au Père*, sans raison, il tourna lentement la tête vers l'arrière, et l'image qu'il aperçut alors le fit frissonner de toute sa substance profonde; ce fut comme si son âme, pour quelques instants, se serait évadée de son corps pour exister par elle-même, sans lui, seule, sans sa volonté, sans même sa permission. L'étranger se tenait debout, les bras croisés, l'oeil intense, à trois pas, seul, droit et insondable...

Le garçon se sentait coincé. La mort d'un côté. De l'autre, une femme enceinte l'empêchait de chercher refuge dans l'auto qui l'avait emmené là. En arrière, ce personnage bizarre qui le regardait. Et, à côté, Paula qui l'effrayait tout en le troublant comme jamais. Tout cela paraissait d'une étrangeté incomprenable et tout à fait bouleversante.

Une curieuse chaleur se promenait en lui, semblable à celle qu'il connaît de ces moments où il soulage sa vessie trop pleine et que le jet chaud de son urine sort de son corps...

C'est cela, il doit aller uriner quelque part dans un lieu hors de la vue de tous. C'est le refuge dont il a besoin. Il passa entre Paula et Bédard. L'adolescente comprit où il allait. Elle fut sur le point de lui dire de revenir pour lui parler de l'école ou bien d'autre chose mais se contint et retourna à son propos avec son amie, sans même lever les yeux sur l'étranger...

Gilles contourna la maison puis la soupente et s'en alla derrière la glacière dans une encoignure où on ne pouvait le voir autrement qu'en le surprenant sans faire de bruit.

Il défit les boutons de sa culotte et en touchant à son sexe, il le trouva durci, comme enfiévré. Et le seul fait d'y toucher faisait augmenter considérablement son rythme cardiaque. Quelque chose d'immensément plaisant tournoyait dans sa poitrine. Et une grande sensibilité bourrée de sensations terriblement agréables s'exprimait à chaque frôlement. Il se toucha plus fort et ce fut plus important encore. Il recula la peau du prépuce en se demandant pourquoi il n'urinait pas même s'il voulait le faire. Le plaisir s'accrut. Il la recula une seconde fois, puis une autre plus vite. Il se produisit alors une explosion inattendue. Son corps évacua un jet de liquide blanc, épais et visqueux qui s'écrasa contre le bois gris de la bâtisse et y coula bien plus lentement que ne l'aurait fait de l'urine.

Alors, désarçonné, il se boutonna et retourna devant la maison. L'étranger avait disparu et Paula s'en allait avec son père vers leur auto.

Devant lui, les événements se précipitèrent mais son es-

prit demeurait accroché ailleurs. Dominique Blais arriva bientôt dans un fourgon ambulancier et, avec l'aide d'un autre
homme, on y mit le corps. L'on se mit en route et le vicaire
suivit avec la veuve. Gilles retrouva sa place sur la banquette
arrière de l'auto puis, alors que les curieux se dispersaient, la
Ford blanche reprit à son tour la route vers le village.

Le garçon retrouva sa valise de colporteur et poursuivit
sa tournée. Mais plus rien n'était pareil pour lui.

Et rien ne serait jamais plus pareil...

***

Chapitre 20

Il était midi.

Rose s'en allait au magasin.

Elle ne faisait plus les portes depuis quelques jours. La tournée de sa clientèle était complétée pour la saison. Elle avait bien perdu des clientes après sa séparation mais les avait remplacées par de nouvelles et ainsi ses ventes se consolidaient à nouveau.

Il lui avait semblé, cet avant-midi-là, par le bruit de la circulation des véhicules, qu'elle pouvait entendre par les fenêtres ouvertes, que quelque chose de pas ordinaire s'était produit. Mais elle avait fini par penser que rien maintenant n'était plus habituel et normal dans le village en raison de ces apparitions récentes. Il venait beaucoup plus d'étrangers et, à tout bout de champ, on pouvait apercevoir des inconnus sur le cap à Foley. On était jeudi et le prochain rendez-vous de la Vierge avec les enfants Lessard était pour samedi à la tombée du jour. Déjà l'hôtel était rempli. Jusque Ovide Jolicoeur qui avait téléphoné pour annoncer sa visite.

Le temps restait lourd, épais, menaçant. L'air humide continuait de sentir l'orage et la foudre, quelque part dans un monde inconnu, rebâtissait l'éclat de sa puissance.

La femme entra. Elle avait besoin d'une boîte de poudre à laver. Personne. Freddy pouvait être à fumer sa pipe au bureau de poste ou bien se trouvait-il dans l'entrepôt et arriverait-il dans les prochaines secondes. Elle marcha jusqu'au local de la poste qu'elle trouva désert.

Elle portait une robe de coton à fines fleurs vert pâle, qui la découpait bien. Peu de femmes possédaient une devanture aussi plantureuse. Que Ti-Noire Grégoire et Noëlla Ferland en fait, et le hasard voulut qu'elles se rencontrent toutes les trois quelques instants plus tard.

Ce fut d'abord Ti-Noire qui arriva de la cuisine en croquant dans une branche de céleri.

– Bonjour madame Rose, comment c'est que ça va aujourd'hui ? dit-elle à l'autre qui attendait, assise à un banc du comptoir de l'épicerie.

– Comme toujours.

– Et toujours bien, je gage.

– Oui.

– Je mange du céleri. C'est Thérèse qui m'a envoyé un nouveau régime en vogue aux États. Ben du céleri pis des concombres.

– Où c'est que t'as eu ça, de ce temps-citte, du céleri ? Il est ben trop de bonne heure dans la saison pour ça !

– Ça vient de *Bergeron Fruits et Légumes*. Le camion est passé avant-midi. Paraît que c'est de la culture de serre. Ils disent que dans pas trop d'années, on va en avoir à l'année.

– T'as rien à perdre, toi.

– Mais regardez-moi le châssis !

Et la jeune femme se redressa derrière le comptoir de sorte que sa poitrine apparaisse dans toute sa splendeur et une robe blanche à bretelles étroites qui laissaient ses épaules à nu.

– Mais regarde-toi la petite taille de guêpe. Tu me fais penser à la belle actrice là... tu sais, la femme à Mickey Rooney... une grande brune...

– Ava Gardner.

– C'est ça.

– J'ai ben des pieds de céleri à manger avant d'être belle comme elle.

– Mais non, t'es belle comme tout. Avoir ton âge, moi, pis ton allure, je m'en irais aux États. Directement à Hollywood.

– Quand je m'en irai aux États, ça sera à New York... J'y pense de plus en plus parce que la vie est courte...

– À qui le dis-tu, que la vie est courte !

– En tout cas, y a notre Léonard Beaulieu qui doit s'en rendre compte !...

– Comment ça ?

– Vous savez pas la nouvelle ?

– Voyons donc, sa Lucille serait-il morte en accouchant ?

– C'est pas elle qui est morte, c'est lui.

– Hein!?

– À matin. Électrocuté dans le dix.

– Où ça ?

– Dans le dix, proche de chez monsieur Georges Boutin. Quasiment sur son terrain. En allant réparer la ligne électrique...

– J'en reviens pas. Vingt-cinq ans pas plus. Il est de l'âge d'un des miens. Je m'en rappelle quand il est venu au monde.

Ti-Noire tira un tiroir bas et s'y accrocha le pied en finissant son morceau de céleri.

– Mort raide sur le coup. Une décharge pour tuer un éléphant, qu'ils ont dit. C'est les gars de la Shawinigan... le grand Béliveau, qui sont allés le décrocher du poteau. Pas beau à voir. Cuit comme du boudin qu'ils ont dit.

On entra dans le magasin et les deux femmes se tournèrent la tête pour savoir qui arrivait. Rose ressentit un grand embarras, son pouls s'accéléra et il lui semblait que son visage rougissait. Venaient vers elle Noëlla Ferland et son fils Jean d'Arc. Le garçon avait-il parlé ? Sa mère avait-elle deviné ? Venait-on pour la confronter ? Elle avait eu beau se préparer mentalement à cela, la réalité montrait un tout autre visage. Il fallait qu'elle se raidisse et prenne le taureau par les cornes.

Des trois, Noëlla était celle qui affichait la plus grosse poitrine et surtout le décolleté le plus osé : en carré et qui laissait aisément voir la naissance des seins. Voilà qui donnait des munitions à Rose. Qu'elle soit plus décente, cette femme-là, et elle pourrait donner des leçons aux autres !

Rose fut d'un contrôle exemplaire. Son regard croisa à peine celui du garçon qui gardait un sourire figé sur le cramoisi de son visage. Et elle salua l'arrivante avec un empressement exagéré.

– Si c'est pas la belle Noëlla, bonjour, comment ça va ?

– Ça va chaud pis humide, dit la femme sans sourciller.

– Ça, vous pouvez le dire, enchérit Ti-Noire.

– Mais je me console à l'idée que c'est trois fois pire à Montréal; pis, mon garçon, comment que vous le trouvez ?

– Ben avenant pis ben beau, hein madame Rose ? répondit aussitôt Ti-Noire.

Rose se pressa d'enterrer la question de chacune par un autre sujet :

– T'oublieras pas ma boîte de Rinso, Marielle, s'il te plaît.

Ti-Noire leva la tête vers l'étalage de savon à lessive et n'en vit pas. Elle annonça qu'elle se rendait en quérir dans la chambre de réserve entre les deux étages du magasin et elle partit aussitôt.

Fière de son fils, Noëlla aimait qu'on lui dise qu'il avait été bien élevé autant par elle que par la grand-mère de l'adolescent; mais Rose restait sur le qui-vive, ne sachant si la femme avait la puce à l'oreille à propos de l'événement du samedi précédent. Ou même peut-être savait-elle et ne voulait-elle pas en faire un scandale qui s'opposerait à ses propres intérêts.

– Pis toi, ma chère, quand est-ce que tu repars pour la grande ville ?

– Une couple de semaines. Pis mon grand gars, ben, il reste par icitte encore un an... pour finir sa neuvième année, vous comprenez.

– Tu vas en faire un homme instruit.

– Après la neuvième, ça sera la dixième à Montréal pis ensuite la onzième...

– Pis la douzième commerciale, ajouta le jeune homme avec fierté.

Rose le regarda à peine et poussa ses lunettes sur son nez.

Gilles Maheux entra dans le magasin. Il venait acheter une boîte de jus de tomate pour sa mère. À son heure de dîner en ce moment, il reprendrait sa vente plus tard. Son pas fut si mesuré que Ti-Noire, le voyant venir alors qu'elle redescendait le fit remarquer :

– Quen, mon petit Gilles, de coutume, t'es plus pressé que ça. Un coup de vent pis te v'là dehors d'habitude...

Le garçon sourit. Il abaissa son regard mais au passage, ses yeux léchèrent la poitrine de la jeune femme. Il en fut troublé et embarrassé, comme si les autres, là, savaient ce qu'il venait de faire.

– Pis, comment que ça va dans tes ventes ? s'enquit Jean d'Arc.

– Ça va ben...

Rose lui dit :

– Ta mère m'a dit que tu faisais du porte en porte : trouves-tu ça plaisant ?

– Ben... oui...

Et cette fois, le regard du nouvel adolescent accrocha le buste de cette femme qu'il avait déjà vu nu, mais sans en être aussi troublé que maintenant. Rose y songea quand il baissa les yeux, et malgré sa nervosité inapparente toujours aussi importante, elle dit :

– Tu viendras me voir avec ta valise. J'ai un chapelet qui est tout cassé pis il m'en faudrait un beau. Ta mère m'a dit que t'en vendais en belles pierres du Rhin...

Le garçon sourit et acquiesça d'un signe de tête.

– Ah, lui, c'est le mien ! s'exclama Ti-Noire. C'est le plus fin chez eux. On l'aime assez qu'on voudrait l'emprunter pour aller se promener.

Une fois encore, la porte du magasin s'ouvrit et voici que Jos Page fit son apparition dans ses hardes puantes, sa barbe de quatre jours et son pas de quêteux fatigué.

Pendant qu'il s'approchait, que Ti-Noire revenait derrière le comptoir et y posait la boîte verte à lettres blanches, Noëlla dit à Rose qui se sentit pénétrée jusqu'au fond de l'âme :

– Le malheur avec les petits gars, c'est que ça devient des hommes trop vite. Une vraie mère aimerait mieux les garder tout le temps dans l'enfance, pas vous, madame Rose ?

– C'est naturel.

Gilles vit le décolleté de Noëlla. Et il baissa à nouveau les yeux, se sentant encore plus troublé par sa poitrine que par celle des deux autres femmes. Et cette même chaleur qu'il avait sentie le matin sur les lieux de l'accident monta en lui. Son sexe raidissait. Il avait peur que sa voix tremble et le trahisse. Ti-Noire prit les devants. Elle savait d'avance ce qu'il venait chercher puisque sa mère envoyait un enfant ou un autre tous les midis pour acheter la même chose.

– Pis toi, mon petit Gilles, tu viens chercher du jus de tomate.

L'enfant ne put répondre. Jos Page déclarait de sa voix morveuse à lèvres battantes :

– Y a l'gars à Igziar Boldjeu qu'est mort raide su' Ti-Georges Boutin.. jhuwa, jhuwa, jhuwa, jhuwa...

Ti-Noire fit les grands yeux.

– Mais c'est pas drôle, ça, Jos.

– Non, c'est pas drôle, jhuwa, jhuwa, jhuwa, jhuwa...

Noëlla s'étonna :

– Léonard ou ben Léopold ?

– C'est vrai, c'est deux jumeaux, dit Rose.

– Pis ils travaillent tous les deux sur les lignes électriques, ajouta Jean d'Arc.

– Léonard, dit Ti-Noire. Électrocuté dans un poteau à matin de bonne heure.

– Ça vient d'jenque d'arriver, jhuwa, jhuwa...

Gilles intervint :

– Non, non, c'est arrivé à huit heures et demie.

– Tu sais ça, toi ? fit Ti-Noire avec un sourire sceptique.

– J'sus allé dans le dix avec madame Lachance pis la femme à Léonard...

Gilles devint un véritable centre d'attraction. Il avait été témoin d'une terrible douleur, du déchirement d'un coeur de femme, et on lui posa toutes sortes de questions, oubliant les commissions, l'odeur du vieux Jos et la boîte de Rinso.

"Comment ça se fait que t'es allé là ?"

"Lucille, elle a-t-il fait une crise de nerfs ?"

"Le corps, il bougeait-il encore ?"

"As-tu vu l'étranger qu'a loué la maison à Polyte ?"

"Est-il mort sur le coup ?"

"Comment qu'ils ont fait pour le décrocher ?"

"Elle a dû brailler toutes les larmes de son corps, la pauvre Lucille ?"

"Pis madame Lachance, elle ?"

Tout cela calma Rose qui se leva et paya sa boîte en déposant la monnaie sur le comptoir. Quand il eut sa chance, Jos Page entra dans la conversation mais par une question posée à Jean d'Arc, et qui n'avait rien à voir avec la tragédie du rang dix.

– Coudon, s'rais-tu allé corder du bois dans la cave à Jolitcheur l'autre soère, toé ? J't'ai vu rentrer là quand c'est qu'tout le monde était su'l cap à Foley, jhuwa, jhuwa, jhuwa, jhuwa...

Noëlla regarda son fils, sans avoir l'air de comprendre. Rose tomba dans une chaudière d'eau bouillante. De qui viendrait le miracle qui la sortirait de ce mauvais pas ? De Jos Page lui-même qui dans sa naïveté ne donnerait pas le temps à l'adolescent de répondre ? De Jean d'Arc qui saurait lui servir une opposition, un mensonge de première classe ? De Noëlla qui, comprenant la vérité, chercherait à sauver la face et à éviter le scandale ? De Ti-Noire qui ferait un de ces coqs-à-l'âne dont elle avait la joyeuse habitude ? De Gilles Maheux qu'elle chercha à distraire en redressant les épaules pour que ses seins pointent davantage devant ses yeux, et dise quelque chose pour enterrer son malaise ? Ou bien d'elle-même qui trouverait dans la seconde à venir un alibi pour elle-même et une raison justifiant le geste que Jos attribuait à Jean d'Arc ?... Ou bien la solution viendrait-elle du ciel ? Ou même de l'enfer ?

Ce fut Hitler qui vint à son aide. Mais elle ne le saurait jamais. Et le führer non plus puisque les dernières parcelles de ses ossements maléfiques achevaient de se décomposer après cinq ans d'action de la chaux vive quelque part au coeur de Berlin.

Entrèrent dans le magasin deux personnages volubiles qui par leur simple présence noire firent taire tout le monde. Deux

Juifs hassidiques portant chapeau et cheveux boudinés et qui se parlaient en anglais. L'un d'eux avait vécu plusieurs mois à Auschwitz. Et à la libération, il avait mis entre lui et la vieille Europe tout le kilométrage qu'il avait pu afin d'échapper aux préjugés qui tuent après avoir échappé à la mort. À Montréal, il avait trouvé un bon filon dans le textile. Maintenant associé avec l'autre, un grossiste en chemises et chandails, il rêvait de tisser tout un réseau de manufactures qui emploieraient une main-d'oeuvre féminine bon marché profusément disponible dans ce Canada français docile et servile où il suffisait de se déclarer Juif de Montréal et montrer un portefeuille bourré de billets verts pour obtenir les mêmes génuflexions qu'extorquait la Gestapo des curés en brandissant les menaces de faire brûler les âmes dans le four crématoire éternel.

– Ah! ah!... mes eumis... do you know... mister... euh! Billaoudô ?

La plupart ne comprirent pas mais Jos oui. Il dit :

– Hô Bilodeau, le vendeux de guenilles, c'est de c'te bord-là du chemin à quatr' maisons d'icitte, jhuwa, jhuwa, jhuwa...

Les Juifs le regardèrent avec le même étonnement que celui qu'on avait à les voir, eux et leurs cheveux à ressorts ainsi que leurs chapeaux noirs sur le pignon de la tête.

Ti-Noire comprit qu'ils n'avaient rien compris et dit dans un anglais tordu:

– Mister Jos Bilodeau... over there... three, four houses...

– Ah! thank you, thank you, dit un Juif en saluant vivement comme s'il était à prier devant le mur des lamentations.

Il fit un grand geste de la main pour désigner tout le monde et reprit :

– You are very good, very good...

On les vit s'en aller. Quand la porte fut refermée, Rose déclara, les yeux agrandis :

– Mon Dieu, ils se forcent pas pour trouver, eux autres...

Ils avaient rien qu'à faire un arpent de plus et ils auraient ben vu par eux-mêmes... Ben là-dessus, je vous salue...

On la regarda partir à son tour. Personne ne se souvenait plus de la question de Jos Page à Jean d'Arc excepté l'adolescent lui-même... et Gilles Maheux à qui elle revint en mémoire quand il partit en courant avec sa boîte de jus de tomate...

***

Chapitre 21

Les Juifs stationnèrent leur Studebaker bourgogne au pied d'un escalier à cinq marches devant le magasin de J.-A. Bilodeau. Ce n'était pas la première fois qu'ils y venaient et leur arrêt au magasin Grégoire pour demander des renseignements leur avait servi de prétexte promotionnel. Ils désiraient se faire voir un peu partout afin que les gens de jasette fassent connaître leur présence dans la paroisse. Derrière cela, il y avait leur intention de pousser le fils Bilodeau à ouvrir une manufacture de chemises. Nul n'étant prophète dans son pays, on croirait bien plus aisément en son projet si on le savait soutenu par des étrangers.

Les deux hommes avaient entendu parler par les journaux et par les Bilodeau de l'affaire des apparitions de la Vierge en laquelle la gent moutonnière croyait dur comme fer, disait-on. Eux aussi feraient des apparitions ici et là dans le village et leur éclat serait l'image que les gens se feraient de leur puissance et de leur richesse.

Mais tout cela devait commencer par les Bilodeau eux-mêmes. Puis, par cercles concentriques, on répandrait la conviction afin que la population en vienne à financer elle-même l'infrastructure puis à fournir la main d'oeuvre bon marché, et qu'elle le fasse avec ces sourires de reconnaissance qui caractérisent les enfants obéissants et heureux. Un camp de concentration jovial quoi !

Ils descendirent de voiture et discutèrent devant, afin qu'on les aperçoive de chez les voisins, de la Caisse Populaire, du magasin Boulanger... Leur plus grand problème serait d'enjôler le presbytère mais ils étaient confiants d'y arriver sans trop de mal; après tout, ils n'étaient pas des vendeurs de mithridate et grâce à eux, des dizaines de jeunes femmes trouveraient de l'ouvrage dans leur patelin. Et les Bilodeau et eux-mêmes beaucoup de profit. Juste répartition selon les mérites de chacun !

Entre eux, ils se parlaient dans un mélange d'anglais, de yiddish et d'allemand.

– C'est de l'otorrhée que tu fais, mais tu ne te laves pas bien les oreilles, mon cher Pierre.

– Ah! mais non ! Ah! mais oui, je me lave correctement !

– Tu dois te savonner jusque dans le canal auditif pour déloger la sérosité...

À l'intérieur, on les avait aperçus. Et vite reconnus. Car on les attendait ce jour-là; et c'est pourquoi Laurent et son père restaient à la maison, fébriles, heureux et inquiets.

Ce fut la mère, Gracieuse, femme adipeuse et souvent migraineuse, qui s'empressa de se rendre à la cuisine derrière le magasin afin d'avertir les hommes de l'arrivée des Juifs. Personne. Il lui fallut sortir dans la cour arrière pour les retrouver qui jasaient avec Claudia dans la balançoire couverte entourée d'arbres à lilas.

– Ils sont là, they are there, leur cria-t-elle.

On tâchait de communiquer le plus possible en anglais dans la maison et le magasin, mais le père ne s'y entendant pas du tout, on répétait le plus souvent une phrase dans les deux langues quand il se trouvait là.

Les deux hommes endimanchés, veston, cravate, se levèrent aussitôt et Claudia demeura seule à rêver dans ce décor romantique, enchanteur et parfumé. Elle connaissait d'instinct son rôle. Car si les Juifs, eux, savaient qu'ils venaient prendre quelque chose dans ce milieu, ils laissaient aux Bilodeau et à tous l'image de bienfaiteurs, dispensateurs de travail donc d'argent. Il fallait donc les séduire, les convaincre. La part de la jeune fille dans cette entreprise consistait à être elle-même: belle, silencieuse, mystérieuse. Et un peu mélancolique. Sous les lilas fleuris, l'illusion était divine.

Jos dit à son fils d'aller au-devant d'eux tandis qu'il ferait semblant de classer des habits. Et Gracieuse retourna au rayon des dames en attendant qu'il se passe quelque chose. On était déjà au courant du deuil qui frappait les familles Beaulieu et Lachance et cela pourrait vouloir dire des ventes importantes de vêtements noirs avant la fin de la journée.

Laurent attendit devant la porte. Il ne fallait pas interrompre ses visiteurs et ce n'est qu'au moment où ils se tournèrent vers lui qu'il sortit en s'exclamant en anglais :

– Monsieur Pierre, monsieur Samuel, bienvenue chez nous. Le temps est gris, mais le coeur est limpide.

– Nous étions à discuter au sujet de ta vitrine. Peut-être que tu devrais songer à te faire installer une enseigne au néon, là, toi.

L'autre Juif enchérit :

– Peut-être un tube qui ferait le tour pour attirer l'attention de la clientèle le soir. Souvent, on fait plus d'argent le soir que le jour, mon ami, tu sais...

Laurent mentit :

– On a justement parlé de ça, hier, mon père et moi. Quelle belle idée !

– Et si tu nous disais avant d'entrer dans la maison qui sont ceux qui vivent là, là et là...

– À moins, suggéra l'autre, qu'il nous fasse faire une petite tournée du voisinage un peu plus tard.

Laurent consulta sa montre dorée.

– À l'heure qu'il est, messieurs, j'imagine que vous devez avoir faim ? Arrivez-vous directement de Montréal ? Vous avez une belle Studebaker flambant neuve ?...

– Mon jeune ami, tu es capable de mener plusieurs idées de front et je dois t'avouer que j'aime ça. Oui, j'aime bien ça. Dans une manufacture, le patron doit agir comme un général et penser à dix, vingt choses différentes en même temps... ou presque. Un général d'armée, c'est cela...

– Entrez ! Ma mère a fait mijoter quelque chose de bon. Mais je ne sais pas ce que c'est, elle vous le dira elle-même.

Ils le précédèrent puis s'arrêtèrent. Et ensuite le suivirent dans l'allée entre les étalages d'habits et autres vêtements que ni l'un ni l'autre Juif ne regarda puisqu'ils connaissaient par coeur cette marchandise, Goldberg étant le fournisseur principal des Bilodeau.

Il y eut salutations, échange de banalités avec Jos et Gracieuse, puis les arrivants furent conduits dans la maison, au salon sombre où l'on entamerait la discussion en attendant de passer à table.

Pendant que Samuel s'intéressait aux photos en noir et blanc suspendues aux murs, et que Pierre égrenait sur le piano quelques notes tristes lui rappelant une mélodie simple et lente que chantaient les condamnés à Auschwitz, dans les chambres à gaz et quand ils faisaient la ligne pour y entrer, Laurent leur servit une coupe de vin blanc chambré qu'il prit à même une bouteille, cadeau de Noël de Samuel lui-même, et qu'on avait précieusement conservée au réfrigérateur depuis lors.

On trinqua debout puis les Juifs déposèrent leur coupe sur une table et leur chapeau sur le piano avant de s'asseoir, l'un sur un divan brun et dur et l'autre dans un fauteuil profond. Laurent prit l'autre fauteuil et on ne tarda pas à renouer avec des idées déjà brassées qu'il suffisait maintenant de finaliser.

Le plan était simple. D'abord un lieu qui puisse recevoir le nombre de machines voulu. La bâtisse existait déjà, mais les Juifs ne l'avaient pas encore visitée. Et ils étaient là pour ça aussi. Et puis de l'argent. Il fallait vingt-cinq mille dollars. Une somme importante en une époque où un habit se vendait entre quinze et vingt-cinq piastres. C'était pour l'aménagement des lieux, l'achat de machines et le fonds de roulement.

— Dire que ça sera facile à trouver, ce serait exagéré, fit le jeune homme songeur.

— C'est pas mirobolant pour une aussi belle paroisse, dit Pierre, un homme bedonnant à gros nez rouge et qui dispensait de la sympathie par chaque muscle de son visage.

— Mon père a trois mille, moi mille et ma soeur Claudia mille : ça fait vingt pour cent de la somme totale.

— Et nous trois mille, dit Pierre, le regard agrandi comme s'il venait d'annoncer une apparition de la Vierge. Ce qui veut dire déjà huit mille en tout, donc près du tiers de la somme requise.

— Mademoiselle Claudia partagera-t-elle quelques moments avec nous aujourd'hui ? demanda Samuel, un homme de quarante ans que l'image de la jeune femme avait laissé pantois chaque fois qu'il l'avait aperçue lors de ses quelques visites en Beauce.

— Elle se repose à l'extérieur, mais elle va venir nous rejoindre au repas, peut-être avant.

— Sa santé est bonne au moins ?

— Excellente.

— Et le mariage, c'est pour bientôt ?

— L'année prochaine, c'est à peu près sûr.

Gracieuse vint vernousser dans la cuisine tandis que son mari tenait le magasin. Il y eut discussion brève sur les détails du repas et à cause du temps lourd et du manque d'appétit des visiteurs, on s'entendit pour un lunch aux sandwiches à l'extérieur où on pourrait poursuivre les entretiens d'affaires en tout agrément.

Mais le charme de Claudia empêcha les choses de se dérouler comme prévu. Pierre la pria de rester où elle se trouvait tant le spectacle lui plaisait; et ce furent Laurent et sa mère qui servirent les sandwiches et les breuvages sur une table étroite posée sur le plancher de la balançoire. Et il ne fut question que de culture, littérature, peinture, sculpture... Laurent promenait son regard d'un Juif à l'autre et à sa soeur, il écoutait et pensait hockey, Cadillac et argent.

Il avait déjà un rendez-vous pour le milieu de l'après-midi avec Fortunat dont il espérait un investissement de cinq mille dollars. Quant aux douze mille qui manqueraient encore, il les trouverait à la Caisse populaire, peut-être à la Banque Nationale à sa petite succursale à Saint-Honoré. Et en dernier ressort si nécessaire, à travers une levée de fonds publics.

Pour le jeune homme ces jours-là, le rêve et la réalité constituaient les deux chevaux d'un même attelage, celui qui le conduirait vers des lendemains qui chantent.

L'heure venue, on se rendit visiter la bâtisse vide, propriété de la Caisse populaire depuis la faillite de son précédent occupant. Laurent avait eu la clef pour la journée par madame Bureau. C'est dans l'automobile des visiteurs qu'on effectua le court trajet. Jos et Laurent occupèrent la banquette arrière et demeurèrent silencieux. Les Juifs semblaient se faire des commentaires en yiddish à chacune des maisons de la rue jusqu'à la bâtisse en blocs de ciment.

– Magnifique ! s'exclama Pierre. Magnifique !

Cette fois l'homme prit un cartable et, tout au long de sa visite des quatre étages, il dressa des schémas, situant chaque machine comme elle devrait l'être, dessinant les espaces pour les bureaux, prévoyant des gicleurs automatiques, les aires d'entreposage.

Ensuite, on se rendit à l'hôtel où Fortunat les emmena dans le bar à tuer, le meilleur endroit de l'établissement à part les chambres pour être tranquille en plein coeur de jour. Tout d'abord les Juifs furent déçus d'apprendre qu'aucune chambre ne serait libre avant le dimanche. Ils devraient donc se faire héberger à Saint-Georges les trois prochaines nuits. Qu'importe, peut-être pourraient-ils faire de la prospection là-bas !

– On en refuse au moins dix par jour, vous comprenez, vu les apparitions.

L'entretien fut long et laborieux. Fortunat, pas plus que J.A., ne connaissait un traître mot d'anglais et Laurent devait traduire du mieux qu'il le pouvait dans les deux sens. Pour l'essentiel, tout fut exposé. L'hôtelier savait pourquoi on était venu et il reçut leur demande avec bienveillance. Et pourtant, sa décision était prise à l'avance. Il n'investirait pas d'argent dans une manufacture. Ce n'était pas du tout son rayon. Et Jeannine possédait des dons pour l'hôtellerie pas pour l'industrie textile.

On était à la croisée des chemins. Il pouvait acheter un hôtel de Saint-Georges avec cinq mille dollars de comptant ou bien investir l'argent dans le projet de Laurent.

– Donnez-moi vingt-quatre heures pour voir à tout ça.

– Vos actions dans la compagnie vont doubler leur valeur chaque deux ou trois ans, lui fit dire Pierre.

– J'en doute pas une seule seconde, lui fit répondre Fortunat.

– Cinq mille de toi plus ce qu'on a réuni, nous autres tous ensemble, plus un montant de la banque pis c'est parti, dit Jos entre deux rires de colporteur.

– Demain matin, t'as ta réponse... Comme ça, tu vas pouvoir établir ta demande à la banque dans la même journée... Vu que ça va être vendredi pis que lundi prochain, c'est fermé à la banque pis à la Caisse...

Il restait à Fortunat à connaître mieux le véritable fond de la pensée de sa fille. Certes, elle voudrait que son père choisisse le projet de Laurent plutôt que le sien à elle, mais en son for intérieur, là où seul un père peut aller explorer sans se laisser aveugler par le sentiment, que trouverait-il ?

Dès après le souper, il la conduisit à la chambre d'Émilien après avoir demandé à l'adolescent de ne pas y venir tant qu'ils ne seraient pas de retour en bas. Et sans cesser de marcher de long en large devant la jeune femme assise sur le lit, il lui résuma la situation. Elle donna son opinion.

– Je l'aime, Laurent, mais j'me vois pas travailler dans une manufacture, encore moins rester à la maison pis élever des enfants et faire rien que ça. Non. S'il choisit d'aller de son côté, qu'il le fasse; moi, je vas pas le suivre. S'il veut venir du mien, ça va marcher. J'y pense depuis quelque temps, depuis que vous parlez de nous acheter un hôtel pis encore plus depuis que lui me parle de sa shop. Mon idée est faite. Je reviendrai pas là-dessus...

– J'sus ben content de voir que t'es raisonnable de même pis que tu sais ce que tu veux pis où que tu vas. Y a pas beaucoup de filles de ta génération qui sont capables de ramer par eux-autres-mêmes dans la chaloupe de leur vie. Félicitations Jeannine ! Je vas l'appeler au téléphone pis comme ça, personne va perdre de temps.

À la table de cuisine des Bilodeau, on continuait de planifier. Il avait été question d'un stage de Laurent en ville pour apprendre à travailler sur chaque machine et mieux connaître la manière de gérer une telle entreprise. C'est la mine déconfite que le jeune homme revint auprès des Juifs et de sa mère après l'appel de Fortunat.

– Il achète un hôtel à Saint-Georges. L'argent qu'il a de disponible va tout là au complet. S'il avait un autre moyen, il me l'aurait dit...

Gracieuse s'emporta, pesta dans les deux langues. Fortunat était un mauvais citoyen; un hôtel à Saint-Georges, ça n'apporterait pas de gagne à Saint-Honoré. On se rabattit sur l'idée de la banque.

– La bâtisse appartenant à la Caisse, il serait surprenant que la banque prête, réfléchit tout haut un des Juifs.

– Il reste à sortir douze mille piastres de la Caisse populaire, dit l'autre.

– Pas une petite affaire même si on connaît le gérant depuis belle lurette et si Claudia va se marier avec le futur gérant. C'est un comité de crédit qui décide. Sont échaudés par la faillite à Ronald Nadeau...

– C'est maintenant que notre aide vous sera la plus précieuse, déclara Pierre qui ouvrit son cartable à une page vierge et se mit à tracer les grandes lignes d'une stratégie...

"Qui sont les membres de ce Comité de crédit ? Que font-ils ? Où vivent-ils ?"

"Y a Joseph Bellegarde, un homme qui a une petite shop à bois mais qui est pas facile pour autant. Y a Poléon Boucher, un cultivateur à sa retraite. Mais le plus dur des trois, ça va être Lucien Boucher, un cultivateur qui aime pas trop le monde du village, les étrangers, les Anglais pis les... Juifs."

"Les plus récalcitrants ne sont pas toujours ceux-là qu'on pense !"

***

Chapitre 22

Ce même jeudi, au début de l'après-midi...

Rachel pleurait souvent, mais elle ne sombrait pas.

L'optimisme des Grégoire, qui s'exprimait par le rire copieux de Bernadette et son sens profond de l'empathie, par cette ouverture aux autres de Freddy même quand il se montrait bourru, et par ce côté bon enfant de Ti-Noire qui aimait les gens sans pour cela se laisser écraser les pieds par qui que ce soit, mais qu'elle savait habiter aussi les autres de ce nom, Berthe, Raoul, Armand et tous ceux-là de la famille du frère à Freddy, Pampalon, parti s'établir dans la paroisse voisine quelques années auparavant, cette confiance en l'avenir et en la vie ne l'abandonnait pas dans le drame.

Combien de fois dans sa vie n'avait-elle pas vu Freddy assis près de la grille de la fournaise, fumant sa pipe et pleurant à grosses larmes, et, le moment d'après, lui parler d'elle-même ou accueillir un client comme de la visite rare ?

Un coeur dont le bilan sentimental est positif s'attire les bonnes nouvelles et les confidences heureuses. Malgré un chatouillement à son sens de la fidélité envers son patron, Pit Veilleux prit la décision non point de se rendre lui-même au Petit-Shenley, à la cabane à sucre de Freddy pour y chercher Jean-Yves s'il s'y trouvait comme il le croyait fermement, mais de pousser Rachel à le faire puisqu'elle était sa fiancée.

Il se rendit à la boutique de forge. Et parla avec Ernest, un de ses amis, quelqu'un avec qui il communiquait tout à son aise. Mais cette jacasserie ne fut qu'un prétexte à rencontrer Rachel. Car c'est à elle et à l'écart qu'il livrerait ses appréhensions et ses doutes. Encore faudrait-il qu'elle sorte de la maison. En attendant, il poursuivait son entretien avec le forgeron qui n'avait pas allumé son feu de forge, en manque d'ouvrage par cette journée trop lourde.

Ernest travaillait au fond de la boutique sur ce qu'il appelait son établi à bois pas loin de son établi à fer où il besognait plutôt sur du métal : fers à cheval, fer forgé, fer ornemental, fer à bandages de roues, fers d'outils.

L'acier, c'était son gagne-pain; le bois son passe-temps.

Ce jour-là, il finirait de tourner, gosser et chantourner les divers morceaux nécessaires pour fabriquer un petit meuble de rangement servant aussi de support à deux cendriers sur pied. C'était pour Rachel. Son cadeau de noce qu'il lui offrirait quand même malgré les événements. Et les deux hommes, Ernest penché sur son morceau et Pit debout plus loin, finissaient de parler du temps qu'il faisait. Un commencement d'été pas comme les autres, leur semblait-il à tous les deux. Sans se le dire, on mettait l'affaire des apparitions de la Vierge en arrière-plan de l'échange.

— Sais-tu qu'on voit des chalines depuis la nuitte passée ?

— Les éclairs de chaleur, ça annonce les orages.

— De coutume, la dernière semaine de juin, c'est du soleil pis encore du soleil.

— Une année à sauterelles que ça me surprendrait pas pantoute. C'est drôle pareil, c'est qu'il se passe c't'année...

– Drôle, ça, ouais, tu peux le dire, Ernest. Pis toi, avec ton chapeau sur la tête, tu devrais ôter ça.

Le forgeron cessa de sculpter et se tourna lentement.

– J'sais pas si tu l'sais, mais j'ai la tête comme un genou asteur. Pus un maudit poil... quen...

Et l'homme pencha la tête en avant tout en ôtant son chapeau cabossé.

– Ah! je l'sais, j'en ai entendu parler. Le quêteux Labonté...

– C'est vrai que j'aurais pas dû le mettre dehors, mais asteur que c'est fait... J'sus allé à Mégantic voir quelqu'un qui est supposé guérir ça : de la marde ! Le quêteux m'a dit qu'il a levé son sort : de la marde pareil !

– Ça a d'l'air que les enfants à Maria Lessard, sont capables de guérir ben des affaires.

– Ouais ?

– C'est ça que j'ai entendu dire.

Ernest remit son couvre-crâne et il fouilla dans la poche de ses overalls pour en sortir une découpure de journal qu'il déplia et mit devant le nez de son interlocuteur.

– Ça, c'est une lotion pour faire repousser les cheveux. Ils appellent ça du NIL-O-NAL. J'en ai fait venir par Freddy. Quen, lis ça !

– Si tu veux me le lire, lis-moé le. J'ai pas mes lunettes pis j'vois pus rien de proche...

– Tu dois voir ça, c'est écrit assez gros, fit Ernest en désignant le titre.

Pit voulait cacher qu'il ne savait pas lire et il dit :

– Envoye, envoye, lis toé-même.

– C'est écrit... Avez-vous déjà vu un mouton chauve ?

Et il y avait sur l'annonce la tête dégarnie d'un mouton dessinée à la main, entourée de quatre têtes humaines tout aussi chauves et brillantes.

– Vous, hommes et femmes, qui lavez vos cheveux... plus

de douze fois par année... vous, hommes et femmes, qui pré... prétendez faire tellement mieux que Dame nature, vous, mes amis, qui avez plus de cheveux sur votre peigne et votre brosse que sur la tête... vous, mesdemoiselles, dont les cheveux ont été teints, décolorés, brûlés, desséchés, ondulés à la per... permanente, pero... pero... peroxydés, tordus et torturés jusqu'à ce... qu'ils ressemblent à du spaghetti cuit... oui, vous qui pensez que des cheveux longs, brillants et sains sont une chose... ma... magnifique, vous avez avantage à utiliser NIL-O-NAL...

– Ça a l'air d'un maudit bon produit en tout cas.

– Ça coûte pas cher d'essayer même si ça coûte cher la bouteille. Ils vendent ça dix piastres pis t'en as pour deux mois.

– J'vas parler de ça à mon frère Adjutor. Il se lamente qu'il perd ses cheveux lui itou.

– Quen, prends l'annonce !

Puis Ernest chassa le propos par un autre qui lui permettait de se consoler de son sort, un sort bien moins effroyable que celui du jeune Beaulieu.

– Parlant de cheveux, le petit Léonard dans le haut de son poteau à matin, il les avait raides comme de la broche piquante sur la tête. L'électricité, faut pas toucher à ça trop trop, hein !

– Ah! c'est ben maudit ! J'ai déjà pris un choc, moé, dans la grange à Freddy...

Pit prit le ton de la confidence et poursuivit :

– C'est pas les cheveux qui sont restés raides mais d'autre chose... pis trois quatre jours de temps. Si tu me crés pas, demande-le à Rosée.

Ernest s'esclaffa. Son rire gras et lent remplit la boutique. Il fit un symbole du ciseau qu'il tenait dans la main pour mieux dire :

– Louis Grégoire, il se vante d'être de même les trois

quarts du temps. C'est trois fois par jour avec sa bonne femme. Il peut ben lui pousser du poil sur le nez, celui-là...

– Aura beau dire, aura beau dire... on voit pas c'est qu'il se passe dans leur chambre à coucher.

Il y eut une pause et on se parla des foins.

– Ah! tout est prêt, nous autres, déclara Pit. Les racks à foin sont réparés. Les voitures itou. Les lames du faucheux sont affilées. Les petites faux sont coupantes comme des rasoirs.

Il s'approcha d'une fenêtre arrière par laquelle on pouvait apercevoir au loin sur le flanc de la colline qui terminait l'horizon une partie de la manufacture de manches, fermée, et dont Ernest le pessimiste avait si souventes fois prédit la faillite et la fermeture. La grange verte cachait l'autre moitié.

– Coudon, as-tu entendu parler qu'ils vont rouvrir la shop de peanuts ?

– Non.

– Y a des Juifs de Montréal qui sont par icitte pour ça.

– Si c'est des Juifs, ça va marcher.

– Y en a deux par icitte avec le portefeuille ça d'épais.

– L'argent, ils sont capables de faire virer ça, eux autres. Dans le bois, les grands boss, c'est tous des Anglais. Nous autres, les Canadiens français, on est bons pour bûcher pis forger, pas pour brasser de la grosse argent. Leurs peanuts, ils vont les vendre, y'a pas de soin.

– Ça sera pas des peanuts, ça sera des chemises.

– Ça se vend encore mieux que des peanuts. C'est pas tout le monde qui se promène avec une mop dans les mains tandis que c'est tout le monde qui porte des chemises sur son dos... à part que les femmes, ça, c'est ben entendu...

Au magasin d'Éva, la mère de Rachel et une cliente s'échangeaient des confidences. Et la jeune fille pouvait les entendre par la porte entrebâillée et la grille à air chaud entre les deux étages.

– Ben moi, le dernier, si mon mari avait voulu attendre un soir de plus, il serait pas là, hein. Quatorze que j'avais déjà eus. Neuf de vivants. J'avais fait ma part. Mais les hommes, ça veut pas se retenir. Toi, Wilhelmine, t'en as rien que cinq, c'est pas trop pire...

– Mon mari, il pense rien qu'à ça. C'est deux, trois fois par jour, des fois quatre. Endurer ça, c'est pire que travailler. J'aime ben mieux tirer trois, quatre vaches...

Rachel retourna dans sa chambre un moment et s'assit devant sa commode pour se parler à elle-même devant le miroir. Elle avait beau les raisonner, les chasser impitoyablement, ses doutes sur le mariage lui revenaient souvent en force, surtout quand elle se mettait mentalement à la recherche de femmes pleinement satisfaites et heureuses dans leur vie de ménage. En plus d'observer les femmes qui ne se parlaient qu'entre elles, les exemples de Rose et de Noëlla Ferland lui revenaient chaque fois qu'elle les voyait, donc tous les jours que le bon Dieu amenait.

Une fois de plus, elle voulut aller voir Esther et lui demander le sempiternel conseil, l'éternelle rassurance, comme si l'autre avait été une fontaine de sagesse.

Elle essuya son front humide et son visage avec un mouchoir, ajusta les bretelles de son corsage et descendit puis sortit. Et s'en alla à la boutique pour y prendre sa bicyclette qu'elle laissait la nuit au bord de la porte à l'abri des intempéries et des emprunteurs indésirables.

Une fois dehors, elle allait monter sur le vélo quand elle vit venir de son pas largement ouvert le joyeux Pit Veilleux qui venait de couper court à sa conversation avec Ernest.

– Salut Rachel, j'te demande pas comment ça va parce que ça doit aller comme ci comme ça, hein ?

– Ouais.

– Toujours pas de nouvelles ?

– Non.

– Ben moé, j'en ai à te dire. Marche avec moé un peu...

Le coeur de la jeune femme fit un bond. Pit devait savoir quelque chose par Freddy ou autrement. Elle avança à côté de la bicyclette.

– La première affaire, faudrait que ça reste entre nous autres. Parce que Freddy, il aimerait pas que je te parle de ce que je vas te parler... Sais-tu, moé, j'pense que le Jean-Yves, il se cache au Petit-Shenley à la cabane à sucre à Freddy. Pis j'pense qu'il est revenu au village pour se prendre des provisions dans les hangars. De la fleur pis du cannage pis de la graisse pis des oeuffes.

Rachel sentit son regard s'embuer.

– Si il a connaissance de la vie autour de lui, pourquoi c'est faire qu'il se manifeste pas carrément ?

– Parce que... il connecte avec la réalité pis il déconnecte tusuite... Comme un fil électrique cassé pis que les bouts se touchent pis se touchent pus...

– Pourquoi que Freddy envoye pas quelqu'un voir à la cabane ?

– Il veut pas l'envoyer à Saint-Miche-Archange pis il dit qu'il faut que la maladie fasse le temps qu'il faut. Moé, j'dis qu'il pourrait être dangereux pour lui-même. Ça serait pas mieux, le retrouver pendu dans la cabane ou après un arbre dans la sucrerie, hein!

Rachel eut un sursaut d'horreur.

– Pourquoi c'est faire que vous me dites ça ?

– Parcq que c'est comme ça. Moé, à ta place, j'irais voir à la cabane. C'est pas dur à trouver, tu montes...

Elle le coupa, mais sa phrase fut songeuse :

– Suis déjà allée, j'sais où c'est.

– C'est à peu près ça que je voulais te dire. Le pire qui

pourrait t'arriver c'est d'aller là pour rien. C'est toujours pas ça qui va te faire mourir, hein. Salut ben pis bonne journée!

– Bonne journée, fit-elle distraitement.

Elle demeura là un bon moment à questionner ses sentiments profonds, ses craintes, ses espoirs, ses douleurs et même son avenir. Sur le point de monter sur la bicyclette, elle se demandait quelle direction prendre une fois dans la rue ? Celle du presbytère pour puiser à Esther ? Ou celle du bas de la Grande-Ligne et du Petit-Shenley pour peut-être sauver son fiancé et son coeur de femme à la fois ?

Une heure ou deux de réflexion lui étaient nécessaire, à elle, l'éternelle indécise. Et elle retourna sur ses pas et remisa son vélo sous le regard inquisiteur de son père qui toutefois ne lui adressa pas la parole. Puis elle rentra à la maison et regagna sa chambre.

Une heure plus tard, vêtue d'un pantalon bleu et d'une blouse de coton imprimé de motifs tournoyants, elle ressortait de la maison et enfourchait à nouveau sa bicyclette sans rien dire à personne. Et prenait la direction du bas de la Grand-Ligne, en croyant de plus en plus fort que Pit Veilleux avait raison dans ses supputations.

***

Chapitre 23

C'est sous le regard inquiet de Freddy Grégoire que Rachel Maheux s'éloigna du coeur du village en pédalant comme une forcenée.

Dans son coeur, en ce moment, l'espérance occupait le plus large espace et son oeil brillait sous une grisaille qui n'avait pas l'air de vouloir démissionner de sitôt. Son fiancé serait là, il serait là. Et en bonne santé physique. On le ferait soigner. Il retrouverait son âme, son coeur...

Quoi de vilain, quoi de honteux à être victime d'une maladie de l'âme ? Son propre père, Ernest, voilà une dizaine d'années sombrait dans une profonde dépression nerveuse. On l'hospitalisait et on lui administrait des chocs électriques à répétition. Ça l'exposait, elle, à la même chose par son hérédité, tout comme Jean-Yves souffrait d'un mal venu de sa lignée maternelle.

Les maisons défilaient de chaque côté. Elle ne les voyait guère et fort peu que dans une vision secondaire alimentant une de ses mémoires distraites. Aux abords de la cour du moulin à scie, elle faillit se heurter au cheval noir conduit par Pit St-Pierre et qui s'engageait en travers de la rue avec son banneau de planches.

L'attelage s'arrêta à temps. Elle dut bifurquer brusquement pour éviter un désastre. Mais l'incident ne fut pas plus grave qu'un sursaut. Toutefois, il ne devait pas échapper à Pit Roy qui, devant sa cloueuse, surveillait toujours les environs en espérant des nouvelles à glaner pour pouvoir les placoter à sa façon aux heures de répit. Cette fois, peut-être avait-il empêché l'accident par des signes adressés à Rachel alors que l'impact lui semblait imminent. La jeune fille avait aperçu son geste. Comment analyser dans leurs moindres composantes les tenants et aboutissants d'un destin ? Qui saurait jamais ?...

Et, par sa fenêtre, à côté du bac de paraffine, Marie Sirois la vit passer. Et ça lui remit en mémoire ce fameux appel à l'au-delà qu'on avait fait durant l'hiver lors d'une séance de spiritisme. Heureusement que Rachel et Ti-Noire s'y trouvaient. Et bien sûr, monsieur Dominique aussi que la soirée avait rendu fort prudent à propos de Fernand et quant à sa conduite bizarre.

Et plus loin, elle aperçut son jeune frère qui promenait son courage, son toupet et ses pieuseries bon marché d'une porte à l'autre comme s'il avait été Placide Beaudoin de Saint-Éphrem en personne avec son surprenant assortiment de produits Watkins.

– Gilles, lui cria-t-elle.

– Quoi ?

– Salut.

– Pourquoi tu me dis ça ?

– Parce que je te connais.

– T'es-tu folle ou quoi ?

– Oui.

– Où c'est que tu vas ?

– Tu le sauras pas.

– Ça me fait rien, t'as embelle à y aller à ton école...

Elle lui dit quelque chose en retour, mais déjà les mots étaient trop loin dans l'air humide qui transportait malaisément les sons.

Puis ce fut Arthur Quirion qui, penché sur un moteur de Ford à pédales, tourna la tête pour la voir aller. Et ça lui rappela qu'il avait travaillé pour Ernest à bâtir sa grange du village. Pour son ouvrage, il avait touché le salaire faramineux de cinquante cents par jour. Mais c'était ça, le prix des deux bras d'un homme en ce temps-là...

La bicyclette quitta le macadam et s'engagea sur la chaussée en gravier. Rachel cessa de pédaler pendant un moment afin de reposer un peu ses mollets. Et elle poursuivit sa route sur son air d'aller jusque devant le premier cultivateur de la Grand-Ligne, Ildéphonse Dubé. Alors, elle dut reprendre l'effort qui durerait jusque sur le dessus de la côte des Talbot. Mais avant cela, elle passa devant la maison de Marie Sirois. Les trois filles de la veuve étaient assises dehors dans les marches de l'escalier. Elle les salua de la main. Les orphelines lui répondirent timidement.

Et enfin Rachel atteignit le dessus la côte des Talbot. Lui apparut l'horizon lointain qui portait le cône du mont Adstock avec en biais la flèche de l'église de Saint-Évariste et beaucoup plus bas, celle presque neuve de l'église de Notre-Dame-de-la-Guadeloupe, anciennement Saint-Évariste-Station, là où passait le chemin de fer et où se trouvait une gare bourdonnante depuis l'autre siècle. Tout ça, c'était sa patrie bien-aimée, son coin de pays, comme le village qui s'effacerait bientôt derrière elle, comme la Grand-Ligne devant, route bordée de maisons dont celle de son école et, plus loin, celle de la terre appartenant à son père mais qu'habitait toujours Clodomir Lapointe et sa bande d'enfants.

Toutefois, au pied de la côte des Talbot, presque en face du rang dix, il y avait une autre maison qu'elle ne pouvait se permettre d'ignorer afin de mieux l'ignorer justement : celle où habitait le Cook, son père et ses frères. Facile de passer vite dans ce sens-là, il suffisait de pédaler malgré la descente afin que la vitesse maximale soit atteinte. Il faudrait un miracle pour qu'Eugène l'aperçoive, lui qui devait gratter quelque chose quelque part pour se trouver quelques cents de plus. Il avait maintenant son teuf-teuf à faire vivre et au train où le bazou allait, il lui faudrait remiser sa boîte de tabac à rouler pour subvenir à ses besoins en réparations.

Elle connaissait par coeur chaque bosse du chemin, chaque ornière, quasiment chaque piquet des diverses clôtures s'étirant devant les terres juxtaposées tous les quatre arpents et demi. Maintenant, l'air qui frappait ses yeux obtenait de l'eau comme réponse, et Rachel devait fermer les paupières et les rouvrir pour que sa vue ne soit pas noyée. Derrière elle, sur le dessus de la côte, une voiture foncée apparut. C'était le Blanc Gaboury qui descendait à la gare avant son heure habituelle. Il reconnut la jeune fille de dos et de loin, et il parla d'elle avec son passager, Victor Drouin, qui paraissait encore plus petit ainsi assis dans une voiture et surtout sur la même banquette que Blanc, un homme d'assez bonne stature.

– La petite Maheux qui s'en va à son école.

– Où ça ?

Victor portait des lunettes à verres très puissants et malgré cela, il avait du mal à distinguer clairement les choses à plus d'une centaine de pieds.

– Là, en bas.

– Les écoles, c'est fermé.

– Oui, mais elle aura encore de l'ouvrage à faire.

– Ou ben c'est son veuvage qui la travaille pis elle se paye de la fraîche.

Blanc ouvrit la bouche pour répondre mais le vieux chatouillis indésirable attaqua ses bronches comme si des centaines de poules microbiennes avaient commencé soudain à picorer toutes à la fois aux abords de ses poumons. Éclata une quinte de toux qui s'annonçait longue et violente et il ralentit l'allure en même temps qu'il prenait soin de se tasser pour contourner la cycliste. Le bruit du moteur s'en trouva diminué. Rachel ne l'entendit pas venir. Il y avait dans la trace qu'elle suivait un amas de pommes de route qu'elle voulut éviter en fourchant d'un coup sec vers le milieu du chemin. Sans cette attaque de sa tuberculose, Blanc aurait fort bien pu l'éviter, mais à moitié étouffé, il ne réagit pas à temps et le pare-chocs de sa voiture heurta l'arrière de la bicyclette, projetant la jeune fille et son vélo dans le fossé.

Alors seulement le conducteur freina puis arrêta l'auto à courte distance de la jeune fille empêtrée dans son étonnement, ses roues de bicyclette et peut-être des blessures qu'elle ne ressentait pas encore.

Quelqu'un l'ayant vue passer chez les Champagne, on avait averti le Cook. Le jeune homme, qui la surveillait par une fenêtre, se précipita dehors sans rien dire à personne. Et la rouleuse dont il cherchait à se débarrasser tout en courant lui restait clouée au bec. Et c'est le visage écarlate qu'il arriva près de la victime en même temps que Blanc qui, lui, avait la face jaune tandis que Victor l'avait blanche comme de la farine.

Abasourdie, cherchant à replacer ses idées dans sa tête et ses cheveux dessus, Rachel commençait à s'examiner quand on l'entoura.

– T'as rien de cassé, toujours ? demanda Blanc d'une voix à peine audible.

– C'est pas de notre faute, s'empressa de dire Victor. T'as crampé dans le milieu du chemin.

– Grouille pas. Pour tusuite, ça serait mieux, dit Eugène.

Son pantalon était sale et percé à un genou. Du sang apparaissait à travers le tissu. Elle bougea les deux jambes pour se rendre compte qu'il n'y avait ni luxation ni cassure.

– Ta roue de bicycle est crochie, annonça Victor. Mais

c'est pas de notre faute...

– On va mettre ton bicycle dans la valise pis on va te rendre à l'école, si tu veux, dit Blanc.

– Je m'en vas pas à l'école, je m'en vas dans le Petit-Shenley, dit-elle sans penser.

– Je peux te passer mon bicycle, proposa le Cook.

– Bon, ben, ça aurait pu être pire, dit-elle en se levant tandis que le Cook simulait un empressement inutile dont il usa comme prétexte pour la prendre par la main.

Encore une fois Victor intervint pour défendre Blanc :

– T'as coupé raide en avant de nous autres...

Elle l'interrompit :

– Ben non, c'est pas de la faute à monsieur Blanc. Pis je l'ai pas fait exprès non plus. Dans le fin fond, c'est la faute au cheval qui a lâché son tas de crottes dans le chemin là... J'ai voulu faire le tour...

Eugène dérougit à moitié. C'était leur cheval, le responsable qui s'était soulagé là le matin même tandis qu'il le conduisait vers une entrée de champ plus loin.

– Si tu veux, Rachel, j'peux te reconduire où c'est que tu voulais aller. Tu sais que j'ai mon char asteur. Hier, il marchait mal, mais aujourd'hui, il va mieux. Pis ensuite, je te remonterai au village avec ton bicycle. Tu pourras le laisser à Campeau pour le faire arranger.

– Je vas te payer.

Il réussit à se défaire de sa cigarette et une plaque de papier lui resta collée sur la lèvre.

– Pas question que tu me payes!

– C'est ça ou je retourne à pied au village.

– D'abord, tu me paieras le prix que je demanderai.

Victor échangea avec Blanc un regard de complicité, chacun pensant que l'accident pourrait avoir des conséquences pas du tout fâcheuses.

– Tout est-il correct de même ?

– Oui, monsieur Blanc. D'abord que c'est de ma faute, j'ai aucun reproche à vous faire.

– Dans ce cas-là, salut ben !

Rachel salua de même que Victor, mais Eugène ne s'intéressait plus qu'à la bicyclette qu'il remettait sur roues et dirigeait vers chez lui.

– Peut-être qu'elle pourrait marcher pareil.

– Jamais de la vie ! Regarde comme la roue baraude.

Le Cook avait le coeur qui baraudait aussi mais quel agrément de se sentir ainsi.

À travers les banalités qu'ils se disaient, Rachel réfléchissait fort. Elle venait de s'embarquer dans une galère en acceptant la proposition du jeune homme et n'avait pas soupesé les conséquences de sa décision. Quoi lui dire quand on arriverait à la montée du bois menant à la cabane à sucre des Grégoire ? Il aurait des doutes sérieux. Plus qu'un doute, il aurait une certitude qu'elle-même n'avait pas encore. Mais changer d'avis et retourner au village, ce serait devoir faire le voyage avec quelqu'un d'autre et avoir à fournir des explications mensongères au jeune homme. Elle regrettait de n'avoir pas accepté sa première offre concernant sa bicyclette à lui encore que...

– Va falloir que tu rentres pour mettre quelque chose sur ton genou, là. Du mercurochrome pis un plasteur.

– C'est rien : juste une goutte de sang ou deux.

– C'est ça le pire pour les empoisonnements du sang. De la poussière, une plaie qui saigne pas beaucoup...

Elle se dit qu'elle gagnerait du temps et accepta de se soigner. Il y avait déjà deux frères du Cook et son père qui les regardaient venir. On se dit des riens et elle suivit le jeune homme qui la devança à l'intérieur en lui tenant les portes ouvertes, puis courut préparer un plat avec de l'eau et un linge propre ainsi que la bouteille rouge et de la ouate. Puis il s'éloigna de l'évier et retourna dehors par l'arrière pour conduire son auto en avant. Pendant qu'elle procédait, Rachel se souvint des paroles de Pit Veilleux : Jean-Yves pouvait être dangereux pour lui-même. Le surprendre impliquerait-il des risques ? Plutôt de traiter Eugène en ennemi, ne devrait-elle pas s'en faire un allié ? Une sorte de complice. Il jouerait le jeu. Il se tairait si elle lui demandait de se taire. Et puis si on trouvait le jeune homme à la cabane, les choses ne pourraient pas en rester là. Elle devrait rencontrer Freddy pour en discuter...

Puis se retrouva dans l'auto où, dit-il, il mettrait la bicyclette sur le chemin du retour.

– Partons pour le Petit-Shenley, je vais te dire pourquoi c'est faire que je m'en vais là...

Il ne broncha pas quand elle avoua la vérité, mais l'auto fut contrainte à sa place, ayant du mal à gravir les quatre paliers de la grande côte. C'est que le Cook manquait d'expérience au volant et n'utilisait pas assez la première vitesse. On traversa le plateau boisé puis on redescendit une côte bien plus abrupte au pied de laquelle se trouvait une maison de cultivateur. Et devant, en biais, l'entrée de champ au bout duquel se trouvait l'érablière à Freddy et dans laquelle s'engagea le bazou gris.

– As-tu vu le Clopha Quirion qui nous regardait comme si on était des fantômes ?

– Penses-tu qu'il nous a reconnus ?

– Je te dis qu'il va nous guetter quand on va revenir.

Pendant qu'ils progressèrent lentement le long du bois et des champs entre lesquels s'étendait le chemin, pas une fois, ils ne se parlèrent de Jean-Yves comme si chacun redoutait de le faire. Puis on entra sous le couvert de la forêt.

– Elle est loin du chemin, la cabane à Freddy, dit-il. Suis venu ce printemps pour ramasser de la râche.

– C'est pas de mes affaires, mais ça te fait-il rien que je

te dise quelque chose...

– Envoye, gêne-toi pas.

– T'as un morceau de papier à cigarettes sur la lèvre, là.

Il se la nettoya avec l'humidité de la langue et à l'aide de ses doigts, content du souci qu'elle avait mis à l'informer de cela. Puis la cabane commença à laisser voir des brillances de tôle. C'étaient des tuyaux sortant du soupirail et coiffés d'un chapeau métallique. Le toit cependant était en bardeaux.

– Arrête icitte, je vas faire le restant du chemin à pied.

Il fit ce qu'elle voulait.

– Veux-tu que j'aille avec toi ?

– Non, c'est mieux pas, je pense...

– Si t'as besoin, fais un signal...

– C'est ça que je ferai.

Puis elle descendit et marcha sans se retourner, la mort dans l'âme et pourtant toujours mue par son grand espoir.

Toutes les fenêtres avaient été bouchées à l'aide de poches de jute et Jean-Yves n'en débloquait une parfois que pour plonger son regard dans les vagues images de l'érablière le jour ou la profondeur de la nuit. À voir celles d'en avant, Rachel présuma que les autres ne lui permettraient pas plus de voir à l'intérieur.

Aucun son ne lui parvenait, pas même celui du vent dans les grands arbres puisque l'air de ce jour-là ankylosait toutes choses, et ce silence s'approfondit encore quand elle aperçut le cadenas noir posé sur une porte intacte. Elle s'arrêta à quelques pas, regarda inutilement dans diverses directions et aussi quelques détails de la sombre bâtisse en pensant que ce pauvre Pit Veilleux avait déraisonné.

Alors elle tourna les talons pour repartir. Le Cook avait fait un bout de chemin derrière elle malgré son interdiction. Il fit semblant de vernousser, hésita sur ses pas, arracha une écorce d'un arbre, sortit son paquet de tabac et s'appuya une épaule à un érable pour montrer la pureté de ses intentions. Mais la jeune femme se ravisa. Un sentiment inconnu la chicotait. L'intuition lui soufflait à l'oreille. Une autre fois, elle tourna les talons et se dirigea d'un pas assuré sur le chemin contournant la cabane. Si Jean-Yves s'y trouvait et s'il avait entendu le véhicule arriver, il se cacherait dans l'immobilité et le silence.

Elle passa sous l'appentis contenant les hautes rangées de bois de cabane destinées à la prochaine saison des sucres, y vit un autre cadenas bien en place sur la grande porte coulissante et poursuivit jusqu'à l'arrière où se trouvait la dernière porte, petite et quasiment dissimulée par un autre appentis beaucoup plus petit et aux trois quarts rempli de bois aussi bien plus petit que du bois de cabane, donc du bois de poêle. Pas de cadenas sur la double porte qu'elle ouvrit. Non plus sur l'autre qui pouvait très bien être barrée de l'intérieur par un morceau de bois glissé sur le loquet. Elle sonda. La porte obéit. Et elle put entrer.

Il faisait trop sombre pour qu'elle puisse y voir quoi que ce soit avant que ses pupilles ne se soient adaptées. Et même alors, tout ne lui apparut qu'en ombres chinoises et mezzotinto. Elle recula de quelques pas, laissant les deux portes ouvertes et les bloqua pour qu'elles le demeurent et qu'un certain flot de lumière puisse entrer.

Ce qu'elle vit en premier lui donna le frisson. La grosse panne de l'évaporateur était retournée à l'envers et couverte de madriers et au-dessus, une grosse broche noire accrochée à une poutre était suspendue et finissait par une boucle. Une image sinistre.

"Il pourrait ben être dangereux pour lui-même," avait dit Pit Veilleux. Était-ce là une mise en scène pour un suicide ? Lui revinrent alors des souvenirs de cabane après les sucres. Partout, on avait l'habitude de retourner les pannes pour éviter que des petites bêtes des bois n'y soient prises au piège, y meurent et pourrissent là. Et pour protéger le fond, on mettait des madriers. Quant à la broche, elle servait à attacher une couenne de lard quand on faisait bouillir, empêchant les bouillons de trop s'énerver par feu fort, et de déborder.

Ce court épisode lui suggéra de ne pas s'inquiéter outre mesure, de ne pas sursauter si une feuille sèche devait craquer sous son pas, si un mulot venait à passer dans son champ de vision. Elle ne bougea plus et appela :

– Jean-Yves ?

Rien.

– Jean-Yves ?

Silence.

– C'est moi, Rachel...

Elle avait l'impression de se trouver dans un néant profond, dans ce que la religion appelait limbes, un lieu où il ne se passe rien, où tout est statique, froid, figé dans le temps et l'espace. Elle vivait dans un autre monde où la lumière ne sert plus qu'à nourrir les ombres. Quelque chose lui dit que si elle ne se remettait pas à bouger bientôt, elle aussi deviendrait un objet inerte, intégré au décor comme sur la pellicule d'un film ou la toile d'un peintre. Immuable à jamais.

Comme il n'y avait pas de cabanon extérieur susceptible de servir de refuge aux travailleurs des sucres mais seulement une petite bâtisse servant d'écurie comme en témoignait un tas de fumier sur le côté, la pièce intérieure dont elle pouvait apercevoir la sombre embrasure de porte lui apporterait sûrement la réponse qu'elle était venue chercher. Elle s'y dirigea d'un pas ferme et y entra. Capable de discerner la fenêtre à travers les poches de jute superposées devant, elle s'y rendit et souleva ces tentures improvisées qui l'obstruaient. Personne dans deux lits superposés recouverts de courtepointes en patchwork. Mais ça ne signifiait rien puisque Jean-Yves était homme d'ordre, soigneux, toujours impeccable. S'il se trouvait là et couchait dans un lit, le lit serait fait et bien fait. Et de l'autre côté, contre le mur, la table. Rien dessus... Elle accrocha les poches à un clou qui les fixait au mur et se rendit à une armoire à côté de la table. Et l'ouvrit. Son sang ne fit qu'un tour. De la vaisselle mais aussi des provisions. Farine. Oeufs. Graisse. Sucre. Et divers cannages. Restes du printemps peut-être ?

Non, elle n'avait pas encore sa réponse finale. Le petit poêle à deux ponts lui parlerait peut-être. Il se trouvait dans le dernier coin. Elle se rendit le toucher. Froid.

Alors il ne restait plus aux paroles de Pit Veilleux que de prendre leur envol comme des mainates ou des outardes en emportant sur leurs ailes déployées tous sentiments et intuitions qu'elle avait jusque là entretenus. Et elle quitta les lieux à la fois soulagée et profondément triste. Elle referma la porte sous le petit appentis puis entra sous le grand dont le fond était recouvert d'écorces exhalant une odeur de bois en train de sécher et de végétaux en décomposition. Au milieu, elle s'arrêta. Un écureuil lui grimpa presque au nez contre une poutre et elle le suivit du regard jusqu'en haut, jusque sur les rangées de bois, jusque...

Il s'en fallut de peu qu'elle ne s'écroule. Une bûche de bois l'aurait frappée par la tête que le choc eût été moindre. Jean-Yves était là-haut, assis sur les rangées. Il suivait la progression du petit animal. Son regard paraissait terne et vide, pourtant l'écureuil entraînait dans sa course son âme égarée.

– Jean-Yves ?

Il ne répondit pas. Ni de la voix ni des yeux.

– Jean-Yves, c'est moi, Rachel.

Nulle réponse encore.

Elle attendit et répéta son appel en injectant à sa voix tout l'amour qu'elle put :

– Jean-Yves, Jean-Yves, c'est Rachel. Je viens te chercher pour te ramener à la maison.

Il ne réagit toujours pas. Alors elle réfléchit un moment sur la façon de l'atteindre physiquement. Comment grimper jusque là-haut ? Comment l'avait-il fait, lui ? Pas d'échelle, donc il avait escaladé la rangée la moins abrupte en s'aidant plus haut d'une poutre transversale. Elle s'engagea sur la partie basse de la cordée sans plus attendre et progressa tant bien que mal sur des souliers bas mais sans aucune souplesse.

Il ne la regarda pas venir et sans doute ne la voyait-il même pas; et toute son attention restait sur le petit écureuil à la queue majestueuse qui avançait sur la longue poutre en multipliant les escales et les poses gracieuses. Comme si n'avait vécu en lui qu'un enfant perdu dans un monde imaginaire en lequel ne pouvaient entrer que des scènes lui en rappelant d'autres d'un lointain passé.

Elle grimpait sur la corde étroite en s'aidant de l'autre, tâchant d'affermir chaque pas, se disant que si elle parvenait à le toucher, la communication se ferait, et il sortirait de cette torpeur, impénétrable à distance.

Au milieu de son escalade, un quartier de bois lâcha, entraînant sous lui les autres, et la jeune fille qui lança un cri et déboula avec les bûches non seulement à son point de départ mais en bas de la rangée où elle s'affala à quatre pattes.

Alerté, Eugène accourut, craignant le pire. Le fracas fit émerger Jean-Yves de son univers. Agile comme l'écureuil maintenant disparu, il descendit et se mit devant Rachel qui se relevait.

– C'est qu'il se passe icitte ? s'écria le Cook avec un regard appréhensif dans la direction de l'autre jeune homme.

– Rien, j'ai déboulé.

Les bras pendants, Jean-Yves tourna la tête avec lenteur et regarda en haut des rangées comme si ce geste eût pu expliquer tout ce qui venait de se dérouler. Et il posa à nouveau son regard vide sur elle.

Rachel le toucha au bras gauche qui demeura sans vie.

– C'est Rachel... Jean-Yves, c'est Rachel...

Il ne réagit pas.

– On devrait le ramener au village chez Freddy.

Cette fois, il réagit :

– Papa, y est pas à cabane ?

– Non, il est à la maison, au magasin. Veux-tu venir le voir avec nous autres ? Tu me reconnais pas, c'est Rachel.

Jean-Yves portait un pantalon gris et une chemise carreautée. Du linge de semaine mais parfaitement propre. Ses mains, son visage étaient impeccables ainsi que ses cheveux, un peu longs mais peignés et en ordre.

– Papa, y est pas à cabane ?

– Non, il est à la maison.

– Ah!

– Te rappelles-tu de moi ? demanda le Cook.

Jean-Yves ne le regarda pas. L'autre reprit :

– Te souviens-tu de Ti-Noire ?

– Ti-Noire est pas à cabane ?

– Non, elle est à la maison, au magasin, au bureau de poste, dit la jeune femme pour tâcher de lui faire voir mentalement tous ces lieux.

– Viens, on va aller voir ton père, ta mère...

Elle se dit que peut-être les notions de père et de mère ne voulaient pas dire grand-chose pour lui en ce moment.

– On va aller voir papa... maman... Ti-Noire, Solange, on va aller voir Bernadette...

– Ma tante Bernadette, elle est pas à cabane ? Ma tante Berthe est partie à Québec. Ma tante Alice est à Mégantic... Raoul, y est pas à cabane ?

L'aîné avait quitté la maison depuis nombre d'années déjà et Rachel ne pouvait dire qu'il serait au magasin.

– Viens, on va aller voir Ti-Noire.

Elle l'entraîna. Il suivit comme un petit chien docile.

***

Chapitre 24

L'homme avait le visage bruni par le soleil, ce qui n'était pas là un signe de santé. Au sanatorium, il s'était fait bronzer à souhait depuis le printemps tout en mirant son âme dans les brillances du passé et du lac Etchemin.

Le personnage était depuis fort longtemps affligé par deux maladies graves : la tuberculose dont il avait cherché plus ou moins à se débarrasser par des séjours prolongés à l'hôpital, et l'alcoolisme qu'il chérissait depuis l'adolescence. Les deux vilaines compagnes en lui complotaient contre sa vie, s'aidant l'une l'autre pour outrager son visage, sillonner son front et moucheter sa peau. Depuis des décades aussi, il lissait soigneusement ses cheveux sur sa tête pour les priver de leur propension à friser et du même coup priver sa mère du temps de son vivant du plaisir qu'elle aurait eu de voir son benjamin avec une tête bouclée.

Rebelle, indépendant, solitaire, renfermé. Tel était le frère de Freddy et Bernadette qui avait franchi le cap de la quarantaine mais annonçait volontiers qu'il n'atteindrait pas la cinquantaine. Et s'en fichait éperdument.

Arrivé la veille en soirée, en plein orage, il s'était réfugié dans son petit camp derrière les granges à Freddy, sans s'annoncer à quiconque. Et personne ne l'avait vu ni n'avait remarqué la lueur dans la minuscule bâtisse. En voyant de la lumière par les fenêtres de la cabane, Bernadette et Freddy auraient su aussitôt qu'il s'agissait de lui, mais les gens du voisinage eux, auraient fort bien pu se fourvoyer et croire que l'occupant soit plutôt Baptiste Nadeau, homme manchot qui y avait vécu plusieurs années, grâce à la générosité du propriétaire hospitalisé, avant de s'en aller mendier à Montréal à un coin de la rue Sainte-Catherine.

Il entra au magasin, un lieu érigé six ans avant sa naissance donc qu'il connaissait depuis toujours et qui lui était aussi cher qu'à Freddy ou Bernadette puisque lui-même avait grandi là, dans ces bâtisses à n'en plus finir.

C'était une heure tranquille. Freddy travaillait au bureau de poste sur de la paperasse officielle, le gouvernement se faisant plus exigeant depuis quelque temps quant aux rapports à devoir être remplis par le maître de poste.

L'homme marcha lentement, regardant tout cet univers de son enfance et de son adolescence. Les comptoirs en chêne, les étalages de boîtes de conserve, les céréales, les tabacs, les chocolats, les caisses de biscuits, le pain cordé, puis de l'autre côté, les pièces de tissu empilées dans les tablettes, les armoires vitrées contenant des produits de beauté, savons et parfums, les planches de dentelle, les fuseaux de fil... Et devant, le grand escalier, le premier escalier de chez lui qu'il avait pu grimper enfant puisque les marches en étaient si basses. Mais aussi qu'il avait dégringolé tant de fois et pas seulement par ses gaucheries enfantines mais par ses beuveries de l'âge adulte.

Maudite boisson ! disaient les gens. Quant à ça, pensait-il, maudit verre qui la contient ! Et maudit bras qui tient le verre ! Et maudit homme qui se tient au bout du bras !... Il avait commencé à boire vers seize ans et ça ne l'avait jamais lâché jusqu'à ce jour, jusqu'à ses quarante-trois ans. Vingt-cinq ans de gin, ça vous met un homme en ruines. S'il ressentait de la nostalgie, il ne nourrissait aucun regret.

Assis, Freddy lui faisait dos. L'arrivant dit, de sa voix faible et profonde :

– Salut, mon frère !

Freddy tourna la tête et regarda au-dessus de ses lunettes.

– Armand !

Tout était dans ce simple mot. Toute la générosité et toute la compassion que Freddy avait pour ce frère si mal en point, ce frère perdu, vieux prisonnier de sa recherche de liberté, rebelle pacifique et silencieux, Armand qui n'avait jamais patiné mais avait organisé et dirigé des équipes de hockey, Armand qui allait souvent sur le cap à Foley parler avec la nature et discuter avec le fantôme du chien Chasseur qu'on y avait enterré en grande pompe suite à son assassinat à coups de planche cloutée par des gens sans coeur, Armand à qui la maladie avait imposé l'oisiveté mais pas les vices, Armand un Grégoire qui avait eu mal à l'âme bien plus que tous les autres de la famille.

– Y a les gars à Pampalon qui sont venus me voir au sanatorium. Je leur ai demandé si ils resteraient là, eux autres. Ils m'ont dit non. J'ai pensé à ça un bout de temps pis je me suis dit que moi non plus. Je dérangerai pas personne, ni Bernadette non plus, je vas rester dans mon 'campe'. Y a un bed, une toilette à l'eau courante pis l'électricité là-dedans, le confort moderne... Je vas me sentir mieux dans mon petit pays pour finir mes jours...

– T'as embelle de faire c'est que tu voudras !

– Ouais... Pis ton gars, au bout du compte...

– Toujours dans la nature. Ça me surprendrait pas de le voir arriver avec sa blonde... J'dis ça comme ça mais...

On ne se parla plus de la décision d'Armand de quitter pour de bon le sanatorium, advienne que pourra. Et il fut surtout question de cette histoire incroyable d'apparitions de la Vierge.

— Je l'ai toujours pensé que le cap à Foley, c'était un endroit sacré, dit malicieusement Armand.

— Ils attendent dix, quinze mille personnes pour samedi soir. Va quasiment falloir qu'on engage une police municipale. Ça vient de partout au Canada pis aux États. Y a Fred Pomerleau, le beau-frère à Ernest Maheux qui est venu samedi passé. Quand qu'il est reparti, il se sentait ben mieux, qu'ils ont dit.

— C'est que tu penses de tout ça ?

— Souvent, j'vas à messe le matin. J'pratique ma religion. Je crois dans le bon Dieu pis dans ses saints, mais ça, j'ai de la misère un peu.

— Ça serait-il une affaire organisée et si oui, par qui ?

Freddy se leva et ferma son dossier.

— C'est ça le mystère. Si c'est organisé, par qui ça l'est ? J'ai pensé à tout ça. J'ai repassé tout le monde dans ma tête. Il me reste rien qu'un nom, mais ça me surprendrait...

Freddy ne put terminer. On venait d'entrer et la personne avait bon pas. Une femme. Il reprendrait le sujet avec Armand après son départ. C'était Rose Martin; il l'avait presque deviné. Et il anticipait aussi l'air qu'elle prendrait en apercevant Armand, elle qui fuyait comme la peste tous les tuberculeux de la paroisse. Et ils étaient nombreux.

Le réduit près du bureau de poste où se trouvait Armand étant sombre, la femme s'imagina que le personnage à côté d'elle était le père Lambert venu au courrier comme deux fois par jour. Elle posa une lettre sur la planche puis réalisa que ce n'était pas l'heure de la malle. Elle tourna la tête, aperçut Armand et eut un mouvement de recul qu'il remarqua sans pour autant s'en offusquer.

En même temps, quelqu'un d'autre entrait dans le magasin. Et venait...

– Salut Rose !

– Salut Armand !

– T'as l'air de bonne humeur pis en pleine santé.

– Mais ben occupée pis ben pressée...

Elle choisissait des mots la justifiant de s'éloigner sans attendre. Il l'aida.

– Salut ben là !

Mais elle fut retenue par l'arrivée du vicaire dans ses habits de travail et qui prit vite tout l'espace.

– Madame Rose, bonjour... Tiens, si c'est pas monsieur Armand qui nous visite...

Et il tendit la main à l'autre qui la serra.

– Revenu ad vitam aeternam ! fit Armand.

– Voyons donc, des bonnes nouvelles ? s'étonna le prêtre.

Rose n'osait partir encore, mais elle se tenait à l'écoute un peu en retrait.

– Si on veut. Paraît que le cap à Foley, ça guérit mieux que le sanatorium.

– Y aurait eu au moins une guérison la semaine dernière. Ça reste à vérifier, à authentifier.

– Comme j'sus pas assez méchant pour mériter l'enfer mais que j'serais pas un bon citoyen au ciel, le bon Dieu voudra peut-être me laisser ici-bas plus longtemps que le monde, ils voudraient, eux autres...

Rose ravala. Les deux hommes poursuivirent et Freddy n'intervint pas sauf quand le vicaire annonça qu'il se préparait à couler du ciment.

– Vous ferez mieux de le couvrir parce que le temps est à l'orage.

– Ça regarde pas trop ben pour à soir, enchérit Armand.

– Pas de danger voyons. L'orage, c'était hier. Le beau temps s'en vient tranquillement. Qu'est-ce que vous en pensez, madame Rose, vous ?

Elle rit nerveusement :

– Sais pas trop, là... peut-être que si on invoque la Sainte Vierge, il va faire beau. D'un autre côté, si l'orage passe aujourd'hui jeudi, les chances sont meilleures pour qu'il fasse beau samedi... pour la soirée de la prochaine apparition...

– Ah! mais quelle sagesse ! s'écria le vicaire. Mais le mieux, ce serait qu'il fasse beau le reste de la journée aujourd'hui que je puisse couler mon ciment et aussi samedi que les gens puissent être au rendez-vous de la Sainte Vierge...

– Pensez-vous qu'elle va pouvoir faire quelque chose pour moi, la Sainte Vierge ? demanda Armand avec un petit oeil teinté de scepticisme.

– Sa bonté dépendra de la vôtre.

– Ah! ça, c'est ben dit ! lança Freddy.

– Moi, j'ai pas le choix de couler aujourd'hui. Faut que le ciment soit sec pour dimanche et marchable si je peux dire.

– C'est-il Saint-Veneer ou ben Dal Morin qui va vous baratter ça ? demanda Armand. Saint-Veneer... je veux dire notre Grand-Paul Blanchette.

– Monsieur Saint-Veneer... je veux dire monsieur Blanchette, c'est notre homme vu qu'il est de la place. Monsieur Dal est un bon garçon qui fait beaucoup de livraison et de déménagement, et qui est marié avec une fille d'ici, mais il habite ailleurs, vous comprenez.

– Ah! le curé a parfaitement raison là-dessus : on encourage d'abord le monde de la place.

– Je m'ennuie pas avec vous trois, mais faut que je retourne au perron. J'aurais besoin de clous, monsieur Grégoire... du deux pouces, un bon cinq livres...

– Je vous sers ça, monsieur le vicaire.

Rose profita de l'occasion pour s'éclipser en saluant. Chacun lui répondit et elle marcha le plus vite qu'elle put pour quitter le magasin.

Tandis qu'il retournait vers les lieux de son travail, le vicaire fut dépassé par un cycliste qui tourna dans la rue de l'hôtel. L'homme ne le regarda point et le prêtre ne le connaissait pas. Ce devait donc être lui l'étranger dont il avait entendu parler sur les lieux de l'accident mortel survenu dans le dix mais qu'il n'avait pas vu là-bas. Ou pas repéré parmi les curieux. Il est vrai que la pauvre veuve avait réclamé sans rien dire tout son temps de prêtre à part les onctions d'usage sur le corps de la victime.

Grand-Paul Blanchette attendait, appuyé contre le malaxeur à ciment tout aussi immobile que lui-même, et il fumait sa grosse pipe noire bourrée de tabac pétillant et boucaneux.

À son ton le plus ordinaire, l'homme possédait une portée de voix unique, et même l'étranger qui, après avoir remisé sa bicyclette, s'apprêtait à monter les marches de l'escalier donnant sur la galerie du bar à tuer de l'hôtel put entendre son propos :

– Vous avez toujours pas peur qu'il mouille ? Ça regarde pas trop ben pour ça. Si je coule, moé, pis que le ciment part à l'eau, j'coulerai pas deux fois pour rien...

Un simple avertissement porté par une voix pareille avait allure de menace. Et le vicaire en fut mis sur un qui-vive déplaisant. Il répliqua sèchement :

– Monsieur Blanchette, contentez-vous de faire ce qui vous est demandé et tout ira bien. Et puis vos toiles pour protéger le ciment, c'est pas des mouchoirs de poche, ça.

Grand-Paul se décolla de la baratte et il menaça de la pipe et du ton mâté :

– Minute, là, monsieur Toine, c'est pour des solages, pis des trottoirs, pas quelque chose de grand comme le perron de l'église. Je vous l'offre encore une fois, j'peux attendre demain matin pour couler le ciment pis je vous chargerai rien pour aujourd'hui, pas une véreuse de cenne.

– On coule, on coule... on coule. Point final !

– Comme vous voudrez.

– Puis notre monsieur Georges Champagne, il n'est pas encore venu ?

– Parti aux toilettes dans la sacristie.

Georges, un simple d'esprit, serait le cinquième homme requis pour procéder au malaxage, au brouettage et au nivelage du béton, les deux autres à part Blanchette et le vicaire étant un blondin de vingt ans, bûcheron dénommé Réal Poulin et son collègue de chantier, lui aussi désoeuvré pour quelque temps par l'été, et qui avait pour nom Luc Bégin. Ils attendaient assis, adossés au muret du perron, l'un fumant un petit cigare et l'autre une cigarette.

– Hurry up, les boys ! lança le vicaire à leur endroit. C'est le temps de nous montrer ce qu'un bon bûcheron canadien-français est capable de faire avec sa musculature généreuse et solide. Et vous, monsieur Blanchette, faites virer la baratte, on coule.

Alors même que le malaxeur commençait à tourner, Georges Champagne accourait, la braguette encore ouverte, ce qui lui valut le rire des deux jeunes gens. Il se tourna vivement en pestant contre son ennemi juré, l'automobile, et en attachant les boutons.

– Maudites machines à poil, on va tout vous faire brûler dans le milieu du chemin...

Personnage maigre plus qu'Armand Grégoire, voûté plus que Saint-Veneer, souvent il se raclait la gorge pour en extirper des humeurs qu'il rejetait avec colère dans des crachats historiques.

Il se tourna et regarda sa montre comme il aimait le faire cent fois par jour. Et marmonna :

– L'orage s'en vient pis ça me fait rien, en wing en hen...

– Non, non, Georges, y aura pas d'orage, dit le vicaire. Là, viens t'occuper du boyau à eau.

– C'est pour pelleter, moé...

– Ça prend des bons bras pour pelleter...

– Pis toé, t'as des bonnes bottes à tuyaux, enchérit Grand-Paul.

– J'sus capable de pelleter moé itou, baptême.

– Je sais que t'en es tout à fait capable, Georges, mais t'es meilleur pour l'eau et ensuite sur la brouette.

Le simplet ne protesta pas davantage et il s'empara du boyau dont il dévissa le gicleur pour permettre à l'eau de jaillir. Et il le mit dans la cuve où il le tint tandis que les deux jeunes gens se crachaient dans les mains en attendant de pouvoir pelleter le gravier. Grand-Paul était à déboucher un sac de ciment pris sur une pile d'une cinquantaine d'autres dissimulés sous une toile noire.

Le chantier s'activait.

Le vicaire surveilla les opérations un moment puis il se rendit finir de clouer quelques formes destinées à recevoir le ciment qu'il aplanirait à l'aide d'une planche manoeuvrée par deux paires de bras, puis il finirait le nivelage à la truelle.

Le prêtre se sentait fier avant même de commencer. Mais tous ces prophètes de malheur du temps qu'il ferait avaient fini par donner quelques coups d'épingle dans sa belle quiétude. Il s'arrêta un moment et leva la tête avec appréhension afin d'interroger le coq de l'église juché au bout de la flèche, fidèle météorologue dont on disait qu'il n'errait jamais. Vent sud-ouest : aucun danger d'orage. Et il se mit à fredonner Ave Maria. Mais le chant prière fit bientôt place à un chant profane que lui suggérait l'image de l'étranger arrivant sur sa bicyclette.

> *"Dans l'rang d'Saint-Dominique,*
> *Par un beau soir comme ça,*
> *S'en allait Majorique,*
> *Un vrai beau gars comme ça,*
> *Voir mad'moiselle Phonsine*
> *Qu'il chérissait comme ça...*

– Baptême de baptême de maudit baptême...

Le bonheur du vicaire venait de se faire interrompre par cet amas de jurons blasphématoires qui lui écorchaient les oreilles. Quelle qu'en soit la raison et qui que soit le sacreur, voilà qui risquait d'éloigner les bénédictions du ciel de leur ouvrage et invitait le diable à s'en mêler.

Par chance, ça venait de Georges sur la jambe de qui Réal avait jeté une pelletée de gravier pour qu'elle coule dans sa botte. Un tour que n'appréciait guère le gobe-mouche obligé de s'asseoir sur les sacs de ciment et d'ôter sa chaussure pour la vider du sable et des cailloux. Mais alors apparut un vieux bas troué, mangé par les mites et percé par le gros orteil. Tous se mirent à rire à part le prêtre et la victime. Humilié, isolé, Georges remit sa botte et partit en grommelant :

– J'sacre mon camp d'icitte, moé, maudit baptême...

– Georges, cria le vicaire de sa voix la plus autoritaire, prends la brouette pis emporte du ciment... tout de suite...

Malgré ses mouvements de rébellion, le pauvre homme finissait toujours par obéir à la volonté de quelqu'un d'autre, sachant d'instinct qu'il était incapable de se diriger lui-même.

Et pendant que le chantier se poursuivait, quelqu'un en observait les ouvriers. Germain Bédard, assis sur son lit, s'imaginait une baratte à ciment à la place du cerveau et il l'empiffrait de tout ce qu'il apercevait devant l'église : le prêtre qu'il avait vu, lui, sur les lieux de l'accident, il l'associa au magicien d'Oz; le grand efflanqué qui opérait le malaxeur devint dans son imagination la vieille sorcière; et les trois autres personnages furent le lion, l'homme de tôle et l'épouvantail...

Fut-ce une réponse du ciel que la venue sur le chemin du presbytère d'une petite fille et de son chien ? Arrivait-elle pour soustraire les autres à cet oeil caché dans une chambre du troisième étage de l'hôtel ou bien intervenait-elle pour sauver les meubles de quelqu'un à la demande de quelque protecteur céleste. Ou protectrice...

Le vicaire aperçut la fillette. Cela le troubla pour deux bonnes raisons. La vieille raison si souvent dure comme du fer entre ses jambes, d'autant que l'enfant était Nicole Lessard, la petite qui, sans le savoir, l'excitait tous les jours en passant sous sa fenêtre du presbytère et qui surtout, depuis que la Vierge semblait lui apparaître, devenait encore bien plus bouleversante à ses yeux. Mais il luttait fermement contre ces mouvements spontanés de sa chair en feu en l'arrosant copieusement par ces douches froides du travail manuel et de la prière la plus fervente. Et la deuxième raison, ponctuelle celle-là, c'était le souci qu'il continuait de se faire à propos de cet orage annoncé par tous. Inspirée, elle saurait.

Il lui fit signe de s'approcher.

– Nicole, viens...

Le chien fut le premier rendu. Il frétillait de la queue car cent fois caressé déjà par cet homme qui lui donnait même de temps en temps des bouts de saucisse.

– Où t'en vas-tu comme ça ?

– Au magasin.

– T'as pas peur qu'il pleuve ?

– Non.

– Ah! Et penses-tu qu'il va pleuvoir ?

– Sais pas...

– Ferme tes yeux, pense à la Sainte Vierge et dis un Je vous salue Marie...

La fillette obéit. Puis rouvrit les yeux.

– Penses-tu qu'il va pleuvoir ? redemanda-t-il.

– Oui.

– Une p'tite pluie ou une grosse pluie ?

– Grosse.

– Bon! Ben tu peux t'en aller. Tu diras à ta maman que je vais aller la voir demain...

De son point de surveillance, Bédard plissait maintenant

les paupières sur des pupilles brillantes. Comme il semblait aimer les enfants, ce prêtre !...

Mais le vicaire fronçait les sourcils en ce moment même et c'était de contrariété. Et comme pour mettre le comble à son malaise, il entendit dans son dos :

– L'orage s'en vient pis ça me fait rien en wing en hen...

Le prêtre tourna les talons. Les poignées de la brouette de ciment, pesantes comme du plomb, tirant fort vers le bas les bras de Georges, il était forcé de se tenir droit et ça le rajeunissait. Mais ce qui intéressait l'autre, c'était le rajeunissement du perron, et il fit déverser le contenu en plein là, devant la porte de l'est à travers les armatures de grosse broche noire.

– Georges, mais t'es fort comme un boeuf !

– Le beu à Nôré, y'est fort en baptême : y arrache des souches grosses de même.

Pour montrer la grosseur, Georges dut lâcher les poignées et la brouette se renversa, mais sans dommages. Il la reprit en mains et repartit tandis que le prêtre, armé d'un pieu de bois, commençait à fourrager dans le béton pour le tasser.

Sa conviction serait plus forte que toutes les prévisions : non, il ne pleuvrait pas. Ou s'il pleuvait, ce seraient des ondées sans conséquence. Et pourtant, un peu plus tard quand Grand-Paul vint lui parler, il lui demanda s'il ne se trouvait pas d'autres grandes toiles chez lui.

– J'en ai pis j'peux en trouver itou su' Roland Campeau pis y'a Freddy Grégoire qui en a des saudites belles... Mais pourquoi c'est faire, des toiles, d'abord qu'il mouillera pas ?

– C'est vrai, c'est vrai; je disais ça comme ça...

Et le prêtre se remit à fredonner :

"... *par un beau soir comme ça...*

Bédard descendit et se rendit au restaurant en passant par

l'intérieur. Et il demanda à Jeannine de bien vouloir écrire une lettre pour lui. Serviable, elle accepta, d'autant qu'elle n'avait rien d'autre à faire que de ruminer sur ses relations avec Laurent. Il lui dicta les idées de base puis sortit avec l'intention d'aller le voir de plus près, ce chantier du perron de l'église, et peut-être d'y provoquer certaines choses sans que ça ne paraisse trop...

Le prêtre n'était là qu'un homme ordinaire sans ses saintes huiles ni hostie consacrée : plus vulnérable.

– Qui que t'es, toé ? demanda Georges sitôt que le visiteur fut là.

– Un chien qui ronge l'os, dit Bédard en riant.

On rit. La question brutale ne pouvait obtenir qu'une réponse évasive et drôle. Mais d'une certaine façon, Grand-Paul rôda lui aussi à sa manière autour de la même question d'identité du personnage :

– Vous devez venir pour voir monsieur le vicaire, ben il est là sur le perron. Étant donné que vous restez à l'hôtel, vous devez venir de loin... des États que ça me surprendrait pas pantoute, là...

– Je vis dans la paroisse.

Et l'homme dit ce que d'autres savaient déjà à son sujet. Qu'il avait loué une maison. Qu'il était là à la mort de l'électricien. Mais surtout, il posa des questions sur la façon de faire du ciment, sur les quantités de gravier, de ciment et d'eau qu'il fallait mélanger et quel temps il fallait baratter. Une telle curiosité apprivoisa Grand-Paul qui devint loquace. Il tomba sous le charme de ce diable d'étranger qui, en quelques minutes, montra plus d'intérêt envers lui que la plupart des gens durant toutes ces années de coulage de ciment pour faire des trottoirs, des planchers d'étable et surtout des solages de maison.

Le vicaire levait parfois un peu la tête pour voir les hommes travailler et parce que la bouche de Grand-Paul constituait un porte-voix de première qualité, il pouvait deviner toutes les questions par les réponses entendues.

Puis Bédard demanda s'il pouvait prendre part aux travaux durant une heure. Il désirait tout faire. Actionner les leviers du malaxeur; y verser l'eau; y pelleter le gravier; y insérer le ciment... Brouetter jusque sur le perron, fourrager, niveler... tout.

– On demande pas mieux que d'avoir deux bras de plus, dit Grand-Paul sans voir les grimaces des hommes qui verraient ainsi leurs heures réduites.

Mais Bédard voulut les rassurer et il reprit :

– Écoutez, c'est pas pour vous ôter le pain de la bouche. Quand je vas faire quelque chose, celui que je remplace va se reposer. Pis c'est pas non plus pour montrer que j'sus meilleur, c'est pour savoir comment ça marche...

Les sourires revinrent sur les lèvres des deux pelleteurs. Et Georges suivit la vague. Et il voulut lui aussi se faire valoir aux yeux du visiteur. Considérant que le maître d'oeuvre suprême était encore le vicaire, Grand-Paul crut bon lui envoyer Bédard; et quand l'homme fut rendu en haut de la passerelle en pente, il dit de lui :

– On dirait que c'est un maudit bon homme, ça !

L'étranger entendit. Il pensa au 'maudit' que contenait la phrase et ça le fit sourire.

– Je ne vous donnerai pas la main, mes gants sont tout pleins de ciment, dit le vicaire à l'homme qui arrivait auprès de lui.

– C'est mieux, certain.

– Vous étiez sur les lieux de l'accident, ce matin : un terrible drame n'est-ce pas ?

Bédard montra de l'étonnement :

– Je vous ai vu là-bas, monsieur le vicaire, mais je ne pensais pas que vous m'aviez vu parmi la foule.

Fier d'avoir misé juste et bien flairé, le prêtre dit :

– Je ne vous y ai pas aperçu non plus, mais comme on a parlé du jeune étranger qui a vu mourir Léonard comme de quelqu'un qui a loué la maison à Polyte Boutin mais qui vit à l'hôtel et que tout à l'heure, je vous ai vu arriver à l'hôtel à bicyclette, j'ai additionné tout ça en vous voyant venir visiter nos travaux.

– Je vous félicite à plein; comme on dit, vous avez du nez comme ça se peut pas. De bonnes antennes !

– C'est ça qu'on dit, mais... faut bien dire que c'est plus une question de raisonnement que de nez.

– C'est vrai, ça, c'est ben vrai !

– C'est comme pour la pluie. Tout le monde ici pense qu'on va avoir encore de l'orage mais moi, je dis que non. Le temps est bas, c'est vrai, mais le vent n'est pas si mauvais que ça. Et puis comme on a eu plusieurs orages hier, on a toutes les chances de n'en pas avoir aujourd'hui. C'est logique, parfaitement logique. Et vous, qu'est-ce que vous en dites ? Croyez-vous qu'on aura de l'orage ?

– Non, dit Bédard sans aucune hésitation.

Le prêtre sourit, réconforté, heureux, et même joyeux et désireux de blaguer comme cela se fait si souvent sur les chantiers de construction. Bédard reprit la parole.

– J'aimerais, si vous voulez, toucher à toutes les 'jobs' de coulage de ciment. Monsieur en bas, je ne sais pas son nom...

– Saint-Veneer, dit le vicaire avec un clin d'oeil et sur un ton un cran plus bas.

– Comment ?

– Saint-Veneer... C'est Paul Blanchette, mais tout le monde l'appelle Saint-Veneer... ça l'agace mais dans le fond...

– Saint-Veneer ?

– C'est ça, Saint-Veneer...

– Bizarre, bizarre...

– Y a une brouettée de ciment qui s'en vient : voulez-vous commencer ici ou en bas ?

– Je vais aller en bas et je reviens. Je veux faire les choses dans le bon ordre.

– Un homme d'ordre est un homme d'honneur... et vice versa, plaisanta encore le vicaire.

Pour Grand-Paul, se faire appeler Saint-Veneer constituait une véritable insulte et malheur à celui qui osait lui servir l'injure : il se faisait lapider sur-le-champ.

Bédard se fit d'abord montrer la manipulation de la baratte et Blanchette, tout heureux du respect que cet homme avait pour son travail et sa dextérité, le laissa opérer tant que l'autre le voulut. Et il lui arriva même de dire en tutoyant maintenant Bédard :

– Mon ami, tu t'en viens meilleur baratteux que Jos Page, jhuwa, jhuwa, jhuwa...

Tous rirent. Qui ne se moquait pas du rire de Jos Page dans la paroisse ? Et de son métier de 'brasseux de beurre'...

Puis Bédard s'occupa du ciment. On observait sa force physique. Elle n'épata personne. Il avait le dos large et soulevait aisément un sac, mais quand venait le temps de faire porter la charge par ses bras pour mettre la gueule ouverte dans celle du mélangeur, il lui fallait tout son petit change. Fort du dos, moins des bras. Mais il le fit au besoin pendant vingt minutes tout en remplaçant Ti-Georges à l'occasion au boyau à eau.

Par la suite, il remplaça à tour de rôle chacun des pelleteurs, travaillant comme s'il y mettait de sa personne et questionnant l'autre sur son métier de bûcheron et sur les filles qu'il fréquentait. Au chapitre des plus belles de la paroisse, il entendit nommer Ti-Noire Grégoire, Jeannine Fortier, Solange Boutin et Rachel Maheux. Étonnant, il les connaissait déjà toutes les quatre et pourtant, il n'était là que depuis quatre jours à peine...

Ce fut ensuite le travail le plus ardu. Mettre la brouette en position devant la gueule du baril à malaxer puis, une fois remplie, la conduire vis-à-vis la passerelle, se donner un élan et monter jusqu'en haut en gardant l'équilibre malgré le poids. Il voulut le faire six fois. Puis six autres. Puis encore six autres.

Le moment vint de travailler aux étapes finales en compagnie du vicaire. Il lui arriva de questionner sur les enfants mêlés à l'affaire des apparitions de la Vierge.

— Justement, la petite Nicole Lessard était dans les environs tout à l'heure. Si je la vois, je vous la ferai voir...

— Je crois que je l'ai vue de ma chambre d'hôtel. Vous lui avez parlé ?

Le prêtre rit.

— Je voulais savoir si elle prévoyait de l'orage.

— Pis ?

— Elle en prévoit. Mais là-dessus, j'aime autant me fier à vous.

— Ah! mais j'suis pas le bon Dieu, monsieur le vicaire. Pis ben loin de l'être, vous savez...

L'abbé lui montra la meilleure manière de tasser le ciment et Bédard questionna à nouveau sur les apparitions de la Vierge.

— Comment c'est que ça a commencé tout ça ?

— Les deux enfants sont allés faire un pique-nique sur le cap à Foley, là-bas, un vendredi soir et ils auraient vu la Vierge. Ce que je crois. Il n'étaient pas seuls, il y avait le petit Gilles Maheux avec eux autres, mais lui n'a rien vu... Ça se comprend vu que c'est pas un petit gars très très pieux: il n'a jamais servi la messe et ne s'est mis au choeur qu'une fois ou deux, vous voyez...

— Je comprends, oui, je comprends, fit Bédard en esquissant un bien mince sourire.

Le charme prenant de l'étranger agissait sur tous maintenant, même s'il subsistait quelques réserves à son endroit en l'esprit du vicaire. Pourvu que cet homme ne soit pas une menace pour les enfants...

Puis Bédard remercia et salua le prêtre. Et il redescendit la passerelle pour aller dire à Grand-Paul :

– Je vous remercie beaucoup, monsieur... Saint-Veneer...

Les pelleteurs éclatèrent de rire. Ti-Georges les imita. Grand-Paul devint rouge comme la crête d'un coq effarouché. Bédard poursuivit :

– Paraît que ça vous agace de vous faire appeler Saint-Veneer, mais moi, j'pense que dans le fond...

Blanchette mâchouilla le bouquin de sa pipe et rajusta ses épaisses lunettes en regardant en direction du vicaire. Malgré sa colère noire, il comprenait que l'étranger n'était pas coupable, que le vicaire avait ri de lui dans son dos et avait fait diminuer le respect de cet inconnu envers lui. Alors il se sentit parfaitement impuissant, tout à fait bâillonné. Impossible de jurer contre Bédard et incapable d'assommer le vicaire de mots injurieux aux allures de coups de fouet.

Il se tut et laissa Bédard s'en aller. Parce que retenu au fond de lui, le dépit aurait une existence lente et longue : plusieurs heures au moins, sinon quelques jours... Et Grand-Paul se tut pour le reste du coulage du perron.

Dès que la dernière brouettée fut emportée, il nettoya la cuve avec le boyau à eau puis éteignit le moteur du malaxeur. Alors il lança au vicaire :

– Là, je m'en vas chez nous.

– C'est ça, on fera le ciment de finition demain matin.

– Ça serait mieux demain après-midi.

Le vicaire admira toute cette étendue plane, lisse et brune et sa quiétude fut à nouveau troublée. Il dit :

– Les toiles, on ferait mieux de les poser...

– Non, d'abord qu'il mouillera pas d'après vous.

– D'après monsieur Bédard non plus.

– Mes toiles en tout cas sont dans la voiture qui est décrochée de mon char pis que je laisse du long de l'église pour la nuitte. Vous pouvez les mettre si vous voulez...

– Sont pas assez grandes.

– Non, sont pas agrandies tuseules après-midi...

Le vicaire ayant le nez dans la stupidité de sa propre question et surtout dans l'évidente mauvaise humeur de son interlocuteur le laissa partir sans rien demander de plus.

Une fois dans son véhicule, une douteuse Plymouth 1937, Grand-Paul bourra sa pipe et l'alluma. La fumée bleue qui en sortit exhalait une odeur d'amertume.

Il fit démarrer le moteur. Le son ressemblait à celui de la bagnole du Cook. Le tabac grésilla dans sa pipe et l'homme marmotta :

– Ben qu'il s'arrange donc avec ses maudites toiles d'abord qu'il mouillera pas d'après lui. Pis il mettra du 'veneer' sur son ciment.

Pour manger, Bédard s'installa à une cabine avec vue sur le temple paroissial. Jeannine lui servit des sandwiches aux oeufs frits et du café instantané. Elle lui lut la lettre qu'elle avait composée pour lui et lui demanda l'adresse d'expédition.

– Bernard Bédard, Route rurale 3, Arthabaska.

– C'est votre chez-vous, ça ?

Il sourit sans répondre. Finalement, elle lui remit son enveloppe avec la lettre. Il ne lui resta plus qu'à coller le rabat.

– Si je te donne une piastre, c'est-il assez ?

– C'est gratis. Un service qui va avec la chambre et les repas.

– Je te donne une piastre pareil.

– C'est vous autre le pire...

– Non... le mieux...

Le vicaire quitta le dernier le chantier. Il jeta un coup d'oeil vers le ciel et disparut par la porte de l'église. Le ciel déjà sombre parut se transformer en plomb.

L'étranger se dit qu'il ferait mieux d'aller mettre sa lettre au bureau de poste immédiatement pour éviter la pluie qui s'annonçait. Il sortit. Un regard vers le ciel sur l'horizon ouest lui révéla de noirs présages. Il se tourna vers le perron et alors on put entendre au loin les premiers grondements du tonnerre. Un quart d'heure pas plus et l'orage frapperait. Voilà qui était inévitable, car le vent déjà l'emportait rapidement vers Saint-Honoré.

Il marcha sans se presser et entra dans le magasin. Quelle rencontre profitable y ferait-il ? Ti-Noire peut-être ? La sensuelle Ti-Noire qui pourtant ne pouvait cacher tout à fait une certaine faiblesse dans son oeil profond... Freddy sûrement qui esquiverait les questions. Ou bien sa soeur, la vieille demoiselle de pas cinquante ans qui chercherait à tout savoir ce qu'elle savait déjà de l'accident mortel. À tout prendre, c'est cette madame Rose qu'il espérait rencontrer là. Une femme séparée de fraîche date et qui joue à la Mae West devant les jeunes gens pourrait hautement le servir dans ses entreprises particulières...

Mais ce fut Armand Grégoire qui s'entretenait avec son frère du vieux passé qu'il rencontra et dont il fit la connaissance. Il lui fallut poser sa lettre à côté de l'homme assis sur la planche mobile séparant le bureau du vestibule et qui lui faisait dos.

– Monsieur Grégoire, ça va-t-il partir à soir ?

– Ouais.

Armand crut bon justifier la réponse de son frère.

– Le Blanc Gaboury va venir prendre la malle dans à peu près une demi-heure. Je dis ça, mais vous devez pas le connaître encore...

– Oui, je le connais. J'ai voyagé avec lui...

– Vous avez pas peur de...

– D'attraper sa maladie ? Non...

Armand eut un bref éclat de rire :

– C'est tant mieux parce que j'vaux pas mieux que lui.

– Vous êtes parents, vous deux, constata Bédard.

– C'est mon frère.

– Ça se lit sur votre visage.

– Vous lisez dans les faces ?

Bédard reprit sa lettre et la montra.

– Oui, mais pas la vraie écriture. Ça, c'est mademoiselle Jeannine qui l'a fait... Moi, j'sais pas écrire...

Et l'entretien se poursuivit sur le même ton. La communication se faisait aisée entre eux. Bédard trouvait fascinants ce visage ravagé et cette âme navrée...

Le bruit du tonnerre se rapprocha.

– L'orage s'en vient, prévint Armand.

– C'est certain, approuva Freddy.

– Et moi, je m'en vais, même si l'hôtel est pas loin...

Bédard salua et repartit. Et se rendit tout droit à sa chambre où il s'assit sur son lit pour regarder dehors par la fenêtre. Quelques instants plus tard, l'auto du vicaire passa vivement devant l'église...

Pressé par toutes ces évidences inscrites au fond de l'horizon, le prêtre venait d'appeler chez Grand-Paul pour réclamer qu'il vienne l'aider à installer des toiles sur le ciment, mais l'homme amer fit dire par sa femme qu'il était absent, parti dans le neuf pour une heure ou deux au moins. L'abbé accourait donc chez Freddy pour quérir toutes les toiles disponibles et peut-être y trouver de l'aide d'urgence afin de protéger le perron sacré qu'il avait lui-même béni à maintes reprises chaque fois que Réal, Luc, Ti-Georges et l'étranger étaient venus vider leur brouettée à l'intérieur des coffrages.

L'abbé stationna à l'envers du chemin devant le magasin et entra en coup de vent à l'intérieur. Il résuma en quelques mots sa crainte d'anticiper les dommages qu'une pluie forte pourrait faire à son ouvrage et demanda les toiles dont avait parlé Grand-Paul.

Armand et Freddy se portèrent aussitôt volontaires pour aider non sans s'échanger des sourires de complicité devant l'imprudence de l'abbé qu'ils avaient eux-mêmes averti des problèmes que le ciel n'épargnerait pas au perron, qu'il fût béni par le bon Dieu ou bien maudit par le démon. Ou vice versa...

Les trois hommes se rendirent aussitôt dans le back-store et en rapportèrent toutes les toiles disponibles. Sept en tout qui selon Freddy pourraient couvrir la moitié du perron. On les emporta dans la valise de l'auto du vicaire et Freddy dut rentrer pour avertir Ti-Noire de le remplacer. Peu de temps après, les trois hommes commençaient à installer les couvertures protectrices. Mais aussitôt l'orage éclata. Un déluge de clous qui dardaient la surface du ciment. Il fallut vite se réfugier dans le tambour principal, une porte laissée ouverte pour permettre au prêtre de se lamenter sur les dégâts et de blâmer Grand-Paul pour son insouciance.

Trempé jusqu'aux os, le pauvre Armand avait fait du zèle sous la pluie malgré les appels de Freddy.

De sa chambre, Bédard pouvait voir l'eau, malgré l'épaisseur du rideau de pluie, diluer le béton et l'emporter par-dessus les coffrages. Il hochait la tête et souriait, comme la catastrophe lui apportait de l'agrément...

Sur leur chemin, Eugène, Rachel et Jean-Yves s'étaient arrêtés pour ramasser la bicyclette puis la laisser chez Campeau qui la réparerait. On arriva près du magasin au plus fort de l'orage. Le conducteur mena son véhicule jusque sous le punch du hangar qui les protégea des éléments tourmentés, vent, pluie et ruissellement.

Le jeune homme malade continua de se faire docile et de suivre ses deux escortes. Ti-Noire l'aperçut par la vitre du bureau de poste; elle se mit à pleurer de joie. Et courut avertir sa mère. Et les retrouvailles eurent lieu dans le back-store. Jean-Yves demeura absent par l'esprit. Amanda riait comme une enfant. Solange éclatait de rire et Ti-Noire continuait à pleurer. Soudain, elle s'écria :

– Je vas chercher papa.

Sans attendre, sans se vêtir de quoi que ce soit, la jeune femme courut entre les comptoirs et quitta le magasin sous la pluie dans sa robe rouge et noire qui fut aussitôt trempée de même que ses cheveux. Maintenant, les éclairs et les coups de tonnerre coïncidaient.

Quand l'étranger l'aperçut qui entrait sur la passerelle, son cerveau se mit à travailler comme une mécanique efficace et rodée, mais il ne trouvait pas la raison d'une pareille attitude. Que s'était-il donc produit ? Il put la voir qui annonçait quelque chose d'important à son père et aux deux autres. Puis la jeune fille, comme retombée en enfance, se suspendit à un câble tombant. Un son de grosse cloche se fit entendre. Alors Bédard sut que le jeune homme disparu était revenu. Il ne pouvait s'agir d'autre chose.

Aussitôt que la pluie diminuerait, il sortirait à nouveau et retournerait au magasin sous prétexte d'attendre la malle du soir, afin de chercher à savoir si était vraie sa déduction.

La pluie se calma. En quelques endroits du perron, le ciment avait moins souffert que partout ailleurs où il faudrait reprendre l'ouvrage à zéro. Et même plus car on aurait à vider les coffrages des résidus privés de leur liant. En ces espaces qui avaient commencé à durcir parce que remplis les premiers, l'impact des gouttes y avait créé une multitude de petits cratères qui feraient dire au vicaire le lendemain matin, lorsque l'eau qu'ils contenaient serait partie, qu'il avait inventé un motif qu'on devrait tâcher de reproduire sur une surface verticale afin de rendre l'utilisation du béton moins ennuyeuse.

Mieux vaut faire contre mauvaise fortune bon coeur. Surtout quand c'est la paroisse qui paye pour les dégâts.

***

Chapitre 25

L'étranger sortit à nouveau de l'hôtel quand le gros de l'orage fut passé. Et traversa la rue pour se rendre au magasin. À travers le muret de la terrasse, des jets d'eau gros comme le bras continuaient de se déverser sur le trottoir. Il marcha dans le chemin en regardant ses pieds et, entendant venir une voiture, il sauta sur le perron et y resta un moment.

C'était le Blanc Gaboury qui, pour la troisième fois de la journée, s'apprêtait à se rendre au village voisin. Entre les deux malles du matin et du soir, il avait fait le taxi pour Victor Drouin, ce qui avait failli coûter la vie à Rachel Maheux.

En descendant de voiture, le postillon regarda le coq de l'église et dit à Bédard :

– Le coq est fou comme la girouette su' notre grange. Pas moyen de savoir si le mauvais temps va sacrer son camp ou ben s'il va rester avec nous autres pour une journée de plus.

Et il cracha dans l'eau qui ruisselait à ses pieds.

– Même monsieur le vicaire s'est trompé pis ça aura coûté son perron...

– Comment ça ?

– Tu te feras conter ça par monsieur Grégoire.

L'étranger, qui avait à peine parlé à Blanc lors de son arrivée quelques jours plus tôt, donnait maintenant l'impression, par le ton et le tutoiement, d'être une vieille connaissance.

– C'est quoi, ton nom, déjà ?

– Germain Bédard.

– J'ai su que tu t'installais par icitte à demeure.

– La clef sous le paillasson, comme on dit.

Et il ouvrit la porte devant l'autre.

– Les Blais, ils ont des hommes tant qu'ils veulent pis v'là qu'ils se mettent à engager des femmes dans les boîtes à beurre. Mais paraîtrait qu'il s'ouvrirait une shop de chemises. Les Bilodeau... Eux autres vont peut-être prendre des hommes pour travailler à travers des femmes couturières, on sait jamais, le monde, ça s'en vient de plus en plus à l'envers du bon sens...

Ils s'arrêtèrent à l'intérieur derrière l'étalage des balais. Là, le Blanc reprit :

– Des fois, j'essaye de m'imaginer c'est qu'il va se passer dans cinquante ans d'icitte. Mettons en l'année 2000. J'pense que le monde dans ce temps-là, ça va courir d'un bord pis de l'autre comme des chiens fous à demeure, pis que ça va s'haïr pis se garrocher des roches, pis que ça va barrer leurs portes jour et nuitte. L'eau va être pleine de marde pis il va y avoir de la boucane partout. L'enfer sera pas pire.

– J'ai hâte de voir ça, dit l'étranger, l'oeil brillant.

– Ben pas moi, pantoute. Leur année 2000, je leur laisse. Pis je leur laisse 1980 avec, pis 1970 itou...

Cette vision métaphorique et cauchemardesque de l'avenir par Blanc intéressait Bédard au plus haut point. L'oeil piqué d'une lueur étrange, il dit :

– D'abord que j'ai pas grand-chose à faire, j'ai quasiment envie d'aller avec toi à la gare : comme ça, on pourra placoter sur la vie d'aujourd'hui pis de demain.

– Si c'est rien que pour l'agrément, j'te chargerai pas une vieille cenne noire.

– On verra. J'paye toujours mon loyer...

Blanc fut estomaqué d'apercevoir Armand à moitié enveloppé d'une couverture de laine et assis au bureau de poste là où était toujours Freddy à cette heure-là.

– J'me sus quasiment noyé dans l'orage sur le perron de l'église, dit l'homme avant même de saluer. Là, je remplace Freddy parce que son gars est revenu pis ils sont tous à la cuisine.

– Jean-Yves est revenu.

– Oui, le temps qu'on essayait de poser des toiles au-dessus du ciment du vicaire Gilbert.

Derrière Blanc, Bédard entendit. Cela confirma ce qu'il avait déjà deviné par l'attitude de Ti-Noire dans le tambour de l'église sous son oeil d'observateur. L'échange entre les deux hommes lui apprit qu'ils souffraient de tuberculose, lui fit comprendre que de plus, Armand était un buveur et qu'enfin, ils étaient tous deux bourrés de cynisme devant l'idée de la mort tout en partageant des vues pessimistes sur le futur, sans doute pour se consoler de devoir quitter ce monde prématurément.

Quand, un peu plus tard, l'auto se mit en marche en direction de la gare, Blanc demanda à son passager si la tuberculose lui faisait peur.

– Pas plus que les grands orages, répondit l'autre avec une voix lointaine.

– Les orages tuent moins de monde.

– Y a des bons remèdes contre la tuberculose asteur pour

ceux qui veulent se faire soigner.

– Les antibiotiques ? Trop tard pour d'aucuns. Le gars à Maheux, là, il est obligé de se faire ouvrir deux fois pour s'en faire couper des morceaux. Il passerait par le back-store à Boutin-la-viande que ça serait pas pire...

Le voyage aller-retour permit à l'étranger d'en apprendre sur pas mal de monde de la paroisse. Car une fois le village franchi, il posa diverses questions sur les habitants de diverses maisons. Il en sut donc sur les Dubé, sur Marie Sirois, Fernand Rouleau, les Champagne, Clodomir Lapointe et plusieurs autres.

En passant devant chez le Cook, Blanc lui raconta l'accident de l'après-midi. Et puisqu'il fut question de bicyclettes, l'étranger parla de celle qu'il avait achetée du jeune commerçant. Le postillon alors éclata de rire en plaignant son passager de s'être fait avoir puisqu'il aurait pu obtenir bien mieux pour moins cher chez Campeau. Puis fit un coq-à-l'âne :

– C'est la Rose Martin qui va vouloir mourir quand elle va savoir que le bon Armand est revenu pour rester dans les parages. Elle a peur des microbes pour en tomber malade. Armand va être sa bête noire...

On était sur le chemin du retour. Même que le village apparaissait maintenant au pied de la dernière colline et non seulement la flèche de l'église. Germain Bédard sauta sur le sujet pour le retenir comme le chat qui contrôle la souris.

– J'ai entendu dire que c'est une belle femme pour son âge, la madame Rose.

– Tu la connais pas encore ?

– Je connais les Maheux, les Grégoire, les Fortin, les Fortier, les Bureau, les Bilodeau, les Lachance, le vicaire, Dominique Blais, le Cook Champagne, Fernand Rouleau, les Boutin du dix, j'ai vu la petite Lessard qui a des visions, je connais monsieur Saint-Veneer pis pas mal d'autres déjà, mais pas elle. L'adon s'est pas présenté...

– Ça retardera pas... elle passe son temps à courir les chemins avec ses produits Avon. Saint-Veneer, il reste justement là, là... mais j'te conseille pas de l'appeler de même parce qu'il va te chanter une poignée de bêtises...

– Je l'ai fait et il m'a rien dit.

– Le diable t'a protégé, mon ami.

L'oeil de Bédard émit une lueur mystérieuse :

– Ça se pourrait...

Après une courte pause, il revint à sa question :

– Pis, madame Rose, comment que tu la trouves... j'veux dire du physique ?

– T'as pas envie de fréquenter une bonne femme de cinquante ans, toujours ?

Bédard répondit sur un ton indiquant la blague :

– On sait jamais...

Sur le même ton, Blanc demanda sans sourire :

– Es-tu un dégénéré ou ben un dénaturé ?

– Ni un ni l'autre; j'sus rien qu'un homme... quelconque... un gars ben ordinaire...

– Ben... elle prend soin de sa personne, ce qui fait que... ben c'est une belle femme, oui. Elle sent le propre pis le parfum même si elle change de bord de chemin quand elle me voit. Mais des fois, je le fais exprès pour la surprendre au bureau de poste. Là, elle vient blanche comme un drap, pire que moi dans mon pire, pis elle s'en va chez eux...

– Pourquoi c'est faire qu'on t'appelle Blanc plutôt qu'Albert ?

– Enfant, j'avais les cheveux blonds quasiment blancs. C'est pas trop un signe de santé, ça. Tandis qu'un homme comme toi, noir comme un corbeau pis poilu comme un singe, c'est bâti pour durer cent ans. Tu vas être encore là, toi, en 2000.

– Et... les apparitions de la Vierge ? demanda Bédard tandis qu'on passait devant la maison des Jolicoeur.

Blanc répondit à une précédente interrogation de l'autre :

– C'est icitte qu'elle reste, madame Rose.

– Je le savais.

– T'as qu'à aller la voir si tu veux la voir.

– Ouais...

Blanc ricana puis faillit s'étouffer.

– Les apparitions ? De la bouillie pour les chats. L'histoire aurait été organisée par le vicaire que ça me surprendrait pas pantoute. Pour financer le perron de l'église... pis se faire valoir...

– Pourtant, les gens ont l'air d'y croire.

– Moins qu'on pense. Ils attendent que l'affaire soit démasquée pis là, ils vont tous dire qu'ils savaient ça, eux autres, que c'était de la marde de chien.

– Comme ça, t'irais pas prier sur le cap à Foley... pour ta santé... on sait pas...

Blanc rit.

– Ni sur le cap à Foley, ni là-dedans non plus, répondit-il en désignant l'église.

On s'arrêta devant le magasin où le postillon se stationna à l'envers du chemin. Et l'étranger entra avec les deux sacs de courrier tandis que Blanc repartait chez lui sans rien dire de plus, appelé par une sieste propre à diminuer sa lassitude.

Le décor humain avait changé dans le bureau de poste et plutôt d'un homme malade et détrempé, Bédard y découvrit Ti-Noire qui arborait un air simple et radieux.

– Tiens, mais on a un nouveau postillon! s'exclama-t-elle.

– Je t'ai vue de l'hôtel durant l'orage.

Elle éclata de rire.

– J'allais avertir mon père de quelque chose.

– Des plans pour prendre un coup de mal.

– Le mal, ça prend pas sur moi.

L'aveugle, qui se trouvait là comme tous les soirs depuis des décades, voulut se mêler de la conversation.

– Dis pas ça, Ti-Noire ! Le mal, ça prend sur tout le monde sans exception.

– C'est vrai, ça, approuva l'étranger.

– En attendant, c'est pas le mal qu'il me faut, c'est la malle... pour la dépaqueter. Donne-moi les sacs...

Bédard les mit sur la planche et se recula d'un pas pour attendre face à l'aveugle qu'il examina de pied en cap tandis que la jeune femme s'occupait de sa tâche.

– Vous, c'est monsieur Lambert, hein ?

– Pis toé, t'es le nouveau dans la paroisse.

On se parla d'un peu tout, des sujets à la mode du village, des apparitions bien entendu, et parfois Ti-Noire, entre deux lettres insérées dans des cases, ajoutait son grain de sel sans rien prendre au sérieux. Le retour de son frère la rendait heureuse même si son père avait décidé par la force des choses de le faire hospitaliser. Mais aussi cette présence imprévue de Bédard l'excitait.

Le moment venu, la jeune femme vida la case du presbytère et toucha la main de l'aveugle avec son contenu en disant sans ton :

– Malle du curé.

Puis elle répéta l'opération.

– Votre malle, monsieur Lambert.

– Pis moi, j'ai rien, mais j'me décourage pas, ça va venir comme dirait la Bolduc.

Fofolle, Ti-Noire maintenant vêtue d'une robe bleu pâle se mit à fredonner.

"Ça va venir, ça va venir, découragez-vous pas, moé j'ai toujours le coeur gai pis j'continue à turluter..."

L'aveugle éclata de rire. Et l'étranger donna la réplique à

la maîtresse de poste d'exception.

"Pis d'l'ouvrage, y va n'avoir pour tout le monde cet hiver;

Il faut ben donner le temps au nouveau gouvernement..."

D'autres personnes se trouvaient dans le magasin maintenant et attendaient de voir le père Lambert passer entre les comptoirs pour aller à leur tour prendre livraison de leur courrier du soir. Bédard se mit en retrait durant la distribution, apprenant tout ce qu'il pouvait des visages, des noms entendus... Cyrille Beaudoin, Pit Roy, Georges Mercier, Louis Grégoire, Jean-Louis Bureau, Jos Bilodeau, Florian Morrissette... Par chance, Ti-Noire nommait tout haut les personnages comme pour satisfaire la curiosité de Germain sans qu'il en ait fait la demande.

Le dernier à venir fut Gilles Maheux qui arriva à toute vapeur et freina au dernier moment en imitant avec sa bouche un bruit de pneus sur le macadam, s'attendant à voir Freddy comme de coutume. La vue de la jeune femme le calma net et celle de l'étranger le figea dans de la glace.

– Si c'est pas mon beau p'tit Gilles ! lança Ti-Noire qui se pencha aussitôt au-dessus de la planche. Viens que je t'embrasse...

Elle avait conscience de lancer à Bédard une sorte de message à connotation sensuelle. Mais c'est surtout le nouvel adolescent qui le reçut et plus encore quand il plongea son regard sans le vouloir dans le décolleté de la robe et qu'il y aperçut la généreuse poitrine recouverte d'un soutien-gorge tout rose.

Il lui resta une marque de rouge sur la joue et, la devinant, il s'essuya quand il reprit sa course avec le journal *Le Soleil* dans les mains.

– Il est assez fin, ce petit gars-là, dit-elle à l'étranger. Il apparaît toujours à l'improviste... Vif comme un écureux...

– Il apparaît ? répéta l'homme.

– Une manière de dire... c'est pas la Sainte Vierge, hein !

– Comme ça, ton frère est de retour ?

– Qui c'est qui t'a dit ça ? Tu le connais pas.

– Je le connais plus que tu penses...

Cette fois, elle devint plus réservée. Il lui apparaissait que cet homme était trop nouveau dans le pays pour en connaître déjà certaines intimités navrantes. Certes l'histoire de la maladie et de la disparition de Jean-Yves était de notoriété publique, mais de là à en parler publiquement, non.

C'est toutefois lui qui fit dévier la conversation sur le drame du matin. Toutefois, il n'en dit que deux ou trois phrases puis salua et se retira. Une fois dehors, il marcha de long en large en attendant le retour de l'aveugle du presbytère. Et quand, pas longtemps après, le petit homme apparut au bout de la sacristie, il se frotta les mains d'aise. C'est par lui qu'il pourrait en apprendre encore plus à propos de cette invisible madame Rose...

L'aveugle tâtait son chemin et le mur de l'église avec sa canne. Il en vint à s'empêtrer derrière la voiture que Grand-Paul avait laissée près du perron. Mais comme toujours, il retrouva sa direction sans chuter et reprit le chemin de gravier jusqu'à atteindre un autre long repère, la terrasse qu'il longea jusqu'au trottoir puis suivit vers chez lui. Mais, en même temps, ce soir-là, vers l'étranger qui se proposait de lui extraire bien des images de son nez tout rouge...

– Monsieur Lambert, c'est moi, Germain Bédard. Je peux vous raccompagner chez vous ?

– J'ai pas besoin d'un guide, là, mais là... bon si tu veux me raccompagner, c'est pas de refus.

Le petit homme trouva le bras de l'autre et s'y accrocha en riant de bonheur. Bédard se composa une voix pleine de prévenance :

– Étant donné que j'suis nouveau dans la paroisse, j'aimerais ça vous entendre me parler des gens qui restent dans les maisons des alentours. Pas les Maheux, eux autres, je les connais un peu, mais ensuite.

L'aveugle se fit très volubile. En quelques instants, il traça les grandes lignes dépeignant les habitants de chacune des maisons. Raoul Blais, sa femme Marie-Anna et sa mère à elle qui restait toujours avec le jeune couple. Puis il parla de Bernadette dont la maison avait été celle des Foley, des gens venus d'Irlande au siècle dernier... Et puis il y avait Jean Martel, son voisin, un retraité qui avait vendu sa terre du bas de la Grand-Ligne à son garçon.

— Pis de c'te bord-là, c'est la maison des Jolicoeur. Le père Gédéon est mort l'hiver passé pis sa femme reste toujours là, mais elle est malade au lit, la pauvre vieille. Y a quelqu'un qui s'en occupe...

Il se fit une pause. L'aveugle semblait ne pas vouloir en dire davantage sur madame Rose. Et l'étranger dut questionner sans ambages :

— Madame Martin, c'est elle ?

— C'est ça, oui. Ben, c'est madame Poulin, mais son nom de fille, c'est Martin. Ah! on peut pas dire que c'est pas une bonne personne...

— Mais ?

— Ouais...

— Mais quoi ?

— Hein ?

— Vous me dites : "On peut pas dire que c'est pas une bonne personne." C'est-il tout' c'est que vous pouvez en dire, de madame Poulin ? C'est elle, la femme qui a laissé son mari, ça fait pas lontgemps ?

— Ben... ouais... Là, c'est le temps de traverser le chemin parce que v'là ma maison de l'autre bord.

— Il vient une machine...

— Je le sais, oui. J'pense que c'est le Cook Champagne. Il

a acheté la machine à Thodore Gosselin pis je r'connais le bruit du moteur.

– On peut dire que vous avez l'oreille à ça.

– On peut en lire pas mal quand on écoute comme il faut.

– On dirait ça.

L'étranger se demanda si cet homme risquait de pénétrer en lui à cause de son sixième sens. Un semblant de sourire apparut à ses lèvres. On traversa la rue.

– Veux-tu rentrer connaître ma femme ?

– Pourquoi pas ?

Bédard trouva l'intérieur immaculé. Pieux mais ordonné. Des signes de religion sur tous les murs et en abondance.

Anna-Marie apparut, venue d'une chambre. Courte et lourde, elle possédait une voix forte et ronde qui disait les mots clairement et ses phrases sortaient sans ambages. Napoléon parla le premier toutefois.

– Ce monsieur-là, c'est un nouveau dans la paroisse. Un monsieur d'homme.

– Ah! c'est vous ça !

Bédard hocha la tête.

– C'est moi, ça...

– Je veux dire l'homme qui fait jaser tout le monde. Y a madame Rose en face qui voudrait ben vous connaître, on dirait. Moi, c'est normal que je sois curieuse parce que j'sus correspondante au journal régional, *L'Éclaireur* de Beauceville...

Bédard fit l'admiratif.

– Vous écrivez comme ça tous les jours...

– Faut ben si j'veux garder ma chronique. J'annonce les baptêmes, les mariages, les décès, les funérailles... Pis les départs de la paroisse comme celui du docteur Savoie v'là pas longtemps. Pis les arrivées comme la vôtre...

– Ah! c'est pas nécessaire, c'est ben pas nécessaire ! J'sus pas un homme ben important, vous savez. J'aime mieux que le monde me remarque pas trop. Pas que je veux cacher quoi que ce soit...

Napoléon commenta.

– J'vous comprends : vous êtes quelqu'un qu'a de l'humilité, ça s'entend.

L'aveugle accrocha sa canne près de la porte, il trouva une chaise et invita l'autre à s'asseoir.

– J'serai pas longtemps, rassura Bédard en acceptant toutefois.

La femme prit place à table et ouvrit un calepin de journaliste tandis que son mari se trouvait une autre berçante dans laquelle il s'enfonça et qui, à cause de sa petite taille, le rapetissa encore plus.

– Comme ça, vous venez de Victoriaville, vous, comme Jean Béliveau qui travaille pour la compagnie Shawinigan ? dit la femme.

– Moi, c'est Arthabaska, voisin de Victoriaville.

– Ah! le pays de sir Wilfrid Laurier !...

Napoléon intervint.

– J'oublierai jamais le jour de sa mort en 1919. Une des journées les plus tristes de ma vie. C'est comme si j'avais perdu un troisième oeil. Cet homme-là, c'était l'âme du peuple canadien...

– Un peu comme monsieur Duplessis, risqua Bédard.

L'aveugle devint rouge comme une tomate.

– Bout de branche ! comparez pas Laurier à Duplessis, là, vous !

– Deux nationalistes pourtant...

Pour éviter que son mari n'entre dans une colère aveugle, Anna-Marie rentra dans l'entrevue.

– Pis vous venez faire quoi par icitte ?

– Rien.

– Vous êtes pas un rentier, pas un invalide...

– J'suis un peu rentier même si mon âge le dit pas. Je vis sur un petit pécule.

– C'est quoi qu'on pourrait dire sur le journal ?

– Mon métier ?

– Oui.

– Chercheur.

– Chercheur.

– C'est ça.

– Vous cherchez quoi au juste ?

– Tout. Des réponses. Des questions. Des idées. Du temps. Des âmes... nouvelles. De la paix. Du repos. De la santé. Des témoins. Des événements...

– Comme la mort à Léonard pis les visions des p'tits Lessard ?

– Entre autres.

– Le bon Dieu, lui, vous le cherchez pas toujours ?

– Lui non... parce que je sais où le trouver.

– Nous autres itou, dit Napoléon en riant. Comme vous pouvez voir, il est pas mal avec nous autres, dans la maison...

– Pas mal, ouais.

– Mais chercher comme ça, ça paye pas. Allez-vous vivre de la charité publique comme Marie Sirois avant qu'elle commence à travailler à la shop de boîtes à beurre ?

La femme le dévisagea un moment, mais l'étranger soutint aisément son regard et dit :

– Changez le mot chercheur pour... prospecteur. Comme ça, le monde vont comprendre, vous comprenez.

– Ben c'est mieux de même.

Et elle se mit à écrire à nouveau.

– Je vous trouve chanceuse de savoir écrire, vous.

– Vous le savez pas, vous ?

– Non.

– Faites-vous le montrer, vous avez pas l'air d'un fou...

L'aveugle intervint.

– C'est pas un fou certain, c'est un monsieur d'homme qui vient de la même place que l'honorable Laurier.

Normalement, Napoléon avait du flair quant à la valeur des gens, mais cela ne convainquait pas tout à fait sa femme qui, elle, sentait une sorte de brouillard à l'odeur étrange autour du personnage, de son esprit, de ses réponses évasives et fumeuses.

À l'évidence, il cachait quelque chose. Elle en savait déjà beaucoup à son sujet. D'abord son nom qu'il avait voulu cacher. Puis qu'il était présent le matin même sur les lieux de l'accident mortel dans le rang dix. Qu'il avait mis la main à la pâte en fin de journée quand on avait coulé le perron dont le béton s'était ensuite désagrégé.

L'aveugle rit.

– Je suppose que la lettre que vous avez mallée, c'est quelqu'un d'autre qui a écrit ça...

– Jeannine Fortier.

Anna-Marie portait ses cheveux gris en chignon. Il s'en échappait des mèches molles qu'elle relevait parfois pour les ôter de sa vue, mais elles revenaient toujours et cela intéressait le visiteur qui se demandait pourquoi elle ne les retenait pas mieux avec des pinces.

Elle soupira et ferma son calepin.

– J'pensais pas de passer en entrevue en venant icitte, fit Bédard en se levant.

– C'est la Rose Martin qui va vouloir tout savoir, dit Napoléon en donnant un coup de chaise vers l'arrière pour se bercer un peu.

– Comme de coutume, elle saura rien avant de lire son

journal, assura la femme, les yeux durs.

– Ma femme, elle dit qu'une chronique, c'est des nouvelles pis que personne doit savoir ça avant le temps.

– C'est une professionnelle. Comme René Lévesque...

– Connais pas, dit-elle.

– Moi non plus, dit Napoléon.

– Il a fait un article sur les apparitions. Il est venu sur le cap à Foley samedi passé.

– Ah! lui ? Ah! oui! Je l'ai lu, son article. Hein, Poléon, je t'en ai parlé, c'était dans *Le Soleil*. On dirait qu'il croit pas dans le bon Dieu, cet homme-là...

– Non, c'est pas ça. C'est qu'il est objectif. Lui aussi, il cherche les questions pis pas rien que des réponses faites d'avance.

– En tout cas, ce qu'il se passe sur le cap à Foley, si c'est pas miraculeux, j'me demande ben ce que c'est, moi.

– Y croyez-vous, vous ? demanda l'aveugle.

– J'crois qu'il se passe quelque chose là, c'est sûr.

– Oui, mais c'est-il la Sainte Vierge ?

– On m'a dit que même monsieur le curé Ennis était pas trop chaud pour croire à ça.

– C'est vrai.

– J'attends pour voir c'est qu'il va en dire à son retour de voyage.

– C'est sage, dit Anna-Marie.

– Ce fut tout un plaisir de vous rencontrer tous les deux...

– Fumez, fumez, dit Napoléon.

– Une autre fois...

Bédard jeta un oeil par la vitre de la porte vers la maison des Jolicoeur et ajouta :

– En tout cas, y a du monde ben intéressant par icitte.

– Entre gens intéressants... répliqua la femme.

Ce furent les dernières salutations et l'homme sortit.

L'aveugle dit de lui :

– À part que son opinion sur Duplessis, c'est un bon homme.

– Pourquoi c'est faire qu'il est venu icitte ?

– Me reconduire.

– Y a plus que ça... Peut-être ben qu'il voulait faire parler de lui dans le journal. Il aura satisfaction.

L'étranger descendit les deux marches et resta immobile sur le trottoir. On l'observait à la dérobée et il le sentait. Il leva brusquement les yeux vers les fenêtres de la maison Jolicoeur, mais n'y vit rien d'autre que des toiles à moitié baissées et des rideaux gris.

Depuis un bon moment, Rose était assise devant son miroir à réfléchir tout en se maquillant comme cela lui arrivait si souvent. Elle se leva avec l'intention de finir de descendre la toile pour assombrir le plus possible la pièce, car elle aimait la pénombre et l'éclairage électrique. Cela rajeunissait son image, réduisait ses rides, allumait son visage. Mais elle changea d'avis au dernier moment et se rendit à la chambre de bains.

Bédard tourna la tête vers le haut du village puis vers le bas. Là, il aperçut un homme portant un chapeau sur l'arrière de la tête et qui, à moitié embusqué derrière un arbre, regardait vers lui. Il avait une mine à la Duplessis, ce personnage, et le nouveau venu saurait plus tard son nom de Pit Roy, l'homme le plus belette, le plus fouine de toute la paroisse, et peut-être du comté de Beauce au grand complet...

Le temps vira au beau ce soir-là. Les nuages se raréfièrent puis remirent la nuit aux étoiles. De sa chambre, l'étranger regarda la lune monter derrière la flèche de l'église. La lumière jaune de l'astre de la solitude étalait sur son regard un voile de dureté qui paraissait composé de haine et de souffrance. Il demeura longtemps dans la pénombre, assis sur son lit au milieu de ses souvenirs secrets, l'esprit jonglard et les pensées ardentes comme les braises du feu de forge d'Ernest.

Soudain, on frappa discrètement à sa porte. Il tourna la tête et supputa par le son qu'il s'agissait d'Émilien. Qui d'autre aurait pu faire montre d'une telle retenue coupable ? Il lui paraissait de plus en plus évident que ce jeune homme avait des tendances homosexuelles qu'il combattait en vain et que ses efforts ne lui permettaient pas de freiner ses passions et pulsions. Le fait de vivre dans un hôtel offrait à l'adolescent toutes les opportunités de vivre avec des voyageurs de passage ses rêveries les plus brûlantes sans encourir les risques de se faire démasquer et stigmatiser. Cette théorie demandait à être vérifiée, car l'étranger, malgré toute l'acuité de son observation des humains, possédait les mêmes limites que tout le monde. Malgré tout son pouvoir et tout son vouloir, il ne possédait pas la faculté de voir à travers les portes.

Il se rendit ouvrir. Ce n'était pas Émilien, mais le grand Béliveau qui resta debout dans le couloir.

– Euh!... tu dormais pas toujours ?

– Non, non...

– Si t'as vu dehors, il va faire beau... euh! demain...

– Oui pis ?

– Ben... demain soir, on pourra jouer au tennis.

– Sais pas si j'vas revenir coucher icitte demain.

– Ah!

– Pis ça devrait.

– Euh!... si tu veux rencontrer les plus belles filles du village, vont être à l'O.T.J. c'est certain.

– Ou ben au salon funéraire...

Ils se reparlèrent de l'accident mortel. Béliveau était venu autant pour ça que pour se trouver un partenaire de tennis. Une mort aussi bête l'avait ébranlé et il voulait savoir comment un témoin direct pouvait réagir lui. Ça lui permettrait de mieux dormir.

– La mort ne regarde pas les dents.

Le jeune homme sourit un peu.

– Tu parles euh!... comme une fable de La Fontaine.

– Pis comme ça, la belle jeunesse... disons la belle volaille, va se retrouver au terrain de jeux demain soir.

– Ça, c'est certain.

– Dans ce cas-là, tu me prêtes une raquette pis on joue au tennis. Je t'avertis, je ne joue pas fort fort...

– Ce qui compte au tennis... euh! comme au hockey... pis dans tout, c'est de faire son possible, comme dirait mon père. Les championnats, c'est pas important.

Bédard fronça les sourcils.

– Mais être le meilleur, le plus fort, ça compte itou.

– Euh!... ouais... C'est certain qu'il faut pas jouer pour perdre non plus...

– C'est ben beau, mon ami. Je vas revenir à l'heure du souper de ma maison demain.

– Salut ben, là !

– Salut !

Et l'étranger referma la porte. Et il retrouva son air obscur dans la nuit pâle à regarder l'église et à imaginer sa construction cinquante ans plus tôt. Qu'est-ce que cinquante ans ? Qu'est-ce que le temps quand on a, comme lui, une conscience aiguë de l'éternité ? Une simple allumette et le temple paroissial brûlerait en deux heures, emportant avec lui dans les mystères de l'au-delà des morceaux d'âme de ceux qui y avaient été baptisés, confirmés, mariés, qui s'y étaient tant de fois dans leur vie agenouillés, humiliés, rapetissés...

En restait-il, de ces constructeurs d'église ? Des hommes de plus de soixante-dix ans, il n'en avait pas vu un seul depuis qu'il se trouvait là; et elles étaient nombreuses les épitaphes du cimetière qui portaient des âges inférieurs à celui-là. Même le père Lambert n'était pas rendu là. Il y avait à moissonner auprès de ces gens-là aussi et pas seulement les jeunes; il glanerait des noms au terrain de jeux avant ou après le tennis, il en glanerait...

***

Chapitre 26

Freddy se leva à la barre du jour ce vendredi qui marquait déjà le milieu de l'année sainte. Il se rendit au magasin et s'assit sur une chaise brune à bras à côté de la grille de la fournaise endormie où il alluma sa pipe pour mieux réfléchir. Comme il le faisait au moins une fois par jour l'hiver pour réchauffer son corps et ses souvenirs.

D'abord, il se sentit coupable. Coupable de délai. Avait-il voulu repousser devant lui la décision de faire hospitaliser son fils ? Avait-il pelleté de la neige en avant et la situation avait-elle empiré pour Jean-Yves, pour lui-même, pour Ti-Noire, pour la famille et pour Rachel Maheux ?

Pourquoi ce malheur, pourquoi cette douleur ? Pourquoi cette autre douleur ? Quoi de plus précieux qu'un enfant ? Amanda était revenue de là-bas, mais de larges morceaux de son esprit avaient trouvé la mort à l'hôpital, et cela était peut-être pire que la mort, la vraie pleine définitive. Chirurgiens de l'âme ou charcutiers, ces psychiatres ?

Il ne devait plus larmoyer ni atermoyer, non. Il avait toutefois besoin d'une forme de certitude, d'une force au-dessus de la sienne pour le soutenir en ce jour de désarroi et de misère. Non, le ciel ne l'éclairerait pas, pas plus qu'il n'avait sauvé le perron du vicaire même si l'ouvrage était béni; mais il confierait sa décision au ciel après avoir fait de son mieux avec les quelques lumières à lui être dévolues.

Ce n'était pas une idée bien brillante que d'envoyer le jeune homme dans une institution, mais c'était sans doute la moins mauvaise, et il l'adopta. Alors des larmes lui vinrent aux yeux et roulèrent avant d'autres qui les entraînèrent vers les lèvres et le menton. Il les laissa tomber d'elles-mêmes. À six heures, il se rendrait à la messe du matin et mettrait entre les mains du Seigneur Dieu cette pénible décision.

Comme son père, Ti-Noire n'avait dormi que d'un oeil de crainte que Jean-Yves ne quitte sa chambre pour s'en aller une autre fois et sans doute fuir son âme elle-même. Elle ouvrit discrètement la porte de la cuisine menant au magasin, sachant toutefois que le bruit du ressort suffirait à alerter son père. Car elle ne voulait pas le surprendre au milieu de l'expression de son chagrin. Elle fit quelques pas et s'adressa à lui de loin, à travers les barreaux fins de l'escalier.

– Je peux te parler, papa ?

– Ah! ouais...

Elle s'avança en silence, à pas feutrés, espérant que lui plutôt qu'elle, dise quelque chose; mais l'homme avait un étau serré autour de la gorge.

– On va-t-il le reconduire aujourd'hui à l'hôpital ?

– Ça va aller à lundi. On va lui laisser du temps avec sa mère, avec toi, sa blonde, Armand, Bernadette... On sait pas ce qui pourrait survenir, on sait pas.

Elle dit d'une voix assurée et, en même temps, remplie de crainte :

– J'pense que c'est une bonne décision que tu prends, papa.

– Comme on dit, ça sera à la grâce de Dieu quand on aura fait pour le mieux.

– Vas-tu avoir besoin de moi toute la journée ? Je voudrais monter sur le cap à Foley pour une heure ou deux.

– Ça va être mieux si tu peux être icitte après-midi parce que le monde étranger, ça va commencer à venir.

– Je vas revenir à midi.

– C'est beau.

– Penses-tu que je devrais emmener Jean-Yves ?

– Tout d'un coup qu'il veut partir pis que toi, t'es tuseule pour l'empêcher...

– O.K.! Je vas y aller sans lui.

– Tu vas faire quoi sur le cap à Foley ?

– Prendre du soleil

– Si tu veux prier, tu serais mieux dans l'église.

– On peut prier partout, même en prenant le soleil sur le cap. La preuve, c'est la Sainte Vierge qui aime mieux, on dirait, apparaître là plutôt qu'à l'église.

Freddy oublia sa souffrance morale et se mit à rire.

– Mais pas en costume de bain à ce qu'il paraît.

– Ça, faudrait demander aux petits Lessard.

– Ouais...

Ti-Noire était contente. Son père retrouvait un peu de bonne humeur malgré les événements. Il dit :

– Pas de nouvelles de tes chums des États ?

– Lesquels ? J'ai pas de chum aux États...

– Le neveu à Ernest Maheux.

– Bah! j'y ai parlé un peu comme ça, le temps qu'il était chez monsieur Maheux, mais c'est tout.

– Ah!... Pour en revenir au cap à Foley... pis si c'est le diable qui apparaît là, ça te fait pas peur ?

– Ça, pantoute !

Le marchand s'esclaffa...

Une des fenêtres de la chambre du vicaire donnait sur le cimetière et par-delà, sur le cap à Foley. Le prêtre s'étirait les muscles devant les vitres et paraissait troublé par quelque chose de particulier. Ces pistes du diable dans le roc du cap, produit de l'imagination superstitieuse des gens d'avant son arrivée à Saint-Honoré, sans doute les Grégoire qui un jour de leur jeune temps avaient voulu jouer à quelqu'un un autre de leurs tours pendables, elles devraient être effacées. Une légende infernale ne devait pas côtoyer une réalité céleste comme celle des apparitions. Comment n'y avait-il pas songé plus tôt au lieu d'essayer de les faire passer pour de possibles manifestations d'un esprit sanctifié comme il l'avait fait la semaine précédente. Et quelle belle occasion en ce jour de recommencement...

Son visage s'éclaira. Il comprenait pourquoi l'orage avait emporté le perron. Les forces divines avaient permis et voulu qu'il y ait recommencement. Et pour qu'entre-temps, il lui soit donné de penser à cette tâche presque sainte d'effacer les pistes, de les oblitérer en les remplissant de ciment. Une demi-brouettée étendue cet avant-midi-là et le produit serait durci le jour même, a fortiori le lendemain, jour de la prochaine apparition.

Il prit ses lunettes sur la commode et les enfila sur son nez en hochant la tête. Et il parla tout haut.

– Comment puis-je passer si souvent à côté des signes du ciel ? Ils m'ont tous dit qu'il y aurait de l'orage... Freddy, Armand, Grand-Paul, Ti-Georges, la petite Lessard... et je n'ai pas voulu les écouter. Que je suis aveugle, que je suis donc aveugle ! Et vous, mon Dieu, vous avez dû faire parler votre ciel, votre tonnerre, vos éclairs et votre pluie pour que je comprenne. Alléluia ! Pour que je comprenne, oui, qu'une tâche noble et nécessaire m'attend sur le cap à Foley ! Alléluia ! Alléluia !

Quand Grand-Paul serait là, il lui ferait concocter le meilleur mélange pour recouvrir les pistes de façon que le diable lui-même ne puisse jamais les dégager. Et tiens, il ajouterait de l'eau bénite dans le ciment pour que si Lucifer voulait revenir dans les parages du cap, il se brûle les pieds comme il faut sur le recouvrement, si tant est qu'il puisse brûler encore plus sur le cap à Foley que dans son volcan de l'enfer...

Et cet étranger, ce Bédard, pourquoi donc avait-il annoncé, lui, qu'il n'y aurait pas d'orage ?

– Bizarre, bizarre ! Et en plus, il a aidé tant qu'il a pu à couler le ciment du perron... Bizarre !...

Après la messe et le déjeuner, le prêtre retrouva les hommes devant le perron. On se salua. Ti-Georges grogna, comme si c'était sa manière de fredonner :

– Y a eu d'l'orage pis ça me fait rien en wing hen en...

Grand-Paul dit en frappant sa pipe contre la baratte à ciment :

– Ça va faire un perron qui va coûter le double à couler. Vous auriez dû nous écouter quand on disait qu'il mouillerait fort...

Germain Bédard émergea de la rue de l'hôtel sur sa bicyclette et salua d'un geste de la main. Il lui fut répondu par Grand-Paul seulement.

– Lui aussi pensait qu'il ferait beau, opposa le vicaire pour se justifier.

– C'est un ben bon homme, on l'a vu hier, hein, les gars, mais c'est pas le bon Dieu en bicyble, reprit Grand-Paul en bourrant sa pipe à neuf.

– C'est le bon Dieu qui a permis que le perron se défasse, croyez bien ce que je vous dis là.

Ti-Georges les interrompit :

– Vous allez-t-il nous pedjyer pour not' ouvrage, là, nous autres, d'hier ?

Le vicaire eut une idée qu'il émit tout haut.

– Ça serait bien et le bon Dieu vous en serait reconnaissant si vous acceptiez une heure de moins pour aider à la reconstruction du perron.

Grand-Paul blêmit :

– Ben moé, icitte, Saint-Veneer comme vous dites, j'vous dis pantoute. Le bon Dieu, il va avoir sa facture pleine. C'est vous, son vicaire, qui a voulu couler pareil malgré l'orage qui s'annonçait pis c'est lui en haut qu'a envoyé la pluie. Ma femme pis mes enfants, ils mangent pas du ciment pour souper, eux autres, pis moé non plus...

– J'disais ça comme ça, fit le vicaire penaud.

– Là, on part la baratte pis on coule du ciment. Pis celui-là, y va tenir.

– Faudrait pas ôter les restants d'après l'orage sur le perron ? questionna le prêtre.

– Si c'est resté, c'est que c'est bon.

– Bon, ben à l'ouvrage !

Ti-Noire serra la ceinture de son peignoir gris pâle. Elle prit sa couverture de laine à bras le corps et quitta la maison rouge pour se diriger vers le cap à Foley qui se trouvait en droite ligne à trois arpents. Un moment, elle regretta d'avoir mis ses sandales américaines qui ne la protégeaient pas assez de l'humidité du foin et du crachat de couleuvre.

Elle rajusta ses lunettes de soleil en jetant un coup d'oeil du côté du perron, mais le chantier y était déjà si animé que personne ne la vit. De toute façon, qui aurait pensé qu'elle se rendait jusque sur le cap pour s'y faire bronzer ?

Rendue là-haut, elle repéra le meilleur endroit qui se trouvait justement à côté même des pistes du diable sur une plaque herbue servant d'agenouilloir aux enfants miraculés. Déjà le soleil plombait et passé midi, il deviendrait insupportable. Par bonheur, l'air n'avait pas gardé grand-chose de l'humidité de la veille et il faisait un bon petit vent frais venu de l'est par l'arrière du cimetière. Elle étendit sa couverture puis regarda aux alentours afin de s'assurer que personne ne soit en vue, surtout des petits garnements trop curieux comme le Gilles Maheux dont elle se rappelait qu'il avait mis sur elle une grande feuille de rhubarbe pendant qu'elle dormait dehors derrière la maison. En fait il s'agissait de rapace puisque la rhubarbe n'avait pas encore poussé à cette époque de l'année.

Il y avait quelque chose de changé chez l'enfant depuis peu de temps. Peut-être que son occupation de vendeur itinérant modifiait les choses en lui ? Ou bien avait-il été fortement impressionné par ces apparitions dont il avait été en fait le premier témoin là même à quelques pas ? En tout cas, il devait être occupé par son porte en porte et ça l'empêcherait de jouer des vilains tours...

Elle ôta son peignoir et apparut dans un costume rouge feu qui aurait pu lui valoir l'agressivité du taureau si la bête n'avait été en ce moment même à l'autre bout de la terre avec le troupeau de vaches. De toute façon, une broche de fil de fer barbelé avait été posée le long du sentier des vaches dans le bocage en contrebas et cela la mettait à l'abri.

Elle ne tarda pas à somnoler et à sombrer dans les brumes du rêve. Ce ne fut pas un beau voyage mental puisqu'elle se voyait prisonnière d'un hôpital tandis qu'au loin, par-delà les montagnes, se faisait entendre l'appel de la liberté. Trois voix lui parvenaient, celles d'Hélène, de Monique, d'Yvette, qui l'invitaient à les rejoindre aux États là-bas dans des villes vibrantes, vivantes, excitantes...

Des bras forts s'emparaient d'elle par derrière et la reconduisaient dans une petite cellule sans fenêtre et sans air... sans air... Elle se mit à hocher la tête et reprit conscience.

Alors elle fit glisser son maillot et dégagea sa poitrine généreuse mais blanche comme du lait. Et tourna la tête. Le rêve devint doux et agréable, et son beau visage exprima la paix et le bonheur.

Grand-Paul retira sa casquette pour se gratter la tête. Il regardait aller Ti-Georges occupé à rouler une brouette à moitié remplie de ciment devant le vicaire qui lui avait indiqué la direction du presbytère.

– De quoi c'est qu'il a encore dans le derrière de la tête, celui-là ? Mais je vas le savoir même si y veut pas le dire...

– On aura rien qu'à tirer les vers du nez à notre Ti-Georges, approuva un des pelleteurs.

On contourna le presbytère et Georges dut s'arrêter pour faire reposer ses bras. Il poussa la pelle de côté dans le ciment liquide et grogna :

– Baptême, ça pése comme d'la roche... Pis you c'est qu'on s'en va avec ça ?

– Prends le chemin à côté de la grange...

– Pis après ça ?

– Tu vires du côté du cap à Foley...

On se remit en marche et le prêtre se tint à plusieurs pieds derrière l'autre, truelle à la main et jouissance dans l'oeil. Il surveillait les environs en se disant que le diable mis au fait de son intention chercherait peut-être à dresser des embûches sur la route de leur entreprise. Ils avaient emprunté le chemin le plus long mais le plus sûr car le plus plat et parce qu'on arrivait directement au lieu des apparitions et des pistes redoutées sans même l'obstacle de la clôture dont on avait défait une pagée voilà quelque temps pour livrer passage aux visiteurs.

Quand Ti-Georges s'arrêtait pour se reposer quelques secondes, le vicaire faisait de même. Mais lui, c'était pour y voir plus clair en ouvrant bien les yeux. Georges aperçut quelque chose de rouge sur le cap, mais il s'en fichait et n'avait qu'une idée en tête : arriver au but. Eût-il réalisé qu'il s'agissait d'un corps de jeune femme qu'il n'aurait pas réduit sa marche bougonne pour autant.

Enfin, il passa entre les pagées et s'arrêta sans déposer sa charge. Le vicaire lança :

— Encore un peu plus loin jusque sur le roc...

— Maudit baptême, on doit s'en aller su'l'yab' comme ça, marmonna le pauvre journalier qui reprit le collier et avança.

Parvenu presqu'à la jeune femme, il fourcha net et sec, et la roue s'engagea dans la descente du cap vers les sapins, et il s'arrêta là en retenant sa charge. Ainsi, il bouchait la vue au prêtre qui le rejoignit en disant :

— Eh bien, mon ami, Satan n'est pas au rendez-vous...

Ti-Noire entendit des voix dans le vague et bougea une jambe tandis que Georges, hébété et embêté, restait les yeux figés sur la poitrine opulente.

Le prêtre reprit :

— Pose la brouette, on va maintenant guérir à tout jamais le cap à Foley.

Il leva la truelle en l'air, fit deux pas pour contourner Georges, et son bras resta haut, accroché à la surprise... Mais aussitôt la colère envahit le personnage qui se mit à rougir. Quoi donc, Dieu du ciel, on était à l'endroit même où la Sainte Vierge daignait apparaître à l'humanité, on venait pour en chasser définitivement le Malin et ses signes, et voilà que l'image de l'impudicité et du péché se jetait à son visage. Qui donc était cette femme à demi nue et qui donc l'y avait envoyée pour se mettre en travers de son projet ? Il réalisa soudain qu'il ne pourrait pas savoir qui c'était s'il ne dérivait pas ses yeux de ces seins si... si...

Ainsi couchée et affublée de ses lunettes, Ti-Noire n'était pas reconnaissable à la seconde près; et cette seconde suffit pour lui faire reprendre ses esprits et ouvrir les yeux. Elle se redressa, échappa un cri. Oublia son costume de bain. Sa poitrine rattrapa alors les pupilles brillantes du prêtre et celles du pauvre Georges qui ne se sentait plus les bras.

– Cache ces... que je ne saurais voir ! dit le vicaire en se mettant la vue en biais. Qu'est-ce que tu viens faire ici dans une tenue pareille, la Ti-Noire Grégoire ? Quel scandale !

La jeune fille remonta les bonnets de son maillot puis se cacha avec son peignoir en disant, l'épaule coupable :

– Ben, me faire bronzer...

– Devant tout le monde.

– Y avait personne...

– On est là...

À son tour, la jeune femme fut envahie par la colère.

– Coudon, là, vous, j'suis chez nous, moi. Vous faites quoi, vous, ici ? C'est pour faire quoi, la brouette pis le ciment ?

– Pour boucher les pistes du diable, si tu veux savoir.

Georges avait de plus en plus de mal à retenir la brouette dont le pneu bougeait sans cesse d'avant à l'arrière, mais surtout à l'avant, grugeant à chaque seconde un peu plus la descente abrupte qui donnait sur le bocage.

– Boucher les pistes du diable: c'est quoi ça ? Avez-vous eu la permission de papa pour venir mettre du ciment ici ?

– Heu... non... mais c'est un lieu de pèlerinage, c'est quasiment public... et c'est l'affaire des prêtres.

– Je vais vous en faire, moi, un lieu public...

Il coupa :

– Il est indéniable que prendre du soleil... nue comme tu le fais est une faute sérieuse. Des enfants pourraient se trouver dans les environs. Des visiteurs qui...

Georges coupa à son tour :

– Qui te prendraient pour la Sainte Viarge, Sainte Viarge...

– Toi, mêle-toi pas de ça, dit Ti-Noire, l'oeil très noir.

Le pauvre Georges n'y tint plus et dut lâcher les poignées. Trop de poids avait son centre de gravité sur l'avant et la brouette prit la descente et de la vitesse. Il rattrapa les poignées qui lui échappèrent encore puis les reprit et s'y riva; mais il n'était plus le maître et le tout entra entre les sapins pour se terminer dans une invisible scène fracassante mélangeant un cri humain, du liquide qui frappe le sol et l'impact de quelque chose sur un arbre. Comble de malheur, un meuglement se fit entendre. La broche piquante ne se rendait pas jusque là puisque la descente était trop raide pour permettre aux vaches et à leur taureau de grimper sur le haut du cap...

Ti-Georges reparut vite à quatre pattes, enduit de ciment, le regard fou et le blasphème à la bouche. Le vicaire se demanda si le diable l'habitait ou bien s'il habitait Ti-Noire ou s'il habitait le taureau qui mugissait encore; mais pas une seule fois il ne pensa que le diable se trouvait peut-être en lui-même.

Et c'est ainsi que Satan, ce jour-là, empêcha ses pistes de se faire effacer à jamais du cap à Foley.

Sur le chemin du retour au perron de l'église, le prêtre ne put se retenir et il entra au presbytère où il monta vite à l'atelier de bricolage. Et là, il se masturba dans un tas de bran de scie en fantasmant sur les seins à Ti-Noire.

Lorsque Grand-Paul Blanchette vit arriver Ti-Georges tout croche et cimenté d'un travers à l'autre, et qui égrenait les pas et les jurons, il s'écria :

– D'où c'est que tu sors, toé ? C'est que t'as fait avec ma barouette ?

– Mange de la maudite marde, toé, baptême...

– Ma barouette, c'est que t'as fait avec ma barouette ?

– Va donc la 'cri', ta maudite barouette su'l cap à Foley, mon maudit Saint-Veneer...

***

Chapitre 27

– Que le diable emporte la France ! dit une voix sèche.

– T'es dur, Philias, t'es dur ! dit une voix enrouée.

Les deux hommes s'échangeaient des phrases lapidaires, l'un servant à l'autre des idées rocailleuses et Gustave Poulin les passant au tamis de son esprit de tolérance et de sa bonté divine.

Philias reprit :

– Vois-tu, y'a rien qui a pas une raison d'arriver... t'es-tu d'accord avec moé ?

– C'est clair.

– Pis c'te raison-là, elle a une raison d'arriver, elle itou... t'es-tu d'accord avec moé ?

– Ben certain...

– Ça fait que je vas t'expliquer c'est qui s'explique pas... t'es-tu d'accord avec moé ?

– Envoye, envoye...

Les deux hommes se trouvaient dans le 'pit' du garage

sous un véhicule militaire, éclairés par une lampe à fil extensionné, et un visiteur ne put que les entendre. De coutume le garagiste savait par le bruit des pas ou en voyant les pieds de l'arrivant qu'il n'était plus seul, mais cette fois, vu la longueur du camion et la présence de son nouvel assistant, il ne s'en rendit pas compte et l'homme qui entrait se montra discret.

– Vois-tu, mon Gus, reprit Philias en posant sa main sur le pneu gauche avant, ça, c'est la roue qui a tué Luc Grégoire, t'es-tu d'accord avec moé ?

– J'ai moé-même vu le cadavre dans la shop à Bellegarde v'là trois ans.

– Justement, c'est arrivé ces jours-citte en 47...

– J'sus d'accord avec toé...

– Pourquoi c'est faire que c't'accident-là est arrivé. Dis-moi donc ça en bon français, là, toé !

– Les brakes du truck ont slacké, c'est toute...

– On va remonter ça vite, t'es-tu d'accord...

– Envoye que je t'ai dit...

– Pas de truck, pas de brakes qui slackent... Pas de surplus d'armée, pas de truck vendu à Jean Nadeau pour sa shop de pinottes. Pas d'armée, pas de surplus d'armée. Pas de chicane en Europe, pas d'armée avec des surplus. Pas de Français qui se battent depuis des générations, pas de guerre...

– Wo, wo, wo, Philias, Hitler, Hitler, Hitler...

– C'est là que j'veux en venir. T'es le reflet de ton voisinage. Si les voisins de l'Allemagne avaient été moins cochons avec ce pays-là, Hitler aurait jamais, au grand jamais pris le pouvoir... Tout ça pour te dire que le diable emporte la France. On n'avait pas d'affaire à traverser la mer pour se battre pour les Français. Pis mauditement moins pour les Anglais. Si moé, j'me chicane avec Boutin-la-viande, vas-tu venir t'en mêler ?

– C'est pas pareil... si Boutin-la-viande, il veut m'abattre moé avec... comme un cochon dans sa boucherie... fallait ben sauver l'humanité...

– Vieille viarge, mon Gus, Hitler aurait fini par sauter pareil su' un bombe allemande. On a payé pour les péchés des Européens... pis Luc Grégoire ben plus que nous autres... On a ben fait de dire non à la conscription. Pis toé, tu peux ben parler, t'as les pieds plus que plats pis tu ballottes de la semelle pis ils t'auraient pas pris pour t'envoyer au front... Luc itou, il avait des problèmes de pieds... Ça aurait pu être toé, sur le bicycle à côté de la shop à Bellegarde...

Incapable par nature de se mettre en colère plus d'une seconde ou deux, Gustave se résigna et changea le propos qui ne menait nulle part, lui semblait-il.

– Je ballotte pas rien que de la semelle...

Le visiteur fut sur le point de longer le camion, de se pencher et de faire un peu la leçon à Philias. Il avait dessein de lui dire que les Canadiens français avaient manqué un important rendez-vous avec l'histoire en refusant massivement la conscription au plébiscite du 27 avril 1942. Mais lui-même, en tant qu'aîné de famille et de professeur protégé par le curé Ennis, avait été exempté du service militaire, et ça le privait de substance convaincante.

Il continua d'écouter. Ce qui suivit le troubla davantage.

– Justement, ta Rose est partie parce que tu ballottes d'un peu partout, t'es-tu d'accord avec moé ?

– Non, j'sus pas prêt à dire ça. Une femme, c'est moins porté là-dessus que nous autres, les hommes...

– Ah! ben vieille viarge, c'est parce qu'elles font semblant que ça les intéresse pas. Si un garage donne pas un bon service à son client, il perd le client. Si un homme donne pas un bon service à sa femme, il perd sa femme. As-tu déjà vu dans le monde une révolte anti-cul menée par les femmes ? Ben non, elles aiment ça plus que toé pis moé ensemble...

– Quand on peut pas, on peut pas, hein !

– C'est des vitamines que t'aurais dû prendre. Placide Beaudoin, il en vend des maudites bonnes... Avec ça, mon ami, tu viens franc dans le collier...

Sur le plancher de ciment, un pied du professeur Beaudoin bougea un peu. L'homme se remémorait les avances de Rose la semaine précédente chez elle, le soir de la soi-disant apparition de la Vierge. Il ne pouvait qu'être d'accord là-dessus avec le garagiste. Mais ça le mettait en désaccord avec lui-même. Au lieu de fuir comme un lapin, il aurait dû se laisser aller à connaître la femme comme dans la Bible. À trente-six ans, il était temps. Et puis madame Rose avait rescapé des années ravageuses un éclat de jeunesse qui désertait presque toutes les femmes de cet âge. Rose au fond lui apparaissait une femme sans âge car une femme de tous les âges...

Il sortit un mouchoir et s'épongea le front. Que l'été serait chaud et long ! Il avait le goût d'aller boire une grande bière fraîche, mais tout le village le verrait entrer chez Fortunat. Ou chez Robert, le débit clandestin qu'il fréquentait trois fois par semaine passé la brune. La journée serait chaude et longue...

Philias dit :

– Donne-moi une clef 3/4 pis tiens la lumière un peu de ce bord-là...

Le professeur vit la main desséchée de Gus tâter dans un coffre à outils posé sur le plancher et comprit que Rose n'ait plus voulu vivre avec un pauvre mort-vivant comme lui. Il fut sur le point de partir, mais il ne savait trop où aller...

– Vois-tu, mon Gus, avec un bon outil de la bonne mesure, y a pas un trouble que t'arranges pas, t'es-tu d'accord avec moé ?

Philias pencha la tête en avant et regarda Gustave par-dessus ses lunettes. À son tour, comme le professeur Beaudoin qu'il ignorait se trouver à quelques pas et penser la même chose, il comprit pourquoi Rose avait pris la décision de vivre seule. Et il eut pitié de ce pauvre Gus. Mais en même temps, le principe masculin étant ce qu'il est, le désir de la femme de l'autre vint se préciser en lui. Car il se trouvait déjà là à l'état latent depuis longtemps...

– Dis-moi donc, Gustave, parlant de Rose mais d'une autre manière, penses-tu qu'elle pourrait avoir ça, une crème qui soit bonne pour des mains d'hommes comme les nôtres qui travaillent tout le temps dans l'huile pis la graisse ? Parce que celle qu'on a des compagnies, ça vaut rien que ce que ça vaut, t'es-tu d'accord avec moé ?

À partir de cette conversation, quand Philias et le professeur Beaudoin entendraient le nom de Rose, une même idée, venue de l'arrière de leur tête se présenterait devant leur esprit et courrait comme de l'électricité par tous les fils nerveux de leur corps...

Rose décrocha le récepteur du téléphone et le posa sur son oreille tout en se léchant les lèvres fraîchement enduites de rouge. Une voix masculine se fit entendre, ce qui la troublait toujours.

– Madame Rose, comment allez-vous ? fut-il dit sur un ton franc et lent.

– J'irais mieux si je savais qui c'est qui m'appelle à matin.

– C'est Ovide Jolicoeur de Sillery.

– Ah! bonjour, comment ça va vous autres ?

– Très bien, Berthe, les enfants, moi-même... Savez-vous, on a l'intention de se rendre à la maison demain, ça serait-il trop d'inconvénients pour vous ?

– C'est à vous autres, la maison, Ovide, pas à moi. J'sus rien qu'une employée, moi.

– Mais non, vous êtes bien plus que ça. Et puis, vous connaissez Berthe, elle a toujours assez peur de déranger. Elle est ici, à côté de moi, je vous la passe.

Berthe parla de sa voix gentille et prévenante :

– En réalité, on va coucher chez Bernadette, mais on va aller une heure ou deux voir madame Jolicoeur... et on aura quelqu'un avec nous autres... C'est notre voisin ici... C'est un peu pour lui qu'on va à Saint-Honoré... il a lu dans le journal pour les apparitions et on en a parlé, et comme c'est un grand croyant, il voudrait être sur le cap à Foley demain soir à l'heure qu'il faut.

– Ben je vas vous préparer un bon souper.

– Non, non, c'est pas pour ça que je vous appelle...

Rose coupa :

– Que ça vous le dise, que ça vous le dise pas, y aura un repas de prêt pour cinq personnes, pis si vous le prenez pas, on va devoir le jeter. Ça fait que... amenez-vous... Vous allez voir que j'sus pas une mauvaise 'cookeuse' pis que madame Jolicoeur est entre bonnes mains.

– C'est gênant que le diable, ça, là !

– Si vous venez pas, c'est ça qui va me gêner, moi.

– Attendez une minute, je vas en parler à Ovide parce qu'on avait pas prévu ça, on devait manger pis coucher chez Bernadette. Comme vous le savez, madame Rose, sa maison, c'est notre chez-nous aussi... Je vous reviens...

– J'attends...

Quelques secondes s'écoulèrent et Berthe revint.

– On accepte pour le souper mais on va coucher chez Bernadette par exemple.

– Si vos voisins veulent coucher icitte, les chambres sont propres...

– Là... faut dire que le voisin est veuf... Il va être seul... C'est un homme dans la cinquantaine...

– Inquiète-toi pas, Berthe, il va rien lui arriver si y vient coucher icitte...

– C'est pour pas faire parler le monde...

– En tout cas, faites comme vous voudrez... C'est pas un

homme malade comme...

– Comme Armand : ben non, Rose, inquiétez-vous pas...

On raccrocha bientôt après les salutations d'usage et Rose devint songeuse devant son téléphone.

Son intuition lui disait que cette visite pourrait peut-être changer quelque chose dans le cours de sa vie. Puis la raison lui dit que non. Car si cet homme était aussi croyant que son projet d'assister à l'apparition le révélait, il ne se préoccuperait pas du tout d'une femme séparée et, bien au contraire, comme trop d'autres, il lui jetterait probablement des regards de prédicateur.

En attendant, il lui fallait penser à préparer le repas. Ce serait bien, mais il fallait les bons ingrédients. Alors elle sortit le livre de la *Cuisine Raisonnée* et l'ouvrit sur la table...

***

Chapitre 28

– Ces deux hommes-là sont une vraie bénédiction du ciel sur notre paroisse.

– Ha, ha, ha, ha, ha, ha...

Laurent et son père visitaient Napoléon Boucher, cultivateur à sa retraite qui habitait une petite maison grise et basse située dans le voisinage de la veuve Lessard.

L'homme était mafflu, pansu, fessu et il fumait la pipe, une pipe à grosse tête noire qui grillait en son fourneau du tabac épais, grésillant et puant. On l'avait trouvé assis sur son perron, qui regardait des horizons pas très lointains bornant la terre du curé, celle à Freddy Grégoire qui suivait puis, au fin fond, situées dans l'autre sens, les premières du rang neuf et leurs maisons qui gratifiaient le gros personnage d'une heureuse nostalgie. Comme il avait aimé sa terre du rang six qu'il avait travaillée toutes ces années à son gros rythme lent et comme il aimait le repos du guerrier maintenant qu'il touchait sa pension de vieillesse depuis quelques mois, qu'il n'avait personne d'autre à s'occuper que de lui-même et qu'il conservait sa bonne santé.

Jos redit en parlant des Juifs que Poléon avait vus depuis le magasin Boulanger la veille :

– Grâce à eux autres, la face de Saint-Honoré-de-Shenley va changer pour tout le temps...

– Ha, ha, ha, ha, ha... ça va-t-il être une bonne affaire ?

– Poléon, pense à ça : de l'ouvrage pour vingt, trente, cinquante personnes.

– Non, mais il va-t-il faire assez beau aujourd'hui, hein !

Jos et son fils étaient debout en bas de la galerie. Laurent avait son pied droit plus haut, accroché à une marche molle et il se taisait, se sentant trop jeune pour tâcher de réaliser des approches avec ce membre du Comité de crédit de la Caisse Populaire. Et le futur industriel farfouillait dans la terre noire avec son autre pied, pensant à la Cadillac gris bleu qu'il s'offrirait peut-être dans cinq ou dix ans quand l'entreprise serait florissante et que le foin entrerait à la pelle...

Si seulement Fortunat avait pu... ou voulu. Comment poursuivre une relation avec Jeannine après une pareille désorganisation dans leur lien ? Depuis la veille, il songeait souvent à cette jeune femme du village voisin, une blonde ultra-mince comme il les aimait, et dont le père possédait un magasin général important, un homme riche qui avait fait fortune au Klondike.

– Vous voudriez pas vous assire, là, vous autres ? demanda le gros homme en reniflant pour mélanger de l'air frais à la boucane qu'il aspirait par la bouche et le bouquin de sa pipe dans le but d'en faire une composition plus piquante encore.

Jos avait l'habitude de tels coqs-à-l'âne et il savait comment ramener vite le sujet important sur le tapis. Important pour lui... Il se mit à rire et dit :

– Là, t'es tuseul dans ta maison, toi ? Faudrait te trouver une belle grosse veuve quelque part... Hey, Laurent, la madame Couët du quatrième rang à Courcelles, ça ferait une bonne femme pour notre Poléon, tu penses pas ?

— En tout cas, elle a tout un avenir en avant d'elle, fit le jeune homme en adressant un regard complice à Poléon.

Ils venaient de miser juste. L'homme leur emboîta le rire mais soudain redevint à moitié sérieux.

— C'est pas une bossue toujours ?

— Ben non, ben non ! dit Jos. Le bossu Couët, y a rien que lui de même dans c'te famille-là.

— Pis quel âge qu'elle a, votre belle veuve ?

— Soixante-cinq ou un peu plus... pas mal dans ton âge à toi, Poléon.

— Pis de l'avenir en avant ?

— Un gros avenir, dit Laurent. Un double avenir itou...

— J'commence à trouver que le mien, mon avenir, il diminue, lança Poléon avec une poffe bleue et un gros rire gras.

— Avec une veuve de même, tu le retrouverais, ton avenir, pis plus...

— Pis pas mal plus, approuva Laurent avec un clin d'oeil adressé au bedonnant personnage.

Le père et le fils sentaient qu'ils venaient de mettre leur homme en poche et il leur sembla qu'ils ne devaient pas dire un seul mot au sujet du prêt qu'ils demanderaient le jour même à la Caisse. Douze mille piastres, c'était pas des brins de foin...

La journée était fort bien orchestrée. D'abord on visiterait les trois membres du Comité de crédit. Déjà le gérant de la caisse, Amédée Bureau, savait qu'une importante demande de prêt lui serait faite dans les heures à venir par les Bilodeau, et le soir même, il présenterait le dossier au Comité de crédit qui siégeait tous les vendredis.

Claudia verrait Roger Bureau et, par lui, atteindrait madame Bureau qui exerçait, disait-on, une grande influence sur son mari, lequel en avait une importante sur les commissaires au crédit. Et le midi même, Laurent aurait Jean-Louis à manger avec lui au restaurant chez Fortunat... Mais il y avait encore de l'ouvrage d'ici là...

On quitta bientôt Poléon qui connaissait bien avant leur visite leur intention d'ouvrir une manufacture de chemises dans l'ancienne 'shop de pinottes'. Le vieux cultivateur n'était pas dupe: il savait fort bien qu'on était venu pour le préparer à accepter une demande de crédit. En tout cas, ce n'était pas pour lui vendre un habit puisqu'il en avait un quasiment neuf pour le dimanche, en fait qu'il avait acheté des Bilodeau cinq ans auparavant. Et du linge de semaine, il n'en manquait pas puisque ses quatre grands gars en avaient laissé la moitié d'une armoire chacun en partant de la maison. Et puis il portait toujours le même vieux veston fripé, fabriqué d'un tissu que le temps aurait rendu gris s'il ne l'avait déjà été dans toutes ses fibres.

– Pour moi, le père Poléon, on l'a eu, dit Laurent à son père quand on quitta la rue pour entrer sur la rue principale.

– C'est comme une élection : faut jamais vendre la peau de l'ours avant de l'avoir tué, dit Jos qui voulait éviter à son fils de devenir trop confiant comme ces soirs de hockey où il partait avec des certitudes trop grandes qui tournaient en désillusion trèssouvent.

– Asteur, c'est notre Lucien Boucher qu'il faut voir. Si on fait voir qu'on est pour la séparation de la paroisse, il nous croira pas pis il va nous voir venir avec nos gros sabots.

– Vous pensez ?

– Ben oui. Mais l'affaire, c'est que j'sais pas comment le prendre. Un homme de même, le bon bord, on sait pas trop c'est où...

Jos frotta une grosse tache de naissance qu'il portait à la tempe, signe qu'il se sentait peu sûr de lui pour affronter la prochaine étape.

– Peut-être qu'on aurait dû demander à monsieur Pierre de venir avec nous autres.

– Jamais de la vie! Lucien Boucher aime pas les étrangers plus qu'il faut.

– Y est pas tout seul: la moitié de la paroisse est de même. Pis monsieur le curé itou. On devrait lui donner une chemise d'abord qu'on va en faire...

– Ça, il pourrait le prendre de travers...

L'inquiétude continua de remplir l'auto avec les habits accrochés à l'arrière où il n'y avait pas de banquette pour agrandir l'espace disponible. On entra bientôt dans le rang et une légère odeur de poussière entra dans les narines. Jos s'en plaignit. Il faudrait absolument faire examiner le hayon du coffre arrière sinon on en viendrait à devoir épousseter la marchandise à chaque demi-journée et plus encore.

On trouva Lucien Boucher sur une planche de labour près de la maison en train de herser. Il fit s'arrêter son attelage et marcha au-devant de ses visiteurs. Dès après les salutations, Jos en vint droit au but :

– Comme tu dois savoir, on veut se partir une manufacture pis il nous manque d'argent. Ça fait qu'on demande un prêt à la Caisse aujourd'hui pis on vient te demander de nous appuyer.

– Ça va être bon pour toute la paroisse, ajouta Laurent. Du gagne qu'on avait pas... qu'on n'a pas...

– Une fille va se faire à peu près quel salaire dans sa semaine ?

– Disons entre vingt et trente-cinq piastres, dit Laurent sans hésiter.

– Aussi bon que les hommes qui travaillent au moulin des Blais...

– Aussi bon, dit Jos. À part que les boss, c'est sûr...

– Pis les boss, vous autres ?

Laurent parla vivement :

– On va commencer sur le même pied que les meilleures

filles pis ensuite, on va voir suivant les revenus pis les contrats qu'on aura.

Lucien rajusta une bretelle de ses overalls sur son épaule, il regarda au loin son labour pas encore assez sec pour générer de la poussière et déclara :

— D'abord que vous avez pas passé par quatre chemins pour me parler, je vas faire pareil, je vous dois ça. Je serais d'avis que vous leviez des fonds publics pour disons le tiers de ce que vous avez besoin pis la Caisse pourrait vous prêter le reste. Comme ça, y aurait plus de monde d'impliqué là-dedans. Pis si jamais un jour vous avez des problèmes comme Jean Nadeau avec sa 'shop de pinottes', ça va être plus facile de vous faire épauler...

— Tu parles exactement comme les Juifs, mon Lucien, échappa Jos qui voulut aussitôt abrier sa phrase avec un rire un peu niais dont il se servait si bien pour vendre des habits.

— On fait affaire avec des Juifs pis ils nous donnent un coup de main dans l'organisation, dit Laurent pour aider son père.

Lucien soupira et dit en bougeant la palette de sa calotte grise :

— Les Juifs, c'est eux autres qui mènent la grosse business à Montréal. Faut apprendre d'eux autres pis ensuite prendre leur place. Pourquoi qu'on devrait continuer à être des porteurs d'eau ? C'est pour ça que je vous donne mon appui. Pis plus en vous disant de lever des fonds. Y'a pas de honte là-dedans. Demain, vous devriez ouvrir une table aux alentours de la salle vu que toute la paroisse va monter sur le cap à Foley avec ben des étrangers itou pis expliquer votre projet.

— C'est ça que les Juifs nous ont dit itou, s'écria Jos tout étonné de voir pareille communion de pensée entre Lucien et eux.

Puis on s'échangea des banalités. Jos parla de la terre qui l'avait vu naître et sur laquelle il avait grandi dans le rang six de Saint-Benoît; il voulait que Lucien le sente un gars comme lui. Ce fut une fructueuse rencontre somme toute.

On eut le temps de retourner au village et de se rendre chez Joseph Bellegarde, le troisième membre du Comité de crédit. C'était à trois maisons du magasin; l'on s'y rendit à pied. L'homme travaillait dans son atelier à bois. Ils furent reçus plus ou moins bien, car le personnage avait toujours la mine austère et on lui connaissait des sautes d'humeur et de l'instantanéité pas toujours rose. Occupé à tourner du bois, il ne s'arrêta que quand son morceau d'érable eut pris la forme finale désirée. Il fit s'arrêter le tour pour obtenir un certain silence.

C'était un homme de soixante ans et plus, peu enclin au progrès, conservateur et duplessiste. Une fois par semaine, il faisait un ménage complet de son atelier où il régnait un ordre impeccable, rigoureux comme son esprit.

Jos expliqua son cas.

Bellegarde fronça les sourcils.

– Jos, ces affaires-là, ça se traite pas dans une shop à bois. C'est pas la place pour ça...

– C'est sûr, monsieur Bellegarde, mais ça peut se préparer comme vous êtes à préparer des barreaux de chaise.

– C'est pas des barreaux de chaise, c'est des barreaux d'escalier : tu parles à travers de ton chapeau.

Et l'homme s'adressa à Laurent :

– Pis c'est toé qui vas mener ça, une shop de même avec trente quarante personnes à conduire. À ton âge, t'as du front...

– Il aura fait des stages à Montréal à Pink Lady...

– Les folies à Jean Nadeau, ça nous a coûté cher, ça...

Les deux Bilodeau se sentaient fort contrariés. Et chacun regrettait sa venue. Il fallait un vote unanime au Comité de crédit et ce vieux frappé risquait de mettre un bâton dans la roue. Comment les membres de la Caisse de Saint-Honoré avaient-ils pu se choisir un directeur aussi rétrograde ?

Aussi bien ne pas lanterner dans un endroit pareil ! Par un échange de regards, père et fils s'entendirent pour s'en aller. Quand ils furent rendus dans l'embrasure de la grande porte ouverte, le bonhomme leur lança, le ton sévère :

– Craignez pas, j'vas pas vous faire manquer votre coup si Médée Bureau nous recommande votre projet...

De retour au magasin, on aperçut la Studebaker des Juifs. Ils devaient se trouver à l'intérieur. Jos s'occuperait d'eux, de planification, compte tenu des événements du jour, tandis que Laurent se rendait au restaurant y attendre son ami Jean-Louis qui travaillait à son bureau du village voisin et serait là sur le coup de midi s'il tenait sa promesse.

Et il la tint puisqu'il arriva peu de temps après au volant de sa voiture noire. Laurent l'avait attendu dehors, préférant cela à une conversation embarrassée avec quelqu'un de l'hôtel, soit Fortunat, Jeannine ou même Monique.

Mais on ne rencontra qu'Émilien au restaurant, tous les autres étant partis à Saint-Georges pour un bon bout de temps. Ce fut donc plus aisé d'avoir un échange suivi d'autant que l'on choisit la cabine la plus éloignée du comptoir.

Laurent présenta son projet comme à un allié du futur puis il lui fit miroiter un bel avenir.

– Mon ami, le temps de Duplessis va finir par finir et toi, tu vas te présenter aux élections provinciales ou fédérales comme t'en parles depuis un bon bout de temps déjà. Ben tu vas m'avoir comme organisateur du territoire que tu voudras me confier. Pis si faut de l'argent dans la campagne, on mettra ce qu'il faudra. On ira le reprendre ensuite. Si t'es du côté du pouvoir, les gros contrats du gouvernement, tu peux aller les chercher. De ton bois, il pourra s'en vendre à l'État... Pis moi, je vendrai des chemises à l'armée. Que tu te présentes au provincial ou au fédéral, on va avoir les mains dans la crèche. Pis ça sera plus une Chevrolet pis une Plymouth qu'il y aura là, en avant, mais deux Cadillacs flambant neuves. La tienne pis la mienne. Pour habiller une femme aussi éclatante que Pauline, c'est une Cadillac que ça va te prendre, qu'est-ce que tu dis de ça ?...

– L'ambition, ça tue pas. T'en as pour deux, c'est tant mieux...

– T'en as autant que moi, pis plus. Moi, j'sus pas le gars pour monter sur un hustings pour faire un discours politique mais tu sais que pour faire de l'organisation, j'ai pas de misère...

– Un tandem gagnant, pour ainsi dire.

– L'avenir est aux gagnants... Gagner, gagner, gagner...

Ils avalèrent en vitesse des sandwiches et du Pepsi puis quittèrent les lieux. Sur la galerie, ils entendirent une voix qui leur criait :

– Mutt and Jeff, Mutt and Jeff, Mutt and Jeff...

C'était une diablerie d'enfant. Clément Fortin les attendait, caché sous les planches ajourées de la galerie et leur criait des noms entendus de la bouche de Gilles Maheux qui leur trouvait une ressemblance avec les deux personnages des bandes dessinées.

Les deux hommes se consultèrent à voix basse. Jean-Louis fouilla dans sa poche et prit quelques pièces de monnaie qu'il inséra entre deux planches et jeta sous la galerie tandis que son ami et lui-même se ramassaient de la salive plein la bouche. Et quand ils perçurent que l'on bougeait en-dessous, ils crachèrent dans les interstices. Et recommencèrent... Une plainte de contrariété étouffée fut entendue. Ils s'échangèrent un clin d'oeil.

– C'est ça, de la stratégie politique ! dit Jean-Louis en lissant sa petite moustache.

– Et ça peut pas être mieux que ça !

***

Chapitre 29

Bédard jugea bon s'arrêter chez les Boutin en montant à sa future demeure cet avant-midi-là.

Marie-Ange était une femme sur qui reposaient bien des responsabilités. Mariée à un homme faible et mère d'une trâlée de grandes filles, elle se devait par la force des choses de posséder un oeil exercé quand un nouveau mistigri faisait irruption dans le décor. L'homme se disait qu'il devait en conséquence créer autour d'elle un tel écran de fumée que jamais elle ne puisse voir le feu s'il advenait un jour qu'il s'en produise autour de lui ou par son action. Ce qui par ailleurs lui apparaissait probable.

– Georges est déjà rendu à ta maison, dit Marie-Ange, les mains sur les hanches et les pieds sur la plus haute marche de la galerie. Voulais-tu le prendre comme engagé encore aujourd'hui ?

– Ben oui, je l'avais dit.

L'étranger était resté sur sa bicyclette et il conservait son équilibre avec son pied droit posé sur la marche la plus basse.

– Une vraie belle journée pour travailler dans les réparations de maison...

– Ça peut pas être plus l'été...

– Dans ce cas-là, on va vous attendre pour manger à midi.

Bédard n'aurait pas pu songer à meilleure perche.

– Savez-vous, madame Boutin, c'est vendredi aujourd'hui pis j'pense que j'vas peut-être jeûner aujourd'hui...

La femme grimaça, bien que cette réponse lui fasse bonne impression.

– Jeûner quand on travaille dur, le bon Dieu demande pas ça. C'est monsieur le curé qui le dit souvent itou...

Il la pénétra jusqu'au fond du regard.

– Vous savez, c'est en forgeant qu'on devient forgeron et surtout qu'on le reste ensuite. C'est par l'exercice qu'on peut se faire du muscle et c'est par une autre sorte d'exercice qu'on peut se faire du muscle moral, du muscle de l'âme... Vous comprenez ?

Encore mieux impressionnée, elle dit quand même :

– Vous jeûnerez quand la grosse ouvrage vous pressera moins. Contentez-vous de faire maigre vu que c'est vendredi. Je vas avoir des bonnes binnes pour dîner... Avec du sirop d'érable pis du pain de ménage : c'est pas trop pesant pis c'est ben nourrissant.

– J'sais que votre manger est pas piqué des vers mais... j'pense que pour à midi...

– C'est comme vous voudrez.

– Finalement, l'accident d'hier, avez-vous réussi à pas trop penser à ça pis à dormir pareil ?

– J'étais comme une morte, moé itou, hier soir. Pis vous, c'est pire d'abord que vous avez vu la mort passer... comme la Simone qui a fait des cauchemars... Elle vient de s'endormir pour de bon, là, pis je vas la laisser faire tant qu'elle voudra... Mais si vous avez besoin de quelqu'un, j'peux vous envoyer Solange... si elle veut ben y aller comme de raison. Vous savez, elle est pas mal indépendante... comme une maîtresse d'école, hein...

– Pour là, j'ai pas besoin, mais aussitôt que je vas avoir ma peinture, si elle veut venir pour peinturer les murs...

– On verra à ça dans le temps comme dans le temps.

– Justement !

– À part de ça, y a pas grand nouveau dans le village ?

– Y a le perron de l'église de monsieur le vicaire que j'ai vu se faire emporter par l'orage hier soir.

– Non !? Vous me dites pas ! Contez-moi ça un peu !

Bédard profita de l'occasion pour planter un autre clou de 'rassurance' dans l'âme de la femme, en lui présentant sa participation au travail de coulage comme sa contribution charitable à l'ouvrage.

– Quand on veut se faire adopter par une paroisse, faut pas avoir peur de se salir un peu les mains.

– Ça vous honore, monsieur, ça vous honore !

– Et pis il y a Jean-Yves Grégoire qui est réapparu...

– Bondance, mais c'est pas une paroisse qu'on a, c'est quasiment un monde ! Un qui disparaît, un qui apparaît. Tout ça dans la même journée. Monsieur le vicaire, il va en avoir pas mal à conter à monsieur le curé. Je gage qu'il s'en passe moins à Rome que par icitte. Même si à Rome, y a le pape qui est le bras droit du Seigneur Dieu...

Bédard fit un regard mystérieux mais souriant et lança :

– Qui sait, peut-être que par icitte, y'a le bras droit du diable ?...

Marie-Ange rit, les épaules sautillantes. Quelque part en sa faculté de raisonner et de percevoir, ces mots lui disaient qu'ils ne pouvaient être prononcés que par quelqu'un du côté du bien. Et c'est précisément pour provoquer cette réaction que l'étranger les avait dits. Alors il s'excusa et partit, abreuvé de salutations chaleureuses et de nouveaux reproches affectueux à propos de son intention de jeûner.

Tout l'avant-midi, lui et Georges se parlèrent des nombreux et importants événements de la veille tout en progressant considérablement dans les travaux.

– Bon, on va s'en aller dîner asteur, dit Georges en consultant sa montre de poche. Il est pas loin de midi déjà.

– Pas moi, j'ai décidé de jeûner.

– Ben voyons, viens manger à maison.

– Pas aujourd'hui.

– Ben coudon, fais comme tu voudras...

– Je vas vous revoir après-midi ?

– C'est ça.

Et l'homme piqua à travers le bois droit vers la maison. Ainsi, il ne croisa pas sa fille Solange qui, envoyée par sa mère, allait porter du manger aux hommes. De plus, l'homme flâna un long moment dans une prairie pour voir l'état des foins et plus loin, celui des pousses de pomme de terre.

Solange arriva à la maison à Polyte avec son panier qui contenait un chaudron de fèves chaudes, du pain et du beurre ainsi que du sirop d'érable. Soit le menu annoncé par Marie-Ange. Sûre de la présence de son père avec l'étranger, la jeune fille entra, confiante et légère, dans sa robe verte un peu serrée sur elle.

Personne.

Silence.

Fraîcheur.

– Pepa, dit la jeune fille à petite voix et en escamotant comme la plupart du temps le 'pa' de papa par 'pe'...

Pourtant, elle n'avait pas vu âme qui vive devant la maison, et la porte arrière était fermée; de plus, du coeur de la cuisine où elle se trouvait, rien ne lui apparaissait sur la galerie arrière par la fenêtre y donnant.

– Pepa ? questionna-t-elle à voix moyenne.

Néant.

Les deux hommes devaient se trouver quelque part dehors à l'arrière. Elle fit des pas dans la direction de la porte. Mais soudain, elle crut entendre un plancher craquer du côté de la chambre dont la porte fermée se trouvait au pied de l'escalier menant à l'étage. Elle s'approcha, frappa au-dessus de la poignée.

– Pepa ? Pepa ?

Toujours rien. Alors elle ouvrit. Encore rien. Avança dans la pièce exiguë, regarda par une fenêtre donnant sur le côté de la maison. Rien de rien.

Comme une hirondelle qui sent son nid menacé, de l'anxiété vint la frôler subitement de ses ailes agressives et mit son coeur en accéléré. Depuis la veille, à force de se parler à elle-même, et, le ciel aidant par sa nuit étoilée et son matin ensoleillé, elle avait réussi à se rassurer quant à l'étranger, mais voilà que ce vide apparent dans la maison la remplissait d'un malaise indéfinissable que nourrissait l'inexpliqué.

Son côté fillette grandissait à chaque pas. Au pied de l'escalier, elle regarda vers le haut et cria :

– Pepa! Hou hou.. Monsieur Bédard...

S'entendre dire monsieur Bédard la calma un moment. Elle se dit qu'elle devrait monter à l'autre étage et de là-haut, regarder les environs. Une idée sans fondement logique. Et elle entreprit de gravir les marches jusqu'au moment où, en son coeur, l'hirondelle de l'anxiété fit place subitement au vautour de l'angoisse.

Et si cet homme était ce bras droit de Satan dont il avait lui-même parlé à sa mère le matin, une parole que Marie-Ange avait répétée dans la maison après son départ ? Il avait eu l'air de commander à la foudre et peut-être même à l'électricité. Pourquoi cette mort effroyable de Léonard Beaulieu alors que l'étranger était tout près à lui parler ? Et pourquoi

Simone avait-elle été harcelée par ces visions d'horreur toute la nuit ? Et voilà que son père et ce personnage secret avaient disparu...

Maintes fois, elle était venue dans cette maison depuis son enfance sauf durant la période d'occupation des lieux par les conscrits et déserteurs durant la guerre; et toujours, elle avait senti une âme aux murs et aux choses laissées là. Mais pas maintenant alors qu'elle sentait une seule chose : l'absence. Elle se demandait s'il se trouvait là même une mouche ou le plus petit insecte.

Elle redescendit en vitesse. Ses pas l'emportèrent vers la fenêtre arrière où elle mit son nez. Ses yeux se remplirent d'effroi. En bas de l'escalier, elle aperçut des jambes velues depuis le mollet en descendant, avec les talons de chaussures tournés vers le haut. Le reste du corps était caché par une avance de la maison. Ce n'étaient pas les bottes de son père mais des souliers de toile comme ceux de l'étranger. Rien ne bougeait. Elle faillit jeter son panier et prendre ses jambes à son cou, mais à nouveau, son intelligence vint modérer le ton de ses émotions.

Et elle sortit. Quand elle fut sur la galerie, la vision avait disparu. Son coeur fut à nouveau étreint par le silence des environs que pas le moindre souffle dans le feuillage ne troublait. Puis une petite voix pointue et infâme se fit entendre :

– Le petit chaperon rouge trottinait dans les grands bois quand soudain une ombre bouge...

– Monsieur Bédard ?

L'étranger parut soudain en riant. Et fit glisser vers le bas les jambes de ses pantalons.

– Je t'ai fait peur, hein ?

– Pepa, il est pas là ?

– Parti dîner.

– Comment ça se fait que je l'ai pas vu ?

– Il a coupé à travers le bois.

– Mais j'en apporte du manger dans mon panier.

– Ah ! ta mère a pas voulu que je fasse jeûne, hein ?

– Y a des binnes, du pain pis du sirop d'érable.

– D'abord qu'elle veut que je mange, je vas manger.

Il s'approcha, prit le panier sans s'arrêter de la regarder droit dans les yeux, disant :

– Pis tant qu'à faire, tu vas t'asseoir avec moi, là, dans les marches et on va jaser le temps que je vas manger. Mais si t'as pas dîné, tu vas manger avec moi. Si y'en a pour ton père pis moi, tu mangeras la part de ton père.

Elle se pressa de répondre :

– Non, j'ai dîné, moi. Va falloir que je m'en retourne.

Il lui prit le bras et serra.

– Tu restes là pis ensuite tu vas ramener ce qui va rester à la maison. Assis...

Elle dut obéir tant le ton commandait. Il ôta le linge blanc dont il se fit une nappe sur la galerie et y déposa les trois éléments du repas : le pot contenant les fèves, le pain et la petite bouteille de sirop de même que le beurre et les quatre ustensiles.

– Je t'ai vue venir pis j'ai décidé de te jouer un tour. T'as mangé des binnes pour dîner.

– Non... oui... ben...

– Moi, j'sais que t'as pas dîné pis que t'as faim. Ça fait que tu vas manger en même temps que moi...

Elle dut décroiser les bras pour prendre la fourchette qu'il lui tendait. Il ouvrit le pot, la bouteille puis se regarda les mains en annonçant qu'il se rendait au puits afin de se les laver.

– En attendant, déchire le pain !

La jeune femme se sentait sous une emprise dont elle ne parvenait pas à se libérer, sans pourtant qu'elle n'arrive même à faire des efforts pour cela. Sur son bras, l'étreinte de la main de l'homme semblait durer. Mais elle obéit encore et rompit le pain tandis que l'étranger frottait ses paumes dans l'eau d'un seau posé au bord du puits.

Il revint en secouant ses bras.

— C'est froid, que c'est froid !

Un autre doute lui revint et c'est la maîtresse d'école en elle qui le soulevait. Comment quelqu'un qui ne sait pas écrire peut-il utiliser dans une même courte phrase une exclamation ainsi que le mot froid au lieu de 'frette' comme le font tous les gens ordinaires.

Il reprit place dans l'escalier, assis face à la jeune fille et prit une fourchette.

— T'as pas mal au coeur de manger dans le même pot que moi toujours ?

— N... non... ben non...

— Aimes-tu ça pas beaucoup sucré ou pas mal sucré ?

— N'importe.

— Sûr ?

— Hum hum...

— Dans ce cas-là, on va sucrer pas mal.

Et il vida toute la bouteille dans le pot où il fourragea ensuite avec sa fourchette pour que les cristaux se diluent et se répandent uniformément.

— Vas-y...

Elle se ramassa une fourchetée qu'elle porta à sa bouche. Les fèves glissèrent, tombèrent. Il lui en resta peu à se mettre sous la dent.

— T'as pas de cuillers ? dit-il en cherchant dans le panier.

Et il en trouva tout au fond.

— Ben oui, en v'là...

— Je savais pas tout ce que y avait dans le panier.

— Tiens.

Elle prit l'ustensile qu'il retint une seconde ou deux pour rire. Mais Solange se sentait trop nerveuse et mal à l'aise pour réagir positivement : elle demeurait froide comme l'eau du puits.

– C'est là que tu vas me donner ma première leçon d'écriture.

– Pour écrire, faut un crayon.

– C'est vrai, oui... Mais tu peux dessiner une lettre imaginaire là sur la nappe avec ta fourchette. Rien qu'une par jour ou par fois que tu vas me montrer, pis comme ça, je vas apprendre plus vite parce que plus lentement. En vingt-six jours, je sais écrire.

Cette fois, elle sourit devant cette pédagogie particulière qu'elle ne trouvait pas si bête. Mais c'est lui qui devint tout à coup sérieux. Il prit un morceau de pain, le trempa dans le liquide sucré qui baignait les fèves et le porta à la bouche féminine. Elle hésita puis, subjuguée, ouvrit la bouche et accepta le morceau comme si elle disait oui à bien plus sans pouvoir s'y opposer.

– J'ai envie de te regarder manger, dit-il.

– Pourquoi c'est faire ?

– Comme ça... j'ai envie, c'est tout.

– C'est gênant de manger tuseule pis en plus de se faire regarder de si proche.

– Ah ! je vas manger moi itou, tiens...

Et il plongea sa cuiller à soupe dans le mets puis ajouta à la fournée un morceau de pain sans beurre.

– Quel âge avais-tu quand tu t'es assommée ?

– Comment savez-vous ça ?

– Il y a une marque dans ton sourcil droit.

– Dix ans.

– Il me semblait que tu me disais tu, pas vous. Vous, ça me fait vieillir... trop...

– On a coutume de dire *vous* aux gens qu'on connaît pas.

– C'est correct.

Elle enfonça sa cuiller dans le pot. Il regarda sa main puis la suivit jusqu'à ce qu'elle mange. Et fit pareil...

Il finit par rompre la pause :

– On commence par quelle lettre pour la leçon ?

– Par le A, comme à l'école.

– Dessine-le.

– T'as déjà vu un A, voyons.

– Dessine-le.

Elle s'exécuta avec la cuiller.

– Il y a deux sortes de A. Ça, c'est une majuscule et ça, une minuscule. Et puis, il y a les lettres moulées et les lettres ordinaires en écriture calligraphique.

– Minute, là, tu vas un peu vite, tu trouves pas. J'sus un enfant de première année, moi.

– Un enfant de première année possède un petit cerveau tandis qu'un homme de... mettons trente ans, en possède un plus gros.

Il hocha la tête et prit un ton de doute :

– Ah ! ça, c'est pas si sûr. Mais là, je parle de moi parce que... tiens ton père, ça, c'est un homme intelligent.

Rares sont ceux-là qui restent insensibles à la flatterie de leurs gènes et l'étranger le savait fort bien. La tension pénible diminua d'un cran chez la jeune fille et l'autre, la tension heureuse monta un peu.

– Tu le connais même pas...

Elle savait pourtant fort bien qu'ils avaient travaillé et parlé assez longtemps pour faciliter pareil jugement de la part d'un observateur.

– Pas besoin de savoir lire dans les livres pour savoir lire dans les âmes !...

– Dans les âmes ?

– Dans la tête si tu veux...

La jeune fille eut tout à coup une inspiration. Par un geste, elle saurait peut-être ce qui se trouvait à l'intérieur de cet étranger. Car si elle procédait par questions pour entrer dans sa tête, il se ferait évasif et empêcherait que l'on puisse voir ses vraies pensées et le fond de son coeur.

– On n'a pas dit notre bénédicité avant de manger. Je le dis toujours. Toi, tu fais le signe de la croix et moi, je récite la prière.

– On va faire mieux que ça, chacun va se renfermer sur soi et se composer une prière personnelle, originale, pis on se dira quoi ensuite... Les yeux fermés... Les yeux fermés...

Elle obéit.

Une fois de plus, il avait éludé quelque chose et la jeune fille eut l'impression qu'il venait encore de lui confisquer un morceau d'âme...

***

Chapitre 30

Vendredi soir, le 30 juin, veille d'une apparition...

Si Marie-Ange avait pu voir d'un coup tout ce qui se produisait en même temps dans son village, elle aurait lancé non pas "Bondance, mais c'est pas une paroisse, c'est quasiment un monde" et plutôt "Bondance, ma paroisse, c'est pas une paroisse, c'est un univers..."

Il y eut Rose qui à l'heure du souper se rendit à l'épicerie. Au coin de la rue des Cadenas, voisin de l'atelier du père Bellegarde, on avait ouvert une épicerie-boucherie dans le sous-sol d'une maison que l'on avait surélevée à cette fin. Le père avait commencé à commercer les animaux sur sa terre puis était venu s'installer au village. Une jeune et grande famille. Du monde de six pieds en montant. Des Lacroix.

Pour Rose, c'était moins loin que le magasin chez Boutin-la-viande; et quand on emporte deux sacs à main remplis de boîtes de conserve, ça compte, une distance de quatre ou cinq maisons.

De retour chez elle, la femme rangea les divers éléments

de sa commande, puis après un coup d'oeil à la vieille dame, elle se rendit à la cave pour y chercher des légumes blanchis contenus dans des pots hermétiques qui avaient été mis dans une armoire l'automne précédent par la généreuse voisine Bernadette Grégoire pour les vieux Jolicoeur quelques mois avant que Gédéon ne rende l'âme. Après avoir tourné le commutateur pour éclairer le sous-sol sombre, elle emprunta un escalier qui tournait à quarante-cinq degrés en son milieu, et, rendue dans l'angle, elle aperçut un rais de lumière blanche venant de la porte extérieure laissée entrouverte. Il lui semblait pourtant l'avoir refermée elle-même. Pourvu que ce ne soit pas le beau Jean d'Arc qui se soit fourré dans la tête de revenir sans sa permission, sans son appel clair et net.

Des rats avaient pu entrer, venus du ruisseau d'égout ou bien de la grange à Freddy là-bas dans le clos de pacage. Ou pire, une moufette ou quelque autre bestiole pas très désirable...

Elle soupira, s'y rendit, et ferma puis vérifia si la clenche était bien à sa place sur le mentonnet. Et rebroussa chemin. Alors il lui sembla qu'on la regardait, mais elle ne pouvait pas y voir nettement à cause de la faiblesse d'une seule ampoule jaune, de toutes ces choses qui remplissaient le sous-sol, cordes de bois, fournaise, parc à patates, armoires en hauteur, poutres de soutien, et parce que ses pupilles venaient de faire une saucette dans l'éclat du jour. Elle s'arrêta. Un bruit parvint à ses oreilles. Un frottement. Ou un bâillement humain.

– Y a quelqu'un ?

Silence.

– Minou, minou, minou...

Si c'était un chat, ça ne répondit pas.

– Pitou... pitou... pitou....

Si c'était un chien, ça ne répondit pas.

Un autre bruit lui parvint. Ou bien c'était un gaz humain

ou peut-être un ouaouaron...

Peut-être des gamins jouant à cache-cache.

– Gilles ? André ? Clément ? Fernand ?

Sans être très nerveuse, elle avait le coeur qui remuait un peu plus que d'ordinaire. Mais le prénom de Fernand par lequel elle voulait désigner un petit Boutin, lui rappela celui de Fernand Rouleau. Et voilà qui n'était pas pour la rassurer. Encore que s'il devait y avoir agression sexuelle, ce serait peut-être lui la victime et non pas elle...

Plus rien !

Personne n'avait jamais à faire face à une bête dangereuse dans sa cave pour la bonne raison qu'il ne se trouvait pas de bêtes dangereuses dans la région. Et les seuls hurlements de loups qu'on entendait une fois l'an dans la paroisse provenaient, disait-on, du bois des Breakey et ne parvenaient donc pas au village trop distant de la grande concession forestière qui commençait au fond des rangs six et quatre du côté sud.

Elle poursuivit une pause attentive. Plus rien. Une petite bête devait se cacher dans un coin. Elle verrait à ça et si la chose était fondée, Ovide Jolicoeur s'en occuperait le lendemain. Là, elle retourna vers l'escalier à côté duquel se trouvait l'armoire à pots de conserves de l'automne. Elle posa la main sur la poignée de la porte et une petite main molle se posa sur la sienne et lui arracha un cri de surprise. Un pas de côté, l'autre main retomba, un visage lui apparut dans la pénombre.

– Ahhhhhhhh !...

Cette fois la peur injectait le cri. Mais une peur de trois secondes pas plus; et aussitôt, elle jeta, sévère :

– François, c'est que tu fais là, toi ?

L'homme au monstrueux visage ne pouvait exprimer, par son apparence extérieure, ni crainte, ni douleur, ni colère, ni pulsion sexuelle exacerbée. Sa laideur ne savait dire qu'une seule chose : sa profonde solitude. Il marmonna :

– Genè...t... anqeur... copan... dire allu in woçen...

– Ça fait-il longtemps que t'es là ? Pis quoi c'est que tu veux ?

– eudi... lamé... wouyé... haché... ougnun... tulip...

– Ah ! je le sais, j'pense, pourquoi que t'es là... T'es venu chercher les oignons de tulipe pour ta mère...

Il hocha affirmativement la tête en disant :

– En..moua... jen...pam al taû...

– Mais pourquoi que t'es pas rentré en haut ?

– Mien oué... yé tsané....twâfoua...

Là, elle comprit qu'il avait sonné trois fois.

– J'étais partie à l'épicerie, je viens d'arriver. Bon, ben, coudon, je vas te les donner, tes oignons... Sont en haut sur le bord d'un châssis. Sont frais : je les ai sortis de la terre avant-hier. Ta mère va pouvoir les faire sécher tout l'été pis les remettre dans la terre au mois d'octobre. Viens en haut, monte...

Elle le précéda et le pauvre homme défiguré par la nature promena ses yeux sur sa personne tout le temps que dura leur ascension. La femme le devina et fit exprès de rouler encore plus les hanches comme pour le récompenser de son respect et peut-être nourrir un peu son plaisir solitaire de la prochaine nuit.

Elle trouva un sac dans une armoire et se rendit ramasser les oignons dits et mit le tout sur la table tandis que François attendait sagement debout à côté du réfrigérateur.

– Voudrais-tu un Nescafé ?

– Moué... yenpeu... malaillé... Yen dla choppe...

– Pis j'pense à ça, j'aurai pas le temps, j'ai pas mal d'affaires à préparer à soir... Ça sera pour une prochaine fois certainement.

L'homme fouilla dans sa poche et tendit un billet de deux

dollars qu'elle regarda avec curiosité.

– C'est pour les oignons ?

Il acquiesça.

– Ah ! c'est pas de refus, je vas faire pousser d'autre chose avec ça. Merci beaucoup.

Elle le prit par le bras et le reconduisit à la porte. L'homme partit en marmonnant sans cesse des paroles pour la plupart inintelligibles mais qu'elle savait signifier de la bonne volonté timide et de la résignation devant le sort que la vie lui avait réservé.

Et elle retourna à la cave y quérir les pots désirés.

On frappa à la porte de Bédard à l'hôtel. Il ouvrit. Émilien montra deux raquettes de tennis.

– Y a Jean Béliveau qui nous attend sur la terrasse. Il dit que vous allez venir jouer avec nous autres.

– J'arrive dans deux minutes, pas beaucoup plus; entre un peu pis assis-toi. Faut que je me change de pantalon pis de chaussures.

Le jeune homme fit ce que l'autre demandait après avoir refermé la porte. Et l'étranger, pendant ce temps, ôtait ses culottes qu'il jetait sur une chaise. Il sentait que l'adolescent lui regardait le postérieur quand il ouvrit une armoire contenant ses autres vêtements, et, tout comme Rose l'avait fait devant François, ça l'incita à se trémousser pour s'amuser et ulcérer la concupiscence du garçon dont il avait fort bien deviné les penchants.

Bédard avait le fessier plutôt étroit, mais ainsi penché vers l'avant pour délacer ses chaussures puis en chercher d'autres plus souples dans la garde-robe, il se l'infatuait quelque peu. D'autant que son slip blanc était plutôt serré sur sa personne.

L'adolescent avait pris place sur une chaise, et, d'une seule main, il roulait deux balles de tennis sur sa cuisse. Des lueurs apparaissaient dans son regard qu'il s'efforçait pourtant de promener un peu partout sans manquer d'accrocher à chaque balayage sur les fesses de Bédard tout en regrettant le départ de Rioux.

Bédard trouva le pantalon blanc qu'il cherchait suspendu à un cintre et se mit en position de l'enfiler; mais il perdit l'équilibre et recula sur une seule jambe vers Émilien qui réagit et le retint de tomber en lui appuyant les mains dont l'une contenant les balles sur le derrière.

– Non, mais as-tu déjà vu une affaire de même ? M'enfarger dans les fleurs du prélart.

Et l'homme se retrouva sur ses jambes puis vivement dans ses pantalons. Il retira la ceinture de l'autre paire et se l'enfila autour de la taille tandis que l'adolescent lui racontait une de ses chutes dans les mêmes circonstances.

On ne tarda pas à se retrouver dans le couloir. Au bord de la rampe, Bédard jeta un coup d'oeil en bas dans le puits de l'escalier. Il aperçut la tête de Jeannine levée vers eux, mais qui se retira aussitôt comme si elle avait été à l'affût de quelque chose. Il devinait pourquoi elle surveillait sans en avoir l'air...

Et on sortit tout droit dehors en s'échangeant des propos anodins. De la galerie de l'hôtel, on pouvait apercevoir le terrain de jeux déjà rempli d'enfants et de jeunes personnes. Deux équipes de ballon prisonnier s'étaient formées et jouaient en faisant le bruit d'un corps d'armée. Les deux croquets avaient leurs huit joueurs et Bédard put en reconnaître quelques-uns malgré le peu de temps qu'il se trouvait là. La plus belle animation provenait d'une série de balançoires au fond, occupées par des plus jeunes.

Toutes les flûtes noires accrochées aux poteaux de lumière chantaient des mélodies américaines. Il faisait doux. Il faisait encore soleil. Un soleil penché et qui avait commencé à se reposer après les grands efforts du jour.

Partout des jeunes filles regardaient tout autour sans en avoir l'air tandis que les gars s'échangeaient des blagues sur l'échancrure de certaines robes. L'insouciance de la jeunesse n'avait pour limite que la couronne mortuaire dont on pouvait apercevoir le profil sur le côté de la salle paroissiale, une couronne qui garderait deux autres jours en son coeur, pour le livrer à la réflexion de tous, le nom de Léonard Beaulieu et son âge de vingt-cinq ans...

Près du perron de l'église, le grand Jean Béliveau jasait avec le vicaire Gilbert venu pour la nième fois flatter le dessus du ciment afin d'en apprécier le fini et la prise. Malgré la chaleur du soir, on se parlait d'hiver, de glace et de hockey. Le vicaire parlait en connaisseur et sans savoir qu'il s'adressait à un As de Québec, et l'autre tâchait d'en apprendre le plus qu'il pouvait.

Une Studebaker rouge arriva et se stationna un peu plus loin, une roue sur le gravier du chemin et l'autre sur le semblant de pelouse qui recouvrait une étroite surface de terre longeant l'église. Les deux Juifs en descendirent ainsi que les deux Bilodeau, père et fils. Et tout ce beau monde forma groupe autour de Béliveau et du prêtre qui, au premier coup d'oeil, fronça les sourcils à voir ces tenues noires et ces cheveux à ressorts.

Les présentations furent très rapides comme si elles avaient été orchestrées par un instructeur invisible, et furent faites par Laurent qui connaissait déjà Béliveau pour s'être un peu mesuré à lui en paroles au restaurant de l'hôtel un de ces jours derniers.

Dans son français tordu, Pierre Sussmann, le plus pansu des Juifs, dit au prêtre :

– Vouzavaé... une twè bô pèwon...

– On l'a coulé ce matin.

Béliveau jeta un petit coup d'oeil du côté de l'hôtel et aperçut Germain Bédard et Émilien. Il s'excusa, annonça qu'il avait rendez-vous pour une partie de tennis. Tous le saluèrent et il fit un signe vers ses partenaires de jeu qui le rejoignirent.

Émilien aperçut les petits Maheux sur leur galerie. Il mit ses deux doigts dans sa bouche et les siffla en leur adressant des signes de venir. Les enfants comprirent qu'on les réclamait pour courir les balles de tennis : ils s'amenèrent à toutes jambes.

(Note de l'auteur: je fus, dans mon enfance, parmi ceux qui couraient les balles du grand Jean.)

Et alors que le terrain de jeux s'enrichissait d'un nouveau sport, –nouveau pour ce soir-là puisque le sol était quadrillé de galons de toile qui servaient de lignes– une autre sorte de partie commençait à se dérouler à côté du perron de l'église. Les Bilodeau, appuyés par les Juifs, étaient venus pour obtenir la permission et la bénédiction du vicaire afin d'installer une table 'financière' au voisinage de la salle paroissiale le lendemain soir quand il y aurait foule pour assister à la prochaine apparition, table suggérée par les Juifs et par Lucien Boucher, et qui permettrait de récolter de l'argent public, en fait des engagements individuels d'acheter des actions de la nouvelle compagnie qui verrait le jour dans une semaine ou deux.

Le vicaire donnait des apparences d'empathie, mais à l'oeil de l'observateur perspicace ne pouvait échapper une sorte de faux-fuyant derrière ses lunettes. Et Jos, fin vendeur et bon psychologue, eut tôt fait de le percevoir. Et Laurent qui se tenait aux aguets tout en parlant aux Juifs le saurait aussi à travers les paroles de son père et l'échange entre lui et le prêtre.

– Le moment est venu d'ouvrir la manufacture, dit Jos qui ajouta comme toujours un rire que les mots eux-mêmes ne justifiaient pas.

– Et c'est pourquoi nos amis juifs sont par ici ?

– En plein ça.

– Nos histoires d'apparitions de la Sainte Vierge, ça doit les faire sourire.

– Ah ! ben non, monsieur le vicaire. Ils sont pas comme ça. Ils nous respectent comme nous sommes.

– J'en doute pas, fit le prêtre avec un grand doute bien étiré dans le ton.

– Pis une manufacture, ça se part avec de l'argent. On en a déjà pas mal. Dans quelques minutes, notre demande va passer devant la Commission de crédit de la Caisse, mais il va probablement en manquer quand même. C'est pour ça qu'on a pensé, sur le conseil de Lucien Boucher, de mettre des actions en vente...

– J'espère que vous venez pas m'en offrir parce que je gagne, vous le savez, deux dollars par jour.

– Non, non, c'est pas ça, mais on voudrait votre permission pour ouvrir une table de souscription demain soir pas loin du cap à Foley...

– Ma permission ? Mais faites comme le Cook Champagne qui vend des objets de piété et louez un emplacement à monsieur Grégoire. Il va vous louer ça pour rien, lui, vous le connaissez.

– Ah ! on pourrait faire ça de même, mais si on avait votre permission et, automatiquement, la bénédiction du presbytère, le monde aurait pas mal plus confiance.

– L'idée dans le fin fond, c'est que je bénisse nos amis juifs et leur... insertion indirecte pour ainsi dire dans la vie de Saint-Honoré-de-Shenley.

– Ils ont quelque chose de bon à nous apporter, vous savez, quelque chose de très bon.

– Ah ! sûrement !

– Des jobs, c'est de l'argent qui circule et qui profite à tout le monde.

– Vous savez, monsieur Jos, j'ai connu des personnes qui vivent dans l'abondance et aussi pas mal de meurt-la-faim. J'sais pas pourquoi, mais les deux sortes font pitié, une autant que l'autre.

– Du gagne pour notre monde, on peut pas prendre position contre ça...

Et Jos ajouta un long rire de la gorge et des épaules, le visage encore plus rouge.

Laurent, pas loin, reconnut là un signe de difficulté. Son front se rembrunit et il changea brusquement le cours de son échange avec les Juifs. Il dit à ton modéré, sachant bien que le prêtre comprenait et parlait l'anglais :

– Mon père a un petit peu de misère à faire passer l'idée, disons...

– Est-ce que c'est question de raisonnement ou de sentiment ? demanda Sussmann.

– Dur à dire.

Le vicaire commenta les mots de Jos :

– Quand le cours de l'histoire d'une paroisse est changé trop rapidement, c'est comme quand on change le cours d'une rivière, ça ne se fait pas sans dommages. Et parfois des dommages considérables... Érosion des valeurs morales. Arrivée d'indésirables. Moeurs qui se relâchent... Toute médaille a son revers, vous savez.

– Une paroisse peut tout régler avec, à sa tête, des prêtres aussi vigilants et compétents que vous et monsieur le curé Ennis...

L'argument remua le vicaire.

– On a l'oeil ouvert. Pour ça, monsieur le curé, on peut dire que pas grand-chose ne lui échappe.

– Ni à vous non plus !

Et Jos inséra un autre rire essoufflé et profond.

Les deux prêtres étaient des hommes de progrès pourvu qu'ils en contrôlent les effets. Mais pour l'heure, seul devant diverses décisions à prendre, le vicaire se sentait un peu dépassé et il avait du mal à s'y retrouver dans les balises établies par la religion catholique et le curé lui-même. Chose sûre, l'abbé Ennis n'aimait guère les étrangers, surtout les Juifs, tout en jetant publiquement l'anathème sur l'antisémitisme. La froideur était de mise avec eux et c'est cette nécessité qui le guidait en ce moment. Et il cherchait des expédients pour n'avoir pas à dire oui ou non à la demande des Bilodeau et de leurs amis juifs.

Il consulta sa montre :

– Je vais devoir m'en aller. Il faut que je préside à ce qu'on a appelé le Comité des apparitions dont font partie Jean-Louis Bureau, sa blonde... et d'autres...

Jos se mit à gagner du temps en parlant du perron que l'orage avait emporté, du cimetière, des apparitions, de n'importe quoi, espérant lui-même une intervention divine afin de persuader le prêtre d'endosser le projet, ce qui, d'après lui et les Juifs, en garantirait la réalisation rapide.

Laurent maintenant parlait aux Juifs de Jean Béliveau que tous regardaient jouer et qui, dans son élégance du geste, semblait battre ses deux adversaires à plate couture tout en s'excusant souvent de gagner ses services, comme si ses efforts avaient été sans mérite. Le jeune homme jeta une balle en l'air et la frappa avec vigueur.

– Un as, bravo, fit Bédard en applaudissant avec sa main sur les mailles de sa raquette.

Le mot rappela à Laurent que Béliveau jouerait au hockey avec les As de Québec à la prochaine saison et il le fit savoir aux Juifs. Puis il parla de la véritable passion que le vicaire avait pour le hockey.

– Un chaud partisan des Canadiens. Il écoute toutes les parties qu'il peut à la radio...

Pierre tâchait de réunir dans sa tête les cartes d'une main gagnante. Et il trouva. Il vit dans son imagination le signe du dollar imprimé dans une rondelle de hockey...

Une partie de tennis s'achevant, il demanda à Laurent de faire venir Béliveau. Ce qui fut fait. Il le conduisit au prêtre et lui dit :

– Che fou pwésente oune futur star des Canadiens de Monwéal.

Comble de chance pour tous, le vicaire ignorait que Béliveau jouerait prochainement pour les As. Et Laurent s'adonna à le dire.

– À l'automne pour les As pis dans un an ou deux pour les Canadiens...

– Pour les As ? se surprit le vicaire.

– Heu... j'ai signé un contrat, ouais...

Et le Juif alors mit sur table sa carte ultime.

– You know, che possèd des shares dans la company qui possèd les Canadiens...

C'était un beau mensonge, mais qui jamais pourrait le contredire ou le vérifier.

Le visage du prêtre s'illumina. Tout ça frisait le miracle. Il avait soudain devant lui en chair et en os un futur As de Québec et peut-être un futur Canadien de Montréal de même qu'un actionnaire des Canadiens. Maurice Richard apparaîtrait le lendemain au lieu de la Sainte Vierge sur le cap à Foley qu'il n'en serait pas plus surpris, pas plus ébahi.

Alors il se mit à parler en anglais pour se faire valoir aux yeux des Juifs. Et il accorda non seulement son approbation mais sa bénédiction à la table de prospection d'argent qu'on ouvrirait le soir des apparitions.

Il dut partir quand même. Ce fut dans la joie et avec le sentiment d'être particulièrement choyé par le ciel...

Pendant un moment, Pierre s'isola pour regarder jouer le grand Béliveau; mais ce ne sont pas des balles qu'il voyait voyager d'un bout à l'autre du court et plutôt des rondelles noires imprimées d'un signe en or, le signe du dollar... Et qu'importe l'effigie du roi George VI...

Là-bas, au deuxième étage de la maison à Freddy, assis dans une berçante devant la fenêtre, Jean-Yves, lui aussi un bon hockeyeur comme Béliveau et Bilodeau, regardait dehors. Il voyait tout sans rien voir du tout...

***

Chapitre 31

– L'argent, l'argent, toujours l'argent. Tout coûte cher de nos jours. Le jus de tomate, douze cennes la boîte depuis quelques jours. Ça finit jamais de remonter...

Éva se lamentait tout en mesurant du matériel à robe pour sa cliente du Grand-Shenley, madame Poirier qui ne manquait pas de filles à habiller.

– Ah ! c'est pas Freddy qui vend cher, ça c'est sûr, reprit-elle, mais faut ben qu'il suive le mouvement comme tout le monde.

Il y avait eu une hausse sur le matériel à la verge en général et la marchande faisait de son mieux pour la faire comprendre et accepter par sa clientèle.

L'autre femme, une personne subtile, possédait un fin sourire teinté d'une très légère touche d'ironie. Elle demanda doucement :

– Voulez-vous me dire que le coton va coûter un peu plus cher asteur ?

– Un peu plus, soupira Éva comme pour prendre sur ses épaules le désagrément qu'elle causait par cette nouvelle.

– On tombe à combien ?

– Cinquante cennes la verge.

– Pis c'était...

– Quarante-cinq.

– Je vas dire comme vous, ça remonte à plein. Quasiment dix pour cent d'augmentation.

Rendue à la bonne mesure, Éva garda le matériel entre le pouce et l'index et prit ses ciseaux dans l'autre main disant en attendant de commencer à couper :

– Si tu changes d'idée, j'ai pas coupé encore...

– Envoye donc, Éva. Quinze cennes de plus par robe, c'est pas la mer à boire. Après tout, ça fait longtemps qu'on est sorti de la crise...

– Y en a pour qui quinze cennes de plus par robe, ça compte pas mal, pis même que c'est trop, dit la marchande qui fit mordre les lames sur le coton dans un bruit caractéristique.

– Depuis qu'on vit mieux, j'pense qu'on a tendance à oublier que y a encore du monde dans la misère de nos jours.

– Quand y a pas d'homme dans une maison ou ben que l'homme est malade pis pas capable de travailler...

– Y a pas trop de veuves avec des enfants dans la paroisse.

– Y en a deux en tout cas, j'sus ben contente pour elles. Madame Lessard, elle reçoit ben des dons à cause de ses enfants. Rien que mon frère des États, il leur a donné vingt piastres. Pis Marie Sirois, ben, elle travaille à la manufacture de boîtes à beurre. Pis là, ça se parle que y a une manufacture de chemises qui va ouvrir ses portes dans la 'shop de pinottes' à Jean Nadeau.

– C'est ben tant mieux : le progrès, nous autres, on est

pour ça en tout cas.

Au même moment, à la Caisse populaire, la réunion de la commission de crédit débutait sous la présidence du directeur Amédée Bureau qui n'avait qu'une seule chose à soumettre au groupe : la demande des Bilodeau.

– Douze mille dollars qu'il leur faut, annonça le gérant tout en oreilles.

– C'est pas rien, dit Napoléon Boucher en se frottant la bedaine sous sa large cravate à couleurs bigarrées.

– Faut ce qu'il faut, dit Joseph Bellegarde sur un ton grave.

Lucien Boucher parla à son tour :

– Mais ce qu'il faut, c'est plus que l'argent de la caisse pis le seul risque de la caisse, il faut itou la part du public. Je pense qu'ils devraient lever des fonds pour le tiers de la somme pis que la caisse leur prête le reste si c'est fait de même. Autrement, on verra ce qu'on pourrait faire à la prochaine réunion.

Les trois directeurs se tournèrent vers le gérant aux fins de connaître son opinion sur leurs opinions. L'homme, un être réfléchi et prudent, dit :

– J'ai analysé le dossier, tenu compte des mises de fonds, de la rentabilité prévue du projet. Coûts etc... Comme dit monsieur Boucher, c'est pas rien, ce qu'on nous demande. Comme dit monsieur Bellegarde, il faut ce qu'il faut. Et comme tu penses, Lucien, une participation directe du public serait la bienvenue. Y a-t-il autre chose ? Y a-t-il du désaccord ? C'est beau. Adopté. J'écrirai la résolution après l'assemblée... Pis les foins cette année, Lucien ?...

L'argent ne fait pas le bonheur, affirment les riches. Aussi ceux qui n'en possèdent pas mais sont certains de n'en jamais manquer grâce à leur métier, à leur coffre à outils bien bourré de notoriété, de diplômes, de force physique, de force morale, de perspicacité, d'intelligence des choses et des personnes. Cette race-là, même en prison, même dans les camps de concentration, est toujours la dernière à souffrir d'indigence.

Les oiseaux du ciel ne sèment ni ne moissonnent, et ils ne connaissent pas la famine, mais l'homme qui ne sème ni ne moissonne, lui, la connaît. Quoi que Dieu lui-même en dise !

Marie Sirois repoussa vivement ces pensées moroses. Car les cajoler eût été blasphémer. Et puis l'heure n'était pas à la morosité malgré cet affreux deuil à enterrer. À la sortie de la manufacture, elle avait reçu sa première paye dans une petite enveloppe jaune, et depuis ce moment-là, elle y songeait. L'argent se trouvait là dans sa poche de pantalon et elle n'osait ouvrir l'enveloppe de peur de perdre l'émotion qu'elle éprouvait à recevoir enfin dans sa vie un salaire pour son travail.

En réalité, elle n'aurait pas dû avoir de paye avant le samedi de la semaine suivante, mais Dominique Blais avait demandé au commis de faire un passe-droit pour elle et de lui payer ses premiers jours de travail sans attendre.

Elle était seule à table. Dès après le repas du soir, les filles étaient parties cueillir des petites fraises des champs comme elles l'avaient fait toute la journée. Dimanche, on se ferait des tartes et il en resterait pour fabriquer de la confiture à être empotée pour plus tard. C'était la première fois depuis la mort de son fils que la femme se retrouvait toute seule dans la maison. Elle prit enfin son enveloppe dans sa poche de fesse et la mit sur la table.

Les fins fonds de la tristesse sont féconds. Et souvent permettent à l'être humain qui les atteint d'émerger et de s'accabler un peu moins par la faute des mauvais coups du sort. Les plus vulnérables se croient souvent coupables par la faute d'une culture judéo-chrétienne dont le fondement principal est l'écrasement des coeurs sous le rouleau-compresseur de l'auto-mutilation morale.

La femme se sentait moins seule malgré l'absence temporaire des filles et le départ définitif de son fils. Les personnages de la manufacture meublaient son esprit. Dominique la protégeait. Marcel la faisait rire. Pit Roy la surveillait sans trop le montrer. Et le Fernand Rouleau non seulement était à perdre toute emprise sur elle mais commençait à raser les murs malgré encore quelques velléités de fanfaronnade. Et sa vie avait basculé en moins de trois jours.

La femme renouait avec l'espérance.

Et les quelques dollars gagnés là dans cette petite enveloppe brune l'y aidaient. Elle la prit entre ses mains et la tâta. Il y avait des billets et de la monnaie. Elle fut sur le point de la déchirer pour l'ouvrir mais se ravisa et se rendit au comptoir y prendre un couteau à lame pointue qu'elle inséra sous le rabat.

Et descella l'enveloppe enfin tout en reprenant sa place à la table. Elle fit couler la monnaie puis sortit les billets : des neufs qui craquaient sous les doigts. Puis elle calcula mentalement le montant par rapport au nombre d'heures. Il lui apparut qu'elle avait touché plus que prévu. Le commis avait pris soin de préciser que sa paye portait sur son temps jusqu'au vendredi soir et n'incluait pas les heures du lendemain avant-midi. Elle découvrait un tarif horaire supérieur de cinquante cents à celui annoncé par Dominique. C'était peut-être une erreur du commis. Elle la lui signalerait le lendemain midi.

Tout était déjà dépensé dans sa tête, mais qu'importe. Yvonne avait besoin d'une robe pour finir l'été. Elle irait chercher du matériel chez madame Maheux le lendemain après-midi et s'arrangerait pour la coudre dimanche. On en ferait des choses ce dimanche-là. Et les autres par la suite. Car même si la fabrication des boîtes à beurre prendrait fin en septembre, elle avait des chances autant que d'autres femmes de la paroisse d'entrer elle aussi à cette nouvelle manufacture dont on parlait quasiment autant que des apparitions de la Vierge. Pourvu que ça se fasse !

Les filles furent bientôt là. Elles avaient le visage rouge comme leurs fraises. Fières de leurs pots pleins. Et elles avaient composé un petit bouquet de fleurs sauvages pour leur mère.

Marie dut s'enfermer un moment dans sa chambre. Des larmes amères au souvenir de la couronne funéraire qui se trouvait dans une boîte de sa garde-robe. Des larmes douces à regarder le petit bouquet si joyeux et coloré sur son lit. Alors elle sortit la boîte de la couronne pour la faire brûler. Ce ne serait ni le souvenir de son fils qui s'en irait en fumée ni celui de sa mort mais l'indicible chagrin s'y rattachant.

On ne renoue pas avec le passé. Car le passé est devant soi puisque dans quelques jours à peine ce qui est à venir sera déjà écoulé et formera un nouveau passé...

***

Chapitre 32

Une pièce de monnaie rebondit sur la table et rejoignit le pot qui se trouvait au centre.

– Vingt-cinq cennes, dit Dominique Blais.

– Trop pour moé, dit Fernand qui jeta ses cartes.

Le troisième joueur à parler regarda vivement dans les yeux du quatrième pour y trouver un indice sur ses intentions. Toujours dangereux au poker de se retrouver pris en sandwich entre deux joueurs qui se relancent. Mais Jeannine demeura impassible. Elle savait contrôler les muscles de son visage, que sa main comporte ce qu'elle voudra.

Le taxi Roy ferma ses cartes avec sa seule main et frappa la table avec le mince paquet de cinq, son visage devint plus rouge encore sous ses cheveux en brosse plus noirs que le dessin d'un as de pique.

– On va aller voir ça, dit-il en poussant lentement une pièce au centre.

Jeannine ouvrit son jeu à quelques pouces de ses yeux à

la manière d'un vieux joueur professionnel. Et elle sourit intérieurement à son brelan aux valets. À quatre joueurs seulement, au simple bluff sans carte frimée, voilà qui constituait une main plutôt intéressante. De plus, elle avait perçu l'hésitation du taxi et supputa qu'il ne devait pas détenir plus que deux paires.

On était dans une des cabines du bar à tuer. Jeannine n'hésitait pas à participer à une partie lorsqu'il manquait un joueur. Ça gardait des clients dans l'hôtel et puis elle ne détestait pas ce jeu qui lui permettait de mesurer et sa chance et son flair, lesquels la servaient généralement plutôt bien. Mais dès qu'arrivait un quatrième joueur potentiel, elle cédait vite sa place et cette façon de faire lui évitait les qu'en-dira-t-on.

– Cinquante, dit-elle froidement.

Dominique tenait un brelan de dix. Il se croyait solide gagnant. Mais il se montra hésitant pour faire suivre le taxi et obtenir une autre relance de Jeannine.

– Ouais... faut pas tout croire ce qu'une femme nous dit... Soixante-quinze...

Il poussa les cinquante cents qui manquaient.

Le pauvre taxi ne put empêcher sa jambe de bégayer dans l'allée et de révéler plus encore son incertitude. Il suivit néanmoins malgré ses deux paires à l'as. Jeannine ne reculerait pas la première.

– Une piastre pour rire.

– J'ai ben fait de m'assire sur mon derrière, dit Fernand qui manipulait les cartes restantes.

– Ah ! un dernier petit coup pour moi, dit Dominique qui monta la mise à un dollar et quart.

Le taxi se tut et jeta sa main à Fernand.

Jeannine se rendit à un dollar et demi. Dominique l'accorda. Elle montra ses valets. L'autre haussa les épaules et jeta ses cartes sans les retourner, signe qu'il concédait la victoire et le pot à la jeune femme. Elle réunit la monnaie devant elle et entreprit d'en faire des petites piles par sorte de pièces.

Une fois encore elle jouait gagnante. Et espérait l'arrivée d'un joueur potentiel pour lui céder sa place et partir avec une dizaine de dollars de gains jusque là depuis pas même une heure. Elle annonça qu'elle partait un moment et quitta la pièce.

— Est mardeuse, c'ta petite maudite-là, dit le taxi qui en était rendu à plus de cinq dollars de pertes.

— Elle doit prier la Sainte Vierge un peu plus fort que nous autres ! ironisa Dominique.

— Peuh ! la Sainte Vierge, elle se mêle pas de ça ! dit Fernand qui brassait les cartes.

— On sait jamais, on sait jamais, dit le taxi.

— Moi, c'est ma dernière brasse, fit Dominique.

— C'est pas le temps de partir, c'est elle qui fait l'argent, protesta le taxi.

Dominique consulta sa montre :

— Y a Gus qui a ouvert le salon funéraire mais il faut que je sois là dans pas grand temps. Après tout, on est embaumeur ou ben on l'est pas.

Jeannine revint en s'excusant :

— A fallu que je sorte quelque chose du frigidaire pour que ça dégèle.

Soudain, la porte arrière s'ouvrit et un petit homme entra lentement. Il portait un sourire figé comme affligé et un nez tordu de pas trente ans. Aussitôt, il fouilla dans la poche de son veston froissé et en sortit un paquet de Player's dont il fit émerger prestement une cigarette qu'il alluma aussitôt.

Il restait planté debout sans rien dire, paqueton à l'épaule. Le taxi Roy s'adressa à Jeannine qui faisait dos au nouveau venu :

— Un client pour une chambre ou peut-être pour un dix

onces de gin...

Elle se leva et s'approcha.

– On peut faire quelque chose pour vous ?

– Je prendrais une chambre pour ce soir.

– On a rien de libre malheureusement.

– Pas même une chambre à débarras ?

– Tout est paqueté partout.

L'homme regarda tout autour et s'arrêta sur le dessus de la table des joueurs de poker : son oeil brilla.

– Connaissez-vous quelqu'un qui m'en louerait une ? Y a-t-il des maisons pas loin d'ici où la famille est pas trop importante ?

– Ben... y a le voisin d'à côté, monsieur Pelchat... Puis y a chez madame Jolicoeur... madame Rose si vous voulez... là, y a des chambres de libres...

Dominique lança de sa voix forte :

– Y a chez l'aveugle... c'est la cinquième maison d'icitte sur le même côté du chemin.

Trop intimidé pour parler à l'inconnu, le taxi mâchouilla une suggestion à son tour pour ne pas être en reste :

– Il peut essayer au presbytère vu que le curé est parti à Rome.

– Voyons donc, opposa Fernand. Ils vont toujours pas prêter la chambre du curé à un étranger; ils la prêtent pas à ceux de la paroisse qui sont partis rester ailleurs pis qui viennent pour les apparitions...

– Je viens moi aussi pour les apparitions, dit le visiteur en bougeant nerveusement la tête sur un dos qui paraissait volontairement voûté.

– C'est pas à soir, c'est juste demain, dit la jeune femme.

– Je sais, je sais; j'y étais la semaine dernière.

– La Vierge, l'avez-vous vue, vous, étant donné que vous

vous trouviez là ? demanda Dominique en train de ramasser ses cartes.

– Le gentilhomme à la vierge noire, c'est pas moi, non...

Cette fois, on ne comprit pas le langage du personnage aux allures débonnaires, mais ça semblait drôle, et on rit de le voir ricaner avec son air de dire que sa farce était aussi allégorique qu'un char de la Saint-Jean-Baptiste.

– Il vous manquerait pas un joueur, toujours ?

Jeannine sauta sur l'occasion :

– Si vous voulez ma place, fallait que je parte justement. J'ai quelque chose à faire...

– L'affaire qu'il y a, c'est que je pourrai pas jouer ben ben longtemps, moé, annonça Dominique. J'ai un mort qui m'attend.

– Un mort, ironisa le visiteur, ça se plaint pas d'attendre.

– C'est parce qu'il est pas tuseul de sa gang.

– Ça serait-il *La promenade des trois morts* ?

Fernand devint un peu nerveux. Qui donc était cet étranger qui parlait trop bien et qui semblait vouloir fourrer son nez dans quelque chose ? Et voilà qu'il parlait de *La promenade des trois morts*... comme dans le livre de poésie à Marie Sirois...

Jeannine se rendit ramasser son argent. L'inconnu, qui pourtant rappelait quelque chose à Dominique et même au taxi Roy, prit sa place et se laissa tomber dans une attitude renfrognée qui avait pour but de rassurer ces gens modestes devant sa perspicacité qui faisait trop d'étincelles à son goût et qu'il ne pouvait donc toujours museler. Un cerveau rétif dans un corps chétif... Une sorte de négatif de Fernand Rouleau...

– Y en a-t-il de vous autres qui voudraient fumer ?

Il jeta son paquet sur la table.

– Ouais, plaisanta Dominique, ça fait du bien de voir qui

va en rester rien que deux qui fument en soldats autour de la table.

Mais aucun n'osa ouvrir le paquet bleu, surtout après cette remarque, et l'homme le rempocha vivement. Car s'il ne fumait pas en soldat, il avait appris à leur contact sur le champ de bataille, à fumer, lui, en journaliste. En offrir une sans donner le temps de la prendre : voilà la technique de l'homme économe qui veut passer pour généreux.

– J'me présente : Lévesque...

– Moé, c'est Blais, dit Dominique. Bienvenue dans le bar à tuer, c'est icitte qu'on plume les oies du Canada.

– Pis moé Fernand Rouleau.

– Moé, j'sus le taxi Roy.

– Pis c'est quoi, l'histoire des morts ? fit l'inconnu en ouvrant les cartes déjà servies à Jeannine.

– Ah ! moé, j'sus embaumeur, dit Dominique, y en a rien qu'un de mort : un jeune homme électrocuté.

– L'électricité, ça, c'est ben maudit, opina aussitôt le taxi qui commençait à se dégêner.

Lévesque hocha la tête et fit la moue.

– Ben, c'est maudit... mais si t'es au courant, ça se maîtrise comme il faut.

– Maîtriser l'électricité... Kyrie eleison... se mit à chanter Dominique en regardant ses cartes comme pour signaler qu'il possédait une bonne main.

Ce tableau un peu bizarre s'imprima en la tête de Lévesque. Et surtout cette envolée soudaine de l'embaumeur. Les notes utilisées pour chantonner '*Maîtriser l'électricité*' ressemblaient grossièrement à celles du Kyrie eleison, et cela suggéra au petit journaliste deux grandes idées : nationaliser l'électricité et tant qu'à y être, nationaliser les mines d'amiante. Voilà ce que devrait faire ce peuple ignorant pour prendre ses affaires en main et montrer un peu aux Anglais de quel bois il était capable de se chauffer.

Il déposa sa monnaie sur la table et jeta une pièce de vingt-cinq cents dans le pot. Puis il trouva trois as dans ses cartes.

– C'est-il un bluff ordinaire que le brasseur a demandé ?

– Oui, dit Fernand.

Le taxi Roy contemplait deux rois. Dominique quatre sept. Et Fernand deux dames et deux deux...

Lévesque se dit qu'il ne devait pas assommer ses partenaires en partant et pour faire savoir qu'il détenait un brelan, il demanda deux cartes. Dominique ne demanda rien pour faire croire qu'il avait une séquence ou les couleurs, et le taxi en prit naturellement trois alors que Fernand se servit d'une seule.

Au poker comme dans la vie, quand la chance sourit à tous en même temps, elle porte en elle la malchance... Elle ruine les uns en les faisant trop risquer et perdre, et ruine tout autant les autres en leur faisant trop gagner.

Le taxi Roy ne put empêcher une montée fulgurante de sang à son visage quand il aperçut une autre paire de rois à côté des premiers. Un jeu qu'on a une fois sur des milliers. Lévesque laissa dormir ses cartes et Fernand leva une troisième dame. Sa main trembla un peu, mais personne ne le remarqua.

Dominique ouvrit à vingt-cinq cents. Le taxi Roy doubla la mise. Lévesque déployait alors ses cartes devant ses yeux. C'est avec la plus grande stupéfaction qu'il aperçut le quatrième as.

Une donne titanesque au poker. Quatre mains hautement gagnantes à une table de seulement quatre joueurs : une chance sur un million. De plus, il était clair que le taxi n'avait pas peur de l'embaumeur.

– Et qu'est-ce que vous faites dans la vie, vous, monsieur Fernand Rouleau ?

– Je travaille pour mister Dominique, là...

– Embaumeur aussi...

– Non, dans les boîtes...

– Ah ! les tombes...

– Non, les boîtes à beurre.

Lévesque cherchait à gagner du temps pour savoir quoi faire. Devait-il relancer à son tour ou ne faire que suivre ? Quatre as, c'était à peu près imbattable. Seule une quinte royale ou une quinte le pouvaient.

– Il a un moulin à scie, dit le taxi en parlant de Dominique. Ça se trouve à être un industriel...

– C'est pas dans un moulin à scie qu'on embaume les morts par ici, toujours ?

Et le personnage éclata d'un rire tordu et étouffé. Puis il reprit son air de fausse humilité que donne la certitude :

– Je suis, je suis...

S'il fallait que les relances se poursuivent, il risquait de tout avaler et on le croirait un parfait hypocrite, mais il était déjà trop tard; et maintenant, il était condamné à suivre son 'air de rien'. Et pas question de jeter quatre as, pas même pour un pays...

Fernand jeta des pièces avec désinvolture.

– Bah ! un petit coup moé itou.

Dominique relança de vingt-cinq cents. Le taxi aussi. Lévesque suivit. Fernand relança. Dominique. Le taxi. Lévesque suivait en ayant l'air de dire qu'il était trop tard pour reculer. Nouvelle ronde de relances. Une autre encore.

Comme inspiré, le taxi dit soudain :

– C'est lui qui va nous battre toute la gang.

Il désignait le nouveau venu.

Dominique l'interrogea du regard. Lévesque dit en faisant la moue entre deux poffes :

– On sait jamais. J'pourrais avoir quatre as. C'est rare, mais ça arrive.

Pour le sonder, Dominique relança de cinquante cents. Le taxi relança encore. Lévesque suivit encore. Fernand savait maintenant que sa main était battue, mais il suivit aussi sans toutefois relancer. D'ailleurs, à la ronde suivante, il se coucha faute de fonds et de courage, et le processus d'inflation se poursuivit sans lui.

"Une piastre de plus !"

"Ta piastre plus une! "

"Je suis, je suis !"

"Deux piastres de plus !"

"Tes deux plus deux autres !"

"Je suis, je suis... kahu, kahu, kahu... Il me restera pas une maudite cenne pour ma chambre... Je vas demander au presbytère de me loger dans ce cas-là..."

– Lui, il a une maudite straight flush, dit le taxi en parlant de l'embaumeur. Pis lui, il a quatre cartes pareilles...

Ni Dominique ni Lévesque ne cillèrent.

– Ah ! madame Rose, elle vous logerait gratis itou. Les jeunes hommes, elle crache pas dessus, médit l'embaumeur.

Et il monta la relance à cinq dollars. Cette fois, le taxi blêmit. Il y avait maintenant quasiment une semaine d'ouvrage dans le pot. Si au moins cette tête de cochon de Lévesque avait lâché. En tout cas, il fallait mettre un terme à tout ça et il ne fit que suivre cette fois. Le nouveau suivit aussi. Dominique lança ses cartes en déclarant :

– Deux petites paires... de sept...

Le taxi blêmit d'une joue et rougit de l'autre, et son front se rida de plaisir. Il annonça sa certitude :

– Deux petites paires... de rois comme moé...

Lévesque hocha la tête, fit la moue, aspira une poffe...

– J'ai ben peur d'avoir un peu mieux, fit-il avec la plus évidente des désolations... préfabriquées...

Et il lança ses as sur le pot comme pour se débarrasser

d'une patate chaude. Et ajouta :

– Bah ! j'ai pris un risque... disons un beau risque...

– Tabergère, j'ai jamais vu ça de ma vie ! s'écria Dominique. Trois jeux avec quatre cartes pareilles en même temps... Le diable est dans ça...

– Ou ben la Sainte-Vierge, dit Lévesque en ramassant le pot avec ses mains en forme de grattoirs.

Le taxi avait la larme à l'oeil. Il annonça son départ :

– Faut que j'aille chercher Bernadette Grégoire qui est dans le dix su... su... Georges Boutin...

– On commence juste à avoir du fun, dit Lévesque. Partez pas pis tâchez de vous reprendre.

Mais le manchot s'en allait déjà en grommelant derrière ses dents :

– Avoir quatre as tandis que y'en a un qui tient quatre sept pis l'autre quatre rois, ça se peut pas ! C'est un tricheur, ça... d'abord que Dominique pis moé, on n'est pas des tricheurs... c'est forcément lui qui en est un, pis un beau maudit à part de ça...

– Va ben falloir arrêter ça là ! dit Fernand.

– Moé, fallait que j'parte pareil au salon funéraire, dit l'embaumeur qui à son tour quitta sa place.

– Comme ça, y a quelqu'un qui s'est fait électrocuter.

– Vingt-cinq ans, qu'il avait.

– Je pourrais aller avec vous ? Peut-être que vous pourriez me présenter à madame Rose ou à ce monsieur aveugle... s'ils sont au corps, bien entendu.

– Bah ! s'ils sont là, ça va me faire plaisir ! Embarquez, mon cher monsieur, on monte à pied...

Lévesque dit à Fernand :

– On va peut-être se revoir sur le cap des apparitions demain.

– Vous avez pas d'l'air de croire à ça, vous.

– Qu'une apparition soit réelle ou non, c'est en son pouvoir qu'il faut croire. Et le pouvoir, monsieur, ça ne ment pas... même si ceux qui l'ont entre leurs mains sont des menteurs... pour la plupart...

On sortit par derrière.

Sur les terrains de l'O.T.J., plusieurs se demandèrent, quand ils les virent passer, qui donc était ce bougon de jeune homme à nez tordu qui marchait à côté de Dominique Blais en se balançant la tête derrière un bougon de cigarette.

***

Chapitre 33

Au presbytère, on mettait la dernière main à la cérémonie qui aurait lieu à l'occasion de la prochaine manifestation de la Vierge Marie sur le cap à Foley, et prévue par la bonne mère elle-même pour le lendemain soir, samedi, premier jour de juillet 1950, fête du grand Canada qui, à force de chapelets et de rosaires, ne saurait devenir ce pauvre Canada de tous les malheurs annoncé aux enfants de Fatima en 1917.

Le comité était là au grand complet, maintenant que le vicaire avait pris place derrière le bureau de l'abbé Ennis à l'ombre de ses tentures, de ses livres et de son être astral. Car de Rome ou de Terre Sainte, le saint curé ne pouvait que s'évader souvent pour laisser voyager son coeur et son esprit au-dessus des Alpes, de la belle France, de l'Atlantique, du grand fleuve, pour ensuite remonter dans les terres de la Beauce à la recherche de son cher clocher...

Il était si fier, le bon vicaire.

Tout roulait dans l'huile dans la paroisse malgré l'absence

___

sentie du prêtre principal. Le perron durcissait. La province avait l'oeil sur Saint-Honoré, se préparant à syntoniser la prochaine vision des enfants miraculés. Des étrangers de bon coeur et de la meilleure allure, des saints pauvres et des riches tendres remplis de mansuétude et de sollicitude envahiraient le territoire dès l'aube du lendemain, tous en quête d'un mieux-être corporel et/ou spirituel. La seule ombre au tableau, soit les pistes du diable, n'avait pas pu être effacée, mais cela viendrait. Il fallait en discuter maintenant puis faire pression sur Freddy Grégoire afin qu'il consente à laisser quelqu'un y voir de près...

Il y avait donc là le même groupe que deux jours plus tôt soit Jean-Louis Bureau et sa compagne Pauline ainsi que le vicaire mais d'autres aussi car on avait élargi les structures entre-temps. L'envergure de l'événement devenait si grande que cela nécessitait un véritable comité de coordination bien articulé, avec organigramme et responsabilités définies. Supra-comité qui en chapeautait d'autres. Comité du stationnement. Comité des aménagements sur le cap. Comité de la quête pour le perron. Comité du chant et de la musique. Comité de la prière. Et surtout comité de la fête du Canada.

Cinq autres personnes donc, puisque Pauline et Jean-Louis avaient hérité de la charge du comité du chant et de la musique et de l'animation spirituelle. Laval Beaudoin était le responsable de la fête nationale et il avait plusieurs idées à soumettre pour que le Canada ce soir-là obtienne amour et respect de tout Saint-Honoré. Drapeaux, hymne, récitation d'un poème de Louis Fréchette; il ne manquait plus qu'un orateur venu d'ailleurs pour confirmer les aspirations patriotiques d'un petit peuple choyé par le ciel au point d'avoir obtenu sa propre ligne directe avec l'éternelle patrie.

– J'inviterai maintenant chacun de vous à prendre la parole afin de faire le point sur la situation dans le champ de son attribution, déclara le vicaire de sa voix rapide qui alors mangeait les mots tout comme il dévorait les Avé le soir à la prière publique du mois de Marie ou bien aux Vêpres. Commençons par le plus bel ornement de cette pièce, mademoiselle Pauline... On vous écoute.

– Tout est fin prêt quant à moi. On va avoir l'harmonium à monsieur Henri-Louis Poulin. C'est lui-même qui s'occupe de le faire transporter sur l'estrade. Le choeur de chant est prêt. Pratiqué. Ça sera pas mal plus facile de même que... a cappella comme l'autre fois.

– Et les fidèles répondront mieux, soutint le professeur.

Pauline fit de grands yeux approbateurs :

– Je vous pense ! C'était quasiment nécessaire d'avoir de la musique. Et j'pense que la Sainte Vierge va aimer mieux... Si Marie-Anna, ça lui fait rien, je vas faire venir mon petit frère Charles de Saint-Martin. Il joue de l'orgue, de l'harmonium, du piano, de tout ce que tu peux toucher avec tes doigts...

– Un virtuose, supputa le vicaire.

– Aucun doute là-dessus, enchérit Jean-Louis.

Fortunat Fortier, Marcel Blais, Victor Drouin et un des frères Bélanger du deuxième magasin général de la paroisse complétaient l'organisation. Le vicaire les avait recrutés, enrégimentés ces derniers jours. Au départ, aucun n'avait été entiché de l'idée de faire partie de ce groupe car il y avait risque de faire rire de soi advenant que l'histoire des apparitions s'envole en fumée, mais le prêtre leur parla d'une approbation tacite du curé avant son départ ainsi que celle de l'évêque qui ne se prononçait pas contre.

De chez lui, Fortunat avait été un témoin privilégié de toutes les étapes de reconstruction du perron de l'église, de tous les efforts des journaliers pour mener leur tâche à bien, des heures dures et interminables accomplies par le vicaire pour assumer la direction des hommes. Qui plus expertement que lui eût pu se charger de la collecte pour le perron, cueillette de fonds dont la proposition avait été mise sur la table par Jean-Louis à la dernière réunion ? Il parla à son tour sur invitation du président.

– Les boîtes sont prêtes. Des boîtes à beurre coupées en deux...

– On les a faites spécialement, intervint Marcel. Disons sur mesure...

– Avec un couvert fendu pour que les gens, ils peuvent mettre leur argent dedans sans gêne. Pis ma femme les a habillées avec du satin noir à doublure avec un crucifix. Ça fait beau, ça fait... ce qu'il faut...

– As-tu des quêteux ?

Fortunat fit plusieurs signes de tête et, l'oeil fier, il dit sur le ton du triomphe et de la confidence :

– Douze.

– Vous avez dit douze ? interrogea le vicaire.

– J'ai dit douze. Si chacun récolte cent piastres, ça fera douze cents piastres. On rénove un perron d'église avec ça, non ? Hia, hia, hia, hia, hia...

On l'applaudit. Chacun savait que la fierté de Fortunat s'apparentait au contentement de soi d'un enfant et n'avait rien à voir avec l'orgueil ou la prétention. C'était surtout cela qui le rendait cher à tous.

Et les autres exposèrent tour à tour leurs projets eu égard à l'objectif à atteindre. Tout parut à point à tous. Il ne manquait plus que cet orateur étranger dont rêvait Laval Beaudoin pour souligner avec brillance et brio la fête du Canada après le moment de l'apparition de la Vierge. Quelqu'un suggéra de faire appel au bon docteur Poulin, député fédéral de la Beauce. Trop sollicité, dit le vicaire. Il ne viendra pas faute de temps, s'entendit-on à croire. Fortunat parla du député provincial, le frère du docteur, Georges-Octave, un des meilleurs hommes de Duplessis.

– Monsieur Duplessis est un grand croyant mais s'il croit en Dieu, il ne croit pas tant que ça au Canada, dit le prêtre. Georges-Octave ne voudrait jamais que le Premier ministre aperçoive sa photo sur le journal tandis qu'il serait à livrer un discours patriotique le jour de la fête du Canada.

– Il resterait l'ancien député Ludger Dionne, suggéra Marcel.

– Il parle comme ses pieds, lança Fortunat.

– Ça, c'est vrai ! approuva Victor.

– Éliminé ! statua le vicaire.

Jean-Louis grimaça. Ludger Dionne aurait pu être un très bon choix après tout. Il aurait pu tout au moins servir de comparaison, de faire-valoir au fond pour lui-même qui agirait comme maître de cérémonie.

La discussion se poursuivit, mais on ne trouva pas de solution au problème si ce n'est de se passer de cet orateur venu vanter la patrie canadienne. On ignorait qu'en ce moment même, au salon funéraire de la salle paroissiale, un petit bougon d'homme derrière un bougon de cigarette parlait avec abondance de richesses naturelles, de pouvoir politique, de futur international tout aussi bien que de vin de pissenlit, de pommes de route ou de boeuf à la mode...

Mais comment donc le ciel, dans son imagination inégalable, aurait-il pu faire se rejoindre le besoin du super comité des apparitions et les capacités du journaliste Lévesque ? Le ciel ne pouvait tout de même pas se permettre trop de *deus ex machina,* sinon il aurait risqué que la foi devienne le seul guide des hommes qui pourraient alors en venir à ne plus croire en leur capacité de décision, de libre-arbitre. Le ciel réfléchissait donc... Et encore... Et puis le ciel devait en finir avec les dernières pages de cette journée-là tout de même. Mais le pauvre ciel était fatigué et ne trouvait pas la solution... Peut-être devrait-il attendre au lendemain alors qu'il aurait les idées neuves et claires. Mais le ciel est dépositaire d'éclairs de génie qu'il fait toujours jaillir de la plus grande

simplicité... Rien d'exagéré à reconduire Lévesque au presbytère puisque la chose avait été conseillée au petit homme
par les joueurs de poker du bar à tuer de l'hôtel. Aucun *deus
ex machina* là !

On sonna à la porte. Les membres du grand comité se
turent. La mère d'Esther se rendit ouvrir et on entendit sa
voix basse mais inintelligible par la porte ouverte donnant
sur le couloir central lui-même aboutissant au vestibule. Puis
la veuve au visage ridé vint se tenir dans l'embrasure pour
annoncer :

– Quelqu'un demande à se faire héberger pour la nuit...

– Un quêteux, je suppose, grimaça le vicaire.

– Le bossu Couët, glissa Marcel à travers deux ou trois
simagrées parmi ses plus drôles.

– Ou ben le quêteux Labonté qui fait tomber les cheveux,
relança Fortunat sur un même demi-ton.

– Il sent le petit mégot, souffla madame Létourneau au
vicaire qui arrivait auprès d'elle.

– Je m'en occupe, merci.

La dame haussa les épaules et s'en alla. Elle se sentait
bien moins utile depuis le départ du curé. Le jeune prêtre
rognait dans ses attributions et cela dérangeait sa vie, ses
routines, ses sécurités. Par chance que cela ne durerait pas
trop longtemps...

L'inconnu s'introduisit donc lui-même :

– Mon nom est René Lévesque. J'suis journaliste...

– Ah ! mais je vous connais !

– J'étais là samedi dernier...

– Et je vous ai vu sur le cap à Foley.

– Et moi de même.

– Mais entrez, entrez, je vais vous présenter au grand comité des apparitions.

– Après vous, dit l'homme de plume à l'homme de robe.

– Mais non, après vous, dit l'homme de robe à l'homme de plume.

Finalement, ils entrèrent face à face et à une même hauteur. Le visiteur s'arrêta derrière les assis tandis que le vicaire retournait au siège du président.

– Mes amis, monsieur Lévesque, un journaliste de Montréal.

Le petit jeune homme fit une grimace qui plut à Marcel et se mit la tête en biais en voulant dire "*Eh ben oui, ce n'est que moi !*"

– Laissez-moi vous présenter... Tiens, d'abord, prenez la chaise qui se trouve là...

Marcel avança la dite chaise et le visiteur put s'y accrocher en travers en multipliant les sourires divisés. Le vicaire reprit :

– Je vous présente Marcel Blais, jeune industriel... Monsieur Fortier, hôtelier...

– Ah oui ? Je viens de jouer au poker dans... le bar à tuer...

Fortunat se sentit mal à l'aise. Le poker n'était pas très apprécié du presbytère. Il salua de la main et du menton...

– Monsieur Drouin...

Victor rajusta ses lunettes et ses yeux grossirent encore.

– Monsieur Boulanger du magasin général... Monsieur Bureau, jeune homme d'affaires et son amie Pauline...

– Plaisir!

– Et monsieur Beaudoin, professeur d'école et président du comité de la fête du Canada...

Tous se regardaient et savaient déjà sans se le dire qu'on demanderait à ce journaliste d'agir comme orateur invité.

On lui trouve un lit pour la nuit pourvu qu'il nous le paye de retour avec des beaux mots sur le drapeau, se disait en lui-même le vicaire qui ouvrit machinalement son paquet de cigarettes Sportsman et en offrit une à l'arrivant qui ne se fit pas prier et en retour, fournit le feu depuis un briquet Ronson.

– Vous avez un grand presbytère...

– Surtout que le curé n'est pas là.

– Je sais, oui...

– On dirait quasiment que vous êtes un des nôtres, dit Fortunat, même si vous êtes un étranger.

– Étranger de Montréal, c'est pas vraiment étranger.

– Je voulais dire à la paroisse...

Le prêtre jeta un coup d'oeil complice à Laval :

– Nous autres, on aurait besoin de quelqu'un qui voudrait parler du Canada demain soir... Du Canada en général...

Laval enchérit :

– Peut-être pas un grand discours patriotique comme à la Saint-Jean-Baptiste mais...

– Quelque chose de substantiel, je présume, glissa Lévesque.

– En plein ça, approuva le vicaire. Les émotions le vingt-quatre juin et la substance le premier juillet.

– Vous savez, j'suis journaliste, pas orateur.

– C'est tout comme, dit le vicaire.

– Tout comme ?

– Vous parlez ce que vous écrivez... Comme pour un sermon.

– Ouais... Moi... j'ai pas de fonction officielle... ni député, ni ministre, ni ecclésiastique... Rien... je ne suis qu'un nom comme ça au pied d'articles de journal...

– Mais vous venez d'ailleurs et ça, c'est déjà un atout.

Le professeur enchérit :

– Et puis, vous avez des mots que les gens, ils comprennent pas trop, ça fait que ça impressionne... L'important, c'est pas de comprendre, c'est de saisir... D'ailleurs, les gens ont une plus grande confiance quand ils ne comprennent pas...

Les autres semblaient ne pas comprendre, mais l'idée émise les séduisait; et ils furent tout yeux tout oreilles à la réaction du petit visiteur.

– Écoutez, hébergez-moi quelque part pour la nuit, parce que y'a pas de place à l'hôtel, et je vous promets une allocution de cinq minutes sur le Canada.

– C'est tout ce qu'on veut, s'écria le vicaire enchanté. Asteur, on va vous trouver une chambre au village... Voyons, où peut-on en trouver ?...

– Peut-être madame Rose, suggéra Laval.

– C'est un nom qu'on m'a donné à l'hôtel.

Le vicaire redevint sérieux. Il fut sur le point de s'objecter vu que la femme était séparée et que sa réputation n'était pas impeccable, mais il téléphona quand même. Pareille occasion ne saurait être manquée. Le presbytère pouvait loger et recevoir des appels à toute heure du jour ou de la nuit. Même chose pour le docteur quand il s'en trouvait un. Une entente prise entre la compagnie de téléphone, les gens du central et les principaux intéressés y donnait droit. Un service public qui pouvait sauver des vies et des âmes.

Et pendant que le prêtre arrangeait les choses avec une Rose fort surprise de cette requête du presbytère vu que le visiteur était un homme seul, on questionna le journaliste.

– Êtes-vous venu par les gros chars ?

– Ben ouais... autrement, j'aurais pu aller me loger à Saint-Georges où il y a plusieurs auberges.

– Les journalistes, de coutume, ils ont un Kodak ?

– L'homme du Kodak sera là demain et je vais d'ailleurs m'en retourner avec lui. Si je viens avant lui, c'est pour bâtir mon article à partir autant des gens qui sont ici et qui font en quelque sorte l'événement que de l'événement lui-même.

– Vous y croyez, vous, aux apparitions ?

– Ainsi que je le disais voilà une heure dans le... bar à tuer, ce qui importe, c'est leur pouvoir. Qu'elles soient réelles ou pas, si elles transforment les personnes qui y croient au point de les guérir de leurs maux... pourquoi pas ? Il n'y a de bonne vérité que dans les bons résultats.

On le trouvait bien sympathique, ce personnage qui savait si bien doser l'inquiétude qu'il provoquait en un premier temps et la 'rassurance' qu'il apportait ensuite...

– Tout est arrangé, dit le vicaire après avoir raccroché. Madame Rose vous prépare une chambre. C'est peut-être la maison la plus propre dans le village...

Comme pour prévenir tout événement incorrect, on informa le jeune homme en long et en large sur cette femme de cinquante ans, séparée et gardienne d'une dame âgée.

***

Chapitre 34

Les membres du Comité quittèrent le presbytère. Le vicaire annonça à son visiteur qu'il l'accompagnerait jusque chez madame Rose pour le présenter et la rassurer tout à fait.

— Vu que c'est entendu déjà, je pourrais me présenter... Dérangez-vous pas pour ça. Dites-moi la maison, c'est tout... La deuxième après le magasin général, m'a-t-il été dit...

— De toute manière, je dois faire une ronde à l'O.T.J. pour voir si tout y est à l'ordre. Monsieur Gustave en a pas mal sur les bras de ce temps-là...

— Selon ce qu'on m'a confié, c'est le bedeau... et le mari...

— De madame Rose, oui.

— Il s'occupe des terrains de jeux.

— Parfois, quand je suis trop occupé pour le faire moi-même, il me remplace. En plus qu'il doit s'occuper aussi de la salle. La grande salle, les petites en bas, y compris le salon funéraire qui, comme vous le savez, est pas mal occupé de ce temps-là...

———

– Le pauvre jeune homme, on dit pourtant qu'il était habile et agile comme un singe.

– Les desseins du ciel sont connus de lui seul. Allons, monsieur Lévesque... J'ai envie de vous appeler René : après tout, vous n'avez pas mon âge et dix bonnes années nous séparent.

– Quand vous voudrez.

Le clair de lune, les lumières des terrains de l'O.T.J., les lampadaires jaunes des environs du presbytère, tout cela créait dans les environs une pénombre qu'aimaient les deux hommes car elle permettait de s'embusquer pour voir sans trop être vu.

On se mit en marche vers l'avant de la salle, là où le prêtre pourrait expliquer à son interlocuteur le projet entourant l'événement du jour suivant.

– À mon avis, il va venir deux fois autant de monde que la semaine passée, dit Lévesque. Peut-être trois.

– Pensez-vous ? douta le prêtre.

– Ah ! oui ! L'effet médiatique... un effet-mouton qui agit sur les gens... Surtout, il y aura beaucoup plus d'éclopés, de malades graves... Je dois vous avouer que j'ai appelé certaines autorités de Sainte-Anne-de-Beaupré, du Cap-de-la-Madeleine et de l'Oratoire Saint-Joseph, et qu'aux trois endroits, on laisse planer de sérieux doutes sur ce qui se passe ici.

– C'est pas à eux de décider des lieux où apparaîtra la Vierge Marie, maugréa le prêtre.

– Chaque région de la province possède, pourrait-on dire, son 'canal de miracles' et Saint-Honoré devient un lieu de concurrence pour ceux qui sont bien établis dans le domaine... pour ainsi dire.

Puis Lévesque bifurqua :

– Et c'est là que je ferai mon premier discours politique, dit-il en désignant l'estrade à côté du cimetière.

– Ah ! ceux qui se trouveront en arrière de toi vont pas applaudir trop fort, mais les autres...

– Ça va dépendre de ce que je vas leur dire.

Le vicaire regarda vers le terrain de jeux et proposa de prendre un raccourci pour se rendre chez Rose.

– On passe en arrière des deux petites granges à monsieur Freddy et le chemin nous conduit à la rue, à deux pas de notre destination.

– Savez-vous, j'aimerais ça passer par le terrain de jeux, histoire de parler un peu avec la jeunesse beauceronne.

– À ta guise, mon cher René... Allons...

On se rendit d'abord au chalet. Gustave se trouvait dans la pièce du centre dont la contre-porte était ouverte par le milieu et formait à l'aide d'une tablette une sorte de mini-comptoir sur lequel il posait les bouteilles de Coke ou d'orangeade, les tablettes de chocolat et les cigarettes à la cenne qu'il y vendait.

– Ah ! content de vous voir, monsieur le vicaire, parce que je dois fermer pour aller tenir le restaurant de la salle. Allez-vous me remplacer ?

– Pas maintenant, faut aller chez madame Rose avec monsieur Lévesque qui s'en va coucher chez elle...

Le visage de Gustave verdit sous la lumière jaune de la place et le vicaire se rendit compte qu'il venait de commettre une bourde. Lévesque devina qu'il s'agissait du bedeau donc du mari de Rose et il intervint avec tact :

– On transforme sa maison en hôtel pour quelques soirs vu que l'hôtel est bondé.

– Qui que t'es, toé ?

– Lévesque, un journaliste...

– T'es venu par les gros chars ?

– Et le postillon depuis la gare.

– Bienvenue chez nous.

– Donnez-moi donc un paquet de Player's.

Gus était rassuré et le vicaire dégagé. L'attention de Lévesque fut attirée par les joueurs de tennis. Il posa des questions.

– Les deux qui jouent en ce moment, dit le prêtre, c'est des personnes d'ailleurs, pas des Beaucerons. Le grand vient de Victoriaville, c'est lui qui a dépendu le corps du jeune homme dans le poteau d'électricité.

– Et l'autre ?

– Il vient du même bout. Région de Victoriaville. J'sais pas si y se connaissaient avant de se voir par ici...

– Il a l'air un peu... particulier...

– Veux-tu lui parler ?

– Non, non, je disais ça comme ça.

Mais les événements en décidèrent autrement. Une fois encore, Béliveau l'emporta et Émilien remplaça Bédard sur le court. Et celui que tous appelaient encore l'étranger s'amena au chalet pour s'acheter un Coke.

Le journaliste et le prêtre se déplacèrent pour lui laisser l'espace. Quand il eut payé sa bouteille, Bédard demanda au vicaire si le ciment du perron tiendrait bon cette fois.

– En tout cas, c'est pas l'orage qui va l'emporter.

Bédard regarda le journaliste qui promenait ses yeux sur tout ce qui bougeait sauf lui. Il parut au prêtre qu'il devait les faire aconnaître.

Immédiatement, un courant d'antipathie s'établit entre les deux jeunes hommes. Pourtant, aucun n'avait de raison de jalouser l'autre ni du reste ne le faisait. Il s'agissait d'un sentiment profond et inexplicable qui s'installe de lui-même et se fonde sur la nature même des choses et des êtres en présence. Comme si chacun, d'emblée, avait été directement mis en contact avec un morceau empoisonné de l'âme de l'autre.

Ils se serrèrent la main et chacun à sa façon grimaça.

– Un homo sapiens de Victoriaville ! s'exclama Lévesque en riant, des épaules surtout.

L'autre le toisa du regard. Il évita de se mettre sur la défensive en passant lui-même à l'attaque :

– C'est pas tous les jours qu'une petite place comme la nôtre a l'honneur de recevoir des journalistes de la grande ville.

– Les événements se passent où ils se passent.

– Pourtant, c'est pas mal plus important ce qu'il se passe là, devant nous, que ce qui pourrait se passer demain soir.

– Vous minimisez l'importance des apparitions ? Vous n'y croyez pas ? Vous seriez porté à les ridiculiser peut-être ?

– Je veux dire que l'effritement du perron de l'église, c'est plus important et de loin que les soi-disant apparitions...

Le vicaire ne put s'empêcher d'intervenir :

– Comment ça, soi-disant ?

– C'est peut-être vrai, c'est peut-être faux.

– C'est pas ça que vous disiez hier...

– Ça revenait à ça.

Lévesque reprit la parole :

– Mon ami, le public à Québec ou à Montréal ou ailleurs, il s'en contrefout royalement du perron de l'église de Saint-Honoré, mais ce qui l'intéresse, c'est l'histoire des apparitions du cap à Foley. Le divin intrigue tout le monde partout.

– Ça, c'est vrai, approuva le prêtre.

– Ce qui ne veut pas dire que le décor autour, l'esprit dans lequel baignent les événements sensationnels, soient négligeables. Et c'est la raison pour laquelle je suis venu un jour d'avance. Mais il faut que cela demeure en arrière-plan. Je voudrais bien refaire l'être humain, moi, mais je ne le peux pas... Je ne suis qu'un petit journaliste originaire d'un petit village de Gaspésie, pas un premier ministre encore moins un Dieu... ou un magicien...

Bédard se cabra :

– Les journalistes, ça se vante d'informer les gens... sans parti pris, mais dès que vous donnez de l'importance à une chose plutôt qu'une autre sous prétexte que le public veut ça, vous êtes biaisé...

– À vous de ne pas nous lire !

– Je le voudrais que je le pourrais pas.

– Ce qui veut dire ?

– Que j'sais pas lire.

– Je ne vous crois pas. Impossible de bâtir des phrases comme vous le faites si vous ne savez pas lire, donc écrire. Vous êtes un imposteur, monsieur.

– C'est ben vrai qu'il sait pas lire, intervint le vicaire. Tout le monde le sait dans la paroisse...

– Fumisterie, que je vous dis! lança Lévesque avec une moue et des grimaces de ricanement. Ou alors vous êtes le diable...

– Justement, parlant du diable, qu'il vous emporte, dit Bédard qui tourna les talons et partit en rejetant la tête en arrière pour recevoir mieux une gorgée de Coke.

– Allons donc voir cette madame Rose avant que quelqu'un ne me saute au collet, dit le journaliste qui se mit aussitôt en marche.

Gustave ne put s'empêcher de crier :

– Soyez O.K. là, vous !

Ces simples mots ravivèrent une certaine inquiétude chez le vicaire. Allait-il reconduire un loup à l'agnelle ou bien un agneau à la louve ? Ou peut-être le loup à la louve...

Le journaliste se renseigna, chemin faisant.

"Le magasin à Freddy lui a été cédé par son père Honoré venu s'établir dans le village de pionniers en 1880 et mort en 1932 après avoir érigé ces bâtisses la même année qu'on avait construit l'église soit en 1900-1901."

"Là, c'est le camp à monsieur Armand, le frère à Freddy, un homme tuberculeux qui vient de revenir du sanatorium sans avoir été guéri..."

"Et de l'autre côté de la rue principale, c'est la forge de monsieur Ernest Maheux, un homme taciturne et souvent en conflit avec le curé..."

"Et voici la maison de mademoiselle Bernadette, une personne pieuse comme tout un couvent de bonnes soeurs. Là, y a un magasin de cadeau puis, la maison voisine, ce sont des gens à leur retraite. Et là-bas, la petite maison grise, c'est l'aveugle et sa femme... elle aussi une journaliste."

– Et j'imagine que voici la grande maison Jolicoeur où vit madame Rose.

– C'était la maison du docteur Goulet avant. Mais il est mort et son fils, aussi un médecin, a préféré s'en aller pratiquer à Sherbrooke.

– Pas d'autre médecin ?

– Y en avait un jusqu'à voilà un mois. Parti dans l'ouest. À croire que les docteurs aiment pas notre paroisse. Pourtant, il n'y a pas beaucoup de paupérisme, de misère chez nous. C'est une paroisse avec des belles terres fertiles dans tous les rangs. Les gens paient leurs factures. En tout cas, pour le moment, on s'arrange comme on peut avec les médecins des paroisses avoisinantes.

De sa chambre, Rose avait vu les deux hommes venir et avait aisément reconnu dans la pénombre la soutane du vicaire. Dès qu'ils eurent emprunté l'allée de pierres plates, elle ouvrit et les accueillit avec chaleur.

– Monsieur le vicaire, monsieur le journaliste, comme vous le voyez, je vous attendais. Venez. Entrez...

Le prêtre précéda les deux autres à l'intérieur. Rose suivit et le visiteur referma sur eux.

– Madame Rose a de la visite, chanta Anna-Marie à son

petit Napoléon non voyant.

– Qui ça ?

– Le vicaire avec un autre homme. Un p'tit bougon...

– Dis-moi donc !... Le vicaire avec un p'tit gars... c'est-il un p'tit Maheux...

– Non, non, pas un p'tit gars, un p'tit homme... bas sur pattes si tu veux...

– Ça serait pas le bossu Couët toujours ?

– Il a une grosse tête comme le bossu Couët, mais il marche pas comme lui pantoute. Ah ! je le sais pas... un étranger, ça c'est certain par exemple...

– Donnez-moi votre poche ? dit Rose à Lévesque.

L'homme tendit son paqueton et mine de rien, il renifla les odeurs de la maison. Il lui sembla que des relents d'iode, de mercurochrome ou autres substances de la pharmacopée d'un médecin de campagne flottaient dans l'air à travers des senteurs de fraises fraîches et de croûte de tarte qui dore...

– Savez-vous, je suis en train de faire cuire des tartes aux petites fraises des champs. C'est pour ça qu'il fait pas mal chaud dans la maison. Dans dix minutes, elles vont être prêtes. Si vous avez le goût... je vas faire infuser du thé pour aller avec ça.

Elle accrocha le paqueton au poteau de la rampe d'escalier et précéda les deux hommes dans la cuisine où elle les fit asseoir à la table.

– Vous trouvez le temps d'aller aux fraises des champs ! s'étonna le vicaire.

– C'est pas moi, c'est les enfants des alentours. Je les paie dix cents la canne de tomates. Pis avec une canne, tu fais deux tartes. Eux autres sont contents et moi itou.

– Astucieux ! déclara le vicaire avec un grand regard composé.

Le mot pénétra Lévesque mais c'est surtout l'image de Rose qui le travaillait maintenant. Il la trouvait bien enveloppée, cette quinquagénaire mais pas 'totoune' comme presque toutes les femmes de ces générations-là au corps massacré par les grossesses à répétition. Ainsi maquillée comme une star de cinéma, elle remuait quelque chose de très sensuel en lui. Qu'elle ne cherche surtout pas à le violer au cours de la nuit car elle ne le pourrait pas faute de son refus... Non, il ne dirait pas non... malgré une inclinaison au fond de lui-même vers le non... vers l'opposition devant les propositions... Mais dire oui à une telle femme, c'est à soi-même qu'on dit oui...

Rose finit de remplir la grosse théière blanche puis elle y jeta une poignée de feuilles de thé.

Lévesque observa ses mains. Souples, fines et très mobiles. Et il les imagina sur son corps...

Le vicaire, lui, pensait à son perron et Rose ne tarda pas à l'en faire parler.

– Finalement, vous avez pu couler à matin, monsieur le vicaire.

– Oui, madame, on a coulé à matin !

– Et ça durcit bien ?

– Numéro un.

– C'est notre bon monsieur le curé qui sera content...

– J'espère.

Lévesque crut par les mots, que la femme portait le curé dans son coeur, mais il se trompait et même le ton et l'air qu'elle avait ne révélaient pas le fond de sa pensée.

Le vicaire tourna l'attention vers le jeune homme.

– Monsieur Lévesque est donc un journaliste de Montréal mais ses articles passent aussi parfois dans *Le Soleil*.

– Vous venez voir ce qu'il se passe dans notre petite place.

– Bah ! vous savez, les plus grandes villes ne sont rien

de plus que des agglomérats de petites paroisses collées les unes aux autres. La différence, c'est dans la tête, sans plus.

– En tout cas, c'est beau d'entendre parler deux hommes instruits comme vous autres.

Rose avait préparé ce mot d'avance. Et le jetait dans la conversation avant même de les avoir trop entendus pour stimuler en chacun l'esprit de compétition. Quand les hommes se font un peu coqs ou un peu paons, et se battent pour briller, les femmes ont moins d'ouvrage... surtout quand elles ont des tartes à surveiller, du thé à infuser, des assiettes et des ustensiles à mettre sur la table.

Mais le jeune Lévesque refusa de jouer à ce jeu. Au demeurant, il se savait trop fort, et toute confrontation visant à établir ses mesures avec quelqu'un tournait toujours à son avantage. Pas question d'indisposer le vicaire en train de devenir son meilleur allié dans la place. Son accrochage avec Bédard n'avait pas pris sa source dans l'orgueil de l'un ou de l'autre mais dans le fait que chacun avait perçu de l'autre une image noire et s'en était fait le reflet et même le miroir.

Il sortit son paquet de cigarettes, en fit jaillir une qu'il offrit à Rose.

– Pas moi.

Et pendant qu'elle trouvait un cendrier dans une armoire, les deux hommes s'allumaient mutuellement.

Le journaliste désirait voir les apparitions à travers ses plus proches témoins indirects soit les concitoyens des enfants voyants. Et il ne tarda pas à mettre le sujet sur la table en même temps que Rose servait de larges pointes odorantes puis qu'elle versait le thé bouillant.

– La Vierge, madame Rose, vous l'avez vue, vous ?

Rose esquissa un mince sourire.

– Je dirais plutôt que j'ai vu les anges... Non, c'est une farce. Je filais pas trop bien samedi passé et j'suis restée ici à la maison avec madame Jolicoeur.

Le vicaire se surprit :

– Ah ! bon, j'étais certain de vous avoir vue sur le cap ?

– Vous voyez que les visions, ça arrive à n'importe qui.

Elle prit place à son tour et chacun alors mangeait et buvait tout en jasant.

– Et demain soir, vous serez là-bas ?

– Probablement ! Faut dire que j'ai du monde de Sillery à souper demain. Monsieur Ovide Jolicoeur, sa femme et quelqu'un de leur voisinage.

– C'est pour ça, les tartes. Mais si nous autres, on les mange...

– Y en a en masse pour demain. À moins que chacun en mange une au complet.

On devisa sur toutes sortes de petites choses sans jamais approfondir puis le prêtre quitta et Rose conduisit son pensionnaire d'une nuit à sa chambre située à côté de la chambre de bains du deuxième. Au moment de quitter, elle dit avec un sourire figé :

– Besoin de quoi que ce soit, je suis dans ma chambre face à la salle de bains.

– Ce dont j'ai le plus besoin, c'est de sommeil, je pense. Merci pour tout... de toute façon, je vais vous rétribuer demain avant de m'en aller.

– On verra à ça...

Le journaliste étant fatigué et la femme préoccupée par la visite du lendemain, chacun se coucha et ne tarda pas à dormir. Au matin, elle lui servit un déjeuner amical et l'homme quitta la maison après avoir laissé sur la table un billet de cinq dollars. Une fois sur le trottoir, il consulta sa montre et se demanda s'il devait se diriger vers le bas du village ou vers le centre. Le temps lui permettrait bien de faire une virée vers le bas.

Anna-Marie resta loin de la fenêtre mais emmagasina ce qui se passait dehors. Et le dit à Napoléon :

– Ouais, ben j'pense que le p'tit nazi d'hier soir, il a couché chez madame Rose. Il sort juste avec son pocheton sur le dos.

– Ah ! on va le savoir, c'est certain que monsieur le vicaire va m'en parler aujourd'hui...

– J'pense que c'est un quêteux que monsieur le vicaire a fait héberger par madame Rose. En plus qu'il s'en va à pied vers le bas du village...

– Ah ! ça se pourrait ben ! Surtout s'il a un pocheton sur le dos...

***

Chapitre 35

Rachel était debout depuis avant l'aube et regardait souvent vers le bas du village, assise sur son lit devant la fenêtre de sa chambre. Elle aussi aperçut le petit homme qui sortait de chez madame Rose. Et le prit pour un parent venu d'ailleurs. De toute façon, une telle chose ne la préoccupait guère et tout son esprit et son coeur s'affairaient à construire à l'avance sa journée avec Jean-Yves.

Elle avait demandé à Freddy de le laisser avec elle tout ce samedi pour qu'elle puisse chercher à le ramener à la réalité. Mais par quel bout commencer une tâche aussi complexe et pour laquelle elle ne possédait ni connaissances préalables ni préparation adéquate. Il lui faudrait simplement laisser parler la voix du coeur.

Des éclats de voix lui parvinrent de l'intérieur de la maison. Il lui semblait que l'on frappait à la porte et que son père grognait en se levant pour aller ouvrir tandis que le chien silait. Elle prêta attention et pour mieux entendre, entrouvrit la porte.

Des mots énervés traversèrent le treillis métallique et frappèrent Ernest en plein visage. L'homme avait eu à peine le temps d'enfiler ses pantalons, et les grosses bretelles noires pendaient le long de ses hanches tandis qu'il boutonnait sa chemise carreautée tant bien que mal... Et pour le faire plus mal paraître encore, il avait revêtu trop vite sa 'momoute' qui s'était retrouvée de travers sur sa tête avec des épis poilus qui pointaient sur les côtés.

— Monsieur Maheux, vous le saviez qu'on venait de couler le ciment du perron, vous auriez pu enfermer votre chien hier soir. Y a des pistes partout, pire que celles du diable du cap à Foley.

Le pauvre vicaire fulminait. Après la messe, il s'était rendu sur le perron et avait découvert avec horreur les traces canines non seulement d'un passage mais d'une sorte de chassé-croisé, comme si l'animal s'était plu à imprimer partout les empreintes détestables de ses pattes.

— Qui vous dit que c'est le Bum qui a fait ça ? demanda le forgeron sur la défensive.

Derrière le poêle, le chien sila à quelques reprises comme pour exprimer une sorte de mea culpa.

— Parce que des témoins l'ont vu faire et qu'ils me l'ont dit.

— Pourquoi c'est faire que vous avez pas appelé hier soir d'abord ?

— Parce qu'ils me l'ont dit ce matin.

— Comment qu'ils peuvent dire sans se tromper que c'est le Bum qui a fait ça ?

— Parce que les chiens, c'est comme du monde, y en a pas deux qui se ressemblent.

— Aurait fallu mettre des toiles sur votre ciment. Avant-hier, c'était l'orage... c'est pas un chien, ça... Avez-vous réveillé le bon Dieu à six heures du matin pour lui faire des reproches ?

– Si le bon Dieu a envoyé un orage, c'est pas pour rien, ça, vous pouvez en être certain.

– Si mon chien est allé piloter dans le ciment, c'est pas de ma faute pis c'est même pas la faute du chien. Pis probablement que ça sera pas pour rien non plus. Tout c'est que j'peux vous dire, c'est de l'excommunier... Le Bum, le Bum, viens icitte... Pssss... pssss... pssss...

Le chien sila et s'approcha en reniflant le plancher comme un condamné à mort.

– Si c'était une belle bête au moins, marmonna le prêtre, l'oeil rempli de sévérité noire.

Le chien aussi avait des épis de poils qui pointaient dans tous les sens.

– Écoutez, je vous le réparerais ben, votre perron, mais j'ai pas de ciment... Être capable, je vous referais toutes les gardes en fer forgé itou, mais ça me coûterait trois cents piastres...

– Trois cents piastres pour refaire les gardes, mais vous délirez, Ernest. C'est pas moins que douze cents...

– Ben... moé, à trois cents piastres, je les referais sans problème...

– Vous êtes sûr de ça, là, vous ?

– Aussi sûr de ça que vous êtes là, là, vous.

Le prêtre tourna la tête vers l'église et il imagina le perron avec des garde-fous tout neufs. Ses rêves inspirés par Fortunat quant au succès de la quête du soir parmi la foule accourue à la prochaine apparition s'ajoutèrent à sa confiance indéfectible en la Vierge Marie, et tout ça non seulement lui fit oublier les pistes du chien et celles du diable mais le mit sur celles de la fierté du curé quand il reviendrait et pourrait admirer un perron neuf mur à mur.

– Combien de temps que ça vous prendrait pour les faire d'un bout à l'autre ?

– Là, y a mes foins sur ma terre du bas de la grande ligne qu'il faut que je fasse.

– Pour pourriez engager du monde... Comme monsieur Georges Champagne ou Zoël Poulin ou Paul Boutin...

– Il se trouve que ces trois-là sont déjà engagés pour les foins de c't'année. Ti-Georges par son frère Noré. Zoël par son gars Gérard. Pis Paul par Pit Veilleux pis Freddy Grégoire.

Le vicaire fit une moue boudeuse et hocha la tête comme s'il cherchait d'autres noms à donner.

– Monsieur Jos Page...

– C'est dans le plus fort à 'beûrrerie' de ce temps-là... En plus que Jos Page, c'est pas les chars en plein air pour faire les foins.

– Avec vos garçons, c'est pas assez pour faire ça vite en supposant du beau temps ?

– Ah ! si le Ti-Paul serait là, ça serait pas trop long, mais il a sacré son camp ce printemps pis il a jamais redonné de ses nouvelles directement. Quinze ans, pis ça s'en va travailler en ville. Où c'est qu'on s'en va dans un monde de même, allez-vous me le dire, vous ?

– Quinze ans ? Vous pourriez le faire revenir...

– Non, monsieur, s'il a eu le coeur de s'en aller, qu'il reste parti. Pis asteur, il a seize ans... Il vient de les avoir, au commencement du moins de jhun...

Le vicaire pencha la tête et pensa aux boîtes qui circuleraient dans la foule pieuse ce soir-là et il vit des billets de banque entrer par les fentes, surtout quand la Vierge serait apparue pour la cinquième fois...

– Monsieur Maheux, si vous les faites final pour dans trois semaines, foins ou pas, je vous donne cent piastres de plus. Avec les cent piastres, payez des journaliers pour vous aider dans vos foins.

– Ah ! si j'dis que j'vas les faire, j'vas les faire dans le temps dit. Mais y a Georges Pelchat pis son gars qui sont ben habiles itou. Ça s'rait peut-être moins cher là qu'icitte.

– Écoutez, le roi du fer forgé, c'est vous, Ernest.

Le forgeron fut piqué droit à la moelle épinière par la tige de cette fleur, et la sensation se rendit tout droit à son front qui rosit sous sa crêpe de cheveux effilochés.

– Dans ce cas-là, je m'en vas vous dessiner trois motifs aujourd'hui pis vous les montrer 'demon' matin ou ben à soir si vous voulez.

– C'est ben beau, dit le prêtre qui tourna les talons et descendit l'escalier.

– Pis pour votre ciment, lança Ernest, faites-le faire par Saint-Veneer pis je le paierai, moi, Saint-Veneer. Le Bum, c'est sûr dans le fond, que j'aurais dû le renfermer dans ma boutique de forge le temps que le perron de l'église durcissait... Mais j'ai pas pensé à ça...

– C'est pas grave, oubliez ça !

– Je monterai vous montrer les motifs sur papier.

– Le plus tôt le mieux...

Et le prêtre s'élança de son pas le plus pressé, genoux battant la soutane qui claquait comme un drapeau.

Un des motifs serait sûrement le fleurdelisé, pensait le forgeron en se grattant le crâne sous la perruque... De ça, il ne doutait pas une seconde...

Il se rendit chercher une tablette à écrire sur la tablette de l'horloge et, suivi sur les talons par le Bum qui sans le savoir avait permis la signature tacite d'un contrat en or avec la

Fabrique, il se dépêcha de s'en aller à la boutique où il se rendit à l'établi à bois pour imaginer ses motifs et les tracer à la mine plate d'un crayon plat... Il mangerait plus tard, quand la faim le commanderait...

Le petit journaliste emprunta le rang Grand-Shenley sans trop savoir pourquoi, peut-être y ayant aperçu une côte assez importante pas trop loin et sur laquelle il pourrait avoir une vue en plongée du village pour en lire les habitations sous un autre angle. Depuis son départ de chez Rose, il n'avait pas rencontré âme qui vive, pas même un chien ou un chat. Les maisons matinales semblaient toutes dormir encore et pourtant toutes l'avaient observé avec leurs gros yeux de belettes. Et tous leurs habitants savaient déjà qu'un petit homme aux allures de quêteux fatigué arpentait le trottoir vers le bas de la Grand-Ligne.

Mais si c'était un quêteux, pourquoi ne quêtait-il pas ? se demandait-on de porte en porte, chacun se sentant alors coupable de ne donner aux mendiants qu'une vieille cenne noire ou un nickel de petite misère. Peut-être qu'il avait déjà frappé à leur porte et qu'il connaissait maintenant les maisons moins généreuses ?...

Et on finissait par se dire qu'il ne s'agissait pas d'un mendiant puisque l'homme était trop jeune et ne portait pas une barbe en broussaille, et que la seule image de marque d'un quêteux chez lui consistait en son baluchon et le fait qu'il déambulait à petits pas en regardant partout.

Soudain, des chiens se mirent à aboyer. La maison des Dulac approchait et leurs bêtes en avertissaient les occupants. La vieille bonne femme à pipe s'approcha la capuche de la fenêtre et elle vit l'inconnu.

– Qui c'est donc ? demanda Matthias qui se servait des flocons de maïs dans une grande assiette creuse en métal. Les chiens jappent pas de même quand c'est Jos Page qui s'en va à 'beûrrerie'... Pis Jos Page est déjà rendu à son ouvrage comme c'est là.

– J'sais pas qui c'est, c'lui-là, dit la vieille en grinçant sur une voix pointue.

Alors Philippe se leva de table et se rendit voir à la fenêtre. Il réfléchit tout haut :

– Un étrange... Pour moi un quêteux...

Matthias se rendit à la fenêtre aussi.

– Trop jeune pour un quêteux. Ça doit être l'étranger qui a pris la maison à Polyte Boutin. Il pourrait passer au travers par la terre à Menomme Grégoire pour arriver chez eux par le bois.

– Non, non, je l'ai vu, l'étranger : il est pas mal plus grand pis plus beau que celui-là...

– De la parenté à quelqu'un du Grand-Shenley : c'est pas d'autre chose que ça.

– En tout cas, si c'est un quêteux, il passe son chemin drette.

Le petit homme se savait observé cette fois. Il réagit en s'arrêtant pour voir les renards courir comme des perdus dans les cages derrière la maison. Et se demanda comment des bêtes sauvages pouvaient survivre ainsi privées de leur liberté. Une question que fort peu de gens se posaient alors. Il lui parut plus sécuritaire de ne pas s'attarder. Les gens de cette maison pourraient voir d'un mauvais oeil un inconnu fouiner autour de leur propriété aux petites heures d'un samedi matin et, sait-on jamais, pourraient aussi bien kisser leurs chiens après lui.

Il poursuivit son chemin. De la fumée sortait d'un long tuyau noir au-dessus d'une bâtisse qu'il devinait être une beûrrerie. Ça lui donna le goût de fumer lui-même et il s'alluma une Player's avec une allumette de bois dont il savait tenir la flamme à l'abri du vent à l'intérieur de ses mains en forme de panier. Néanmoins, un goût de soufre lui remplit la bouche et il lui fallut quelques grimaces et des crachotements pour parvenir à l'oublier.

Jos Page avait fait une bonne attisée afin de chauffer l'eau du réservoir, laquelle se transformant en vapeur générerait l'énergie nécessaire pour faire virer la grosse baratte à beurre qui tournerait à plein régime à compter de neuf heures, dès que le camion parti avant l'aube reviendrait rempli de bidons de crème. Et le vieil homme gris fumait sa pipe, assis dehors, sur le pas de la porte. Pas besoin de lunettes pour le voir venir de loin, ce petit personnage à baluchon. Le vieil homme s'en inquiéta un peu. Il avait eu des reproches la veille de son patron; et dans son cerveau enfantin, il s'imaginait qu'un nouveau pouvait venir afin de le remplacer à la bouilloire et à la baratte.

Lévesque avançait sans le voir. Jos se fondait, par ses culottes grises et sa veste à carreaux noirs et blancs, avec l'absence de peinture partout ailleurs qu'aux ouvertures de la bâtisse.

– Tchi que t'es, toé ? graillonna Jos.

Le journaliste sursauta et aperçut finalement le vieil homme.

– Et vous ? demanda Lévesque en traversant la rue pour s'engager dans la cour étroite.

– Ben moé, j'sus le chauffeur icitte. Pis ça fait vingt-sept ans que j'fais ça.

– Moi, j'suis rien qu'un passant.

– Un tchêteux ?

Lévesque sourit.

– Oui, ça pourrait bien me définir en effet. Je suis en quête de quelque chose, oui...

– Toé, tu viens pas icitte pour te charcher d'l'ouvrage toujours ?

– Faut dire que j'en ai déjà en masse.

– Ton nom, c'est quoi déjà ?

– Lévesque. Et vous ?

– Page, Jos Page.

Le visiteur vint poser le pied sur le pas de la porte. L'odeur de lait de beurre se mélangea en ses narines avec les relents de soufre et les senteurs du tabac. Un mélange qu'il trouvait bon pour la mémoire.

– Chauffeur, c'est quoi, ça ?

– Ben j'chauffe le feu, je pars la baratte pis j'sors le 'beûrre' d'la baratte quand c'est qu'il est prêt à mettre dans des boîtes. Sais-tu fére ça, toé-tou ?

– Non... ça prend un bon homme pour ça...

– Jhuwa, jhuwa, jhuwa, jhuwa, jhuwa... ouais, ben cartain, ben cartain...

Jos retrouvait son naturel bon enfant. La crainte était passée. Il l'aimait bien, somme toute, cet inconnu qui le questionnait sur son travail.

– Je grimpe sur la côte pour voir le village de là-bas. J'en veux une vue d'ensemble...

– Ah! tu pourras pas aller plus haut que ça. Le clocher de l'église, là, ben c'est cent cinquante pieds jusqu'au coq. Mais sur la côte, là, tu vois plus haut que le coq.

– On va avoir une belle journée aujourd'hui.

– Ah! oué, jhuwa, jhuwa. À côté, icitte, c'est Rosaire Nadeau, le connais-tu ?

– J'ai pas cet honneur...

– Tu veux savoir l'heure ?

Et Jos fouilla dans une petite poche de son pantalon dont il fit émerger une grosse montre argent.

– Là, il va su' six heures et d'mie.

– Les apparitions, vous avez vu ça ?

– C'est pas su' la côte icitte, c'est de l'autr' bord, sur le cap à Freddy Grégoire.

– J'pensais que c'était le cap à Foley.

– Ah ! ça, c'est l'vieux nom, jhuwa, jhuwa. La terre appartenait à un dénommé Foley avant que le bonhomme Noré Grégoire achète ça. Y en a ben qui disent encor' l'cap à Foley, jhuwa, jhuwa. C'est selon chatchun...

– La Sainte Vierge, vous l'avez vue, vous ?

– Tchi, moé ?

– Oui.

– Non, pas moé. C'est les enfants à Mardja Lessard qui l'ont vue. Eux autres, la Sainte Viarge, ils la voyent... pas moé, ben non, pas moé, jhuwa, jhuwa, jhuwa... J'dois être trop vieux pour la vouère, moé... Mais elle est là pareil, hein, elle est là pareil...

Jos lança un crachat de côté et appuya son pouce sur le tabac en feu sans se brûler. L'autre ne pouvait s'attarder; il en avait trop à voir ce jour-là. Et il reprit son chemin.

– Tu r'viendras...

– J'y manquerai pas.

Lévesque fut épié aussi depuis la maison voisine. Il fit semblant de ne rien voir et continua son chemin jusqu'au point le plus haut de la colline d'où il s'imprégna à jamais du long ruban de maisons, granges et hangars qui s'étirait de chaque côté des bâtisses plus importantes du coeur du village: l'église, le couvent, la salle paroissiale, le magasin général et l'hôtel.

Il entra de quelques pas dans un champ labouré, mit son paqueton par terre et s'assit sur la perche tombée d'une clôture. Et il tâcha de réfléchir à son avenir lointain, celui de sa quarantaine et de sa cinquantaine. Comment seraient les années soixante, les années soixante-dix, les années quatre-vingt pour lui et pour le monde ? Guerre ou paix ? Abondance ou crise économique ?

Et la télévision, comment changerait-elle le monde ? Aurait-elle sur le pays le même impact que les apparitions de la Vierge avaient sur cette petite paroisse, aux alentours et ailleurs ?

Le premier à se poser la question, il serait probablement aussi le premier à y répondre...

Car en apercevant les automobiles qui déjà affluaient autour de l'église à ses pieds là-bas, il rêvait à l'immense pouvoir des apparitions que représentaient toutes ces images pieuses ayant meublé l'âme de toutes les enfances du monde occidental depuis tant de générations.

Ernest avait déjà travaillé plus d'une heure sur ses dessins qu'il recommençait encore et encore sans jamais arriver à quelque chose de satisfaisant.

Un véhicule s'arrêta dans la rue, près de la cour, face au magasin général. C'était le boulanger Audet du village voisin qui venait livrer des morceaux de pain. Avec le contrat qu'il avait en poche, Ernest pensa qu'on pourrait bien manger du pain de boulanger pendant quelques jours même si ça revenait pas mal plus cher que le pain de ménage à Éva qui les faisait dures à s'en casser les dents, sa miche et sa mie. Et tant qu'à faire, on achèterait chez Freddy quelques livres de biscuits whippets pour le dimanche. Tiens, il traverserait faire ces achats après le départ du véhicule...

Le boulanger, un homme de quarante ans, toussa à quelques reprises, la main devant la bouche. Et la quinte se termina en une sorte de cri de coq. Ernest, qui n'était pas lui-même exempt de tels assauts à cause de la poussière de bois et de charbon, n'y prêta guère attention, d'autant que ses dessins l'accaparaient toujours. Les gens ignoraient que les poumons du boulanger étaient gravement malades, attaqués par la tuberculose, irrémédiablement détériorés par le bacille de Koch. Lui-même connaissait son état, mais il n'avait pas voulu changer sa vie pour cela à l'instar du Blanc Gaboury et, plus récemment, d'Armand Grégoire.

L'homme ensuite corda plusieurs pains sans emballage sur son bras et traversa la rue pour aller les livrer au magasin général. Un des morceaux sur le dessus de la pile glissa au moment où il arrivait au trottoir et tomba par terre sur une plaque séchée de crottin de cheval. Audet le ramassa et le remit sur la pile.

Quand il fut à l'intérieur, il se rendit poser sa charge à côté d'une armoire vitrée posée sur le comptoir. Quelqu'un du magasin mettrait les pains dans l'armoire plus tard. Pour l'heure, personne ne se trouvait là. L'homme prit le morceau tombé dehors et le frotta avec sa main pour le nettoyer des brindilles de crottin. Et les résidus qui auraient pu rester se confondirent avec la croûte dont la couleur blonde était la même.

À nouveau, il toussa. Les veines de ses tempes devinrent apparentes tant la pression était forte dans sa tête pâle et décharnée. Un pas vint. Il releva la tête. C'était Armand qui lui dit à travers un petit sourire anxieux :

– T'aurais pas de quoi aux poumons, toé, toujours ?

– Jamais de la vie !

– Tu tousses comme moé des fois.

– Étouffé un peu, c'est pas grave.

– Enchifrené, commenta Armand.

– Ouais...

L'homme se fit payer et ne tarda pas à s'en aller. Beaucoup de clients l'attendaient. Sa tournée de deux jours passait par toute la paroisse. Bien des familles recevraient de la visite à cause des apparitions et c'est la raison pour laquelle il avait bien plus de pain que d'habitude dans son véhicule, une ancienne ambulance repeinte en couleur blanche.

Armand mit les pains à leur place. Il achevait quand Ernest se présenta. Le forgeron acheta deux pains. La chance voulut qu'il reçoive celui que le crottin avait sali. Ensuite, Armand lui pesa trois livres de whippets qu'il prenait à poignées dans la caisse de biscuits en vrac.

Comme il en transporta chez lui, des bacilles, ce matin-là, le pauvre Ernest ! Bien plus de microbes que de nourriture pour sa famille... Mais quelle prise pouvaient donc avoir les bacilles sur des poumons protégés par tant de poussière de charbon et sur un homme autant pris par son projet de fabrication de garde-fous ?

Et toute la famille se régala ce jour-là et le jour suivant de bonnes rôties avec un petit goût d'acheté tout fait et surtout des inégalables whippets à Freddy...

***

Chapitre 36

Peu après le passage du boulanger, ce fut au tour de Boutin-la-viande de se présenter chez Ernest. Car lui ne pouvait pas déposer du steak chez Freddy et il le vendait directement à chaque porte. Il se stationna dans la cour devant la porte du côté de la maison.

C'était un vieil homme encore vert, portant une chienne blanche tachée de rose et de rouge, au volant d'une petite camionnette dont on avait fait une glacière servant d'étalage. Tout un boeuf et tout un cochon s'y trouvaient en pièces détachées, accrochées ou enveloppées dans du coton. Quand il arrivait quelque part, il klaxonnait puis allait entrouvrir la porte arrière. Et quand la reine du foyer se présentait avec l'intention d'acheter quelque chose, il ouvrait les portes pour lui montrer l'étalage et la faire choisir. De plus, des couteaux et des scies à viande étaient accrochés contre la cloison au-dessus d'une balance, prêts à découper les morceaux, suivant le bon plaisir de la cliente, exceptionnellement du client.

L'été, la plupart des familles ne mangeaient de viande fraîche que le dimanche. Et cela était rendu possible par la méthode du père Joseph copiée sur ce qui se faisait partout dans les campagnes et les villes.

L'homme descendit. Caché par son véhicule, il appuya son pouce sur son nez et souffla pour le vider. Le morviat mordit la poussière de la cour et le bonhomme essuya au tissu de son tablier les résidus restés collés à ses doigts. Il releva ensuite un pan du sarrau et sortit une montre qu'il consulta. Il travaillait depuis plus de deux heures déjà et le moment de se rincer le dalot était venu; il méritait bien ça.

Couchée derrière une cuisse de cochon, sa bouteille de gros gin reposait en attendant qu'il l'ouvre et se serve une ponce dans un petit verre qu'il traînait pour ça. Il expirait bruyamment sa satisfaction après avoir ingurgité l'alcool quand Ernest arriva derrière lui un peu à l'improviste.

– Ça, c'est de la bonne vitamine, dit le vieil homme moustachu, surpris d'être ainsi surpris. Veux-tu une p'tite ponce, Ernest ?

– Mes vitamines, moé, c'est de la bonne viande juteuse.

– J'ai ce qu'il te faut. Un beau boeuf abattu hier soir pis qu'a passé la nuitte sur la glace.

– Du lard, ça serait mieux pour aujourd'hui.

– R'garde-moé les beaux morceaux que j'ai encore.

Une mouche noire vint se poser sur la planche à découpage, mais aucun des hommes ne dérangea son séjour; et si on la vit, on ne la remarqua guère. Pendant que les humains discutaient, elle mangea, pondit tranquillement puis s'en alla.

– T'en veux comment au juste ?

– Trois livres.

– Ce morceau-là est pas loin.

– Pésez-lé donc !

L'homme le fit.

– Deux livres trois quarts...

– J'vas le prendre pis vous mettrez une livre ou deux de baloné avec ça.

– Il te reste-t-il de la glace encore ?

– J'sus bon jusqu'au mois d'août.

– Achète-toé donc un frigidaire; ta femme aimerait ça en maudit.

– J'ai pas encore les moyens de ça.

– Ça finit par se payer tuseul avec tout c'est que tu sauves de manger qui se gaspille pas. Pis tu sauves du temps. Pus besoin de te scier de la glace l'hiver pis de conserver ça dans le bran de scie. Tu gardes ta viande dans la maison. Les restes de repas, tu peux garder ça longtemps.

– Ah ! ça fait longtemps que Marie-Anna veut m'en vendre un, mais c'est deux cents piastres, c'est pas donné.

– Un maudit bon placement pareil.

Ernest se mit à songer qu'avec l'argent des garde-fous, il pourrait en acheter un de ces réfrigérateurs qu'au moins la moitié des familles du village et déjà plusieurs de la paroisse possédaient déjà. Certes, l'argent sauvé constituait un bon argument en faveur de cet important achat, mais la fierté jouait fort elle aussi. Sitôt Boutin-la-viande payé, il se rendit de son pas le plus long au hangar de la glacière pour y déposer ses paquets, puis, sans hésiter, il passa à travers pour se rendre chez la voisine, Marie-Anna, marchande de meubles et cadeaux qui, étonnée de cette visite matinale, lui dit en ouvrant la porte d'un moyen appareil :

– Ah ! ça me surprend pas de vous voir, monsieur Maheux. Je savais que d'un jour à l'autre, vous viendriez acheter un beau frigidaire pour madame Maheux. Elle mérite bien ça, vous savez...

– Maudit torrieu, on passe notre temps à jeter de la viande par les châssis...

– Ah ! ça, c'est l'économie totale !...

Pendant ce temps, Joseph Boutin décrottait la tête de sa pipe avec un couteau de poche. Il la chargea ensuite, l'alluma et se remit au volant pour s'arrêter pas beaucoup plus loin entre la maison de Bernadette et celle des Jolicoeur.

Marie-Anna l'aperçut par la vitrine et devina que son voisin venait de se faire convertir à l'idée du réfrigérateur par nul autre que Boutin-la-viande lui-même. Elle ne manquerait pas sa vente pour un steak, car si Ernest devait remettre ça au lendemain, ce serait raté pour au moins une autre année, peut-être plus. À moins qu'Éva ne se décide elle-même sans consulter son mari, ce que, du reste, elle était sur le point de faire. Pour éviter des problèmes de voisinage, mieux valait que le forgeron prenne l'initiative lui-même...

On commença la négociation...

Bernadette courut jusqu'au petit camion, croyant que le bonhomme était sur le point de partir. Et sitôt après, Rose vint à son tour et se dépêcha de dire :

– J'ai eu un pensionnaire pour la nuit. Un jeune homme de Montréal qui a pas trouvé de gîte à l'hôtel. C'est monsieur le vicaire qui me l'a amené.

– J'aurais pu le recevoir moi itou. J'ai deux belles chambres de libres.

– Armand ?

– Armand, il reste dans son 'campe' là-bas en arrière.

– J'pensais qu'il couchait à maison.

– Ah ! je l'garde pas avant les frettes d'hiver, ça, c'est sûr. Y avait beau rester au sanatorium. Fou qu'il est ! Il va se cracher tous les poumons pis il va mourir.

Puis les yeux de Bernadette passèrent du rond au plissé et son désagrément se transforma en plaisir. Elle songeait à bien autre chose :

– Pis comme ça, t'as hébergé un beau petit jeune homme la nuit passée ?

– Jeune, assez, mais beau, pas trop...

– La nuit, ils sont tous beaux...

– Écoute, Bernadette, j'sus pas ce que tu penses, hein !...

– Mon doux Jésus, c'est pas ça que j'ai voulu dire. Sens-toi pas visée, non, non, non...

– Coudon vous autres, n'avez-vous besoin, d'la viande ou ben si vous êtes là pour placoter pis pas d'autre chose ? dit le bonhomme Boutin mi-sérieux mi-agaçant et qui remettait le bouquin de sa pipe fumante entre ses lèvres rouges.

– Moi, j'voudrais un beau morceau dans la partie de boeuf la plus tendre, demanda Rose.

– Tu reçois Berthe pis Ovide à souper... pis d'après ce que j'sais, il va y avoir un bel homme riche avec eux autres...

– J'sais que va y avoir quelqu'un avec eux autres, mais j'en sais pas plus.... Pis Bernadette, arrête de dire des affaires de même : on croirait que t'oublies tout le temps que j'sus une femme séparée. Toi, t'es fille pis tu peux t'occuper des hommes...

Bernadette fit un clin d'oeil, pencha la tête, éclata de rire en disant :

– J'aimerais ben mieux que ça soit les hommes qui s'oc-cupent de moi, mais ils me trouvent un peu trop vieille.

Rose, qui portait sur son front et ses épaules quelques années de plus que Bernadette, fut à nouveau contrariée. Elle lança avec un vilain sourire :

– Un morceau de viande a plus de goût s'il est présenté de manière appétissante. Toi qui fais si ben la cuisine, tu devrais pourtant savoir ça.

Bernadette reprit son rire de fillette et approuva :

– C'est ben vrai ! Pis pour savoir si la viande est tendre, ben tu la tâtes avec tes doigts... comme ça...

Ce qu'elle fit en enfonçant son pouce dans le morceau que Joseph venait d'étaler sur la planche à découper.

– Ça, c'est un peu dur. Faut dire que de la viande, il faut que ça vieillisse un peu pour s'attendrir : c'est comme du monde...

Sur ce joyeux ton, chacune finit par se faire peser une belle pièce, mais le père Joseph dut oublier sa patience assoiffée en regardant à la dérobée la poitrine de Rose dont on pouvait apercevoir la profonde naissance par le décolleté de sa robe de coton fleuri.

Quand elles furent enfin parties, il déchargea sa pipe en la cognant sur le rebord de la boîte. Quelques particules de tabac calciné furent emportées par un coup de vent à l'intérieur de la glacière et se déposèrent sur la viande, mais elles étaient si petites que l'humidité sanguinolente absorba jusque leur couleur.

***

Chapitre 37

Lévesque approchait de la manufacture de boîtes dont il avait entendu l'appel sifflé un quart d'heure plus tôt, ce qui l'avait incité à quitter son observatoire pour rentrer dans le décor.

Pit Roy le vit venir de sa fenêtre ouverte au deuxième étage. Il se dépêcha de clouer quelques fonds de boîte afin de prendre de l'avance pour mieux suivre la progression de ce bizarre petit bonhomme inconnu qui, pour une raison inexplicable, lui rappelait son héros Duplessis.

Le journaliste s'arrêta dans la cour et promena son regard tout autour tandis que ses pieds calaient dans la terre noire sèche et moelleuse. Que d'odeurs à humer en ce lieu ! Le bois, la résine de bois, le jus noir qui croupissait dans le bassin de flottaison au pied du moulin et les lilas fleuris d'arbres entourant la grosse maison blanche. Il pensa à tort que cette demeure aux dehors vénérables appartenait au propriétaire, Dominique Blais. En fait, c'était celle d'Uldéric, le patriarche mort l'année précédente, laissant en héritage la propriété commerciale à cinq de ses fils et sa maison au plus jeune, Marcel.

Le journaliste décida d'aller explorer à l'arrière de la bâtisse. Il y aperçut une entrée sans porte qui donnait sur l'espace de l'engin et du feu sous la bouilloire. Il n'eut pas à pencher la tête pour entrer et parmi les employés, seuls Marie Sirois et François Bélanger n'avaient pas à le faire non plus en raison de leur petite taille.

Le bruit était énorme. Il s'approcha de la machine qui suait, sifflait, tournait à plein régime, sa roue d'acier propulsée sur son axe par un bras puissant au poignet excentrique. Devant lui se trouvait un escalier étroit; et il en aperçut un autre sur sa droite. Le lieu inspirait un fumeur : il s'alluma une cigarette. Puis tourna la tête comme par un drôle d'instinct et il ne put alors retenir une grimace qu'il chercha à rattraper par une autre, laquelle demanda à son tour à se faire effacer par une suivante. Ça ne s'arrêtait pas...

Au-dessus de lui, appuyé à la rampe, penché en avant et qui l'observait, se trouvait François Bélanger, un personnage qui faisait toujours sursauter par sa laideur épouvantable, qu'on le connaisse depuis toujours ou depuis peu. Pour la première fois de sa vie, le pauvre homme se rendait compte que les grimaces qui le rendaient prisonnier pouvaient aussi s'emparer d'un autre visage que le sien et surtout bien moins dénaturé que celui dont le ciel l'avait gratifié à sa naissance. Il ébaucha un sourire et fit des signes par lesquels Lévesque comprit que l'homme voulait lui acheter une cigarette ou deux. Le journaliste lui lança son paquet. François en prit une et rejeta le paquet entre les mains de son propriétaire. Lévesque lui demanda par signes s'il pouvait le rejoindre sur la passerelle. Il obtint une réponse favorable, faite d'un rire grimaçant et d'un signe affirmatif.

Rendu là, il se fit dire à l'oreille :

– Oulé woè Nomini ?...

Contre toute attente, le journaliste comprit. Il répondit dans le tuyau de l'oreille de l'infirme :

– Monsieur Dominique se trouve-t-il en haut ?

– Oué paen Nomini vni pas tô leun...

Lévesque comprit encore et cela émerveilla François qui avait l'habitude de n'être décodé aussi aisément que par sa mère. Comment donc un pur étranger arrivait-il à le comprendre du premier coup ? Se trouve-t-il donc des êtres capables de lire chez quiconque sans avoir à entendre des mots clairs et nets ? Un don...

– J'pourrais l'attendre, mais j'aimerais mieux aller le voir dans la manufacture. C'est-il permis ?...

– Mèmi aten... oué wa mné...

– Vous êtes ben smart. C'est quoi, votre nom, vous ?

– Venwè Méenjé...

– François Bélanger. Ben moi, c'est René Lévesque.

L'escalier pénétrait dans un endroit exigu. Le journaliste suivit l'infirme et se retrouva dans cet espace terriblement poussiéreux où un homme délignait des planchettes sans pour autant que son sourire plissé ne soit lui, déligné par l'intense chaleur qui régnait en ce lieu communément appelé aux alentours 'le trou'. Il le regarda faire un moment.

L'homme empilait quatre ou cinq morceaux puis les égalisait tant bien que mal sur une languette de métal. Ensuite, il les poussait dans la scie endiablée qui émettait un bruit strident, comme le cri d'un diable qui se noie dans un bénitier. Puis il répétait la manoeuvre pour dégager le bon bois de la croûte inutile et nuisible pour la suite du processus.

Lévesque fit une moue désolée puis tira une poffe, ajoutant sa pollution à l'autre. Et se remit en marche suite à François qui s'était immobilisé en l'attendant. L'on repartit...

Soudain, François s'immobilisa à nouveau au pied des quatre marches du dernier escalier. Il écrasa sa cigarette dans le bran de scie en tournant bien le pied pour qu'il ne reste aucun danger dans le mégot. Et, par signes, il fit comprendre au journaliste de faire de même, ce qui fut fait aussitôt.

On déboucha enfin à l'étage du gros de la fabrication des boîtes. Toutes les têtes se tournèrent vers les arrivants sauf celle de Dominique qui finit l'embouvetage d'un couvert avant de s'intéresser au visiteur qu'il savait là par les regards des employés et sa perception périphérique.

Il s'approcha enfin des deux hommes qui l'attendaient. On se salua du sourire. François lui grogna quelque chose à l'oreille puis s'en retourna à son feu et à son engin, content de sa rencontre.

L'industriel cria au visiteur :

– C'est de même que ça se fait, des boîtes à beurre.

– J'vois ben ça, là... Comment ça marche au juste ?

– Icitte, c'est l'embouvetage. Moi je donne à manger à la machine qui encolle les morceaux pis lui, là, il met les morceaux dans la coulisse que tu vois pis il donne le bon coup de masse pour que les planches se pénètrent.

Lévesque connaissait déjà le masseur par la partie de poker de la veille dans le bar à tuer de l'hôtel, et il le salua d'un geste tronçonné... Marie Sirois qui, en ce moment, travaillait derrière l'amancheuse à sabler le corps des boîtes et à boucher les trous de noeuds. fut étonnée par l'attitude de Fernand devant cet étranger, lui que la peur de quelque chose rendait furtif devant l'inconnu... Ils avaient l'air de se connaître bien, ces deux-là, et il parut passer de l'amitié dans leurs gestes.

Dominique poursuivit tandis que le journaliste toussait :

– Là, on botte. Ensuite, au fond, c'est la machine à tenons... Viens voir...

À sa cloueuse, Pit Roy se sentait de plus en plus énervé. Qui donc était ce jeune personnage lui rappelant tant Duplessis ? Peut-être un fils à Georges-Octave Poulin, le député bleu de Saint-Martin ? Ou peut-être un fils du docteur Raoul Poulin, frère de Georges-Octave, député indépendant à Ottawa ?... Ou bien un gars à Jos-D. Bégin, ministre de Lac-Etchemin ? Car comment peut-on ressembler autant à Duplessis sans avoir du sang très bleu dans les veines ? Le pauvre homme s'aperçut soudain qu'une des grosses seringues à injecter les clous ne produisait plus rien. Un manque de vigilance de sa part. Il dut vérifier les fonds de deux piles et à chacun, il manquait un clou. Pour réparer, il prit son marteau par la tête et alla fourgailler dans le panier de la tête de la machine qui basculait lentement de bas en haut pour permettre aux coulisses de recevoir les clous et de les guider vers les seringues. Tant mieux au fond car il aurait bien plus de chances de parler à l'étranger qui devrait le frôler quasiment pour sortir par la porte extérieure donnant sur le grand escalier. L'exaucement dépassa ses voeux et Dominique s'arrêta à lui :

– Voudrais-tu montrer à monsieur Lévesque comment on fait des tenons avec la machine ?

Tout excité, Pit se précipita vers la grosse machine en riant et en se tortillant de bonheur. Il allait commencer quand la curiosité le ramena à ses spectateurs. Il dit à Dominique :

– Le petit monsieur serait-il parent avec nos députés ?

– Ah ! j'pense pas, c'est un journaliste de Montréal.

Lévesque tendit la main que Pit serra en criant :

– Vous ressemblez à un premier ministre, vous.

L'autre éclata de rire, un rire des épaules aussi haut que celui de la protestation de ses grimaces amusées.

– Il est venu voir les apparitions, dit Dominique.

Pit lâcha un grand rire de doute. Lévesque fit une moue qui s'accordait à cela et, grâce au moment de réflexion qui venait de lui être donné et parce que Pit lui rappelait Duplessis, il lança une phrase qui eût pu être interprétée de manière négative aussi bien que positive :

– Notre bon premier ministre est encore là, au pouvoir, pour des années.

Pit hocha la tête affirmativement puis il sauta près des piles de morceaux. Mesurant avec l'un d'eux, il en prit une vingtaine qu'il inséra dans la machine. Il tourna une manivelle pour les enserrer au maximum de sa force et là, actionna un levier. La grosse mâchoire d'acier se mit à glisser par devant et ses crocs commencèrent à entamer le bois. L'énergie demandée par cette machine réduisait celle disponible pour le reste de la manufacture et toutes les autres virent leur cadence diminuer. Les mâchoires revinrent à leur place. Le journaliste se rendit toucher aux tenons encore chauds puis il tendit à nouveau la main à Pit qui la serra avec satisfaction.

La visite se poursuivit. Marcel les reçut avec quelques pitreries, mais il n'y eut aucun échange verbal. Puis le journaliste observa Marie Sirois qui maintenant travaillait sur la machine à estamper. Il prit un morceau et lut les mots en demi-cercle :

CANADIAN BUTTER

Registration no

Cet endroit étant un peu moins bruyant, il put converser un peu avec la travailleuse.

– Ça fait longtemps que vous faites ça ?

– Rien que quelques jours, dit-elle, désolée.

– J'sus content de voir une femme qui a pas peur de travailler parmi un groupe d'hommes.

Elle esquissa un sourire qui exprimait une pointe de tristesse. Il en déduisit qu'elle devait gagner la vie de sa famille et qu'il s'agissait probablement d'une veuve. Plus loin, derrière les grandes roulettes de sablage, Fernand ne perdait pas une seule image de la scène. Le petit homme demanda :

– Est-ce qu'on vous paye le même salaire qu'un homme ?

Elle regarda vers Dominique qui cependant n'avait pas entendu, et dit :

– Autant qu'un homme, oui... pis même autant qu'un bon homme.

– Aimez-vous ça, travailler ici ?

– Certain !

– Vous aimeriez pas mieux travailler en... couture ?

– Ben... peut-être...

Le jeune homme avait un peu de mal à faire tomber les barrières que cette femme tenait solidement érigées autour de sa personne et qui s'exprimaient par son embarras et son laconisme. D'autre part, le journaliste était ému par son courage. Tout ce bruit, toute cette poussière, tous ces yeux masculins autour d'elle et tant de calme dans son regard !

Mais le moment de partir était venu et le petit homme salua. Il se dirigea vers la porte ouverte, suivi de son hôte et on put se parler plus librement dehors.

– La petite dame, c'est une veuve qui vient de perdre son seul fils. Enterré v'là quelques jours.

Par sa fenêtre, Pit Roy entendait tout pourvu qu'il reste devant sa cloueuse. Ce qu'il faisait en procédant à des ajustements inutiles.

– Si mon photographe était donc là ! Écoutez, on pourrait-il faire une photo d'elle ce soir avant le souper, même si la manufacture est fermée ? Si elle veut, bien entendu. On va la payer pour ça. J'écrirais un article sur les difficultés pour une femme de vivre seule avec des enfants.

– Voulez-vous que je lui dise de venir ? demanda Pit qui sortit sa tête par la fenêtre.

Dominique fit un signe de tête affirmatif. Et bientôt, Marie fut là. Proposition fut faite. Dix dollars qu'elle y gagnerait. Elle accepta de suite. À son tour et à son insu, elle venait de se faire séduire par ce petit journaliste grimaçant. Et elle ne serait pas la dernière...

– Je voudrais poser rien qu'une condition.

Les trois hommes s'étonnèrent. Elle reprit :

– C'est pas grand-chose, c'est juste que ça reste entre nous autres pour un bout de temps. J'voudrais pas que ça se répande pis que Fernand Rouleau l'apprenne. Pas tusuite, pas avant que votre article passe dans le journal.

– Moi, j'ai personne à qui parler de ça par ici.

– Nous autres, dit Dominique en son nom et en celui de Pit, on est capables de se conduire comme des tombeaux fermés, hein, mon Pit ?

Pit affirma :

– Même monsieur Duplessis me ferait pas parler...

Marie s'en retourna. Dominique serra la main de Lévesque et rentra. Le journaliste dit alors à Pit :

– Ah ! ce monsieur Duplessis, quel premier ministre !

– Le meilleur de tous les temps... pis y'en aura jamais un meilleur à la tête de la province de Québec.

– Ça se pourrait... ça se pourrait très bien, ce que vous dites là. Vous connaissez ça, vous, la politique, vous connaissez ça à plein... à plein...

Quand Lévesque fut parti, Pit interpella Fernand qui accrochait une pile de boîtes pour la faire glisser sur le plancher.

– J'te dirai pas ce que j'ai entendu... c'est secret... mais... tu vas rester surpris quand c'est que tu vas le savoir... Ben surpris, mon p'tit Rouleau, ben surpris...

Fernand jeta un oeil à Marie en passant derrière elle. Elle lui répondit par un sourire énigmatique. Il poursuivit son chemin, contrariété et anxiété croissant à chaque pas qu'il faisait...

***

Chapitre 38

C'était la grande invasion.

Elles arrivaient à pleines grandes lignes, les voitures tous azimuts venues de tous les horizons. Il en venait aussi par le rang neuf qui débouchait au tiers du village. Celles-là pouvaient survenir de n'importe où de l'autre côté de Saint-Benoît-Labre ou Saint-Éphrem, leurs conducteurs avaient décidé d'emprunter des chemins de rang plutôt que les routes numérotées.

Des noires, des grises, des rouges. Des Buick, des Chevrolet, des Plymouth. Des Jeeps. Des autobus. Et même des camions avec des places aménagées pour les passagers à l'arrière. Il en venait à bicyclette, il en venait à pied, il en venait par flots, il en venait par couples, il en venait seuls.

Et beaucoup de chaises roulantes dans les véhicules. De la foi sur cannes, de l'espérance sur béquilles et les coeurs ouverts à toutes les charités... pourvu qu'on obtienne d'abord une guérison des jambes ou de l'âme...

Ah ! qu'il faisait beau ! Ah ! qu'il faisait bon ! Ah ! qu'on faisait le bien ! Les bérets blancs affluaient d'heure en heure, bardés de chapelets noirs qu'ils ne cessaient d'égrener en marmonnant des Avé fervents, de drapeaux lourds et naturellement, de bérets jaunis par le soleil et des années de prédication sous le même grand thème à deux embranchements : Dieu et l'argent.

On mangeait dans les voitures. On pique-niquait sur les terrains de l'O.T.J., sur ceux autour des granges à Freddy et derrière la maison rouge presque centenaire ou bien carrément dans le cimetière sur les lots les plus verts.

Les renseignements se transportaient d'un individu à l'autre, d'une famille à la suivante, d'une voiture à sa voisine. Personne n'ignorait où se trouvait le cap à Foley. On se montrait des découpures de journaux, des articles de *La Presse*, de *La Patrie*, de *La Tribune*, du *Soleil*, de l'*Action* et du *Vers Demain*. C'est dans *La Patrie* que se trouvait la photo la plus percutante et qui montrait cette femme à canne criant sa guérison avec tous les muscles de son visage et un regard pathétique.

Toutes les cours des maisons furent bientôt encombrées après les deux de l'église, celle du presbytère et même l'arrière de la grange du curé. Chez Ernest, il ne resta qu'un étroit passage pour une seule voiture, mais on dut se résigner à le combler lui aussi en fin de compte.

"Ceuses du fond attendront que ceuses du bord partent pour s'en aller !" déclara le forgeron à tout venant.

Il se demanda trop tard s'il n'aurait pas dû collecter des frais de stationnement comme dans les villes. La rue de l'hôtel, la rue des cadenas, la rue Champagne, la rue Bellegarde, toutes finirent par être paquetées de véhicules comme la semaine précédente.

Rose et Bernadette se relayèrent toute la journée près de l'étroite entrée de cour de la maison Jolicoeur pour en refuser l'accès aux étrangers afin qu'Ovide puisse trouver une place chez lui. On l'attendait avec Berthe et leur voisin plutôt tard dans l'après-midi.

Le comité de circulation automobile accomplissait un boulot formidable. Une vingtaine d'hommes portant des calottes de policier géraient le flot et multipliaient les conseils et avis aux automobilistes qui se cherchaient un endroit pour s'arrêter et se garer.

Armand Boutin, un personnage aucunement consomption mais plus maigre qu'Armand Grégoire, possédait une terre dans le bord du rang neuf. Il avait prévu l'afflux et s'y trouvait pour accepter les véhicules dans un clos de pacage très grand qui permettrait de recevoir au moins trois cents voitures. Il perçut cinquante cents à chaque propriétaire. Mais chaque fois, il ne pouvait s'empêcher de servir une bonne excuse et toujours la même : "C'est pour les apparitions de l'hiver." Par là, il entendait les apparitions des veaux qui nécessitaient l'achat maintenant d'un taureau reproducteur pour remplacer le vieux Van der Bull viré en steak haché à la boucherie de son père et vendu de porte en porte par Boutin-la-viande en personne ces derniers jours. Van der Bull avait échoué dans tous ses devoirs envers aussi bien les vieilles vaches que les génisses, et c'est du boeuf honteux et penaud que Ernest, Bernadette, Rose et ses invités mangeraient ce soir-là ou le dimanche. Par bonheur, ce sont les renards des frères Dulac qui se partageraient les organes défaillants et ils ne s'en plaindraient pas puisqu'ils avaient déjà trop d'énergie à libérer, comprimés qu'ils étaient pour le reste de leur vie dans leurs cages étroites.

Ce midi-là, Fortunat Fortier fut confronté à un problème presque existentiel : devait-on commencer dès avant le souper la quête pour le perron afin de passer le chapeau c'est-à-dire la boîte à beurre devant le nez du plus de monde possible ? Car comment atteindre tous ces visiteurs par seulement deux heures de collecte avant les apparitions ? Demander conseil au vicaire, ce serait avouer la faiblesse de son jugement. Les hommes de la quête étaient mobilisés pour la soirée, pas pour l'après-midi. Et puis leur laisser de l'argent trop longtemps entre les mains, c'était rallonger d'autant la tentation. Comment contrôler les entrées de dons dans ces boîtes que quelque quêteux mal intentionné, à l'affût quelque part, pouvait toujours ouvrir puis reclouer après en avoir extrait une petite part intéressante pour lui-même.

C'est sous l'angle des affaires que l'affaire fut réglée. Pour toucher le plus de gens possible, il fallait commencer le plus tôt possible quitte à solliciter plusieurs personnes à plus d'une reprise. Après tout, vendre, c'est répéter. Un grand nombre, réchauffés par les événements, la température et le désir de voir la Vierge, donneraient deux fois plutôt qu'une. Pour diminuer les risques de vol, on viderait les boîtes au presbytère aux environs du souper. Il fallait procéder. Telle fut la décision de Fortunat qui se mit aussitôt à loger des appels téléphoniques à ses troupes.

Rachel Maheux vivait à des mondes de distance de l'énorme tohu-bohu dans lequel était entrée sa paroisse illuminée. Mais pourrait-elle se rendre dans un univers encore plus lointain à la recherche de son fiancé ? Fallait-il garder Jean-Yves chez lui dans son milieu d'enfance et se faire aider des choses, des meubles, de l'esprit des bâtisses, pour lui tendre la main comme à un naufragé et le faire sortir des profondeurs de son océan imaginaire ?

Une idée la séduisit. Elle le conduirait à son école dans le bas de la Grand-Ligne. Eugène s'empresserait de venir les chercher avec son auto. On pique-niquerait autour puis elle le conduirait à l'intérieur et les choses arriveraient alors d'elles-mêmes... Non, ce n'était pas la bonne façon de faire... Elle ne se sentait pas capable d'agir seule. Il lui fallait de l'aide. Mais pas de ses parents qui pourraient agir directement sur lui. Pas Ti-Noire non plus... Peut-être l'esprit des morts. Jean-Yves en parlait parfois. Il disait le rencontrer dans la maison rouge, cet esprit de ses grands-parents, celui d'Honoré et d'Émélie. Il était bien trop jeune quand ils étaient morts tous les deux à quelques deux petites années d'intervalle pour les avoir connus; et pourtant, il en avait souvent parlé comme d'êtres vivants avec lesquels il entrait en communication... Rachel se demandait s'il n'était pas possible que, dans son sommeil ou dans un cas de psychose, l'esprit d'une personne vivante n'entre pas au royaume des morts pour en ressurgir au réveil avec seulement des résidus de souvenance.

Une seconde idée, un second plan. Elle demanderait à Freddy de passer la journée avec Jean-Yves dans la maison rouge mais en la présence d'Armand.

– Pourquoi Armand pis pas Bernadette ? demanda Freddy qu'elle rencontrait au magasin. C'est pas un reproche, c'est juste pour savoir.

– Je le sais pas trop. Peut-être que monsieur Armand est plus familier avec l'idée de la mort que Bernadette ?

– C'est certain qu'il est plus loin dans ce chemin-là que ma soeur Bernadette. Si tu penses que c'est la meilleure idée...

– J'pense que c'est une bonne idée... mais la meilleure, ça, c'est une autre histoire ?...

– Fais ce que tu voudras. Y a personne qui va aller mettre son nez dans la maison rouge de la journée.

– Prenez-moi pas pour une folle !

L'homme la regarda intensément :

– Tu sais que j'sus mal placé pour juger de tout ça.

Il soupira et reprit :

– Armand, il a tenu le magasin une secousse tantôt, mais

il est retourné dans son camp. Va le trouver là pis dis ce que t'en penses pis venez chercher Jean-Yves...

Tout le temps qu'elle marcha dans le sombre back-store puis le grand hangar et ensuite en pleine clarté dans le champ jusqu'au petit camp, elle regretta amèrement d'avoir échappé cette monstruosité : "Prenez-moi pas pour une folle !" Comment concilier la récupération d'un malade mental et un pareil propos à odeur de mépris envers ceux qui sont atteints de la maladie ?

Armand tâchait de replacer sa chevelure quand il ouvrit la porte après avoir entendu les coups retenus.

– Veux-tu ben me dire, Rachel, c'est quoi qui me vaut l'honneur à matin ?

– Je peux-t-il entrer, je vas vous expliquer ?

Il fit un signe et se recula. L'homme possédait des connaissances sur sa maladie. D'ailleurs, à l'instar de tous les Grégoire de sa génération, enfants d'Honoré et d'Émélie, il avait fait des études supérieures à la moyenne. Et sa réflexion l'avait conduit à penser que tôt ou tard dans la vie, tous venaient en contact avec le bacille de Koch et que, finalement, les gens le portaient tous dans leurs voies respiratoires ou leurs poumons, mais le combattaient pour la plupart. En tout cas, Martial Maheux avait la consomption et sa première pleurésie, il l'avait vécue chez lui de sorte que toute la famille y compris Rachel avait respiré le bacille en suspension dans l'air ambiant.

Le spectre de la tuberculose faisait figure d'enfant de choeur en ce moment par rapport à celui de la psychose. Il la fit asseoir sur un canapé de cuir brun sans dossier et elle s'appuya contre le mur pour s'exprimer.

– Ce que je voudrais, c'est qu'on passe la journée avec Jean-Yves dans la maison rouge. Vous allez me conter tout ce que vous savez d'Honoré et d'Émélie.

– Ah ! ma fille, ça prendrait ben un mois pour ça.

L'homme prenait place à une petite table pour deux au centre de la pièce unique excepté la chambre des toilettes.

– Ce qu'il y a eu de plus important dans leur vie. J'sais pas, moi... leur famille d'origine, leur arrivée par icitte, leur mariage, leurs enfants, leurs bonheurs, leurs malheurs...

– Ça, le chapitre sera long. Du monde frappé par le sort comme eux autres, c'est rare.

Il y avait l'eau courante dans le camp et un petit évier dans le coin près de la porte des toilettes. Armand y lavait sa vaisselle et lui-même tous les soirs avant de dormir. Sur le mur en face de Rachel, on avait accroché un long fusil à baguette venu d'un autre siècle, et aux mécanismes internes soudés par le temps. Baptiste Nadeau avait dû s'engager à en prendre soin comme de son seul bras pour pouvoir demeurer là en l'absence de son propriétaire hospitalisé au sanatorium, car Armand considérait cette arme décorative comme un meilleur reflet de lui-même qu'un miroir à cause de son air obsolète, de son inutilité, de sa puissance de feu morte.

Déchargée à jamais comme son propriétaire, ironisait-il quand on lui en parlait.

À part la lumière jaune d'une lampe, il n'entrait dans la pièce que des rais s'infiltrant de force par l'interstice entre les toiles brunes et le rebord d'une fenêtre perçant le mur d'en avant, à côté de la porte et celle même de la porte.

– Il commence à faire par mal chaud, j'pense que j'vas ouvrir un peu...

Il se leva et se rendit à la porte tout en parlant.

– Vois-tu, mes parents, ils ont perdu des enfants en bas âge, mais c'est surtout la mort de mon frère Ildéphonse pis celle de mon frère Eugène qui les ont affligés. Le premier est mort en 1908. Appendicite aiguë. Dix-sept ans. Pis Eugène, lui, a péri à seize ans en 1918 par accident... asphyxié.

– J'ai déjà entendu dire qu'Eugène était mort à cause d'un coup de pied au derrière...

Revenant s'asseoir, Armand déclara :

– Ça, c'est des gens méchants qui ont inventé ça. Nous autres, on était un peu plus riche que la moyenne pis ça, ça fait toujours naître de la jalousie. Mais écoute, il va falloir que je te conte tout à partir des années 1880 quand ma mère est arrivée par icitte avec son propre père veuf pis que mon père est arrivé, lui, quelques mois plus tard pis qu'il s'est engagé comme commis au magasin du père d'Émélie qui se trouvait là-bas, dans la maison rouge. C'est sûr que la maison rouge était au bord du chemin dans ce temps-là, mais quand ils ont bâti le grand magasin pis la résidence en 1900, ils l'ont déménagée où c'est qu'elle se trouve encore.

– Jean-Yves dit que l'esprit de ses grands-parents se trouve toujours dans la maison rouge. J'pense pas qu'il a tort. C'est même pour ça que je veux passer la journée là avec lui. Lui pis vous pour me conter le vieux passé devant lui... C'est ce qu'on peut faire de mieux pour l'aider, vous pensez pas ?

– J'trouve que c'est une ben bonne idée pis sois assurée de mon entière collaboration pis je vas le faire dans la foi, l'espérance et la charité... les trois vertus théologales, même si ça m'arrive de douter du bon Dieu. Faut pas s'attendre à une espèce de miracle, de guérison spectaculaire comme on dit, mais ce qui se fera par nous deux aujourd'hui pourra être énormément utile, autant pour lui que pour toi pis moi.

– Bon je vas aller préparer du manger pour nous trois...

– Non, laisse faire ! Laisse-moi aller demander à Bernadette de nous en faire. Est bonne dans popotte pis pour une cause comme ça, elle sera deux fois meilleure. Pis elle va venir nous en porter elle-même... Ça aidera Jean-Yves, de la voir venir, de la voir avec nous autres dans la maison rouge...

***

Chapitre 39

Aidé de Georges et de ses deux plus vieilles, Simone et Solange, Germain Bédard vit tout l'étage du bas se transformer ce samedi-là grâce à une couche de peinture fraîche.

Du train où allaient les choses, il pourrait emménager dans quelques jours, en tout cas aussitôt que ses meubles arriveraient de Victoriaville. Il attendait un téléphone à ce propos et aussitôt qu'il l'aurait, il dépêcherait Dal Morin là-bas afin de lui ramener depuis une grange où ils se trouvaient, un set de chambre au complet avec lit et matelas, un mobilier de salon antique et des coffres. Plusieurs coffres contenant des secrets et des mystères. Aussi des cadres avec des toiles aux allures fantasmagoriques ou contenant des photographies de personnages d'un autrefois certain. Non, il ne saurait laisser Dal s'y rendre tout seul et il l'accompagnerait le moment venu.

Il avait l'intention d'utiliser le poêle déjà là, qu'il trouvait magnifique et vivant. Et vibrant malgré son état d'hibernation. En fait, l'homme désirait que chaque chose, chaque meuble, chaque objet décoratif possède son âme propre, sa portion d'un esprit dont l'essence avait été naguère en contact plus ou moins prolongé avec la chose dite. Il ne serait pas seul, non, dans un univers morne parce que mort, il serait avec ceux-là qui ne mourront plus... plus jamais et qui demeureront toujours... toujours...

Il paya ses aides, les remercia, les congédia. Puis il monta sur sa bicyclette pour retourner au village. Ainsi, il aurait tout le temps requis pour se débarbouiller, souper puis se rendre sur le lieu des apparitions. Toute la journée avec les Boutin, il s'était fait absent du coeur et de la pensée, si bien que son attitude avait semé l'inquiétude autant chez Solange que chez sa soeur. On le craignait un peu moins depuis qu'il avait mangé avec l'une d'elles et s'était bien conduit. Et le temps faisait son oeuvre bien qu'il ne puisse se calculer encore qu'en heures. En fait, on s'habituait à lui et à l'idée qu'il serait dans les environs pour plusieurs mois.

Quand il fut à l'orée du bois et apparut dans la prairie, le long du chemin près de la digue de roches, il salua la maison d'un signe du bras et de la main. Il ne voyait personne, mais savait fort bien que des yeux le surveillaient derrière une fenêtre ou l'autre. Solange probablement. Peut-être Simone. Peut-être même Marie-Ange, la mère. Leur âme se modifiait en sa présence et leurs efforts pour le camoufler ne lui échappaient pas.

Dès qu'il fut sur la plus haute côte avec la grande ligne qui s'allongeait loin vers le village voisin, il put constater que les apparitions de la Vierge produisaient un effet énorme. Des voitures se suivaient pare-chocs à pare-chocs et toutes se dirigeaient vers Saint-Honoré. Le village mesurant plus d'un mille de longueur, un phénomène de reflux à plus d'un mille de sa sortie ne pouvait que garantir au moins des milliers de voitures déjà.

L'homme hocha la tête, reprit son souffle et remit de la pression sur les pédales afin de dévaler la côte encore plus rapidement. Il espérait ne pas être retardé par la circulation, encore qu'avec sa bicyclette, il pourrait se faufiler partout.

Et tout en progressant parmi les véhicules, il ramassait dans sa tête des images de visages qui le regardaient quand il passait. Chaque fois, il pensait :"Qui es-tu ? Mais de quoi as-tu donc besoin ? Que viens-tu chercher ici aujourd'hui ?"

Otages des grandes illusions, nourrissez-vous de lueurs anémiques car quoi que vous fassiez, le joug du temps pèsera de plus en plus lourd sur vos épaules malingres. Faites encan de vos sentiments et de vos passions, jamais vous ne les épuiserez et ils reviendront vite mutiler vos élans divins.

Les mots tournoyaient dans sa tête comme les rayons de sa roue, chacun brillant une brève seconde puis cédant sa place aussitôt à un nouveau qui jetait à son tour un reflet éphémère, et entraînait d'autres à sa suite, irrésistiblement...

Cercle de la vie, cercle de la naissance et de la mort, cercle des arrivées et départs, cercle qui n'a ni commencement ni fin, cercle du positif et du négatif, à chaque fois qu'il revoyait la valve de caoutchouc revenir dans son champ de vision directe, un cercle apparaissait dans sa tête. Cercle des bons et mauvais sentiments qui s'enfantent les uns les autres, cercle formé par le bien et le mal qui se superposent et s'entraînent, cercle des apparitions et des disparitions, cercles des pistes du diable du cap à Foley...

Et toute cette épouvante et tout ce désespoir engendrés par les cercles. Univers courbe qui retient dans ses griffes. Cercle du soleil qui crée l'illusion. Anneaux olympiques qui se croisent au conditionnel. Et par-dessus tout, cercle du temps. Le futur qui traverse dans le passé sans jamais s'arrêter au moment présent. Inexistence du présent : le voilà l'enfer ! Cercle infernal, cercle infernal, cercle infernal...

À l'entrée du village, un policier obligeait les automobilistes à ne former qu'une seule ligne et Bédard, qui progressait sans trop lever la tête, ne le reconnut qu'au dernier moment quand il posa le pied à terre à côté du pneu ballon de son vélo.

– Veux-tu me dire, Béliveau, c'est que tu fais avec ta calotte de police sur la tête ?

– Euh!... comme tu peux voir, je dirige le trafic. Autrement, ça va euh!... ça va bloquer net. Si tu sors de la ligne, c'est pour aller te stationner, autrement, tu passes droit dans le village vers Saint-Georges.

– Un village en longueur, y a pas le choix.

– En plein ça !

– Tu vas manquer les apparitions; je suppose que tu crois pas à ça pantoute...

– Ah ! je vas être sur le cap à Foley pour l'heure de l'apparition, crains pas. On peut pas manquer ça ! Il pourrait arriver des miracles comme rien, on sait pas...

– Toi, as-tu quelque chose à demander pour toi-même ? Jouer pour les Canadiens peut-être ?

Béliveau plaisanta :

– Ça... euh!... j'ai pas besoin de le demander, ça va se faire sans miracle...

– Si tu joues au hockey de la manière que tu joues au tennis, Maurice Richard pis Gordie Howe sont mieux de se préparer à se tasser, hein !

– Euh!... ces deux-là, ils vont être pas mal durs à tasser...

– Toi, tu vas les dépasser tous...

– Bah! ce que je veux, c'est de faire de mon mieux...

– Bonne chance dans le trafic en tout cas.

– À plus tard !

Bédard repartit contrarié. Chaque fois qu'il parlait à ce Béliveau, il se heurtait à son incontournable humilité. Un mur de modestie. Pas moyen de lui remuer l'orgueil, à ce jeune homme ! Ah ! mais ça viendrait bien un jour ! Il finirait par se laisser prendre au langage des records à briser, au jeu du coude, à la loi du meilleur, du plus fort, à la brillance des trophées, des championnats, et il se laisserait bien enjôler un jour par les miroitements de la coupe Stanley. Quand la télévision serait là, lui aussi voudrait y briller... comme une apparition de la Vierge... Il accéderait bien à quelque Temple de la Renommée...

– Demain tu verras, mon Béliveau, demain tu verras...

Quelques heures avant cela, Bernadette se rendait à la maison rouge avec son petit panier sous son bras. Elle frappa, mit son nez dans le treillis mais ne vit rien à l'intérieur puis entra tout en parlant comme elle le faisait toujours.

– Je l'sais pas si vous allez aimer ça, mais je vous ai fait des sandwiches au jambon frais... je viens juste de l'acheter du père Boutin-la-viande à matin. C'était pour Berthe pis Ovide, pour manger durant la veillée après l'apparition, mais ils mangeront autre chose...

Elle trouva Rachel, Armand et Jean-Yves assis à table sous les poutres basses de la pièce, tous trois silencieux. Jean-Yves avait toujours le regard vide tandis que les deux autres l'avaient sombre.

– Mon doux Jésus, mais vous avez des faces de vendredi saint, vous trois. Avez-vous faim, toujours ?

– On a soif surtout, jeta Armand.

– Ah ! ben toi, t'auras pas une goutte de boisson de moi ! Pis j'espère que tu vas pas tomber dans l'intempérance une journée sacrée comme aujourd'hui. Y a ce que tu fais icitte. Y a ta soeur qui vient de Québec. Pis y a la Sainte Vierge qui va peut-être nous visiter encore à soir. Si tu prends un coup, j'pense que je vas t'assommer ben raide.

– Du Coke, ça ferait.

– Ça, j'vas aller vous en chercher au magasin.

Elle s'approcha de la table, y déposa son panier dont elle sortit d'abord une nappe qu'elle étendit, aidée par Rachel.

– D'après ce que j'peux voir, il est toujours pareil ?

– Il reste perdu... avec un mur épais autour de lui. Monsieur Armand lui a conté toute la vie à son grand-père Honoré pis celle de sa femme automatiquement, mais aucune réaction.

Bernadette s'arrêta, promena son regard sur la pièce, soupira :

– C'est pourtant icitte qu'ils ont commencé à s'aimer... vers 1880 quand lui était commis pour son père à elle pis que le bonhomme Allaire les laissait tuseuls pour s'en aller tout partout, surtout chercher des marchandises à Saint-Georges... Ah! j'imagine leur premier baiser en arrière d'une pile de poches d'avoine ou de patates...

Armand sourit et se dérhuma. Rachel eut un rire dans un oeil et une larme dans l'autre. Et enfin Jean-Yves bougea. Il leva la tête puis il promena doucement son regard autour de la pièce. Bernadette posa une sandwich devant lui en disant :

– Ton grand-père pis ta grand-mère, ils sont avec nous autres à table. Il manque rien que des chaises pour eux autres. Armand, va en chercher deux de l'autre bord.

L'homme accepta de jouer le jeu. Après tout, on avait affaire à une espèce de petit enfant muré dans son monde à lui. Il fallait donc, ainsi que Rachel l'avait dit, pénétrer ce monde et l'y prendre par la main pour le ramener dans la réalité de 1950.

Jean-Yves semblait revenir au monde des vivants quand le moment de s'alimenter arrivait. Instinct de survie tout à fait primaire qui lui avait permis de ne pas dépérir à la cabane à sucre. Il prit donc le sandwich sans attendre et commença à manger, remuant ses mâchoires très lentement comme s'il avait été l'acteur d'un film au ralenti.

– Moi, j'vas aller chercher du Coke au magasin. Parle-lui le plus que tu pourras, il va finir par t'entendre...

Rachel jeta un regard désespéré vers Bernadette qui lui répondit par une moue désolée. Quand elle fut partie et qu'Armand, lui, n'était pas encore de retour avec les chaises, Jean-Yves parla pour la première fois avec des mots qui pouvaient avoir un semblant de cohérence :

– Mon grand-père Grégoire, je l'ai vu.

Pour un moment, Rachel demeura bouche bée puis elle s'empressa de lui tendre la main.

– Moi itou, je l'ai vu; il était avec nous autres icitte.

Il parla encore, de sa voix longue et chantante :

– Il est assis là, à l'autre bout de la table. Ma grand-mère est debout à côté de lui.

– Armand est allé leur chercher des chaises...

Armand revenait précisément à ce moment-là. Il eut du mal à passer la porte étroite qui, autrefois, menait au back-store du petit magasin. Le bruit et ses grognements de contrariété vinrent rompre le charme, l'enchantement tout neuf qui venait de se créer à la table. Jean-Yves retourna dans son univers et Rachel perdit sa main dans les brumes du mystère et de la nuit.

Des tentatives nouvelles furent faites. Patientes. Subtiles. On avança vers lui comme sur le bout des pieds dans un champ de tulipes. Bernadette revint avec du Coke pour tous. Elle-même s'attabla et prit son lunch.

– Ce qu'on a fait est pas inutile, mais va falloir qu'il sorte lui-même de son blockhaus, conclut Armand.

Et Bernadette dut quitter les lieux. Elle voulait attendre Berthe et Ovide sur la galerie des Jolicoeur. Cela permettait à Rose de s'occuper de son barda et de la préparation de son souper. Et en même temps, elle empêchait les étrangers de boucher l'entrée pour qu'Ovide puisse y garer sa longue Cadillac noire 1947. Elle prit donc la place de Rose.

Et, moins de trois minutes plus tard, Germain Bédard passait à bicyclette. Une fois de plus, son destin l'avait fait manquer cette femme qui devenait plus présente en ses pensées à mesure que son absence se prolongeait.

Il salua d'un geste de la main. Bernadette lui lança en riant :

— Pas besoin d'attendre la Vierge pour assister à un miracle, hein ! Suffit de voir tout ce monde-là... Rien que ça, c'est tout un miracle...

Rose l'entendit de loin par la moustiquaire de la porte. Mais elle ne put saisir la réponse ni le son de la voix de celui qui parlait et qu'elle supposa être l'aveugle Lambert. Bédard s'arrêta, trop heureux de pouvoir se donner la chance d'apercevoir enfin la femme séparée.

— Ce qui est miracle pour d'aucuns l'est pas pour d'autres.

— Comment que ça va dans vos rénovations ?

— Je devrais emménager pas tard la semaine prochaine.

— Comme ça, vous allez résider tout le temps par chez nous avec nous autres, là ?

— Jusqu'aux neiges certain. Ensuite, on verra...

— Vous faites pas de projets à long terme.

— Ma devise, c'est 'Demain on verra'... Pis mon lendemain, ben c'est dans six mois à peu près. Ou beaucoup plus, ça dépend. Le temps compte pas beaucoup pour moi... pas beaucoup...

Le regard de la femme devint espiègle mais aussi teinté d'un peu d'anxiété.

— Ah ! vous êtes spécial, vous, ben spécial...

— Vous savez, j'veux pas être spécial, j'veux juste être comme tout le monde.

— Comme ils disent, vous passez pas inaperçu.

— Excepté dans une foule comme celle qu'on aura tout à l'heure, après souper, autour du cap...

— Même là, même là...

Mais l'attention de Bernadette se détourna soudain de lui tandis qu'il jetait un coup d'oeil vers la porte d'entrée. Son visage s'éclairait; elle apercevait venir la Cadillac de Berthe et Ovide qui progressait lentement vers son but.

– Ma soeur arrive de Québec avec son mari...

– Peut-être qu'on se reverra sur le cap à soir ? dit Bédard en renfourchant son vélo.

Trois paires d'yeux se posèrent sur lui quand il frôla la grosse voiture. Plus loin, quand il fut à la hauteur du magasin à Freddy, il se retourna et vit la Cadillac qui s'immobilisait dans l'entrée puis trois personnes dont deux hommes en descendre.

Là encore, pas de madame Rose. Semble-t-il qu'elle ne sortait pas pour accueillir ses visiteurs.

Mais elle fut là pour leur ouvrir la porte après que Bernadette lui eut crié la nouvelle. On était à s'embrasser, à se serrer la main, à se présenter en bas de l'escalier.

– Pis ça, c'est vous, le monsieur qui voulait venir voir notre petit village reculé par le tonnerre du fin fond de la Beauce, sur le bord des montagnes américaines ?

– Lourdes, Fatima, semble que la Sainte Vierge aime ça, les petits villages, dit l'homme à cheveux gris presque blancs mais dont les traits du visage n'accusaient même pas la cinquantaine.

Pas grand, pas gros, pas gras, le front qui passait vivement au rouge dans des situations le plus souvent ordinaires, on pouvait déceler chez lui les émotions à fleur de peau.

– C'est ma soeur Bernadette, dit Berthe.

– Si j'ai entendu parler de vous... et toujours en bien.

Bernadette s'esclaffa et fit un clin d'oeil.

– J'essaye de faire le mal, mais ça veut pas, ça fait que j'ai pas grand mérite.

– Ouais, pas mal plus facile pour les méchants de faire le bien que pour les bons.

Rose eut quelques secondes pour le détailler, cet homme encore inconnu. Ce qu'elle remarqua tout d'abord, ce furent ses cheveux frisés par ondulations non par boucles, et ses yeux qui devenaient une ligne quand il riait.

– C'est Albert Hamel qu'il s'appelle, dit Ovide.

– Et là, c'est madame Rose Martin...

– Que je connais déjà pas mal par Ovide et madame Berthe.

Bernadette remonta l'escalier par des pas de côté, et Albert l'accompagnait devant le couple. Rose ouvrit la porte au maximum et sortit. Déjà la main du voisin des Jolicoeur se tendait vers elle.

Rose offrit la sienne.

Le contact fut à la fois doux et intense pour chacun.

– Vous avez dû avoir pas mal de misère à entrer dans le village avec tout ce beau monde. On a jamais vu ça, autant de machines en même temps par chez nous.

Bernadette enchérit :

– Ti-Noire Grégoire, ma nièce, qui est déjà allée à New York, dit que c'est pas pire là-bas.

– En tout cas, nous autres, on a jamais vu ça sur le boulevard Laurier, dit Hamel qui ne lâchait pas la main de Rose.

– Bon, ben moi, je vous laisse, pis je vous attends pour coucher, affirma Bernadette. J'ai deux chambres libres. Armand comme vous le savez nous est revenu mais il va rester dans son camp au moins jusqu'aux neiges. Ensuite, comme dirait quelqu'un, on verra...

– Pourquoi c'est faire que tu viendrais pas souper avec nous autres ? demanda Rose. Quand y en a pour quatre, y en a pour cinq.

– Non, ça me gênerait trop.

– Ça fait trois fois que je veux t'inviter depuis hier, mais il arrive toujours quelque chose qui m'empêchait de te le dire.

Berthe se mit de la partie :

– Ben oui, Bernadette, viens donc souper avec nous autres au lieu de rester tuseule chez vous.

– Ah ! si vous insistez tant que ça ! Je vas vous parler de ce qui arrive à notre Jean-Yves. Il est encore dans la maison rouge avec la petite Maheux, sa fiancée, pis mon frère Armand. J'pense que ça va finir par lui prendre des psychiatres... des vrais. Mon doux Jésus, souvent j'me demande si notre frère Freddy aurait pas dû marier la fille à Tine Racine au lieu que la petite maîtresse d'école de Sainte-Marguerite. Soit dit sans dire du mal de personne, là...

Berthe et Ovide s'échangèrent un regard qui en disait long, mais ne firent aucun commentaire.

***

Chapitre 40

Pendant que les femmes veillaient à la préparation du repas, les hommes s'occupèrent des rares bagages qu'on avait apporté puisque la visite prendrait fin dès le lendemain dimanche. Quelques affaires, des vêtements de rechange. Peu.

Albert Hamel était un homme à l'aise. Et veuf, ainsi que Rose le savait déjà. Un grand croyant que les apparitions amenaient en Beauce. L'image qu'il s'était déjà faite de Rose à partir des paroles de ses voisins lui apparaissait maintenant fort terne par rapport à la réalité. Elle produisait sur lui un effet très puissant, réveillait tous ses sens. Son odeur charmait. La chaleur de sa main restait imprimée dans la sienne. Et ses courbes plantureuses berçaient son imagination qu'il devait sans cesse museler. Des jambes nettes sans aucune trace variqueuse. Et un mystère, une magie au fond de son regard.

Très vite, il fut décidé que Berthe irait coucher chez sa soeur Bernadette tandis qu'Albert et Ovide resteraient dans

la maison des Jolicoeur pour la nuit. Sans se le dire ouverte-
ment, on savait qu'ainsi, les apparences seraient sauvées.
Ovide serait auprès de sa mère. Albert serait avec Ovide. Et
les deux soeurs pourraient se parler bien à l'aise du vieux
passé des Grégoire et de choses féminines.

Et puis, ça restait plus frais dans la maison des Jolicoeur
à cause de tous ces arbres qui la protégeaient des ardeurs
solaires de plein jour tandis que celle de Bernadette était
moins pourvue à ce chapitre.

Pour le moment, les deux hommes jasaient au salon, de
construction. Un champ d'intérêt commun. Ovide était un en-
trepreneur et l'autre vendait des matériaux.

Dans la cuisine, les femmes achevaient de se parler de
Jean-Yves et d'Armand. Berthe conclut :

— Ben moi, j'pense que la petite Maheux, elle devrait refaire sa vie autrement. Même si là, il revient à lui, ça sera à
recommencer toute sa vie.

— J'pense pas mal la même chose, approuva Bernadette.
Et toi, Rose ?

— J'ai une opinion, mais si ça vous fait rien, je la garde
pour moi. J'voudrais pas influencer personne directement ou
indirectement.

— Quant à ça, moi non plus, dit Berthe.

Elle s'affairait maintenant à dresser la table dans la salle
à manger attenante à la cuisine, une petite pièce intime dont
on ne se servait que dans les occasions spéciales et qui
s'ouvrait par deux portes brunes vitrées maintenant ouvertes.

Elle fit un clin d'oeil à Rose dans le dos de sa soeur à qui
elle demanda à mi-voix :

— Pis, Bernadette, comment tu le trouves, notre monsieur
Hamel ?

— Ah! c'est un ben bel homme, répondit l'autre avec un
sourire espiègle dans le regard.

– Tu devrais lui faire de l'oeil, d'abord que tu le trouves de ton goût.

Rose sentit quelque chose la tirailler. Comme une pointe de jalousie tout juste perceptible. Elle secoua ses pensées pour les faire couler librement. Et dit sur le même ton que Berthe:

– C'est peut-être lui que ton coeur attendait depuis toutes ces années. Y a quelque chose en toi qui le savait de toute éternité qu'un jour, il viendrait... C'est ça, le destin...

La taquinerie toucha une corde un peu plus sérieuse chez la vieille fille qui déclara :

– C'est vrai que mon destin est écrit dans les étoiles du ciel, mais y a pas de mariage là-dedans. Du célibat ad vitam aeternam. J'pense qu'un homme, j'serais pas trop capable de m'occuper de ça.

– Voyons donc Bernadette, t'as déjà gardé Armand ! Tu fais ben à manger. T'es travaillante comme deux...

– M'occuper d'un homme... j'veux dire au complet...

Et elle éclata de rire à voix retenue tout en jetant un regard en biais vers le salon dont on pouvait entendre les propos masculins sans toutefois les saisir clairement.

Rose portait une robe blanche avec col marine échancré pour laisser voir mais tout juste la naissance de sa poitrine. Jamais Bernadette n'aurait osé en porter une semblable et pourtant, le geste ne la scandalisait pas le moins du monde et elle trouvait ça plutôt amusant. Ça lui permettrait de surveiller les yeux d'Albert Hamel durant le repas qu'on était sur le point de prendre.

Berthe était vêtue avec une grande sobriété comme toujours. Une robe de coton noir et blanc, assez ample partout pour faire oublier son corps; et en cela, sa minceur l'aidait. Et cette retenue vestimentaire lui conférait un air quelque peu solennel quand elle ne parlait pas et que ses traits n'étaient pas allumés par quelque propos chaleureux d'une des femmes présentes.

Les hommes décidèrent de sortir à l'extérieur à l'arrière, afin qu'Ovide puisse montrer à son ami les environs du lieu où, disait-on, la Vierge se manifestait à l'humanité à travers deux petits enfants innocents...

Ils passèrent près de l'entrée de la salle à dîner.

– Allez pas loin, avertit Berthe, le souper, c'est pour dans deux, trois minutes pas plus.

– On va rester sur la galerie.

Albert ne regarda personne. Rose ne leva pas les yeux sur les hommes. Cela, Bernadette le remarqua. Il lui semblait voir une affinité certaine entre ces deux-là. "Pourvu que le feu prenne pas !" se disait-elle. "Le scandale, le péché mortel..." Elle frissonna et chassa ces sombres pensées. Rose était solide. Depuis sa séparation, elle aurait pu se déranger, mais non...

La pauvre femme ignorerait toute sa vie ce qui s'était produit dans la maison même une semaine auparavant. À moins que l'adolescent qui avait momentanément apaisé la chair de Rose ne se confesse publiquement... ou privément... Et il ne l'avait toujours pas fait.

Ovide montra les bâtisses propriété de Freddy et parla de leur construction, de leur apparition depuis le siècle dernier sur la terre pionnière de ce coeur de village.

– La cheminée de l'église, c'est du neuf, ça.

– L'année passée. Pis là, ils viennent de refaire le perron.

– Et le cap des apparitions, c'est là-bas, en haut, autour et dans le bocage, j'imagine.

– Exactement ! Un lieu ben spécial, fit Ovide en appuyant son pied sur la garde de la petite galerie.

Il parla de superstitions, de racontars, des pistes du diable, sans rien approfondir, sachant qu'on les réclamerait à table.

– Non, c'est pas un endroit comme un autre. La terre avait été ouverte par un dénommé Foley, un Irlandais venu des bas, et finalement, mon beau-père l'a achetée... Pis entre toi pis moi, j'pense que y a peut-être eu des petits péchés de la chair qui ont été commis là-bas dans le petit bois de sapins et d'épinettes. La Sainte Vierge viendrait peut-être pour nettoyer tout ça, on sait pas.

Albert sourit et ne put s'empêcher de jeter un regard vers l'intérieur de la maison. Berthe venait leur dire de revenir pour prendre le repas du soir. On se fit un commentaire favorable sur le temps qu'il ferait durant la soirée et on rentra.

Des courants d'air avaient évacué la chaleur excessive provoquée par la cuisson de la viande et du potage, et il faisait bon dans la maison. L'odeur des lilas entrait par la fenêtre de la salle à manger. Berthe et Ovide prirent place de l'autre côté de la table; leur ami fut invité à s'asseoir à la gauche de son voisin, au bout; Bernadette serait à sa gauche à lui, dos à la cuisine et enfin Rose occuperait l'autre extrémité face au veuf de Sillery.

Rose avait préparé des mets simples. Soupe riz et tomates. Rôti de boeuf. Tarte aux fraises des champs. Mais elle s'était fait aider par la *Cuisine Raisonnée* pour donner à chaque chose un zeste spécial, une touche capable de sortir la nourriture de la banalité pour l'inscrire dans les mémoires sensitives de ceux qui la goûteraient.

Rose Martin, c'était ça qu'elle avait toujours voulu avoir et donner : un petit quelque chose de différent qui pimente la vie sans qu'il ne soit nécessaire d'exploser dans les grandes passions, sans besoin de plonger dans l'océan à la recherche de trésors, sans avoir à creuser de plus en plus profondément en elle-même pour y trouver des oubliettes remplies de richesses insoupçonnées. Mais un petit plus chaque jour. Mais une note juste un peu plus riche que les musiques ordinaires de la vie quotidienne.

C'était cela, sa séparation d'avec le banal Gustave !

Bernadette récita tout haut le Bénédicité pour tous. La soupière étant déjà sur la table, elle s'empressa de servir Hamel. Rose s'occupa du couple Jolicoeur et d'elle-même. Le veuf montra de l'élégance, du raffinement dans le geste. À la simple façon de beurrer son pain, Rose put constater qu'il n'était pas homme à simplement s'alimenter mais qu'il montrait du respect pour la nourriture. Chose rare au Québec...

– Et si on parlait un peu des apparitions de la Vierge ? suggéra Ovide, un homme qui posait des questions mais qui donnait peu de réponses, préférant écouter celles des autres pour mieux analyser tenants et aboutissants.

– Ben moi, j'pense qu'on est à la veille d'assister à des phénomènes ben importants, affirma Bernadette avec le plus grand sérieux. Peut-être à soir. Si on voit pas de miracles dans pas grand temps, ça sera peut-être que la Sainte Vierge attend que monsieur le curé revienne de Rome...

– Moi, j'ai envie de penser comme Bernadette, déclara Berthe sans élan. J'ai lu ce qui s'était passé. Comme dit souvent Ovide, le cap à Foley, c'est pas mal plus spécial que le Cap-de-la-Madeleine...

– Quant à moi, je suis un croyant. Je pense qu'il faut être là mais qu'il faut quand même user de prudence comme notre Mère, la sainte Église dit Albert.

Ovide cessa de manger. Il regarda Rose. Les autres firent de même de sorte que la femme se sentit questionnée par tous. Et pourtant, elle n'avait aucune envie de donner son opinion une fois encore.

Ovide le sentit. Pour la libérer en même temps que pour sonder les âmes d'une autre manière, il dit :

– Supposons que dans un mois, on découvre que tout ça, c'est faux, que c'est une grosse supercherie, j'sais pas... une

pure invention des enfants... J'dis pas que c'est ça, mais supposons... Ça serait quoi, votre réaction ? Toi, Berthe ?

– Bah ! on s'est fait avoir, c'est tout !

– Bernadette ?

Elle hocha la tête, grimaça :

– J'ai beau essayer, j'sus pas capable de penser de même.
Pour moi, c'est vrai. Pis je veux qu'on élève une grotte en
l'honneur de la Sainte Vierge sur le cap à Foley.

– Pis vous, madame Rose ?

– Toi, Ovide, dis-nous ton idée, coupa Berthe.

– Moi, je laisse venir. Et toi, Albert ?

– Ah ! je suis comme mademoiselle Grégoire, j'arrive pas
à m'imaginer une fumisterie. C'est plein de gens intelligents
par ici et je pense que quelqu'un au moins émettrait des doutes; il paraît que pas un bruit contraire ne court. C'est toi-
même, Ovide, qui m'as dit ça.

Puis il fut question des enfants Lessard, de la misère de
leur mère, de sa dévotion, de sa bonté.

– Impossible que du monde de même, ça trompe tout le
monde, voyons donc! dit Bernadette.

Rarement les yeux de Rose et ceux de son vis-à-vis ne se
croisaient; et quand cela se produisait, les regards se faisaient
discrets et glissaient furtivement vers la droite ou la gauche.
L'homme aurait aimé recevoir son assiette contenant le plat
principal de la main de cette femme, mais une fois de plus,
l'empressement de Bernadette eut le dernier mot.

Il fut question de Jean-Yves. Albert fut alors amené à parler de ses enfants. Quatre filles âgées dans la vingtaine et
toutes déjà mariées. Sa femme était morte d'un cancer cinq
ans auparavant. Et son foyer naguère bourdonnant d'activité
était entré dans le silence et la tristesse en seulement deux
ans puisque sa dernière avait quitté la maison pas longtemps

après la mort de sa mère.

Rose fut émue par son récit qu'il débita sur le ton de la résignation et de l'impuissance. Quelque chose en lui continuait pourtant d'appeler à l'aide et c'était la raison de sa visite au pays des apparitions. Le ciel pouvait encore quelque chose pour lui, il le savait. Mais voilà qu'une femme, qui n'avait même pas le droit d'y répondre, entendait elle aussi cet appel de détresse.

— Ben Rose, t'es une vraie championne dans les tartes aux fraises, s'exclama Bernadette au dessert.

— J'ai aucun mérite, c'est des fraises des champs ramassées par les gamins du village.

— Moi, j'voudrais pas exagérer, dit Albert, mais je pense que je pourrais accepter une deuxième pointe.

Depuis longtemps au-dessus des félicitations de cuisine, Rose sentit comme un petit velours de fierté lui passer par l'amour-propre. Et à travers d'autres propos badins, le temps du repas s'écoula, heureux, simple, généreux.

— Asteur, on va commencer à penser à monter sur le cap parce que déjà, c'est noir de monde et on verra absolument rien, prévint Ovide. Et puis, on va s'apporter des chaises pliantes pour pas passer trois heures debout.

Cette dernière suggestion ne recueillit pas les suffrages. Chacun préférait pouvoir circuler librement là-bas. Quand arriva l'ultime moment, celui de quitter cette table du partage et de la convivialité, les yeux de Rose et d'Albert se rencontrèrent enfin et les regards s'appuyèrent l'un sur l'autre un temps qui disait à chacun que les choses ne sauraient, ne pourraient s'arrêter là entre eux.

Pas même Bernadette, qui guettait tout, ne s'en rendit compte.

***

Chapitre 41

Pit St-Pierre n'avait pas pu retenir sa langue et même s'il avait confié à tous la chose comme un secret à ne pas dévoiler, toute la paroisse savait qu'il avait été guéri sur le pas de la porte de Maria, sa voisine, grâce à l'intervention des enfants voyants. Ranimé au plus profond d'une crise cardiaque, l'homme ne s'était pas rendu chez le médecin pour obtenir un diagnostic car il devait travailler pour gagner son pain et surtout parce que maintenant, il y avait juste à côté bien mieux qu'un hôpital, il y avait l'usine à miracle.

Il avoua même à sa femme en toute humilité que le ciel l'avait gratifié d'une vie nouvelle. Et tout ce samedi après-midi, quand il eut à répondre au téléphone pour Maria, chaque fois il racontait ce qui lui était arrivé. Quand la femme venait répondre, on lui demandait un rendez-vous comme si les enfants eussent été des ramancheurs à la Noël Lessard de Saint-Victor, célébrité dans son genre dont la réputation s'étendait jusqu'au Maryland.

C'est ainsi que devait commencer pour de vrai la carrière de guérisseurs de Nicole et Yvon. En soupant, Maria ne put s'empêcher de penser qu'à seulement cinq dollars la visite, les enfants gagneraient plus d'argent dans une seule journée qu'elle-même en quinze jours à trimer dur sur des planchers de bois franc et à laver les murs des bourgeois du coeur du village. Mais c'était surtout au soulagement de la misère humaine qu'elle songeait. Et des larmes lui vinrent aux yeux. Des larmes de reconnaissance envers la Sainte Vierge. Au milieu du repas, alors même que chez Rose, on se gavait de tarte aux fraises des champs, elle dit aux enfants de se croiser les mains pour réciter un Avé avec elle puis on se priva de tarte afin d'en offrir le sacrifice à cette bonne Mère du ciel qui avait daigné jeter son regard rempli de grâces sur une si humble famille.

Toute cette journée, Jean-Louis Bureau chercha un drapeau Union Jack pour le faire flotter au mât de l'O.T.J. afin de souligner comme il fallait la fête du Canada lors des cérémonies entourant les apparitions de la Vierge. Sans succès. Pas d'Union Jack au presbytère; pas d'Union Jack aux deux magasins; pas d'Union Jack du côté des Blais. Non plus à la salle du Conseil. Il faudrait se contenter du fleurdelisé effiloché qui flottait déjà au grand mât près de la salle paroissiale. Sa recherche fut faite par téléphone et il eut aussi du temps pour recevoir son ami Laurent qui l'entretint longuement de futures campagnes électorales à être faites ensemble, Jean-Louis comme candidat et lui comme organisateur en chef. À travers le flot de véhicules, ils se rendirent à pied à la salle, chacun désirant jeter un coup d'oeil sur les installations le concernant.

À côté de l'estrade, on avait garé un fardier sur lequel la chorale prendrait place. Les gars de la Shawinigan avaient travaillé toute la matinée, eux, Béliveau excepté, à répandre l'électricité là où on en aurait besoin, soit sous forme d'éclairage ou bien pour alimenter les amplificateurs de son.

Puis on se rendit au kiosque de la future compagnie dont le nom choisi pour l'heure était Bilodeau & Fils Ltée. Les Juifs en avaient eux-mêmes choisi l'emplacement en un point, avaient-ils dit, stratégique. Assez loin du lieu des apparitions par respect, déclarèrent-ils pour la Vierge, adossé à la salle mais devant pour éviter que les voix dans les microphones n'empêchent les tenanciers du kiosque soit eux-mêmes et les Bilodeau de donner leurs explications aux actionnaires potentiels de la compagnie à naître.

L'assemblage était rustique. Des morceaux de deux pouces par quatre formaient le corps du kiosque. On les avait recouverts de planches courtes non délignées offertes gratuitement par Dominique Blais avec l'accord de ses frères.

– Si vous aviez pu... circulariser le public...

– Ce qui veut dire ?

– Imprimer une circulaire et la distribuer. Faut répéter la même affaire plusieurs fois pour que les gens comprennent.

– On n'aurait jamais eu le temps, tu sais ben.

– C'est sûr. Faire imprimer quelque chose, c'est dans le petit moins dix jours.

Chacun s'était assis sur ce qui servirait de table, un comptoir en deux parties entre lesquelles les tenanciers et les futurs actionnaires pourraient passer et circuler au besoin.

On s'entendit pour que, chaque dix minutes au cours des manifestations à venir, Jean-Louis incite les gens à visiter le kiosque et à se renseigner sur leur participation possible à une entreprise qui donnerait du gagne à beaucoup de monde et dont les retombées monétaires sur la paroisse dureraient dix, vingt, cinquante ans peut-être.

Devant eux, les terrains de l'O.T.J. étaient noirs de voitures. On avait dû enlever les bandes des jeux de croquet et arracher les broches pour permettre le stationnement à la grandeur de la surface disponible. Les jeunes gens se parlèrent un peu de leurs amies de coeur.

– Ça ira pas loin avec Jeannine, avoua Laurent. Je commence à penser que je ferais mieux de me trouver une blonde en dehors de la paroisse... comme toi.

Jean-Louis se sentit flatté, d'autant que Pauline, il le savait déjà clairement, c'était la sienne, ce serait son épouse.

– Entre ci et un an ou deux, nous autres, on va aller voir monsieur le curé pour mettre les bans, je pense.

– Ah! Jeannine pis moi, on aime le commerce tous les deux, mais pantoute le même genre de commerce. Elle, c'est l'hôtellerie pis moi, l'hôtellerie, c'est pantoute... Pis qui prend mari prend pays, c'est pas mal moins vrai qu'avant, ça. Les femmes, de nos jours, c'est rendu que ça fait ce que ça veut, hein! Nous autres, les gars, si on se serre pas les coudes pis si on les laisse faire, ça sera pas long qu'on va se faire monter sur la tête...

Et Laurent tâcha de replacer les flots ondulés de ses mèches blondes que le soleil descendant faisait miroiter de reflets rougeoyants. Son regard plongea dans le lointain d'autres pensées plus profondes et personnelles...

Une auto grise traînant une voiture à chevaux dont on avait enlevé les menoires déboucha de l'arrière des hangars à Freddy. On reconnut aussitôt le Cook Champagne qui à son tour venait installer son kiosque. Mais il s'arrêta aussitôt et après avoir détaché la voiture de son auto, il la poussa au bout du dernier hangar et la bloqua aux quatre pneus à l'aide de quartiers de bois qu'il avait apportés pour cela. Puis il mis son auto en retrait sur le côté du hangar, un lieu peu passant.

– En voilà un qui pourrait prendre des actions, dit Jean-Louis. Il est paqueté d'argent pour un gars de son âge. Il est ménager comme Séraphin pis ça fait des années qu'il commerce tout ce qu'il peut.

– Penses-tu ?

– Entre toi pis moi, il a un gros compte à la Caisse sans compter des obligations du Canada.

– T'es pas supposé savoir ça.

– Ça fait de tort à personne que je t'en parle... Attendons qu'il finisse de s'installer pis allons le voir.

Le Cook avait le coeur gai. Avant de commencer à disposer sa marchandise sur la plate-forme de la voiture, il se roula une cigarette tout en regardant aux alentours. Son regard tomba sur le kiosque et les jeunes gens qu'il salua d'un signe de la main. On lui répondit et Jean-Louis lui cria :

– On va aller te voir, ça sera pas long.

Il crut qu'on irait acheter des 'pieuseries' et son bonheur augmenta d'un cran. Ce soir-là, il aurait deux employés. Gilles Maheux comme d'habitude et quelqu'un d'autre dont il réservait la surprise au garçon. Il anticipait des ventes deux fois supérieures à celles de la semaine précédente.

Il répandit des boîtes qu'il sortait de sa voiture, banquette arrière et coffre, d'un bout à l'autre de la plate-forme, puis d'une d'entre elles, il sortit un fil d'extension et un adapteur qu'il insérerait dans la douille d'une lumière sentinelle perchée haut dans le mur de la bâtisse. Il faudrait une échelle pour s'y rendre. Qu'à cela ne tienne puisqu'il en avait une dans la voiture à chevaux ! Non seulement elle serait utile à cette fin immédiate, mais par la suite, montée sur deux petits barils et recouverte de planches, il s'en servirait comme étal pour sa nouvelle marchandise.

En grimpant dans l'échelle, il calculait ses gains probables. Ventes. Coût de la marchandise. Coût de la main-d'oeuvre. Commission du presbytère. C'est trois cents piastres clair et net qu'il lui resterait. Et il avait l'exclusivité...

Tout à coup, il tourna la tête. Mais que faisaient-ils là,

ces deux-là assis dans une structure de kiosque. De la concurrence ? Et en plus, installée sur le terrain de la Fabrique ? Une fois le fil réuni à l'adapteur, il le laissa tomber en bas. C'est alors que Gilles Maheux arriva en trombe. Il avait vu l'auto et se présentait à son travail en quatrième vitesse. Si bien qu'il heurta l'échelle après avoir tourné le coin de la bâtisse.

Le Cook grafigna du mieux qu'il put pour se retenir, tâchant d'agripper quelque chose mais en vain. Et ce fut la chute avec l'échelle sur un grand cri qui se termina avec le choc du corps sur la terre à travers le foin long.

Sidérés, les jeunes gens de l'autre kiosque mirent plusieurs secondes à réagir. Le pauvre Cook pouvait s'être fait casser le cou, mais si c'était moins pire que ça, peut-être avait-il besoin d'aide.

Près de la victime, le garçon fautif se voyait déjà chômeur. Et son sentiment de culpabilité fit surface. Sans toute cette affaire d'apparitions qui avait germé dans son cerveau et qu'il avait montée avec quelques éléments de fortune toujours cachés sous une pierre du cap à Foley, cet accident ne serait jamais survenu. Et tant qu'à se faire du mauvais sang, peut-être même que Léonard Beaulieu ne serait pas sur les planches en ce moment. Car ces apparitions changeaient la vie de tout le monde, disait-on souvent devant lui. Sans elles, Léonard aurait agi autrement et sans doute ne se serait-il pas trouvé dans ce funeste poteau l'autre matin...

Eugène se releva péniblement. Il avait la calotte de travers et sa rouleuse était cassée entre ses lèvres. Gémissant, il paraissait blessé dans une épaule ou un bras. Laurent et Jean-Louis arrivèrent.

– Es-tu correct ? dit l'un.

– Ça fait mal en maudit...

– Où ?

– Dans l'épaule gauche.

En fait, il l'avait basse comme si la clavicule était cassée.

– Veux-tu monter chez Noël Lessard à St-Victor ?

– J'peux pas, j'ai trop d'ouvrage...

– Mais si c'est fracturé, tu peux pas laisser ça de même.

– Je vas me trouver quelqu'un pour me mettre le bras en écharpe...

– Pis toi, mon petit Maheux, t'es-tu fait mal quand t'as frappé l'échelle ?

– Euh!... ben non... pas trop...

Le garçon passa sa main dans sa chevelure et n'en dit pas plus, toujours hanté par le spectre du chômage...

– J'ai ce qu'il faut pour mon bras dans mon char, dit le Cook qui rajustait sa calotte et rejetait sa cigarette inutile.

C'est qu'il avait l'intention de mettre le bras de Gilles en écharpe pour aider aux ventes comme on l'avait dit devant lui en parlant de Baptiste Nadeau qui faisait, lui, des miracles en matière de quête à un coin de la rue Sainte-Catherine à Montréal grâce à ce subterfuge attendrissant. Mais voilà que le ciel, lui éviterait d'avoir à filouter, et plutôt que d'en vouloir au garçon, il lui en était reconnaissant.

Laurent avait l'habitude d'ajuster des vestons sur les clients, parfois même de leur prendre des poignées dans le dos pour qu'ils ne se rendent pas trop compte que l'habit était trop grand, et ce fut simple pour lui de transformer en attelage pour bras blessé le morceau de tissu blanc qu'Eugène lui présenta.

Les deux jeunes gens s'échangèrent un regard complice et Jean-Louis lança :

– Maudit, tu nous as fait peur ! On a pensé : il s'est cassé le cou, c'est certain...

– T'es pas chanceux : l'hiver passé, te faire casser la margoulette par une 'puck' au hockey pis là, manquer de te la casser encore...

– C'est sûr que c'est ceux-là qui travaillent le plus qui ont le plus souvent des accidents.

– Ah ! si on tombait riche, hein !

Il les interrompit :

– C'est quoi, le kiosque où c'est que vous étiez ?

– Ça, mon ami, c'est pour permettre à des gars intelligents comme toi de faire de l'argent.

– Sans risquer de se casser le cou...

– Vous vendez pas des chapelets toujours ?

– Ben mieux...

– Il veut dire pour ramasser de l'argent à pelle sans se forcer.

L'oeil de chacun brilla, y compris celui du garçon.

– Des actions, mon ami, des actions dans la manufacture de chemises qui va se partir dans la shop à Jean Nadeau.

– Pas des parts de mines comme les bandits de Long Lac étaient venus vendre au pauvre monde; des vraies actions dans une vraie manufacture qui va donner du gagne au vrai monde de par icitte.

– Ça pourra rapporter dix, vingt, trente pour cent sur capital investi.

– Trente pour cent ? Pas sérieux ?

On l'invita à se rendre au kiosque durant la soirée. Des Juifs de Montréal seraient là pour lui donner des explications détaillées. Il promit d'y aller... Mais quand les deux autres partirent, il se disait : "Ouais, pis faire faillite comme Jean Nadeau, hein !..."

– C'est quoi, des actions ? lui demanda Gilles.

– C'est un papier qui te dit que t'es propriétaire d'un mor-

ceau de la compagnie. Ça te donne droit à des dividendes...
des fois, pas toujours. Pis ça peut prendre de la valeur suivant que la compagnie en reprend elle-même... Tu regarderas
dans *Le Soleil*. Ça, c'est des actions à la *Bourse* mais la plupart des compagnies sont pas inscrites à la *Bourse*... Comme
celle qu'ils veulent partir...

Le garçon emmagasinait tout, tout dans sa tête...

Moins d'un quart d'heure plus tard, le Cook fut saisi par
le regret. Tout d'abord, avec une seule main, il ne pouvait
plus se rouler de cigarettes. Il tâcha de montrer à Gilles à le
faire pour lui, mais ça lui coûtait pas mal cher de tabac et
surtout de papier Zig Zag. Et les chefs-d'oeuvre de son employé avaient le ventre pas mal rebondi avec des extrémités
twistées qui ne laissaient guère passer la boucane. Un produit pas trop fumable. Il lui fallut augmenter son train de vie
et dépêcher le garçon au magasin pour acheter des Player's
roulées d'avance par Imperial Tobacco.

Mais c'est surtout de n'avoir pas ouvert son commerce à
midi qui le chicotait le plus. Dès que la marchandise avait
été installée, des gens s'étaient mis à affluer; et à six heures
et demie, il avait fait pour plus de cent piastres de ventes.
On s'arrachait littéralement les images pieuses qui avaient été
touchées par les enfants Lessard. À ce train-là, on vendrait
pour mille dollars. Et s'il avait ouvert au milieu de la journée, peut-être aurait-il déjà une caisse de quelques centaines
de dollars. D'autant qu'on disait que les collecteurs de dons
pour le perron ramassaient l'argent à la pelle comme de la
manne depuis le coup de midi.

La deuxième personne qu'il avait engagée pour la soirée
arriva pendant que le garçon était au magasin. C'était Paula
Nadeau. Pour la première fois de sa vie, la jeune adolescente
s'était mis du rouge sur les lèvres. Pas épais mais assez pour
paraître encore plus femme, surtout maintenant que sa poi-

trine neuve, venue au cours de l'hiver, l'avait fait entrer de plain-pied dans l'univers féminin. De plus, elle avait fardé quelque peu ses joues...

Gilles se mit à trembler et il faillit échapper le paquet de cigarettes quand il l'aperçut derrière la table longue. Avait-il perdu sa place en fin de compte ? Il promena son regard sur sa robe fleurie en coton mercerisé. Ce n'était plus la Paula qui l'avait soigné quand il avait atterri sur sa galerie avec son pit durant l'hiver, ce n'était même plus celle qu'il avait rencontrée sur les lieux de l'accident tragique survenu à Léonard Beaulieu, c'était une femme qu'il avait devant lui. Amie ou ennemie : il ne le savait pas...

– Salut Gilles ! fit-elle aussitôt, pétillante.

– Salut !

Eugène prit son paquet des mains du garçons et il lui dit sur le ton le plus sérieux :

– J'ai une nouvelle pour toi... T'as perdu ta job comme vendeur...

Gilles garda la tête haute mais la pensée était basse.

– Ah ! bon !...

– ... pis tu deviens foreman. C'est toi qui vas dire à Paula quoi faire. Elle va être ton adjointe.

Le garçon était tout emmêlé à l'intérieur. La peur de perdre son emploi fut remplacée par celle d'avoir à diriger cette jeune personne que le ciel avait dotée de grâces, et qui lui inspirait toujours des sentiments qu'il préférait maintenant garder par devers soi. Eugène poursuivit :

– Pis tu peux commencer tout de suite, tandis que moi, je vas aller voir les Juifs de Montréal là-bas. Si t'as besoin de moi, crie ou ben envoye Paula me chercher... De toute façon, ça sera pas long parce que j'ai pas l'intention d'acheter des actions dans la shop de chemises. À tantôt là, pis... vendez, vendez, vendez !...

Les deux adolescents se sourirent un peu mais ne purent se parler car déjà, deux groupes de personnes s'approchaient, spiritualité plein leur portefeuille...

Tous des étrangers avec la flamme de la joie et de l'espérance dans l'oeil.

Devant Paula et Gilles, la marchandise couvrait littéralement le moindre espace de la table, car l'échelle s'était en partie défaite à cause de la chute du Cook. Et le jeune homme avait décidé de tout étaler sur la plate-forme. Des chapelets enroulés dans des branches sèches. Des crucifix de plastique clair. Des statues en grand nombre. Des images pieuses en quantité industrielle et parmi elles, une bonne moitié et plus signée par les enfants miraculés. Celles-ci valaient plus cher. En fait presque le double des autres. Il avait fallu quasiment une journée à Nicole et Yvon pour les autographier et le Cook s'était montré généreux envers les enfants et leur mère, leur versant l'incroyable somme d'un dollar l'heure pour cela. Même un vieil employé fidèle et industrieux comme Pit St-Pierre ne gagnait que soixante-dix cents l'heure chez les Blais.

– How much for this ?

C'était une adolescente de l'âge de Paula qui demandait à Gilles le prix des médailles scapulaires en aluminium dont il y avait au bout de la table un cruchon rempli ras du cou. Elle introduisait ses doigts dans le pots et laissait retomber les médailles qui coulaient les unes sur les autres dans un bruit léger, et souriait de son visage mafflu.

Il ne s'attendait pas à une question en anglais et la réponse ne vint pas puisque de toute façon, il n'avait pas compris. Paula répondit pour lui en montrant ses dix doigts :

– Ten cents.

La jeune cliente était encadrée par deux adultes, visiblement ses parents qui n'avaient pas parlé jusque là, se contentant d'examiner avec soin chaque item.

Le garçon se sentit embarrassé de n'avoir pas pu répondre à cette Américaine dondaine; au moins ça, il le déduisait à partir des images déjà emmagasinées des filles à Freddy venues des États et portant des bermudas semblables l'été.

Le père, un homme dans la quarantaine avancée, qui portait ses lunettes sur le bout du nez et regardait par-dessus, prit un chapelet sur une branche et le montra au garçon en même temps qu'il sortait son portefeuille. Par chance, le prix de cinq dollars était écrit et il fut payé avec un billet de dix dollars américain. L'argent canadien ayant une valeur supérieure de dix cents, l'adolescent lui remit quatre dollars et cinquante cents. Quant à la jeune fille, elle montra cinq médailles et s'empara des cinquante cents dans la main de son père pour les donner à Gilles qui les mit dans la boîte à cigares servant de caisse.

Puis il y eut une accalmie. Et les deux adolescents se sentirent obligés de se parler.

— Penses-tu que la Sainte Vierge va apparaître encore à soir ? demanda Paula.

Il fut sur le point de dire non et de raconter que tout cela n'était qu'une machination de son cru, mais il se retint. Et il se chercha un prétexte qu'il trouva :

— Le temps que y a pas beaucoup de monde, je vas aller... aux toilettes...

Il partit aussitôt et tourna le coin pour se rendre dans un étroit espace entre les deux hangars où souventes fois déjà, il avait pissé, comme bien d'autres, plutôt de retourner à la maison pour se soulager. Mais il ne se rendit pas et se heurta à sa soeur qui était près du hangar, bras croisés, debout derrière la voiture du Cook, pleurant doucement. Il s'arrêta.

— C'est qu'il y a ?

— C'est Jean-Yves... il est mort...

— Hein !

– Je veux dire... il est pas mort mais c'est tout comme...

– Où c'est qu'il est ?

– Dans sa chambre.

– Pourquoi que tu dis qu'il est mort ?

– Parce que son âme est partie... loin de son corps... Il faudrait un miracle... Il faut qu'il arrive un miracle...

Le visage de la jeune femme se tordit de souffrance et elle réussit à poursuivre :

– Si le bon Dieu existe, si la Sainte Vierge existe, si les apparitions sont vraies, il va arriver quelque chose... il va revenir, je le veux trop... pis son père le veut trop... pis Ti-Noire le veut trop...

Le garçon avait envie de crier que ces apparitions ne se produisaient que dans les têtes et pas dans la vraie vie, mais ce serait tuer le seul espoir qui restait à Rachel et ça finirait de lui démolir le coeur. Alors que lui dire ?

– Ben vas-y, sur le cap, si tu veux qu'il se passe quelque chose.

– Pas tusuite. J'veux rester icitte un petit bout de temps. J'veux pas brailler comme une Madeleine devant le monde pis j'veux pas que tu le dises à maman non plus. Icitte, y a personne pour me voir. Le monde, ça passe plus bas...

En effet, quelques personnes se rendaient sur le cap en passant sur la terre à Freddy depuis la rue principale, mais presque tous y accédaient d'abord par le terrain de la Fabrique avant de franchir la ligne un peu plus haut, près de la salle paroissiale, tout juste devant le kiosque des Juifs. Ou bien tout à fait en haut de l'autre côté du cimetière.

– Pis pas besoin que je me rende sur le cap pour qu'il se passe un miracle. Ceux d'en haut, ils sont capables de voir ce qui se passe dans les coeurs...

Gilles baissa la tête. Il regarda d'un côté et de l'autre en biais en balayant le foin de ses pensées embrouillées puis releva ses yeux désolés.

– Retourne à ta table : tu sais qu'Eugène est proche de ses sous. Fais-le pas attendre...

– Y a Paula Nadeau qui m'aide...

Rachel sourit à travers ses larmes. Après tout, le Cook méritait peut-être bien moins qu'on pensait sa réputation de séraphin. En tout cas, c'est à cause de la flamme qu'il savait brûler dans le coeur du garçon qu'il avait engagé l'adolescente, de ça, elle ne doutait pas une seule seconde...

Et le garçon retourna derrière sa table en tâchant d'ajuster les sentiments et les pensées dans sa tête. Le monde basculait à une telle vitesse pour lui. Ce qui se passait dans son corps. Cette fumisterie qu'il voulait dénoncer mais que la vie lui rentrait dans la gorge à chaque fois. Et Paula qui, tout en ayant terriblement changé, l'attirait encore plus qu'auparavant. Tout ce qu'il devait apprivoiser. Son rire excessif qu'il cherchait à retrouver.

Il posa son regard sur tout ce fatras devant lui et une grande envie de tout jeter par terre lui vint. Paula perçut son extrême nervosité.

– C'est quoi qu'il se passe donc ?

– Ah ! rien...

– T'es blanc comme un drap.

– Ah ! ben j'ai couru...

– C'est pas vrai : je t'ai entendu parler avec ta soeur. T'es même pas allé plus loin que la machine à Eugène.

Maintenant, le garçon avait la larme à l'oeil. Tout ce surmenage, ce survoltage intérieur... Soudain, il éclata dans une phrase jetée avec colère :

– Y en a pas, des apparitions; tout ça, c'est rien que des maudites folies. C'est un conte en l'air, c'est tout !

Dévote, la jeune fille s'opposa :

– Ben moi, je l'sais que c'est vrai que y en a, des apparitions...

– Tu l'sais pas, tu sais rien pantoute. C'est moi que je leur ai fait accroire, aux petits Lessard, qu'ils voyaient la Sainte Vierge pis asteur, ils disent qu'ils la voient pour de vrai.

Paula sentit naître une sorte d'indignation au fond d'elle-même. Quand on lui avait proposé de travailler avec le garçon, elle avait accepté d'emblée, car elle l'aimait autant, peut-être plus même que son copain de classe André Veilleux. Mais pareille prétention de sa part la dépassait. D'autant que Gilles avait le front de vendre des objets de piété associés aux apparitions non seulement là même mais aussi par les portes la semaine. D'un autre côté, ayant en partie entendu son échange avec sa soeur, elle comprenait son trouble.

– Pis les guérisons, hein ? Ils ont même guéri monsieur Pit St-Pierre qui se mourait d'une crise cardiaque...

– Ça se peut pas...

– T'es tuseul à dire que ça se peut pas.

– Parce que je le sais.

– C'est ça, toi, tu sais tout pis personne sait rien...

– C'est justement ça !

– Crois c'est que tu voudras, moi, je crois c'est que j'veux.

– Veux-tu que je te dise comment que j'ai fait ? J'ai pris une image de la Sainte Vierge pis j'ai mis des morceaux de miroir autour pis je l'ai accrochée dans une épinette sur le cap. Pis j'ai mis une corde après. Pis quand les petits Lessard sont venus, je les ai fait prier les yeux fermés. Pis quand ils ont ouvert les yeux, j'ai fait bouger l'image de la Sainte Vierge. Pis ils ont regardé le soleil. Pis ils ont pensé que c'était vrai. De la maudite bullshit d'un boutte à l'autre...

Paula éclata de rire.

– Tu parles comme... Jos Page...

– Comment ça ?

– Ben... de la maudite bullshit...

– Ben j'peux te les montrer, les affaires que j'ai pris... Sont dans une poche...

– Ceux-là qui s'en viennent, là, on leur vend pour cinq piastres.

– C'est Jean-Yves Grégoire qui m'a montré à tailler du miroir pis à le coller...

– Jean-Yves Grégoire...

– Oui, c'est lui...

– Ah !

Les clients arrivaient. Paula mit sa main devant la bouche et ne put s'empêcher de rire. Gilles savait qu'elle se moquait de lui. Les gens, eux, crurent que les deux adolescents s'amusaient à leurs dépens, mais ça ne les empêcha pas d'acheter plusieurs objets de piété...

– Si tou mè cineque mil piastr' pis que tou toutch oune dividande dé twente pour cengt, dangt twoua zan ton ajgent é ta toué... Pis tés actionnes, ils valent encor' cineque mil piastr'...

Sussmann s'époumonait à convaincre le Cook de réserver des actions, et les difficultés rencontrées le portaient à tirer sur ses boudins de cheveux qui reprenaient leur place dès qu'il les relâchait.

Eugène rétorqua en se moquant :

– Mais si tou perds trente pour cent par année, dans twazan, t'as pu une maudite cenne à toué...

Et il éclatait de son rire rubicond qui partait de sa cicatrice du menton pour aller faire bouger la naissance de ses cheveux sous la palette de sa casquette blanche.

Laurent s'approcha, négligeant les gens qui passaient tout

droit, car ils étaient en ce moment plus intéressés par les apparitions que par les actions. Il mit sa main autour de l'épaule du Cook en disant aux Juifs en 'franglais' avec son plein sourire :

– Here is a good guy. Intelligent. Good in business. Il va y penser. He will think it over... Pis j'sus certain qu'il voudra pas manquer such a good offer... Give him some more time... Si les actions sont réservées au complet à soir, il va savoir où miser his money... He is a businessman... a real one...

Sans le vouloir, Gilles Maheux, au grand dam de Laurent, de son père et des deux Juifs, vint faire évoluer la situation dans une direction bien éloignée de la finance et des choses matérielles.

– Vous avez besoin de moi là-bas ?

– Non, mais je voudrais te parler.

– Je vas revenir, ça sera pas long, dit le Cook en s'éloignant à travers les voitures.

– Y a ma soeur qui est ben en peine, là, pis tu pourrais peut-être faire quelque chose.

– Hein !? Où c'est qu'elle est ?

– En arrière de ton char, l'autre côté du hangar...

– Bon, ben retournons là-bas...

Les Juifs les virent s'en aller.

– He said he would come back, dit Sussmann sur un air de grande désolation. Oh ! la la la la...

Quelque peu humilié, Laurent déclara aux autres :

– Laissons-le faire, c'est un séraphin qui pense rien qu'à ses vieilles cennes noires. Cet hiver, il s'est fait casser la yeule, trop ménager pour aller su'l docteur; là, il s'est peut-être fait casser l'épaule pis y est trop ménager pour aller voir le ramancheur. Il voudra jamais réserver des actions de nous autres...

– On sait pas, dit Jos, on sait pas... Attendons voir...

– Elle voulait pas que je le dise à personne qu'elle est là, dit le garçon.

– Inquiète-toi pas, je vas faire semblant que j'ai affaire dans mon bazou.

Et le Cook embrasa une cigarette faite avec une allumette de bois qu'il frotta contre sa cuisse puis il se mit en route pour aller voir celle des jeunes filles de son âge qui l'intéressait entre toutes et dont il avait juré en secret d'en faire sa femme.

Il marcha, se dandinant et chantonnant. Quand elle l'aperçut venir, Rachel voulut s'en aller. Mais au fond, ni l'un ni l'autre n'étaient dupes. Elle avait besoin de son soutien moral sinon jamais elle ne se serait réfugiée si près de sa voiture pour tâcher de se vider un peu de son chagrin. Sa présence en cet endroit n'avait rien de bizarre en soi : elle se trouvait proche de la maison rouge, pas très loin du cap à Foley et en un lieu où pas grand-monde ne pouvait l'apercevoir.

Non, aucun d'eux n'était dupe. Ensemble, ils avaient trouvé Jean-Yves. Ils l'avaient ramené ensemble chez lui. Mais son esprit n'était pas revenu et le vide que cette absence créait en elle la poussait à rechercher sans le savoir une âme charitable qui éponge ses larmes fiévreuses.

Il mit la main sur une poignée et feignit la surprise :

– Rachel ? C'est quoi que tu fais là ?

– Mon petit frère a placoté...

– Pantoute, j'avais affaire dans ma minoune... Il m'a rien dit.

Pendant une seconde, elle esquissa un sourire à cause de l'expression minoune. Puis s'adossa au mur de bois chaulé, gardant la tête penchée vers l'avant. Il s'approcha.

– J'sais pourquoi c'est faire que t'as l'air de même pis j'vas pas t'en parler non plus. Tu devrais venir nous aider à vendre des chapelets. Juste pour passer le temps. Même à quatre, tantôt, on fournira pas. As-tu vu le monde que y a déjà. Pis les apparitions, c'est pour dans quasiment deux heures. Les gars qui quêtent pour le perron de l'église, ils parlent de trente mille personnes. À part de ça que tantôt, je vas envoyer souvent ton petit frère sur le cap pour faire toucher les articles par les petits voyants... Viens, viens avec moé...

***

Chapitre 42

Les miliciens relevaient de la coordination générale donc directement du vicaire Gilbert. Le prêtre courait inutilement autour de l'estrade et du fardier servant de tribune aux gens de la chorale. De toutes les directions, on venait lui faire rapport. La circulation automobile coulait librement. Tous les gars du jour avaient été relevés par ceux de l'équipe du soir. La quête pour le perron allait sur des roulettes selon Fortunat et d'après les sourires lustrés de collecteurs qui passaient par là.

Quand le regard de l'abbé croisait celui de Pauline, elle lui disait sans parler qu'elle était fine prête et que sa chorale l'était aussi. Depuis un bon bout de temps déjà Jean-Louis s'était raclé la gorge devant le micro et y avait récité les traditionnels 1, 2, 3 afin d'évaluer le volume du son et la portée de sa voix tout en affichant un air de conquête.

D'aucuns commençaient à parler de cinquante mille personnes. La partie déboisée du cap était noire de monde de même que toute la partie basse de la terre. Les têtes débordaient à pleines clôtures du côté ouest, vers le clos de pacage à Freddy, lieu que l'on évitait cependant car il était boueux et bien gardé par le fier taureau bourré de soupçons envers l'humanité entière.

Un bon vent doux venait de se lever. La majesté du soleil s'agrandissait à mesure qu'il revêtait sa flamboyante robe du soir. Moins éclaboussées, les coloris du ciel, des champs, du boisé, des bâtisses devenaient plus vrais et, à cette heure, les visages exsangues se faisaient de plus en plus rares lorsque vus à plus de dix pas. Beaucoup de gens traînaient des chaises pliantes. Et on cédait le passage aux infirmes et aux malades que d'autres personnes aidaient à progresser vers ce petit hôtel-Dieu que devenait le cap à Foley.

— J'ai vu les deux députés, le docteur Raoul Poulin et son frère Georges-Octave, dit Pit Roy au vicaire comme pour lui reprocher quelque chose.

— Y a pas d'invités d'honneur, monsieur Roy, parce que tous les honneurs sont réservés à la Vierge Marie.

Pit éclata de rire.

— Y a pourtant un jeune journaliste de Montréal qui va faire un discours à l'occasion de la fête du Canada.

— Oui, mais c'est pas un honneur qu'on lui fait, c'est un service qu'il nous rend parce qu'on l'a hébergé la nuit passée.

— J'sais pas, il me semble que le docteur Raoul aurait pu s'occuper de parler.

— Oubliez pas, monsieur Pit, que c'est un député indépendant.

— Ce qui l'empêche pas d'être un député du Canada, notre grand pays.

— Monsieur Lévesque est mieux placé pour parler du Canada vu, justement, qu'il est pas député.

— Ah ! c'est un jeune homme impressionnant, c'est sûr, mais le docteur Raoul, c'est le meilleur homme qu'on a jamais eu dans le comté de Beauce. C'est un homme du coin, pas venu de Montréal.

– Excusez-moi, mais...

Et le prêtre s'approcha des miliciens qui faisaient de la drille au bout du fardier.

– Messieurs, le moment est venu de vous rendre chercher les enfants. Oubliez pas de donner le signal quand vous repartirez de la maison avec eux pour que le chant chorale commence.

– Faut-il y aller avec le pas militaire ou pas de pas pantoute ? demanda l'un d'eux qui, en raison d'un énorme strabisme le rendant myope, donnait à tous ceux qui le regardaient venir l'impression qu'il marchait de travers.

– Non, non, y a trop de bosses et de trous dans le champ pour permettre de marcher comme des soldats en parade. Allez-y comme des soldats en campagne... Et n'oubliez pas le signal...

– Sans faute, dit l'autre qui se mit devant et sauta la clôture du cimetière afin d'éviter de se trouver pris dans la foule grouillante des vivants.

Maria versait déjà des larmes quand les miliciens se présentèrent pour escorter les petits voyants. Celui qui louchait entra dans la maison. La fillette portait une belle robe blanche immaculée tandis que le garçonnet était vêtu d'un petit habit à culottes courtes avec une chemise blanche à col de marin. Pas plus la Sainte Vierge que le diable n'aurait pu résister à leur charme. Ils suivirent leur guide. Maria leur emboîterait le pas dans quelques instants et, comme la semaine passée, elle se tiendrait en retrait. Elle hochait la tête de bonheur, de peur et de douleur quand un coup de pistolet la fit sursauter. On ne l'avait pas avertie et elle en conçut grande crainte. Mais aussitôt, le ciel la rassura quand elle aperçut le milicien qui rengainait son arme tandis que les accents du *J'irai la voir un jour* lui parvenaient déjà par la porte à 'screen' depuis les haut-parleurs nombreux installés dans la région du cap à Foley.

La foule forma une haie d'honneur et de protection aux enfants. Cela s'était produit spontanément. Parmi elle se trouvait Germain Bédard qui montrait les signes de quelqu'un qui a très chaud. Il serait au premier plan pour assister à ce qu'il percevait comme un spectacle de folie collective...

Pas loin, une vieille dame adossée comme lui à la clôture du cimetière, vis-à-vis la partie enchaînée, c'est-à-dire non bénite et réservée aux enfants morts sans baptême de même qu'aux fidèles soupçonnés de n'avoir pas fait leurs pâques l'année de leur mort, fonça devant malgré son pas misérable et sa canne de soutien. Elle voulait absolument être la première à toucher les enfants pour en tirer le maximum d'énergie afin d'avoir toutes les chances d'obtenir une faveur soit la guérison de son arthrite qui la maintenait en enfer tous les jours de sa pauvre vie. Nicole prit l'initiative et la toucha à la main. La foule se tut et on n'entendit plus que le vent de la foi et les notes brillantes qui sortaient de la gorge de Pauline comme de la limaille de diamants : *Au ciel, au ciel, au ciel...* accompagnées de la belle musique d'un harmonium.

Soudain, la vieille personne s'écria :

– Je me sens mieux, je me sens mieux...

Un murmure parcourut la foule comme un coup de vent sur un champ de blé. À l'autre bout, sur le cap, devant un microphone installé là pour la première fois, le vicaire cherchait à bien comprendre ce qui se passait. Si ce n'était un miracle, ça en avait tout l'air et, au moins, devrait-il parler de demi-miracle.

– Prions le Seigneur, quelque chose d'important vient d'arriver. On saura ce que c'est dans quelques instants...

Il se tut, car ses paroles et les voix de la chorale ne faisaient pas bon ménage et se pencha à nouveau sur les dessins que lui montrait Ernest.

– C'est celui-là le plus beau.

– C'est ce que je pensais itou, dit le forgeron.

– Ça fait que si vous pouviez commencer au plus vite. Étant donné les circonstances, je vous permets de travailler même le dimanche sur les garde-fous. Maintenant, je vous laisse partir : les enfants approchent.

Ernest avait du mal à retenir ses larmes sous ses airs bougons et brouillons. Comment ne pas croire que le ciel y était pour quelque chose dans ce contrat qu'il avait eu le matin même avec la Fabrique et surtout dans ce duvet qu'il avait remarqué sur sa tête en se lavant après souper ? Se pouvait-il que les effets du sort du quêteux Labonté soient enfin conjurés et que déjà, ses cheveux recommencent à pousser en attendant la lotion miracle qu'il avait commandée grâce à une annonce du journal ?

Il s'éloigna en direction du boisé et se mit à côté d'un cèdre sec que deux sapins encerclaient comme des sentinelles, mais il y avait là une odeur qui lui rappelait l'huile de charbon, ce qui en plus des signes du vicaire, l'incita à remonter plus haut. Le prêtre lui dit :

– Vous étiez à l'endroit des apparitions. Il faut garder l'espace libre pour la venue de la Vierge Marie...

Ernest allait dire que ça puait le charbon là, et qu'il le sentait bien assez toute la semaine à la forge pour ne pas vouloir en humer les odeurs jusque sur le cap à Foley, mais le prêtre pourrait croire qu'il tombait dans le mépris, et puis cette senteur pouvait aussi bien provenir de ses propres vêtements avec lesquels il s'était rendu à la boutique de forge où il s'était attardé à modifier quelques-uns de ses dessins de garde-fous à peine une heure plus tôt.

◊

En bas du cap, au coin de la salle paroissiale, près du kiosque des Juifs, René Lévesque et Jean Béliveau se parlaient. Le journaliste possédait une mémoire photographique mais il n'en attendait pas moins son photographe qui retardait. Et pour dissuader son impatience de le pousser à fumer des deux mains, il se livrait à un échange avec ce jeune personnage impressionnant dont il voyait la tête avec le coq de l'église comme élément d'arrière-plan tout comme, la veille au soir, quand le joueur de hockey battait tout le monde sur le court de tennis et que Lévesque passait par là.

– Euh!... j'ai fait la police toute la journée... Y a pas mal de monde au Colisée... euh!, j'veux dire sur le cap à Foley...

La voix de Sussmann passa soudain entre eux comme une lame de patin :

– Si tou mè mil piastr' pis que tou toutch oune dividande dé twente pour cengt, dangt twoua zan ton ajgent é ta toué... Pis tés actionnes, ils valent encor' mil piastr'...

Natif d'Europe mais élevé en Équateur à cause de ce maudit Hitler, incinérateur de mauvais goût, le Juif avait gardé l'accent espagnol parmi de nombreux autres accents du monde qu'il possédait, y compris celui, tout neuf pour lui, des Québécois... Il interpella Lévesque :

– Toué, tu aimeré pas awoir des actionnes dang la Company de shirts à mister Bellodo ?

Le journaliste haussa les épaules et fit la moue en disant :

– Moi, j'sus cassé ben raide. J'ai rien que ma chemise, ça fait que j'peux pas acheter une compagnie de chemises...

– Next time maybe...

Lévesque se recula un peu et dit à Béliveau :

– C'est à se demander ce qui va mener le monde dans l'avenir. L'argent, c'est certain. La religion : moins qu'on pense. La politique : de plus en plus. Le sport, c'est sûr...

Béliveau approuva d'un sourire. Lévesque reprit :

– Sans oublier le cul comme depuis que le monde est monde. Et puis la gestion de tout ça, ça va se faire par la **télévision**. Comme ça se fait déjà aux États-Unis...

À quelques pas de là, Rose et Berthe marchaient doucement parmi les automobiles, suivies de Ovide et Albert. Inquiétée par le sort de Jean-Yves et curieuse de connaître la suite des événements après son départ de la maison rouge, elle avait quitté le groupe pour aller voir Freddy au magasin général. Ce qu'il lui apprit n'avait rien de réjouissant.

Les deux hommes s'arrêtèrent au kiosque des actions, mais ni l'un ni l'autre ne voulurent prendre d'engagement en raison de la distance qui les séparait de Saint-Honoré, nonobstant toute la confiance qu'ils disaient accorder aux capacités de Laurent de mener l'affaire à bien.

Rose sentait le regard d'Albert dans son dos et l'homme ne se privait pas de la détailler. Un observateur s'en rendit compte quand il les vit passer. Jean d'Arc se recula sous l'escalier et se sentit un laissé-pour-compte.

Debout, devant une fenêtre de chambre, la même pièce qui était restée vide durant vingt ans du temps de sa grand-mère Émélie qui n'arrivait pas à mettre un terme à son deuil d'un grand fils, Jean-Yves regardait sans la voir, cette étenderie de voitures qui luisaient de tous leurs chromes sous le soleil déclinant. Il ne vit pas non plus un personnage qui se promenait à travers elles et leur donnait des coups de pied aux pneus ou carrément dans les portes sans trop faire de dommages heureusement, et qui ne cessait de les maudire. C'était Ti-Georges Champagne qui traversait une crise "d'automobilite aiguë" dont pas même la Vierge du cap ne saurait le guérir puisqu'elle était directement proportionnelle au nombre de voitures à se présenter à sa vue.

Sur le cap, les enfants Lessard arrivèrent à l'endroit habituel de leur agenouillement devant l'arbre béni des apparitions à côté du cèdre sec. Tout d'abord, ils regardèrent tous les deux le disque solaire, emmagasinant ainsi une forte douleur et un éblouissement certain. Ils fermèrent les yeux en même temps puis se tournèrent et se mirent à genoux dans la terre fraîche. Tout d'abord, ils baisèrent le cap encore très chaud à côté d'une piste du diable ainsi que Maria leur avait recommandé de le faire en signe d'humilité.

Et aussitôt, ils commencèrent à réciter des prières en langues. Le vicaire fit son signe de croix à deux reprises. Des éclopés pas loin se mirent à pleurer. La chorale se taisait, bouche bée, en attendant le signal sonore venu du prêtre et qui consistait simplement en le mot "Amour" dont il détachait les syllabes pour bien montrer que le mot portait un grand A.

On avait laissé le passage à des religieuses et il s'en trouvait pas moins d'une centaine dans tous les environs. Et dans un groupe d'entre elles, des soeurs grises de Saint-Georges, on pouvait apercevoir un monseigneur, l'abbé Beaudoin maintenant curé là-bas et qui avait passé quelques années avant cela à Fortierville, le village de la petite Aurore, l'enfant martyre. En ce moment même, il se demandait comment la Vierge avait-elle choisi de ne pas intervenir pour la petite fille abusée à en mourir et qui était pourtant d'une dévotion totale, tandis qu'elle visitait des beaux enfants en santé comme les petits Lessard. En rejoignant les mains comme il le faisait à la messe, il exhala un saint soupir en se disant à lui-même :

– Ah ! comme les desseins de Dieu sont insondables !

Plusieurs malades étaient étendus sur un grabat dans une aire en pente prévue exprès pour les recevoir. Ils étaient là une quarantaine à souffrir et à attendre la venue de la Vierge, tout yeux, tout oreilles, et pour la plupart pris de la courte haleine. Deux hommes à bout de souffle arrivèrent auprès d'eux. L'un portait un appareil photo et l'autre fumait à deux mains.

Ils n'étaient pas les seuls représentants des médias. *L'Action catholique* avait dépêché des hommes. *Le Devoir* avait envoyé un cadavre ambulant aux airs du grand Lustukru et qui priait parfois les yeux fermés et le bras gauche levé au ciel. Il y avait, dira-t-on plus tard, Albert Duquesne de Radio-Canada et Saint-Georges Côté de CHRC; et plusieurs affirmeraient par la suite que l'homme à béret vert accompagnant le barbu père Ambroise Lafortune n'était autre que le nouveau cardinal Léger de Montréal, prince de l'église déguisé en homme humble afin de passer incognito. Mais la machine à rumeurs fabrique vite les vedettes...

Mais on avait encore pas mal de temps avant l'heure habituelle de l'apparition : une trentaine de minutes au moins. Intuitive, Marie Sirois savait qu'elle ne serait pas en retard et en ce moment même, elle quittait sa demeure à bicyclette avec les deux plus jeunes de ses filles, l'une sur la barre puisqu'il s'agissait d'un vélo d'homme et l'autre assise sur le porte-bagages arrière. En pédalant aisément sur un trajet qui descendait jusqu'au coeur du village, elle serait rendue chez Freddy dans dix minutes. Et cinq minutes plus tard, après avoir caché son vélo dans un hangar, elle parviendrait au cap...

Depuis le fenil de la grange des Rouleau, une paire d'yeux la vit s'en aller. Fernand devina qu'elle se rendait elle aussi sur le cap à Foley où son nationalisme mêlé de bière et d'ivresse l'avait empêché de la conduire le samedi précédent. Mais puisque la veuve n'emmenait que deux enfants avec elle, cela voulait dire que la plus vieille des filles garderait la maison. Et seule...

La chorale entonna le *Laudate Mariam* et tous les yeux qui le purent se rivèrent sur le sapin sacré voisin du cèdre sec. On imaginait le cantique une sorte d'appel à la reine du ciel et de la terre, et dont elle pourrait peut-être suivre les accents. Les enfants Lessard récitèrent leur chapelet, Yvon répondant aux formules dites par sa soeur. Et à chacune, ils se mettaient les bras en croix ou le long du corps.

– Tant qu'ils se remettront pas à parler en langues, la Sainte Vierge apparaîtra probablement pas, affirma quelqu'un parmi les grabataires.

Lévesque alors jeta une de ses cigarettes et l'écrasa bien par crainte de mettre le feu. À l'autre bout des éclopés, un adolescent se sentait fier de lui. Il avait aidé le bossu Couët à se rendre jusque là en le poussant parfois, car le petit bonhomme qui se déplaçait avec difficultés en dehors de son selké n'aurait jamais pu escalader tout seul la pente raide menant sur le cap. Émilien de plus se disait que son bon geste devait racheter au moins quelques-uns de ses péchés mortels de la chair. Car être vu en la compagnie d'un quêteux bossu aussi laid valait quasiment une indulgence plénière en cette époque parfois cruelle et faiseuse d'exclusion.

C'était pourtant un bon bossu venu exprès ce soir-là pour demander pardon. Pardon d'avoir prié le samedi d'avant pour obtenir des faveurs pour lui-même. Tant de gens souffraient plus que lui, se disait-il. En fait, ce sont ceux qui ne souffrent pas beaucoup dans leur vie qui deviennent difformes du coeur et de l'âme. Et le plus bossu de tous se présentait maintenant au microphone sur l'estrade.

– Chers amis, dit Jean-Louis qui avait un morceau de carton dans la main et la moitié d'un vingt-six onces derrière la cravate, on peut affirmer que déjà, un miracle s'est produit tout à l'heure. Touchée par la petite Nicole Lessard qui lui a imposé les mains, madame Jéroboam Labonté de Saint-Éphrem-de-Tring vient d'être considérablement soulagée de son arthrite rhumatoïde au point de pouvoir délaisser sa canne dont elle n'arrivait plus à se passer depuis nombre d'années.

– Ça pourrait-il être la mère du quêteux Labonté qui jette des sorts ? demanda quelqu'un à côté d'Ernest.

– En tout cas, si elle avait de l'arthrite, ça doit pas être à cause de lui, certain, hein !

Le forgeron frissonna un peu malgré la sueur qui le recouvrait et il s'éloigna. Et le maître de cérémonie poursuivit :

– Est-ce que ce serait là le premier miracle de la soirée ? Ça se pourrait bien, mesdames et messieurs. Et vous savez, mes bons amis, cela voudrait dire que la malédiction du ciel sur le Canada... vous savez tous comme moi que la Vierge aurait déclaré "Pauvre Canada !", eh bien, un miracle ici ce soir démontrerait que le Canada pourrait bien s'en sortir...

Aujourd'hui, mes amis, c'est la fête du Canada. Un journaliste de Montréal viendra nous en parler plus tard, après les cérémonies; car on ne doit pas mélanger politique et religion, en tout cas le moins possible...

Derrière les enfants, le vicaire était survolté. Troublé par l'image de la fillette et parfois par celle du garçon. Ah ! qu'il les trouvait sournois, ses désirs secrets. Des loups indomptés qui surgissaient dans les moments les moins appropriés. Par chance, ce soir-là, il avait emprunté une soutane du curé, bien plus ample et qui protégeait l'insolence de sa chair de regards mal à propos...

Heureusement, le moment de son homélie arrivait. Il ne restait plus que dix minutes avant le temps habituel de la venue de la Vierge et pour en être bien certain, il consulta sa montre puis lança l'expression 'Amour et gloire' qui constituait le deuxième signal pour faire savoir aux gens de l'estrade qu'il voulait prendre la parole lui-même...

Jean-Louis, qui n'arrivait pas à se retenir de parler de politique, fut soulagé et annonça :

– Voici, mesdames et messieurs... monsieur le vicaire... Il se passe des choses... il se passe des choses... écoutez-le...

À part les distraits, les sceptiques, les enfants, les vendeurs et les collecteurs d'argent, tous se turent. On savait que les minutes solennelles commençaient.

– Mes bien chers frères... nous voilà réunis une fois de plus pour rendre hommage... à notre bonne maman du ciel... Je ne vais pas vous parler ex cathedra, je ne vais pas entrelarder mon propos de citations célèbres, je ne vais pas exhiber de sentiments... comment dire... frelatés, je ne vais même pas ouvrer mon discours comme un ouvrier travaille son bois avec habileté, je ne vais pas non plus le forger comme le forgeron artiste façonne le fer pour lui donner des formes intéressantes...

Il jeta un regard à Ernest qui eut l'air de dire "Ben marci ben !"

– Non, je vais simplement vous livrer quelques mots. Et je dis bien simplement... en toute simplicité. Car la voilà la clef du grand mystère de l'arbre de la science du bien et du mal : la simplicité. Dieu est simple et Satan est complexe. La Vierge, vous savez, s'adresse à des enfants et non pas à des savants. Jamais elle n'apparaît à des prêtres, des chanoines... ou à monsieur Einstein...

Monseigneur Beaudoin pencha la tête en signe de résignation.

– ... pas à des cardinaux non plus...

L'homme à béret et à fausse barbe brune accompagnant le père Ambroise recroisa ses deux index à travers un long chapelet noir entrelaçant des doigts sur son ventre.

– Elle ne se montre même pas au pape Pie XII.

Celui que Gilles appelait souvent le pingouin huileux, Philias Bisson, murmura à l'endroit du professeur qui se trouvait avec lui près de la clôture du cimetière :

– Elle s'est montrée au pape Pie VII pis elle en est jamais revenue...

Mais le garagiste oublia aussitôt sa plaisanterie un peu grosse et usée à la corde puisque son regard tomba sur Rose Martin qui se tenait un peu plus loin près du fardier en la compagnie de Berthe Grégoire. Il fut aussitôt porté à chercher Ovide et ne tarda pas à l'apercevoir avec cet étranger... Contrarié, il murmura à l'oreille du professeur :

– La Rose s'est fait un chum, on dirait... C'est Gus qui va prendre ça mal...

Son interlocuteur demeura impassible.

Dans la grange, Fernand Rouleau restait immobile, le regard perdu dans une recherche qui le torturait. Jamais de toute son existence, une pareille chance ne se présenterait à nouveau à lui. La Cécile était seule à la maison. Elle avait douze ans maintenant. Une poitrine qui pointait... L'homme fouilla en frémissant sous un petit mulon de foin près d'une poutre et trouva un flasque vert qu'il déboucha et porta à sa bouche. Il en avait déjà bu pas mal avant que la veuve ne parte pour le village et commençait à être éméché. Ses yeux s'injectaient de sang à mesure que les minutes s'écoulaient dans cette pénombre angoissante.

Il avait peur. Mais une partie de sa peur se transformait en rage et cela donnait naissance à des idées enchevêtrées qu'il tâchait d'ajuster comme les pièces d'un puzzle compliqué dans un projet machiavélique...

Sur le cap, le prêtre poursuivait :

– Dieu est simple comme l'enfance. Le bonheur est simple comme l'enfance. La confusion appartient au diable. Dieu est un. Dieu est un tout. Dieu est un tout homogène.

Entouré de plusieurs cultivateurs venus des quatre coins de la paroisse et qui aimaient l'entendre s'exprimer sur l'idée de la séparation de la paroisse en deux parties, et sur lesquels il exerçait donc de l'influence, Lucien Boucher se tenait sur une seule jambe. Quelque chose l'opposait au discours du vicaire. Le monde matériel n'est pas homogène, pensait-il. Et ce n'est pas en travaillant à effacer les différences individuelles qu'on le simplifie, bien au contraire. Le monde matériel est constitué de cellules et chacune doit posséder son identité propre...

Le vicaire fut subitement interrompu par un cri de femme. C'était la même personne qui, deux semaines d'affilée, avait rejeté sa canne et marché en clamant sa guérison. On l'avait amenée par dessous les bras. Et pour la troisième fois, elle s'écria :

– J'sus guérie, j'marche tuseule...

Sa canne tomba sur le roc et glissa jusqu'aux pieds du vicaire. Il se pencha pour la ramasser mais elle lui échappa, et cette fois, le bruit entra dans le micro pour sidérer des milliers de personnes, car il fut suivi du mot miracle répété trois fois par le prêtre.

Et ça ne faisait que commencer. Pendant tout ce temps, les enfants Lessard priaient en silence, toujours à genoux et les yeux fermés comme s'ils avaient été emportés dans un profond autisme spirituel ou quelque coma sacré ne laissant que leurs lèvres bouger.

Voici que les familles de Georges Boutin et de Clodomir Lapointe s'étaient regroupées sur la droite entre deux sapins où il y avait un gros banc de pierre, espèce de dolmen construit jadis par Armand Grégoire du temps où il ne se savait pas encore atteint de consomption. Aucun endroit n'offrait meilleure vue sur tout ce qui se passait et sur les environs. De là, on pouvait voir le sapin sacré, les enfants voyants, le vicaire, la foule sur le cap, celle derrière le cimetière, le cimetière, la foule dans la montée, la salle paroissiale, la foule en bas, l'estrade et le fardier avec les gens dessus, le village, le disque solaire, tout. Seulement le kiosque des Juifs échappait à leur vue.

Un endroit aussi privilégié excitait la convoitise des curieux et dévots qui auraient aimé se trouver en avant-scène, et c'est la raison pour laquelle dès le matin, Clodomir en personne avait occupé cette table de pierre que le vicaire imaginait servir de maître-autel pour y célébrer la sainte messe avec l'approbation du curé dès son retour, et quand il aurait obtenu le consentement de Freddy Grégoire pour effacer les pistes du diable du roc du cap. Des remplaçants de la famille Boutin étaient venus plus tard et on avait donc gardé le poste. Tout cela s'était fait sur les conseils de Bernadette qui y aurait elle aussi une place réservée pour elle-même et pour sa nièce Solange (*Grégoire*). Mais comme souvent, voilà qu'elle arriva en retard après s'être frayé un chemin parmi la foule et surtout en longeant la clôture du clos de pacage de la même façon que le samedi précédent. C'était un devoir pour elle de conduire Solange sur le cap afin de la nourrir de spiritualité et peut-être, qui sait, lui valoir une guérison miraculeuse...

Les filles à Clodomir fraternisaient avec celles à Georges qui avaient à peu près le même âge; pourtant, Solange (*Boutin*) s'absentait souvent par l'esprit et cherchait à retracer Germain Bédard quelque part dans l'assistance. N'avait-il pas dit qu'il serait là et n'avait-il pas quitté sa maison plus tôt justement pour cette raison ? Parfois, sa crainte bizarre de l'étranger traversait à nouveau le champ de ses émotions; il se montrait doux et affable. mais que se cachait-il derrière la brillance de son regard ? Du feu de l'enfer ou bien la flamme d'un buisson ardent allumée par le ciel ?

Germain avait bien vu les Boutin perchés, mais il ne voulait pas leur parler ce soir-là puisque c'est Rose, la mystérieuse Rose, qu'il rechercherait, croyant qu'elle serait aux côtés de Bernadette. Quand il aperçut Solange Grégoire, il comprit que son besoin ne serait pas comblé et cela lui fit serrer les mâchoires.

Éva Maheux était seule dans son magasin de coupons. Elle croquait des bonbons durs et mesurait le matériel de pièces empilées pour en vérifier la longueur. Sorte d'inventaire qui lui permettrait de commander de la nouvelle marchandise la semaine suivante alors que plusieurs voyageurs de commerce passeraient pour prendre les commandes de tissu pour l'automne.

Il y avait trop d'étrangers dans le village et Ernest voulait qu'une personne au moins se fasse le gardien des lieux. De toute façon, la femme ne se sentait pas assez d'énergie ce jour-là pour monter sur le cap. Catholique très pratiquante, elle ne croyait pas plus que ça aux miracles et son esprit hésitait devant cette histoire d'apparitions : des fois, elle penchait d'un côté, d'autres d'un autre.

Soudain, elle parla tout haut :

– En tout cas, si vous passez par chez nous, Sainte Vierge pis que vous avez des faveurs à faire, oubliez pas Rachel... Mettez un peu de lumière su' son chemin.

C'était déjà fait...

Et en face, de l'autre côté de la rue, dans le grand magasin vide et silencieux, Freddy songeait en fumant une pipée au fond du bureau de poste, les pieds accrochés à la table qui servait à dépaqueter la malle, lisant *Le Soleil* de la veille et y découvrant plus d'idées sur les apparitions du cap que de se retrouver là-bas à ne rien voir du tout. Et, en ce moment, il avait grand besoin de s'évader du monde réel en ne le regardant plus qu'à travers le prisme de son imagination et de son propre univers intérieur...

Ti-Noire et Jeannine se parlaient dans une cabine du restaurant. Ni l'une ni l'autre n'avaient le goût de se retrouver dans une foule compacte car l'heure pour chacune était à la tristesse. Des moments qu'elles s'aidaient à traverser. Des moments qui passeraient. Toutes les deux savaient que le prix à payer pour réaliser leur rêve était inévitable et qu'elles possédaient toutes les ressources nécessaires pour s'en tirer, somme toute, à bon compte. À moins d'imprévus graves.

Armand Boutin, qui avait fini de remplir son champ de voitures et n'en accueillait plus depuis un moment, décida de quitter les lieux et de rentrer au village de son long pas à pieds ouverts dans le style Pit Veilleux. Il portait un long manteau semblable à ceux des cow-boys du siècle précédent et les pans lui battaient sur les genoux qui apparaissaient tour à tour et donnait l'air de vieux cailloux bosselés. Il fila droit au camp d'Armand Grégoire. Ayant frappé, il entra en même temps qu'il recevait une réponse positive de son homonyme. Alors, d'une poche intérieure, il sortit un quarante-onces de gros gin et la mit sur la table.

– Le plus court chemin pour se rendre jusqu'à la Sainte Vierge, c'est une bonne bouteille de gin De Kuyper, fit Armand aux airs de fantôme.

– Tu peux en être certain de ça, dit Armand aux airs de spectre.

En ce moment même, Fortunat et le père Boutin-la-viande se tenaient ensemble aux abords du kiosque des Juifs, plus intéressés par le commerce que par les apparitions. Même si l'hôtelier avait refusé de participer à l'effort de financement de la future manufacture, il n'en montrait aucun embarras devant Laurent et Jos. C'était la meilleure façon de leur faire croire qu'il ne le pouvait pas. Voilà pourquoi il ne se privait pas de leur parler malgré leur distance et une certaine froideur.

– Paraît que la récolte est pas mal bonne encore une fois pour le perron de l'église ? dit Joseph en secouant sa moustache blanche d'un côté et de l'autre comme s'il était pris de chatouillement sous le nez.

– J'en reviens pas. Avant souper, les boîtes débordaient déjà. On a tout vidé ça sur le bureau de monsieur le curé pis c'est madame Létourneau avec sa fille qui va nous compter tout ça.

Plus loin, les frères Dulac se consultaient pour savoir s'ils devraient réserver des actions. Ils avaient beau agir comme des gens très pauvres, l'argent ne leur faisait pas défaut. Ils décidèrent d'investir mille dollars à la condition que la chose demeure absolument secrète. Mathias retourna donc au kiosque et montra un doigt à Laurent et son père. Le fils dit à mi-voix :

– Un p'tit mille ?

Mathias sourit. Jos lui fin un clin d'oeil.

– Entre nous autres, vous autres pis la boîte à bois ! siffla Mathias entre ses lèvres molles et le bouquin jaune de sa pipe.

– La tombe, assura Jos. La tombe.

Elmire et Jos Page priaient. Chacun à sa manière. Chacun dans son coin. Elle égrenait son chapelet sur le lot familial dans le cimetière tout en surveillant de loin les événements du cap tandis que son frère circulait parmi la foule, cherchant quelqu'un qui lui ressemblât un peu, et à qui parler. Ce qui ne l'empêchait nullement de parler à n'importe qui. Mais on ne l'écoutait pas toujours. Et puis il s'attirait souvent des réprimandes à cause de sa manière de rire sans raison suffisante... Il promenait sa petitesse pliée et son odeur de babeurre et finit par réussir à se trouver un interlocuteur à travers ses Avé. Ce fut Germain Bédard qui ne bougeait pas de son coin isolé près de l'enclos non bénit du cimetière.

– Tchi que t'es, donc, toué ? Ça fait une couple de fois que j'te vois à l'hôtel su' Fortunat ou ben en bicycle... Tu s'rais pas un gars à Archelas Nadeau toujours ? Ou bedon un gars à Stanislas ?

– J'sus pas de la place...

– Ah ! c'est toué qui vas rester dans la maison à Polyte...

– C'est ça...

Mais l'étranger préférait pour le moment surveiller ce qui se passait autour des enfants Lessard et il ne répondit guère que par des phrases laconiques, si bien que Jos finit par s'en lasser et s'en aller. Qu'importe, il le verrait bien une autre fois, ce drôle de petit personnage qui devait bien posséder lui aussi une âme...

Si la plupart des paroissiens, à l'exception des familles éprouvées par le deuil, se trouvaient quelque part dehors aux environs du lieu des apparitions, Dominique Blais et Blanc Gaboury quant à eux, manqueraient le spectacle. Car tous deux se trouvaient au salon funéraire. Devant la pénible réalité, ils n'avaient que faire de ce qu'ils considéraient comme des superstitions, des chimères. Blanc avait beaucoup de mal avec sa respiration et cela transparaissait dans ses yeux, plus injectés de sang que de coutume.

Dominique s'intéressait au plus haut point à la manufacture de chemises dont on parlait presque autant que des apparitions de la Vierge et le postillon, un homme parmi les premiers renseignés sur tout ce qui arrivait dans la paroisse, lui apprit tout ce qu'il savait sur la question. Ce qu'il n'avait pas dit, il ne le savait pas, parce que ça ne se savait pas...

Le docteur Raoul Poulin, homme sérieux et rempli de dignité, ne put s'empêcher d'aller faire un petit tour près de l'estrade. Aussitôt, Jean-Louis Bureau en descendit et lui serra la main tout en pensant, comme l'avait suggéré son ami Laurent dans la journée, qu'un jour, il se présenterait contre lui dans une campagne électorale fédérale.

– Tu es le garçon à Médée Bureau.

– C'est ben ça.

À l'autre bout du fardier, Pit Roy rajustait nerveusement son chapeau derrière sa tête et surveillait d'un oeil avide ce qui se passait à l'estrade. Il avait eu l'occasion de serrer la main non seulement du député indépendant mais aussi de l'homme à Duplessis dans la Beauce, son frère G-O venu lui aussi chercher à récupérer une partie de la soirée miraculeuse en vue de sa prochaine élection en 1952.

– Si on avait su que vous étiez disponible, on vous aurait demandé de faire un discours à l'occasion de la fête de la Confédération canadienne.

– Bah ! d'autres bien meilleurs que moi s'en chargeront, dit le personnage qui connaissait aussi bien l'art de se montrer humble que celui de flatter le nationalisme des gens. Et puis, je ne vais pas à Ottawa pour dire oui à un parti politique, j'y vais pour défendre les intérêts supérieurs de mes électeurs de la Beauce, un beau comté pas comme les autres...

– Votre réputation est faite...

Jean-Louis était fort ému de parler à cette célébrité régionale. Le bon docteur jouissait d'une popularité hors du commun et celui qui prétendrait le battre à une élection dans la Beauce devrait se lever pendant plusieurs années de suite de fort bon matin à tous les jours que le bon Dieu le garderait en ce monde.

Le peuple adore se fabriquer des demi-dieux, mais pour Pit Roy, le docteur politicien signifiait probablement trois quarts de Dieu... Et la poignée de main que le vénérable personnage, mieux coté qu'un ministre, lui avait offerte avec des salutations empressées, resterait gravée dans toutes ses mémoires jusqu'au jour de sa mort.

– Le pire, dit Jean-Louis au docteur, c'est que les organisateurs n'ont pas voulu d'une brochette d'invités sur l'estrade.

– C'est très bien, mon bon ami, c'est très bien. Je suis venu en tant que citoyen, en tant que croyant, en tant que catholique.

– Ça, vous avez la réputation d'être un bon catholique.

– Qu'y a-t-il de vrai en ce monde, mon jeune ami, excepté sa foi et sa patrie ? Tout le reste... ou presque, n'est que vanité. Vanitas vanitatum...

– Tous les honneurs sont pour la Sainte Vierge, fit Jean-Louis avec un sourire un peu narquois.

– Ceux qui ont décidé cela sont des sages et je serai le dernier à les en blâmer.

Jean-Louis le regarda s'en aller du côté du fardier. Sûr que Pauline et lui s'entretiendraient un moment. Et il se demandait pourquoi cet homme qui possédait des biens, de l'expérience, qui gagnait gros comme docteur et pouvait en plus compter sur un salaire de $9,000. comme député fédéral, ne se payait pas une Cadillac plutôt que cette Plymouth pas des plus vieilles mais des plus ordinaires...

Pendant ce temps, le vicaire poursuivait son exposé qu'il avait mis sous l'enseigne de l'honnêteté bon enfant. En même temps, les petits voyants se mirent à parler en langues. Alors il s'interrompit; et pour que les milliers de personnes soient comme lui témoins de la manifestation divine qui se faisait évidente, il leur mit le microphone devant la bouche.

"Mater Christi tombaroum dan panum sirus mananha sortous."

– C'est le signe que la Vierge s'en vient, glissa le vicaire avant de remettre le micro devant le nez des enfants.

"Mater castissima moi sorum vai marium avé garum fridoune vobiscum."

– Elle sera bientôt là, elle sera bientôt là...

"Reginum Martyrum ora pro nobis cleminum fortune torpedo graniperum..."

Germain Bédard, qui entendait ce langage incompréhensible, même en latin, se dit en lui-même que le meilleur moyen de prendre un ascendant sur des individus ou sur une foule, est de semer la confusion mentale. Chacun comprend alors exactement ce qu'il veut comprendre et ça lui apporte une grande paix intérieure. C'est comme s'il apercevait tout à coup sa propre image dans un épais brouillard...

Bizarrement, il n'était pas le seul à saisir cela. La seule personne rencontrée depuis qu'il était arrivé dans la paroisse voilà près d'une semaine et qui lui ait été tout à fait antipathique, ce René Lévesque, comprenait exactement la même chose en ce moment même alors que le journaliste écrivait des notes dans un calepin. Il s'était déplacé et se tenait maintenant près du grand sec du *Devoir*.

Un véritable phénomène se produisit alors. D'un coup, trois éclopés du groupe étendu au sol se levèrent et marchèrent. Pas comme des athlètes olympiques, mais ils avancèrent. La pente les aidait et confortait leur foi. Le prêtre s'écria :

– Un miracle... un miracle double... un triple miracle...

Au loin, parmi la foule, le taxi Roy tâta son moignon pour voir. Et le bossu Couët toucha sa bosse pour voir. Et François Bélanger essuya son nez qui resta aussi gros et plat.

Et l'aveugle Lambert dit à sa bonne femme :

– Je la vois venir, la Sainte Vierge, je la vois venir...

Et dans le flot d'automobiles, le pied de Georges Champagne ne cessait de frapper les pneus et les tôles. Et Marie Sirois parvenait à se rendre jusque dans le boisé du cap avec ses filles après avoir demandé aux Armand qui buvaient de surveiller son vélo. Et Cécile Sirois, chez elle, sortit à l'arrière de la maison pour promener sur les environs un regard inquiet... Et dans la grange, Fernand Rouleau buvait par petites gorgées à même sa bouteille.

Derrière l'estrade, Gustave, qui venait d'apercevoir Rose qui riait et touchait le bras de cet homme étranger, essuya une larme derrière le verre épais de ses lunettes. Dominique Blais suggéra aux familles en deuil de fermer le salon une demi-heure plus tôt pour permettre à tous d'aller assister à l'apparition. Supporteur de Georges-Octave et travailleur d'élections, Grand-Paul Blanchette s'entretenait avec le député provincial, et sa voix forte leur attirait maints regards, ce qui ne déplaisait pas à G.-O.

– Oui, un triple miracle, répéta le prêtre.

Et un long silence s'étendit sur la foule entière. Seule une bouche d'adolescente ne parvint pas à rester fermer.

– Tu vois ben, là, que c'est vrai! dit Paula Nadeau à Gilles Maheux.

L'adolescent ne put s'empêcher de lui répondre :

– Reginum Martyrum ora pro nobis cleminum fortune torpedo graniperum...

C'étaient des mots qu'il avait fait entrer quasiment de force dans la mémoire des enfants Lessard quand il avait machiné les apparitions. Mais l'adolescente ne l'écoutait pas.

– Elle est là, elle est là, elle est là, dit Nicole Lessard à travers ses petites mains jointes et ses paupières fermement closes mais qui bougeaient sans arrêt.

Le vicaire remit le micro devant eux.

– Elle est là, elle est là, elle est là, répéta Yvon.

Et les infirmes descendaient sur le roc, jalousés par les autres qui restaient cloués à leur croix tout en s'efforçant de se mettre debout eux aussi.

– Je vous salue Marie, pleine de grâces, le Seigneur est avec vous...

Tel que planifié et entendu, la chorale entonna le *Ave Maria* avec les micros éloignés pour ne pas enterrer les événements du cap et, au contraire, leur servir de support et de fond sonore.

Tout ça sonnait archi-faux à l'esprit de Lévesque mais que de puissance mise en branle ! Si on pouvait donc canaliser ces forces du peuple ! Que d'énergie ! Alouette !

Le plus grand sceptique parmi les milliers de personnes témoins de ces choses extraordinaires, de ces événements grandioses, regarda sa montre en hochant la tête. Et comme pour le défier, et comme pour lui répondre, et comme pour le sidérer, et comme pour l'écrapoutir, et comme pour l'enchaîner tel ces misérables enterrés à trois pas de lui, une sorte d'éclair se produisit près du sapin sacré.

Un immense remous agita la foule. Le grand cadavre du *Devoir* fut saisi de crainte. Bernadette fit son signe de croix en répétant des *Mon doux Seigneur*.

Une flamme embrasa tout le cèdre sec qui se consuma en quelques secondes en crépitant.

Ils furent des centaines à tomber à genoux. Les mots restaient accrochés dans la gorge du vicaire. Et Pauline entamait la partie solo de l'*Ave Maria*. Car en bas, plusieurs ignoraient encore ce qui venait de se produire, quoique le feu fut aperçu par beaucoup de gens, y compris Paula et Gilles qui en avaient la bouche bée comme tant d'autres. L'adolescent surtout.

– Eh bien, finit par dire le vicaire, plus de doute maintenant, tous, nous avons vu la Sainte Vierge.

Les miraculés reprenaient leur place sur le grabat.

– Maudit torrieu, lança Ernest, c'est vrai que c'est vrai, ça, c't'histoire-là !

Lévesque croyait à une supercherie montée par le vicaire lui-même, mais il ne lui appartenait pas d'en soulever la possibilité sinon la probabilité.

– Tous, vous avez entendu parler du buisson ardent, eh bien c'est dans un buisson ardent que s'est manifestée notre mère du ciel. Alléluia !

– Elle est là, elle est là, elle est là, redisait Nicole qui. avec son frère voyant. avait été une des rares personnes à ne pas voir le buisson ardent faute de garder les yeux ouverts.

Mathias Dulac était si impressionné qu'il courut quasiment jusqu'au kiosque des Juifs et montra deux doigts de la main.

– Deux p'tits mille piastres d'actions, lui dit Laurent à mi-voix.

Mathias fit signe que oui.

L'étranger quitta précipitamment l'endroit où il se trouvait et se dirigea tout droit vers le cap à Foley. Jos Page qui n'était pas rendu loin le regarda passer comme un bolide; il pensa le suivre mais y renonça aussitôt.

Le tronc du cèdre était noirci. Des cendres se détachaient des branches. Voilà qui rendait encore plus plausible le passage par là d'une énergie puissante. Plus personne n'écoutait les enfants. La chorale achevait l'*Ave Maria*. Le vicaire ne disait plus que des bribes au micro, se dirigeant vers le sapin sacré, rebroussant chemin, tournant en rond, piétinant... Exalté, survolté, transporté... fou braque...

Bédard fut donc le premier assez courageux pour chercher une explication au phénomène. Ou assez incroyant... Ou peut-être que ce qui venait de se produire l'irritait au plus haut point. Il se pencha pour voir. Et aussitôt, il fouilla au pied de l'arbre avec sa main, comme si ses doigts avaient été immunisés contre les brûlures.

– Qu'est-ce que vous faites là ? vint demander le vicaire.

– J'voudrais savoir pourquoi c'est faire que le feu a pris à cet arbre.

– Homme de peu de foi ! Imagineriez-vous que c'est là un sortilège ?

– Et vous, monsieur le vicaire, vous devriez regarder où vous marchez. Vous êtes à pieds joints dans une piste du diable.

Comme s'il avait eu le feu sous les souliers, le prêtre sauta de côté. Lévesque arrivait, suivi d'autres personnes plus émues que lui, et dit :

– Vous ne devriez pas toucher à ces choses, monsieur. Si l'église devait envoyer des enquêteurs pour établir sur du solide le fait miraculeux...

– Il a parfaitement raison, clama le vicaire. Enlevez-vous de là au plus vite.

Bédard haussa les épaules et se releva. Et s'écarta lentement en se laissant traîner les pieds comme pour exprimer un certain dégoût. Il savait que Lévesque n'y croyait pas, lui non plus, à cette histoire, et son attitude le choquait d'autant...

Nicole Lessard ouvrit les paupières. Plus personne ne s'intéressait à elle et à son frère pour le moment. Elle se releva et entraîna Yvon à l'écart. Ils attendaient que les choses reviennent à **l'anormal.** Effrayée par le feu de l'arbre et le mouvement de foule, Maria accourut. Elle prit ses enfants sous son aile. Ensemble, ils entreprirent la récitation d'une dizaine de chapelet.

Des éclairs zébrèrent ce commencement de brunante. Cette fois, pas de miracle puisqu'il s'agissait de photographes qui fixaient sur pellicule la preuve du passage dans le voisinage du sapin sacré d'une énergie brûlante.

Quand il apprit l'événement, Jean Béliveau pensa que le Cap-de-la-Madeleine, Sainte-Anne-de-Beaupré et l'Oratoire St-

Joseph venaient de se faire battre par la compétition et que c'est le cap à Foley qui remporterait la coupe Stanley.

– Nous allons tous quitter les lieux maintenant, dit le vicaire. Et nous allons nous réunir en bas du cap afin de souligner la fête du Canada. Mais n'oubliez jamais ce que nous avons tous vu ici ce soir et rendez en témoignage.

Les gens se mirent en marche, mais il se produisit un malencontreux accident. Un des trois miraculés du groupe des grabataires chercha à se remettre sur ses jambes à l'aide d'une canne et de son enthousiasme délirant. Il retomba à terre et roula dans la pente rocheuse, entraînant avec lui d'autres éclopés jusqu'aux pieds du sapin sacré et du cèdre en cendres. Plusieurs se firent du mal, mais cet événement aussi fut décodé et classé parmi les faits extraordinaires et peut-être surnaturels de ce soir-là.

Malgré sa hâte de passer des choses religieuses aux choses civiles, Jean-Louis dut donner la parole au vicaire qui expliqua par le long et par le large ce qui s'était produit sur le cap.

– Nous allons demander une enquête officielle par la sainte Église catholique romaine pour obtenir confirmation des faits miraculeux survenus chez nous, conclut-il.

Il fut religieusement applaudi. Le soleil rouge entrait lentement dans l'horizon mouillé. Plusieurs commencèrent à se plaindre des maringouins qui, semblait-il, avaient respecté les moments de Marie et les fidèles qui les avaient vécus, et on pouvait entendre au loin le chant joyeux des ouaouarons qui dans leur mare quelque part au voisinage du clos de pacage à Freddy rendaient un quelconque hommage à la reine des grenouilles...

– Mesdames et messieurs, comme vous le savez tous, c'est aujourd'hui la fête de notre grand et beau pays le C... Ca... Canada.

Il arrivait à Jean-Louis d'accrocher sur ce mot-là. Mais personne n'aurait eu le front de boeuf d'en rire, surtout en un soir pareil, en un lieu pareil et en de telles circonstances. Il reprit :

– Nous aurions pu aujourd'hui inviter notre député fédéral qui se trouve ici et que je salue... salut docteur Raoul... ou notre député provincial, monsieur Georges-Octave... qui nous visite aussi ce soir, nous aurions pu demander à l'évêque de Québec de nous adresser la parole et même au cardinal Léger de Montréal, lui si fervent de la ferveur et du chapelet en famille, nous aurions pu demander à monsieur Louis St-Laurent, un bon catholique, de venir chez nous pour souligner la fête du pays et même à monsieur Duplessis, mais non, il fut décidé que le seul hommage qui devait être rendu ici ce soir le serait à la Vierge Marie qui nous a fait l'honneur de sa présence une fois de plus. Et pour parler du Ca... Canada, nous faisons appel à un illustre inconnu, un jeune homme de Montréal qui fut correspondant de guerre, qui a vécu dans les vieux pays en des heures fort sombres et qui donc connaît mieux que plusieurs tout ce que signifie pour nous le... Canada... Voici monsieur René Lévesque, journaliste venu nous visiter...

Les gens avaient soif de l'opinion d'un étranger sur les apparitions, et surtout sur eux-mêmes, et ils auraient écouté un ouaouaron en ce moment. Le petit jeune homme arrivait à point nommé pour être bien entendu. Il s'approcha du micro, écrasa sa cigarette sur l'estrade, ouvrit un carton d'allumettes pour y consulter des notes puis grimaça à gauche et à droite.

– Je suis fier...

Applaudissements. Grimaces.

– ... comme jamais...

Applaudissements, ricanements.

– ... je ne l'ai été. Si j'ai bien compris ce qui se passe ici, et j'pense que j'ai bien compris...

Applaudissements...

– ... le bon Dieu nous aime.

Applaudissements. Signes affirmatifs.

– Y a pus jamais personne qui va venir nous dire Pauvre Canada parce qu'on va l'envoyer croasser dans la mare de la foutaise. Oui, oui...

Applaudissements. Comme c'était bien dit !

– C'est avec une immense fierté que là-bas, en Europe, j'entendais les tambours de la victoire venus des champs de bataille où s'illustraient les nôtres, ces fiers Canadiens qui se sont battus avec tant de courage et de vaillance sur les plages de Normandie, en Hollande et partout où le dragon fasciste crachait son feu...

Applaudissements. Consultation du carton d'allumettes.

– J'ai des noms ici, mes bons amis, des noms importants. Non pas de nos héros nationaux. Pas celui de Dollard Ménard, pas celui de Roméo Vachon, pas celui du soldat Lebrun ou de Ti-Coq, mais celui de Antonio Lachance, un petit gars d'ici qui fut ambulancier au champ d'honneur... oui, oui... et qui en a sauvé des vies humaines...

Applaudissements.

–... Et j'ai aussi celui de Réginald Boulanger, soldat qui s'est illustré un peu partout de Dieppe à Berlin en passant par Saint-Germain-des-Prés...

Approbations.

– ... Et je lis aussi ceux de Roland et Maurice Pépin de même que celui, ô combien glorieux de Paul-Eugène Parent, mort au champ d'honneur. Cette paroisse comme tant d'autres a donné de ses fils pour défendre la liberté... et la démocratie...

– C'est quoi ça, démocratie ? demanda un de ses amis à Lucien Boucher.

– C'est la loi de la majorité...

– ... Nous avons toutes les raisons d'être fiers de ce drapeau lamé de courage qui flotte au mât de la paroisse...

Beaucoup se redressèrent le corps en regardant le fleurdelisé sans trop savoir que le drapeau du Canada n'était pas celui-là. Mais comment résister à ce mariage formidable réussi en ce moment par le ciel, d'un décor bucolique et enchanteur baigné de spiritualité et de nationalisme avec cet appel à la fierté qui allait s'enraciner dans le sol sanglant de l'Europe !

L'orateur prenait conscience de plus en plus du fait qu'il pouvait, lui, en faire, des miracles. Et que pour ça, il lui suffisait d'ouvrir la bouche.

Jean-Louis se sentait un peu jaloux de n'avoir pas profité de l'occasion pour parler du passé militaire de Saint-Honoré. Qu'importe, la leçon porterait ses fruits.

L'orateur voulut être bref. Il avait un long chemin à parcourir avec le photographe mais surtout il savait que quelques phrases seulement resteraient marqués à jamais tandis qu'un déluge de mots diluerait la portée de chacun.

– Le discours le plus éloquent que je puisse faire devant vous, en ce soir tout à fait spécial, c'est de vous laisser écouter et chanter notre hymne national. *Ô Canada, terre de nos aïeux, ton front est ceint d'un fleuron glorieux. Car ton bras sait porter l'épée, il sait porter la croix. Ton histoire est une épopée des plus brillants exploits. Et ta valeur de FOI trempée protégera nos foyers et nos droits. Sous l'oeil de Dieu près du fleuve géant, le Canadien grandit en espérant. Il est né d'une race fière...* Je laisse à mademoiselle la directrice de la chorale le soin de nous diriger tous avec de la musique et les choeurs dans les accents du plus beau chant qui soit, et je vous dis... à la prochaine fois.

Lévesque n'avait pas pris de risque et avait joué gagnant.

Ce fut un délire d'applaudissements.

***

Chapitre 43

Le jour suivant, dimanche, deux juillet 1950, l'euphorie baignait la paroisse. Parmi les heureux, il y avait le vicaire qui prêcha la bonté et l'amour du prochain, et qui proclama les résultats de la collecte pour le perron : une véritable quête miraculeuse.

Par l'imagination, Ernest voyait déjà les gens défiler sur le perron et admirer les garde-fous. *"Ça, c'est la forgeron Maheux qui a fait ça : un homme ben habile de ses mains, hein !"*

Fortunat Fortier se sentait fier de son accomplissement. La quête du perron permettrait de repeindre aussi tout l'intérieur de l'église en plus de payer les garde-fous.

Le Cook rêvait en roulant ses yeux sur l'horizon et quelques cigarettes d'avance pour économiser les toutes faites achetées la veille. Il avait l'épaule un peu raide mais se passait de l'écharpe. Que d'espoir il nourrissait maintenant quant à ses chances auprès de la belle Rachel !...

Bernadette allait d'une porte à l'autre en clamant qu'il faudrait sans faute ériger une grotte sur le cap à Foley. "La Sainte Vierge est avec nous autres, faut pas la laisser dehors !"

Paula Nadeau était contente des heures passées en la compagnie de Gilles Maheux qui lui paraissait plus mature...

"La Sainte Viarge, l'as-tchu vue, toué ? Ben moué, je l'ai vue comme j'te voué là !" disait Jos Page à tous ceux qu'il rencontrait sur la rue.

Malgré son deuil récent, Marie Sirois passait des heures satisfaisantes à cause de son nouvel emploi et parce qu'elle avait pris la décision la veille de se mêler un peu plus au monde, et qu'elle était allée au cap avec courage. Mais il y avait quelque chose de bizarre dans le regard de sa plus vieille; une sorte de reproche de l'avoir laissée seule à la maison...

Pit Roy jubilait. Les deux députés lui avaient accordé au moins cinq minutes chacun. "J'en parlais justement à G.-O. hier." "Justement, le docteur Raoul me disait ça hier..."

Pauline et Jean-Louis exultaient. Ils avaient eu cinquante mille personnes à leurs pieds.

Pit St-Pierre avait pu raconter des dizaines et des dizaines de fois sa guérison par les mains de la petite Nicole Lessard et quoi de plus valorisant que de se savoir choyé par le ciel !

Les enfants Lessard reçurent des malades toute la journée et tous repartirent bourrés de réconfort et en mesure d'utiliser à fond toutes leurs forces morales restantes pour peut-être s'auto-guérir à leur insu même. "Si ça peut donc continuer !" ne put s'empêcher de penser Maria entre deux Avé.

En comptant le contenu de sa caisse, Éva réussissait à oublier pour un moment les problèmes de Rachel et de Martial. Au moins Ernest était de bonne humeur. Le Gilles ne se comportait pas comme d'habitude, mais il avait été drôlement secoué par la mort de Léonard Beaulieu. Ça lui passerait...

Les Bilodeau et les Juifs avaient réussi dans leur entreprise. Assez d'actions seraient vendues pour combler tous les besoins. Gracieuse, la mère de Laurent, déclara que la Vierge avait sûrement donné un petit coup de pouce.

Émilien avait fait la connaissance d'une grande jeune fille de Saint-Georges et le courant avait bien passé; cela le réhabilitait à ses propres yeux.

Ému, revenu dans sa luxueuse résidence de Sillery, Albert Hamel prenait souvent le récepteur du téléphone dans ses mains, mais il raccrochait aussitôt en se disant que ça n'avait pas de sens d'appeler une femme séparée de son mari... Même par simple amitié.

Pit Veilleux et ses frères furent appelés à nettoyer les environs du cap. Ils trouvèrent plusieurs bouteilles vides qu'ils purent monnayer et trouvèrent aussi beaucoup de monnaie.

Un personnage rarement malheureux que ce Dominique Blais ! Trop occupé pour ça. À la manufacture, on était parti pour fabriquer beaucoup plus de boîtes à beurre que les années précédentes et ça ne dérougissait pas non plus du côté des pompes funèbres. Chaque activité était entrecoupée de petits verres de gin et la vie allait tambour battant...

Il put même aller prendre quelques bières chez Robert ce dimanche-là et y discuter des événements de la veille avec le professeur Beaudoin et Ti-Georges Poulin dit Gabin, un jeune cultivateur qui buvait sa vie et sa terre.

Lucien Boucher avait parlé à plusieurs d'une séparation du village et de la paroisse mais d'une séparation dans l'union. Et l'idée semblait plaire. "Même truck des pompiers. Pis mêmes pompiers." Mais les services en commun s'arrêtaient là. Qu'importe, on sera solidaire dans la catastrophe, pensaient ses alliés politiques...

Mais pour plusieurs autres, les heures apportaient de l'angoisse ou carrément du chagrin.

Rachel Maheux ne savait plus où donner du coeur.

Jeannine Fortier se savait au bord de la fin avec Laurent.

Ti-Noire Grégoire sentait qu'elle tournait en rond.

Gustave pleura dans le sous-sol de l'église, dans la sacristie, dans sa chambre, et il négligea de s'alimenter.

Gilles Maheux ne quitta pas sa chambre après la basse messe. Depuis la veille, il se demandait s'il n'était pas en train de devenir fou. Rejoindrait-il Jean-Yves dans son monde perdu ? Ou bien le ciel punissait-il sévèrement ceux, Jean-Yves et lui-même, qui avaient trafiqué une image de la Vierge avec du miroir ? Non, Jean-Yves ignorait la chose en fait. Le nouvel adolescent ne savait pas que la chimie de son corps était en train de changer son esprit. Et il ne parvenait plus à retrouver le rire. Il repassa en sa tête plein de personnages qu'il appelait par des noms drôles. Ti-Noire, les fesses en farine. Le père Lambert, la canne de binnes. Philias Bisson, le pingouin huileux. Le curé Ennis, Thomas, la grosse tête. Freddy, la bedaine qui rit. Blanc Gaboury, le ouaouaron cracheur. Ti-Georges Champagne, la gornouille qui court. Bernadette, la mangeuse de ciboulette. Solange, la pas parlante aux paparmanes. Rose, la bonne femme à gros tétons. Suzanne, sa besace de soeur...

Tiens, il irait à sa porte et lui crierait 'besace' pour qu'elle hurle, et ça le ferait rire. Il se leva de son lit et alla se coller le bec au trou de la clef et lança :

– Besace, besace, besace...

Il n'entendit comme réponse que le silence et l'indifférence. Pourtant, elle était bien là...

Il retourna s'asseoir dans la pénombre à côté de son lit sur le plancher. Tant d'idées se bousculaient dans sa tête. Qu'est-ce qui s'était réellement passé sur le cap à Foley ? Pourquoi ce feu soudain dans un arbre ? Tous pensaient qu'il s'agissait de la Sainte Vierge, mais lui et lui seul au monde savait que ça ne pouvait pas être elle. Même Paula refusait de croire en la fumisterie. Mais si ce n'était pas la Vierge, c'était quoi, c'était qui ? Qui d'autre que le diable ? "Satan se cache derrière tout ce qui brille," avait-il entendu de la bouche d'une religieuse à la table des 'pieuseries' la veille. "Il se déguise en ange de lumière," avait commenté sa compagne. Le Malin profitait-il de la situation qu'il avait lui, l'adorable petit venimeux comme le désignait Ti-Noire, créée, et misait-il sur la crédulité des gens pour abuser tout le monde ? Si cela était, lui qui avait simplement voulu jouer un bon tour, devenait complice du diable. Avait-il commis un péché mortel ? Satan était-il aussi responsable de ces tentations brûlantes entre ses cuisses ? Pas de doute, il était en état de péché mortel pour avoir touché à son corps comme il l'avait fait.

Et Paula si différente... Il ne la reconnaissait plus. Il ne se reconnaissait plus.

Le visite de Rose était partie après la messe. La femme ne parvenait pas à se sortir d'un profond trouble intérieur depuis la veille au soir. Une sorte d'exaltation nouvelle tournoyait en son sein. Elle aussi, comme Gilles Maheux, se demandait si les événements du cap à Foley avaient pour origine le ciel ou bien l'enfer. Elle n'avait pas vu de près ce qui s'était passé là-haut, mais le bouche à oreille avait amplifié le phénomène, sa spontanéité, sa brillance, sa courte durée. Les enfants Lessard étaient-ils possédés du diable sans le savoir ? Satan se cachait-il derrière tout ça ? Le péché dit de la chair était-il vraiment péché mortel ?

Pourtant, toutes ces questions ne l'angoissaient aucunement. C'est qu'elles baignaient dans une sorte de bien-être doux mêlé de désirs imprécis avec un sentiment qu'il allait se passer quelque chose d'important dans sa vie très bientôt, très très bientôt...

Quand Bernadette fit une saucette pour lui parler de son projet de grotte, elle se montra d'une bienveillance exceptionnelle. "J'y participerai dans la mesure de mes moyens et j'approuve. Pis je te prédis que tout le monde va dire oui comme moi..."

Puis elle prit un bon bout de temps pour classer ses produits dans son grand sac à épaule, sorte de beauty-case de forme cubique qui lui permettait de transporter tous ses échantillons plus des unités additionnelles aux fins de vente immédiate.

Rachel Maheux enfourcha une bicyclette qu'elle avait eue de Roland Campeau en attendant qu'il répare la sienne et prit la route en direction de la Grande-Ligne. Mais pas vers le bas pour éviter de voir le Cook, en fait pour ne pas qu'il se fasse des idées et pense qu'elle faisait cette randonnée pour le voir. Jean-Yves occupait tout son coeur et une partie de son âme. Elle prit donc la direction du haut de la Grand-Ligne avec l'intention de se rendre dans un rang jusqu'à la concession forestière de la John Breakey. Là, devant un monde mystérieux, celui du grand bois des ours et des loups, domaine préféré des Dulac et autres chasseurs et pêcheurs, elle le laisserait porter par les ailes du rêve sans plus se creuser les méninges pour changer le cours du destin.

Depuis sa fenêtre, Jean-Yves la vit s'en aller. Il leva le bras vers elle et lui dit mentalement :

– Rachel, reviens... je t'entends quand tu parles mais... je ne peux pas te parler... je suis trop loin... trop loin...

Il la suivit du regard jusqu'à ce qu'elle disparaisse de sa vue quelque part vis-à-vis de chez Boutin-la-viande... peut-être plus loin...

Mais d'autres yeux l'avaient vue partir. Impénétrables et perçants. Germain Bédard se demandant où elle allait et limité par son enveloppe charnelle qui l'empêchait tout de même de voir à travers les bâtisses, se rendit sur le balcon le plus haut de l'hôtel et la suivit du regard jusqu'à la perdre lui aussi de vue là-bas, au bout du village. Il se dit qu'il pourrait la suivre à la trace à partir de la fin du pavage en asphalte et décida de se mettre en route à son tour...

C'est Rose Martin qu'il eût voulu voir la veille au soir. Et même ce matin-là lors de sa marche qui l'avait conduit tout d'abord vers le bas du village puis, à travers champs dans un grand détour, sur le cap à Foley où il s'était adonné à des activités secrètes. Par la suite, il s'était rendu à la basse messe mais en était sorti avant la consécration...

Il pédala avec vigueur pour gagner du terrain sur la jeune femme et quand le chemin devint graveleux, il repéra aussitôt sa trace. Un mille plus loin, au coin du rang six, se doutant qu'elle avait tourné soit vers le nord soit vers le sud, il s'arrêta et n'eut pas le moindre mal à trouver la trace de pneu qui entrait dans le rang sud.

Sans y être jamais venu, il savait que cette route aboutissait à un cul-de-sac c'est-à-dire comme le rang dix où il vivrait bientôt, sur la grande forêt. Il n'avait plus qu'à progresser tant qu'il n'apercevrait pas la jeune fille ou son vélo ou bien les deux quelque part chez un cultivateur ou bien, ce qu'il espérait surtout, au fond du rang.

Rachel descendit une côte abrupte en bas de laquelle se trouvaient une rivière et un pont couvert puis elle remonta, passa devant les deux derniers cultivateurs du rang et poursuivit sa route sur un chemin de chantier jusqu'à une grange isolée à l'orée de la forêt. Elle descendit et s'assit par terre, adossée aux planches grises torturées par le soleil et par le temps.

Personne au monde ne la savait en cet endroit sauf Bédard qui la suivait de dix minutes pas plus. Quand elle l'aperçut, elle eut peur, d'autant qu'il était trop tard pour elle de renfourcher sa bicyclette. Sa frayeur venait de ce que la raison lui disait que cet homme ne se trouvait pas là par hasard et qu'il l'avait suivie à distance. Elle se remit sur ses jambes, arracha un brin de foin, se le mit dans la bouche en disant :

– Veux-tu ben me dire...

Il l'interrompit en riant alors qu'il sautait en bas de son vélo :

– Je t'ai vue partir et je t'ai suivie, mais j'pensais pas que tu viendrais te réfugier dans le bois.

– Je me réfugie pas, je prends l'air.

– J'pensais que tu venais visiter du monde dans le rang pis j'ai fini par me dire que j'avais pas suivi une bonne trace, que tu avais passé droit devant le rang ou pris le six nord... Quant à faire, j'ai décidé de continuer jusqu'au bout mais j'pensais pas de te voir rendue icitte pantoute...

Cette explication avait l'air bien pesée et le ton était calme et souriant. Rachel se tranquillisa.

– J'espère que j'te fais pas peur. T'inquiète pas, j'sus pas un homme dangereux.

Elle mentit et il le devina par un tremblement dans sa voix :

– Surprise mais pas effarouchée. Comme dit mon père, dans la vie si on passe notre temps à avoir peur des mouches, on va mourir de peur avant de mourir tout court...

– Un homme intelligent, ton père, un homme intelligent.

– Y en a qui vont trouver ça drôle de nous savoir icitte.

– Si t'aimes mieux repartir tusuite pis tuseule, c'est comme tu veux, hein !

– J'aime autant te dire que y en a qui te trouvent étrange.

– C'est normal : j'sus un étranger dans la place.

– C'est plus que ça...

– Dans un mois ou deux, tout le monde va m'oublier dans mon coin comme une vieille chaussette.

Elle rit. Il reprit :

– Assis-toi un peu, on va jaser, pis j'suis sûr que tu seras pas venue pour rien. C'est vrai que je t'ai suivie, mais y a un peu le destin dans ça aussi. J'aurais ben pu pas te voir partir. J'aurais pu me tromper de trace de pneus de bicycle. T'aurais pu arrêter quelque part dans le rang... Mais le destin voulait qu'on se rencontre icitte. Faut pas tourner le dos au destin...

Rachel s'assit en disant pince-sans-rire :

– La grange, c'est pas le destin, ça fait qu'on va lui tourner le dos, elle.

Et elle s'adossa. Il s'assit dans le foin court à distance éloquente c'est-à-dire qui puisse rassurer tout à fait la jeune fille.

Ils se parlèrent de tout sauf de Jean-Yves, de sentiments ou des apparitions. De pêche. D'enseignement. De ce que serait la vie dans cinquante ans aux alentours de l'an 2000.

– Les gens vont vivre vieux mais malheureux, dit-elle.

– Pas trop optimiste.

– Réaliste.

– T'auras autour de 70 ans, moi autour de 80.

– Si Dieu me prête vie.

– Tu crois en lui... ?

– Pas toi ?

Il devint songeur.

– Je voudrais nier son existence que je l'pourrais pas.

– Je t'avoue que certains jours, j'aimerais quasiment mieux croire au diable.

– Ah! ça, c'est intéressant! Parle-moi donc un peu de ces jours-là.

Il approchait cinq heures de l'après-midi.

Le téléphone sonna chez Rose. Elle se rendit à l'appareil, décrocha le récepteur :

– Allô !

– C'est Albert Hamel de Québec, comment allez-vous ?

– Heu... bien, très bien.

– Je vous appelais pour vous remercier de votre repas et de votre accueil.

– Ah ! mais y a pas de soin !

– Ce fut un séjour agréable et très impressionnant.

– C'est sûr qu'avec les événements pis tout le monde que y avait par chez nous...

– Impressionnant pour ça mais pour autre chose aussi...

Elle flaira ce qui suivrait et désirait l'entendre tout en s'y opposant... Mais au même instant, il survint un incident qui interrompit la conversation. Des pas pressés se firent entendre sur la galerie et la voix de Bernadette lui parvint :

– Rose, Rose, es-tu là ?

– Une seconde, je reviens, c'est Bernadette qui me demande à la porte. Ça sera pas long...

– Allez.

Et Rose se rendit à l'avant où elle aperçut le nez de sa voisine collé dans la moustiquaire :

– Tu peux pas imaginer ce qui arrive, tu peux pas...

– Dans ce cas-là, dis-le.

– J'arrive du cap à Foley, ben sais-tu, l'arbre où c'est que la Sainte Vierge s'est manifestée hier soir, ben il sent la rose... oui, oui, oui, plus t'approches, plus ça sent la rose. Si tu me crois pas, viens avec moi.

– Écoute, reviens plus tard, là, j'suis au téléphone pis c'est un appel longue distance.

– De Québec ?

– De Québec, oui, c'est monsieur Hamel qui veut me remercier.

– Ben j'vas revenir. Mais j'te dis, ça sent la rose...

De retour au téléphone, Rose dit :

– Paraîtrait que ça sent la rose sur le cap, là où c'est que la Sainte Vierge serait apparue...

– Le parfum de la rose, il m'a suivi jusqu'ici à Sillery.

– Ben voyons donc, là, vous !

– Est-ce qu'il vous arrive de venir à Québec ?

– Tous les mois, s'entendit-elle dire. J'y vais justement la semaine prochaine.

– Dans ce cas-là, vous allez venir à la maison.

– Là, j'sais pas trop...

– Sans faute, sans faute. En toute amitié, j'insiste. Venez voir ma maison. Et vous en profiterez pour visiter celle des Jolicoeur. Ils auront grand plaisir à vous voir. Qui garde madame Jolicoeur en votre absence ?

– Je peux toujours compter sur Bernadette... Mais là, j'sais pas, elle est pas mal excitée par son projet de grotte à la Vierge... Ah! ces apparitions-là, ça change le monde finalement ! En tout cas, notre petit monde à nous autres...

***

Chapitre 44

Le lendemain lundi, Ernest se leva à la barre du jour.

– Le temps regarde drôlement mal aujourd'hui, dit-il à sa femme qui déjà travaillait dans son magasin.

– Il va mouiller, on dirait.

Elle savait qu'il planifiait quelque chose et commençait à le dire en parlant de la température.

– Ben moi, j'pense que j'vas aller à Québec demain. Si il est pour mouiller aujourd'hui, on peut rien faire dans les prairies pis ça sera pas mieux demain non plus.

Elle dit en souriant :

– T'as pas assez de fer pour faire c'est que t'as à faire !?

– Jamais ! Tout le perron de l'église, pense à ça. J'aime quasiment pas toucher à mes réserves.

– Vas-y tusuite aujourd'hui, tu vas regagner une journée.

– Ah ! quasiment trop tard pour aujourd'hui. Le taxi doit être paqueté de monde déjà.

– Appelle, tu sauras.

– Le central ouvre pas avant sept heures.

Au même moment, Rose Martin, assise à table et sirotant un thé matinal, rêvait. Comment donc avait-elle pu confier à Albert Hamel qu'elle devait se rendre à Québec cette semaine-là ? Ses rapprovisionnements en produits lui venaient toujours par la voie postale : quel autre motif invoquer pour justifier ce voyage aux yeux des Grégoire, de Berthe et Bernadette ?

Elle appellerait son grossiste durant la journée et obtiendrait sûrement un prétexte et un rendez-vous. Peut-être de nouveaux produits en préparation ? Ou bien une leçon en vente ? Ou bien un cours de maquillage avancé ? Ou quoi encore ?

Mais oserait-elle visiter cet homme si affable et invitant chez lui ? Avec Berthe, pourquoi pas ? Visiter deux belles demeures de Sillery, ça serait formidable... Y a toujours pas de péché là-dedans ?

Le lendemain, au petit matin, le taxi Roy fit monter Rose chez elle puis il s'arrêta devant chez Ernest. Éva vit son mari partir et elle put apercevoir les autres passagers. Alors elle pensa que durant son séjour aux États, quand elle avait visité son frère Fred, Ernest était allé réparer quelque chose dans la salle de bains de Rose. Ses paupières se plissèrent et elle regarda l'auto repartir, emportant cinq personnes dont trois sur la banquette arrière soit Louis Grégoire et Ernest qui encadraient Rose, assise entre les deux...

Louis Grégoire qui se vante tout le temps de faire la chose trois, quatre fois par jour...

Ernest Maheux qui ne veut pas toucher à sa réserve de barres de fer...

Mmmmmmmmmmmmm...........

– Ah! y a plusieurs produits nouveaux de sortis, pis je vas me faire donner des leçons d'application à Québec, se dépêcha d'annoncer Rose que sa conscience travaillait.

– Ah! moé, j'vas acheter du fer pis d'autre chose à Lévis, se hâta de dire Ernest qui s'inquiétait de se voir partir avec Rose. Pis après, je vas traverser sur le bateau pour faire des affaires à Québec. J'couche par là pis je vas remonter mercredi...

– Ah! j'pensais que vous deviez revenir à soir, dit le taxi en le regardant, sourcils froncés, par son rétroviseur.

– Sais-tu, j'viens de décider ça...

Ainsi, Éva serait rassurée de voir qu'il ne ferait pas le voyage aller-retour avec la Rose.

Quant à Louis, il mâchouillait un bout d'allumette sans rien dire, se demandant s'il ne se passait pas quelque chose de peu catholique entre Rose et Ernest...

Lui se rendait à Pintendre pour se choisir un nouveau cheval parmi le troupeau du plus important maquignon de la province.

Et il pensa : "Ah! non, pas Ernest, il est pas assez étalon pour deux bonnes femmes, naaaaaaaa...."

Rose se rendit chez son grossiste. Elle y passa quelques heures de l'avant-midi. Puis elle se rendit manger dans un restaurant du boulevard Charest. Quelle journée excitante! Les odeurs de la ville, la circulation des machines et des autobus, les grosses bâtisses. Dans l'après-midi, elle irait dans les grands magasins, chez J.B. Laliberté et à la Compagnie Paquet, voir les beaux vêtements. Et probablement essayer quelque belle robe à la mode... Possible que Berthe vienne la rejoindre; elle le saurait un peu plus tard quand elle lui téléphonerait.

(De son magasin, Albert Hamel téléphona dans la Beauce à la maison Jolicoeur, et c'est Bernadette qui répondit. Elle lui annonça que Rose était partie pour la ville et qu'elle serait chez Berthe vers la fin de l'après-midi pour probablement y coucher...)

Il y a de ces destins qui se tissent à mesure...

Ernest acheta tout le fer dont il aurait besoin. Livraison dans les jours prochains par train à la gare de Saint-Évariste.

Et il prit le traversier. L'air du fleuve l'enchanta. La dernière fois qu'il l'avait respiré, c'était à son retour de la clinique Roy-Rousseau où il avait subi une douzaine d'effroyables chocs électriques, soi-disant pour remettre son génie à sa place. Et pour la première fois depuis les premiers signes de sa calvitie, il pensa que ces chocs pouvaient fort bien être la cause réelle de la chute de ses cheveux, bien plus qu'un sort du quêteux Labonté...

Paradoxalement, cette pensée le réconforta. Car on pouvait sûrement mieux contrer et contrôler les effets de l'électricité qui choque que ceux d'un quêteux qui se choque...

Il se rendit tout droit à un magasin de quincaillerie et de matériaux de construction au nom de Hamel & Hamel. Il ne fut pas servi par Albert, mais leurs regards se rencontrèrent et chacun eut l'impression bizarre d'avoir vu l'autre quelque part voilà pas trop de temps. Mais ils ne s'étaient vus que dans la foule du cap à Foley. Ernest oubliait que l'homme se tenait alors avec les Jolicoeur de Sillery et Rose... Il oubliait même le lieu où il avait rencontré ce personnage. Quant à Albert, il cherchait dans sa mémoire où il avait bien pu apercevoir cette tête-là, lui qui avait pourtant la mémoire des visages et qui la pratiquait pour mieux s'attacher les clients...

***

Épilogue

Berthe rejoignit Rose. Les deux femmes prirent grand plaisir à magasiner puis elles s'en allèrent à la maison des Jolicoeur à Sillery en taxi.

Une spacieuse demeure dans laquelle on pouvait sentir une âme au premier pas. Ce fut un souper léger à la fin d'une journée chaude mais heureusement pas trop humide. Il fut vite entendu que Rose coucherait là. Et le taxi Roy que l'on pouvait rejoindre par téléphone à une taverne de la rue Saint-Paul, en fut avisé. Il reprendrait la femme le lendemain. Et ça faisait bien son affaire de voir qu'elle et Ernest ne retourneraient dans la Beauce que le lendemain puisqu'il avait reçu plusieurs demandes d'un passage par d'autres personnes...

Il lui traversa une idée par la tête pourtant quand il songea que ces deux-là, par hasard, étaient montés en ville le même jour et que, par hasard, ils retardaient d'une journée pour regagner leur domicile. La même idée traversa la tête de Louis Grégoire quand il reprit le taxi à Pintendre, mais elle se teinta de narquoiserie... Et elle atteignit Éva au fond de la Beauce, avec, cette fois, d'autres teintes bien différentes...

Si Ernest avait su que la malchance et les esprits mal tournés le surveillaient de fort près...

Suite à deux appels insistants et invitants d'Albert, Berthe, Ovide et Rose le visitèrent après souper.

Ce furent des moments délicieux.

L'amitié coula joyeusement à pleines flûtes à champagne.

Pendant quelques minutes, Berthe et son mari se rendirent à l'arrière de la maison pour voir les fleurs nouvellement écloses et s'offrir le coup d'oeil général du jardin qu'ils admiraient, enviaient et parfois même imitaient par certains côtés.

Vêtue d'une robe noire à décolleté léger, Rose occupait un fauteuil près de la cheminée. L'image de cet instant divin se grava dans toutes ses mémoires.

Albert vint poser sa main sur le dossier de son fauteuil et il se pencha légèrement au-dessus d'elle pour lui parler des vertus de l'amitié sincère.

La richesse et le bon goût occupaient toute la pièce. Un manteau de cheminée recouvert de bois sculpté à fioritures dorées portait des dauphins de marbre et une horloge grand style. Et plus haut, une peinture aux généreuses couleurs offrait à l'oeil le talent d'un artiste de renom que mesurait un encadrement superbe en bois ciselé à la main et laminé d'or.

Albert décida de faire du feu dans la cheminée malgré le moment de l'année et les restes de la chaleur du jour.

– Un feu bien éphémère sur quelques brindilles de cèdre juste pour vous montrer, Rose, comme il fait bon s'asseoir devant ce foyer qui pétille quand l'hiver grésille dehors...

À plus de quatre-vingts milles de là, le mystérieux étranger se préparait à passer sa première nuit dans la maison à Polyte devenue la sienne pour quelques mois. Et peut-être plus selon la moisson qu'il pourrait faire dans ce milieu si catholique...

Bédard avait reçu des meubles durant la journée par Dal Morin qui s'était rendu les prendre à Victoriaville. Le lit était monté dans la chambre du premier étage. Le courant électrique était maintenant rétabli grâce à l'intervention de Parenteau et de son équipe de la Shawinigan Water and Power. Mais Jean Béliveau n'était pas venu; on l'avait délégué pour assister aux funérailles de Léonard Beaulieu.

Il commença à pleuvoir.

Le bruit des grains de pluie frappant la tôle du pignon lui parvenait jusqu'en bas par la trappe ouverte. Il s'imagina dans une maison fantôme de Val-Jalbert, visité par des spectres du voisinage, puis organisant avec eux une danse macabre sur les couvertures de bardeaux à moitié effondrées...

À quelque distance de là, dans sa chambre, Solange Boutin avait dans l'âme le regard perçant de l'étranger et ça la projetait avec violence sur le mur du désir, sur celui de la peur, sur celui de la colère et sur celui de l'impuissance angoissante...

Bédard éteignit les lumières et s'étendit sur son lit. Le soir opaque pénétrait par le fenêtre et dessinait avec peine les encoignures de la chambre et la commode...

Il se dit qu'il irait la voir chez elle, cette Rose fugitive, dès le lendemain, pour lui acheter n'importe quoi. Ils seraient alors bien obligés de se connaître... bien obligés...

À suivre

dans

Rose et le diable

Du même auteur...

1. Demain tu verras (1)
2. Complot
3. Un amour éternel
4. Vente-trottoir
5. Chérie
6. Nathalie
7. L'orage
8. Le bien-aimé
9. L'Enfant do
10. Demain tu verras (2)
11. Poly
12. La sauvage
13. Madame Scorpion
14. Madame Sagittaire
15. Madame Capricorne
16. La voix de maman (Paula 1)
17. Couples interdits
18. Donald et Marion
19. L'été d'Hélène
20. Un beau mariage (Paula 2)
21. Aurore
22. Aux armes, citoyen !
23. Femme d'avenir (Paula 3)
24. La belle Manon
25. La tourterelle triste
26. Rose (Tome 1)
27. Présidence
28. Le coeur de Rose (Rose T2)
29. Un sentiment divin
30. Le trésor d'Arnold
31. Hôpital: danger!
32. Une chaumière et un coeur
(Paula 4)

33. Rose et le diable (Rose T3)
34. Entre l'amour et la guerre
35. Noyade
36. Les griffes du loup
37. Le grand voyage
38. Les enfants oubliés
    (pseudonyme Nicole Allison)
39. Les parfums de Rose (Rose T4)
40. Aimer à loisir
41. La bohémienne
42. La machine à pauvreté
43. Extase
44. Papi
45. Tremble-terre
46. Jouvence
47. Docteur Campagne (doc 1)
48. Les fleurs du soir (doc 2)
49. Clara (doc 3)
50. Au 1er coup de canon T1 (Jeanne)
51. Au 1er coup de canon T2 (Catherine)
52. Au 1er coup de canon T3 (Sarah)
53. La forêt verte (les Grégoire T1)
54. La maison rouge (les Grégoire T2)
55. La vraie Julie Bureau
56. Le bon Samaritain
57. La moisson d'or (les Grégoire T3)
58. Les années grises (les Grégoire T4)
59. Les nuits blanches (les Grégoire T5)
60. La misère noire (les Grégoire T6)
61. Le cheval roux (les Grégoire T7)
62. Le 5e rang T1 (Sainte Misère)
63. Le 5e rang T2 (L'oeuvre de chair)
64. Le 5e rang T3 (Les colères du ciel)
65. Le 5e rang T4 (La force du désir)

pour renseignements sur la disponibilité des ouvrages de
l'auteur, voir

www.andremathieu.com